# ¿QUÉ PASÓ CON NINA?

# ¿QUÉ PASÓ CON NINA?

## DERVLA McTIERNAN

Editado por HarperCollins Ibérica, S. A.
Avenida de Burgos, 8B - Planta 18
28036 Madrid

¿Qué pasó con Nina?
Título original: What Happened to Nina?
© 2023, Dervla McTiernan
© 2024, para esta edición HarperCollins Ibérica, S. A.
Publicado por HarperCollins Publishers LLC, New York, U.S.A.
© De la traducción del inglés, Carlos Ramos Malavé

Imagen de cubierta: Dreamstime.com

ISBN: 978-84-1064-088-7
Depósito legal: M-19604-2024
Impreso en España por Unigraf

*Para Kenny, Freya y Oisín.*
*Siempre.*

*El amor de una madre por su hijo no se puede comparar con ninguna otra cosa en el mundo. No conoce ley ni piedad, se atreve a todo y aplasta cuanto se le opone.*

AGATHA CHRISTIE, *The Last Séance*

# PRÓLOGO

Me llamo Nina Fraser. Es muy probable que ya sepas quién soy. Quizá hayas visto mi foto en Internet, hayas oído mi historia; de ser así, imagino que ya me habrás juzgado. No en público, claro, porque culpabilizar a las víctimas está mal visto, pero en la privacidad de tu propia cabeza una parte de ti pensará que fui estúpida, o débil, o ambas cosas. A lo mejor piensas que, si me hubiera defendido, si me hubiese marchado, todo habría salido bien. No voy a llevarte la contraria ni a intentar convencerte de que te equivocas. Solo quiero decir que una cosa puede estar cristalina al verla con perspectiva, pero también parecer un lodazal cuando la estás viviendo de verdad. Además, a veces lo que te crea problemas es eso de marcharte.

Así que, como ya he dicho, soy Nina. Tengo veinte años, una hermana, Grace, y dos padres. Y soy escaladora. Ya sabrás todo eso si has leído mi historia en Internet. He aquí algunos datos que la gente no conoce. Tengo callos en las yemas de los dedos, una cicatriz en la rodilla y otra en el hombro, ambas provocadas por caídas. Me encanta escalar. Cuando estoy en la montaña, no puedo pensar en nada salvo en la presión de mis dedos contra la grieta de la piedra, en el equilibrio perfecto de mis pies y en la ruta que tengo por delante. Jamás pienso en lo que hay por debajo. Cuando llego a la cima, me siento, respiro y contemplo el valle. Vuelvo a repasar la ruta y averiguo cómo podría haberla escalado mejor.

Si algo sabes es que tengo un novio que se llama Simon Jordan. Nos conocimos en el colegio cuando teníamos cinco años. En secundaria nos hicimos amigos. Cuando teníamos dieciséis años, nos enamoramos. Para mí es importante que sepas que las cosas entre nosotros iban muy bien. No diré que Simon fuera perfecto, porque nadie en este planeta lo es, pero si existe un primer novio perfecto para una chica retraída que no sabía quién era, ese era Simon. Se reía de mis chistes. Siempre le interesaba lo que tuviera que decir, incluso cuando sus amigos estaban cerca. Nunca se andaba con dobleces ni me hacía sentir que alguna otra chica era superior a mí. Con él me sentía guapa, cosa que importa, demasiado, cuando tienes dieciséis años. Nos acostamos juntos por primera vez el día que cumplió dieciocho años, y fue una experiencia incómoda y algo dolorosa, pero también divertida y hermosa, y estaba convencida, hasta el fondo de mi alma, de que jamás amaría a nadie como lo amaba a él. Cuando las cosas empezaron a ir mal, pasé mucho tiempo pensando en cómo éramos antes. Veía nuestras viejas fotos y pasaba el rato con amigos que nos habían conocido desde el principio. Necesitaba creer que no me lo había imaginado todo. Que me aferraba a algo real.

Cuando terminamos el instituto, Simon se fue a Northwestern y yo me quedé viviendo en Waitsfield y asistí a la Universidad de Vermont. Simon y yo no pensábamos que mantener una relación a distancia supondría un problema para nosotros. Íbamos en serio. Y el primer año no estuvo mal. Venía mucho al pueblo y hablábamos por FaceTime a diario, en ocasiones hasta dos o tres veces al día, y nos enviábamos *emails*. Mi amiga Allie me decía que no duraría. Decía que Simon era demasiado guapo, y además sus padres estaban forrados. Conocería a cientos de chicas que lo desearían, cientos de chicas más sofisticadas que yo, con más experiencia y mucho más excitantes que una chica vulgar y corriente como yo. Allie puede llegar a ser una zorra. Yo no quería que Simon me dejara, pero soy la clase de persona a la que le gusta prepararse para lo peor, de modo que invertí mucha energía mental en prepararme para lo inevitable. Estudiaba mucho, intentaba hacer nuevos amigos e iba a escalar casi todos los fines de semana, esperando a que cayera sobre mí la espada de Damocles.

Pero, en lugar de dejarme, Simon pareció volverse más intenso. En lugar de llamarme un par de veces al día, empezó a llamarme cuatro o cinco veces. En ocasiones me pedía que lo «llevase metido en el bolsillo». Lo que significaba hacer un FaceTime con él y luego silenciar mi teléfono y llevarlo conmigo a las clases, o colocar el teléfono junto a mí sobre el escritorio mientras estudiaba. Simon venía al pueblo todos los fines de semana e insistía en pagarme un billete para que yo pudiera volar a Illinois a verlo también, pero yo no podía hacer eso. Tenía que trabajar en la pensión de mi madre los fines de semana. Además, me habría sentido rara aceptando su dinero y gastándomelo como si fuera mío. Pero no lo entendió. Se enfadó mucho y se quedó muy disgustado.

Viéndolo con perspectiva, me doy cuenta de que fue entonces cuando nuestra relación empezó a cambiar. Tras negarme a ir a Illinois, Simon se comportaba siempre con arrogancia. Como si fuera moralmente superior, como si fuera el novio perfecto y yo la novia egoísta y de poca confianza. Hacía chistes al respecto, pero me daba cuenta de que, detrás de estos, había herido sus sentimientos, de modo que hacía todo lo posible por apaciguarlo. Nada parecía ser suficiente. Se mostraba más brusco conmigo, en la cama y fuera de ella. Me agarraba por los hombros o por las caderas con tanta fuerza que me dejaba moratones; marcas amoratadas de dedos sobre mi piel. A veces me mordía. Me hacía mucho daño, pero no le decía que parase. Sé que esto parecerá una locura, pero me preocupaba avergonzarlo. Pensé que aquello le parecería sexi o algo así (aunque no lo era), y como las cosas entre nosotros estaban raras, me daba miedo decirle que no me gustaba que me mordiera y volver a herir así sus sentimientos. Me decía a mí misma que Simon estaba pasando por una etapa de inseguridad, que yo conocía

13

su verdadera personalidad y que volveríamos a estar como antes si lograba hacerle entender lo mucho que lo amaba. Fui una estúpida, pero, claro, era como una langosta en una cazuela. El agua fue calentándose de forma tan gradual que no me di cuenta de que estaba hirviendo hasta que ya fue demasiado tarde.

Simon vino al pueblo a pasar las vacaciones de octubre durante nuestro segundo año de universidad. En realidad, él había querido irse a Hawái con amigos, pero yo tenía que quedarme en casa para trabajar, así que vino también al pueblo, aunque estaba claro que le molestaba. Nada de lo que hacía le alegraba, hasta que por fin accedí a pasar del trabajo en la pensión de mi madre y largarme a pasar la semana entera con él. Llamé a mi madre y, claro está, se enfadó y se disgustó, pero Simon por fin volvió a ser el mismo, lo cual me alivió inmensamente. No me había dado cuenta de lo estresada que estaba por nosotros hasta que pensé que por fin podía relajarme.

Los padres de Simon se habían comprado una casa cerca de Stowe. Contaba con una parcela de ciento sesenta hectáreas, un pequeño lago, senderos sin señalizar y rutas de escalada. Simon quería que fuésemos allí, los dos solos, para centrarnos de verdad en nuestra relación. Así que fuimos. Hicimos senderismo y escalada, paseamos y charlamos, pero las cosas no iban a mejor. Me daba la impresión de que fingíamos estar unidos, aun sin estarlo realmente. Quería hablar con él sobre los moratones y el dolor, pero siempre que lo intentaba se me cerraba la garganta. El viernes, Simon quiso volver a escalar. Mi cuerpo se quejaba. Tenía los dedos doloridos y el hombro derecho inflamado. Sentía que necesitaba un día de descanso, pero le dije que sí de todos modos.

—Vamos a escalar el risco que vimos el miércoles —me dijo Simon.

Estábamos desayunando. Estiró el brazo, me retiró el pelo de la cara y me lo sujetó detrás de la oreja. Me rodeó la nuca con la mano. Sentí su mano cálida, seca y tierna. Por alguna razón, me entraron ganas de llorar.

—Claro —respondí—. Tenía buena pinta.

Comimos, nos vestimos y salimos. Había una breve caminata hasta el risco. Simon fue charlando todo el camino, y yo sonreía, respondía y le estrechaba la mano siempre que me la tendía, pero a cada instante notaba las lágrimas bajo la superficie. No soportaba sentirme así, y trataba de quitarme esa sensación de encima. Empecé a animarme cuando llegamos al risco. Sí que parecía una vía alucinante para escalar, unos veinticinco metros de granito, con buenas sujeciones al principio para poder empezar. Y, además, hacía buen tiempo. Frío, pero soleado, y no había apenas viento. Dejé la mochila en el suelo y empecé a sacar mi equipo.

—Ha sido una idea fantástica —le dije—. Me alegro mucho de haber venido.

—¿Es mejor que limpiar otro cuarto de baño? —Me dio un empujoncito cariñoso que me hizo perder el equilibrio.

—Eso es quedarse corto —respondí.

Me levantó en brazos, me puso las manos en el culo y me apretó contra él. Después me besó. Yo le devolví el beso. Lo más retorcido de todo es que el beso me resultó agradable. Simon me soltó, hicimos ambos nuestro calentamiento y luego comenzamos a escalar. Mientras ascendía, no pensaba en nosotros. Me abstraje y me limité a pensar en los puntos de agarre y en la vía, y así empecé a sentir que volvía a ser yo misma. Más fuerte.

Llegamos a la cima, me senté en el borde y admiré las vistas.

—¿Te encuentras bien? —me preguntó Simon.

—Sí, claro. Un poco cansada. Y con hambre. —Busqué en mi mochila los sándwiches que había preparado esa mañana. Eran de ensalada de pollo, sus favoritos.

Desenvolvió el suyo, dio un par de bocados, puso cara de asco y me lo devolvió.

—Creo que el pollo está malo, cariño. ¿Tienes chocolate?

Sí que tenía chocolate. Le entregué una tableta y se la comió. A la ensalada de pollo no le pasaba nada. Yo misma había cocinado el pollo el día anterior y había preparado la ensalada con ingredientes frescos. Empecé a sentirme enfadada. Noté en la boca del estómago unas ganas tremendas de mandarlo a la mierda, pero seguí comiéndome el sándwich.

—No puedes comerte eso —me dijo—. Tíralo.

—No le pasa nada.

Se quedó mirándome y respondió:

—Muy bien, pero esta noche no me llames para que te sujete el pelo cuando empieces a vomitar.

Me encogí de hombros. Él se puso tenso y me dio la espalda. Aquella era mi señal para guardar el sándwich, decirle que lo sentía, darle un beso y agradecerle que cuidara de mí. Pero no. Mis ganas de mandarlo a la mierda no se iban. De hecho, empezaban a aumentar.

—La verdad es que sabe bien. Mmm. —Pensé que iba a perder la paciencia. Tal vez fuera buscando eso. Pero se limitó a ponerse en pie.

—Tengo que mear. —Se alejó y meó contra un árbol.

Me terminé el sándwich y volví a guardarlo todo en la mochila. Simon empezó a prepararse para el descenso en rápel.

—Vamos a hacer rápel simultáneo —me sugirió con brillo en la mirada.

Era un desafío. El rápel simultáneo es cuando dos escaladores emplean una sola cuerda para descender, confiando el uno en el peso del otro, con la cuerda deslizándose por un anclaje central. Puede ser peligroso si un escalador se descentra o pierde el control, pero a veces la gente lo hace si quiere bajar rápido. Nosotros no teníamos ninguna prisa. Teníamos toda la tarde para hacer el descenso, y así podría habérselo dicho, pero advertí el desafío en su mirada y no me dio la gana de echarme atrás.

—Vale.

Me até la cuerda y después el nudo de tope, lo que aseguraría que mi extremo de la cuerda no se escurriera a través de mi descensor, siempre la peor hipótesis en esa clase de rápel. Si la cuerda se escurría a través de mi descensor, también se escurriría a través del anclaje de rápel, lo que implicaría que Simon también se caería. Le vi prepararse.

—¿Has atado el nudo de tope? —le pregunté.

—Pues claro —respondió sereno, y me lo mostró.

Empezamos a bajar. No fue nada divertido. El descenso de Simon era errático e impredecible, lo que significaba que, al otro extremo de la cuerda, mi descenso también lo era. Estaba haciéndolo a propósito. Apreté los dientes. Decidí que ya estaba harta de fingir que todo iba bien. Cuando llegáramos abajo, íbamos a airear los trapos sucios. El rápel en sí no duró mucho. Media hora, tal vez, incluido el tiempo necesario para soltar nuestro descensor mientras avanzábamos. Simon llegó abajo antes que yo. A mí me quedaban unos siete metros por descender. Me impulsé con los pies, aterricé y reboté ligeramente contra la pared, dejando que la cuerda resbalara por el descensor. Volví a impulsarme, la cuerda siguió resbalando, y entonces sucedió. La cuerda se quedó floja. Totalmente floja. No tenía nada a lo que agarrarme. Estaba cayéndome.

Es la sensación más aterradora del mundo, la de perder el sostén de tu cuerda. Me había pasado solo una vez antes, en un ROCÓ-dromo de Boston, cuando falló uno de los aparatos de autoaseguramiento. Pero entonces me encontraba en interior y a una altura de tan solo metro y medio, además había colchonetas de gomaespuma dispuestas por el suelo. Esto, en cambio, era diferente. Caía… sin más. No había manera de agarrarme a una rama ni a un saliente. Nada salvo el aire. Creo que me precipité unos tres metros. No mucho, pero sí lo suficiente. Aterricé boca arriba sobre la tierra. Tenía pedruscos a ambos lados. Cualquiera de ellos habría podido romperme la espalda de haber aterrizado medio metro hacia la izquierda o hacia la derecha. Me di con la cabeza contra el suelo. Llevaba casco, lo que me salvó, imagino, pero aun así perdí el conocimiento durante un minuto. Cuando volví en mí, no sentía el cuerpo, lo que probablemente se debiera a la sorpresa, y entonces me invadió el dolor y, con él, la necesidad de vomitar. No podía girarme hacia un lado. El cuerpo no me obedecía. Estaba segura de que iba a atragantarme, pero entonces apareció Simon.

—¡Dios mío! Nina. Joder.

Me giró hasta colocarme de costado, con una mano sujetándome el cuello en todo momento. Vomité el sándwich de pollo. Cuando terminé, volvió a tumbarme boca arriba y deslizó las manos por mis hombros y mis brazos, después por las piernas, hasta llegar a los pies.

—¿Te encuentras bien? ¿Te has roto algo?

Traté de hacer inventario mental. Me dolía todo. ¿Me había roto algo? Quizá algunas costillas. Las notaba ardiendo. Intenté mover las piernas y me respondieron. Apreté los puños, que también reaccionaron.

—Creo que estoy bien.

—No te incorpores —me ordenó—. Ni se te ocurra. Madre mía. ¿En qué coño estabas pensando? Te has dejado caer. ¿Pensabas que ya habías terminado de bajar?

No me había dejado caer. ¿O sí?

—¿Puedo volver a ponerte de costado? Quiero verte la espalda, asegurarme de que no hayas aterrizado sobre nada.

Le dije que vale y Simon me giró. Movía las manos con dulzura, pero me dolía todo lo que me tocaba.

—Dios, tienes la parte trasera del casco hecha polvo. Se te ha rajado de un lado al otro. Menos mal que lo llevabas puesto.

Empecé a llorar, aunque fue un sonido débil, una especie de gimoteo. Estaba demasiado dolorida para sollozar. Simon volvió a girarme y me quitó los zapatos y el casco. Me dio órdenes: que moviera los dedos de los pies, los de las manos, que me tocara la nariz, que siguiera el curso de su dedo. Se mostraba seguro de sí mismo, como si supiera bien lo que estaba haciendo, y yo obedecí todas sus órdenes. Por fin, se apartó.

—Creo que te pondrás bien. Has tenido mucha suerte. Me has dado un susto de muerte, en serio. —Me pidió que me incorporase y así lo hice.

Se guardó mis zapatos de escalada, volvió a ponerme las botas y me ató con fuerza los cordones. Me levantó del suelo y me pidió que tratara de mantenerme en pie. Estaba dolorida y temblorosa, pero logré hacerlo. Se cargó al hombro ambas mochilas, me dio la mano y me alejó del risco. Creo que yo seguía en *shock*. El dolor de las costillas y de la cabeza era bastante intenso, pero me aferré a la mano de Simon y seguí cojeando mientras él hablaba y emitía sonidos apaciguadores. Le había cambiado por completo el ánimo. Se mostraba... alegre. Llegados a la casa, me llevó al piso de arriba, me ayudó a desnudarme y me arropó en la cama. Me trajo unos analgésicos y un vaso de agua, me besó en la frente y me dijo que al día siguiente tendríamos que ir a que me viera un médico, pero que por ahora sería mejor descansar.

—Gracias —le dije—. Lo siento mucho.

—Me alegra que estés bien. —Se inclinó para besarme; después salió del cuarto.

Y me dejó con algo en lo que pensar. Cuando se había inclinado, lo había mirado a los ojos y en ellos no había visto preocupación, sino... ¿placer? ¿Una pizca de alegría? ¿O de triunfo? Era incapaz de concretarlo.

Me froté la frente con la mano izquierda. Con la derecha me acaricié las costillas. ¿Qué había ocurrido en la montaña? Yo no había soltado la cuerda. De eso estaba segura. ¿Sería posible que el anclaje hubiera cedido? Sí, era una posibilidad, pero ¿acaso no había visto yo la cuerda, floja aunque todavía suspendida, mientras estaba tirada en el suelo? Así que el anclaje no podía haber cedido. La otra explicación posible era que Simon hubiera terminado su descenso y hubiera soltado su extremo de la cuerda. Pero primero habría tenido que desatar su nudo de tope. No habría sido un error. ¿Lo habría hecho a propósito? ¿Habría querido verme caer? Me dije a mí misma que eso era una ridiculez. Que estaba perdiendo la cabeza y que de ninguna manera Simon habría hecho algo así, que jamás haría algo así, que no tendría razones para hacerlo. Sin embargo, era como si, dentro de mi propia cabeza, estuviera actuando por inercia, sin nadie que escuchara mis argumentos. Porque en el fondo estaba convencida de que sí había sido cosa suya.

Me levanté de la cama y fui al cuarto de baño. Me quité la camiseta y me miré en el espejo. Tenía marcas en el cuerpo; unas recientes y otras antiguas. Muchas. Moratones en los hombros. Una mordedura en el pecho izquierdo. Me bajé los pantalones. El hematoma de la cadera había adquirido un tono amarillento. Me volví, retorciéndome para mirar por encima del hombro. En mi espalda se dibujaba un mapa azulado y negruzco. También había sangre, que brotaba de un nuevo corte en el omóplato que ni siquiera había sentido.

Volví a ponerme la camiseta y regresé a la cama. Me quedé allí sentada largo rato, mirándome los dedos de los pies. Pensé que tenía que tomar una decisión, pero al sentarme me di cuenta de que la decisión ya estaba tomada. Lo único que quedaba era decidir cómo llevarla a cabo. Busqué en la boca del estómago esas ganas de mandarlo a la mierda, las encontré y las alimenté. Deseaba estar furiosa. Durante meses, durante medio año, me había tenido bailándole el agua, desviviéndome por complacerlo, por no enfadarlo. Simon había querido que tuviera miedo, y ya estaba harta. Empecé a vestirme. Me puse los vaqueros, las botas y el jersey. Me recogí el pelo. Saqué mi ropa del armario y guardé mis artículos de baño. Hice la maleta. Y luego bajé las escaleras para decirle a Simon que habíamos terminado y que no deseaba volver a verlo nunca.

# 1

## LEANNE

El domingo por la tarde, fui a buscar a Andy al granero. En teoría no trabaja los domingos. Habíamos acordado que reservaríamos como mínimo un día de la semana para la familia, pero, teniendo en cuenta que yo ni siquiera había estado cerca de cumplir esa promesa, difícilmente podía reprochárselo. Oí la motosierra encendida conforme cruzaba el patio. El granero tiene dos puertas. Las puertas dobles situadas en el extremo más alejado, que Andy utiliza para meter su miniexcavadora y su volquete y protegerlos así del clima, y una pequeña puerta lateral que instaló hace un par de años. Me acerqué a la puerta lateral y la empujé. Andy estaba concentrado cortando un tronco para convertirlo en leña. Llevaba puesta la protección para los oídos y estaba de espaldas a mí. Decidí esperar, en lugar de darle un toque en el hombro mientras manejaba la sierra. Me senté en un taburete, aspiré el aroma a serrín, que me encanta, y esperé.

Hace cinco años solicité una ayuda de conservación de graneros del estado de Vermont. La estructura del edificio es de roble rojo y siempre ha sido estable, pero el tejado, los revestimientos y el suelo estaban en mal estado. Andy empleó el dinero de la ayuda para cambiar el tejado y los revestimientos y colocar un suelo de ladrillo. Me encanta el granero. Me encanta que esté abierto hasta las vigas del techo y me encanta que la luz entre por las ventanitas. Me encanta el olor al aceite de la maquinaria y a la madera cortada, y que todo esté tan organizado y ordenado, desde los sacos de fertilizante y turba hasta los palés de piedras para paisajismo y la pila de traviesas de ferrocarril que hay en el rincón.

Por fin, Andy apagó la motosierra. Se retiró la protección para los oídos y empezó a apilar la madera.

—¿Necesitas ayuda con eso? —le pregunté. Lo había asustado y dio un respingo—. Nina aún no me ha devuelto la llamada —dije. Llevaba el teléfono en la mano y miré la pantalla como si pudiera mostrarme algo nuevo—. Esta mañana la he llamado dos veces. Y en ambas ocasiones ha saltado el buzón de voz. Le he enviado un mensaje y nada.

Andy devolvió la protección para los oídos y la motosierra a su banco de herramientas. Miró el reloj, se quitó los guantes de trabajo y se apoyó en la pared situada frente a mí.

—Bueno, Lee, seguramente esté enfadada. Y supongo que te la estará devolviendo.

Se refería al hecho de que Nina me había llamado tres veces la semana anterior y yo había estado tan enfadada con ella que no le había respondido ni devuelto las llamadas.

—¿En serio?

Negó con la cabeza.

—Venga, Andy. Fue una impertinente.

—No digo que no lo fuera.

—Pues parece que eso es justo lo que estás diciendo.

Me sonrió. Fue una de esas sonrisas lentas y perezosas que se me clavan justo en el centro de la tripa. Se acercó, me dio la mano y tiró de mí para ponerme en pie.

—Tenía que haber vuelto ayer —le informé—. Me dijo que estaría aquí a las nueve de la mañana como muy tarde.

—Las clases en la universidad no empiezan hasta el martes. Imagino que volverá a casa mañana.

Andy tenía un acento más marcado que el mío. Aún se comía

algunas vocales como era habitual en Vermont. «Hasta el» pasaba a ser «hastal». Antes yo tenía el mismo acento, pero poco más de un año en la Universidad de Boston había bastado para despojarme de mi herencia como si fuera un mal olor, y jamás había sido capaz de recuperarlo. Me gustaba el acento de Andy. Daba muestra de su personalidad, de que no sentía la necesidad de cambiar por nadie.

—¿Quieres que vaya a recoger a Grace? —me preguntó.

Se me había olvidado por completo recoger a Grace, nuestra hija menor. Tenía quince años y estaba obsesionada con los caballos. Tras ocho años de súplicas y ruegos constantes, por fin habíamos accedido a comprarle un cuarto de milla de siete años llamado Charlie. El plan era construir un establo en un extremo del granero y talar algunos árboles para instalar un potrero. Mientras tanto, Charlie se alojaba en el establo de casa de Molly, amiga de Grace, lo que implicaba que nuestra hija ahora pasase todo su tiempo allí y solo la viéramos cuando la recogíamos o la llevábamos.

—Se me había olvidado —confesé.

Andy me rodeó la nuca con la mano, cálida y tierna. Me acarició la piel con el pulgar.

—No te preocupes. Deja de preocuparte, punto. Nina está bien. Simon nos habría llamado de no ser así.

Descolgó su chaqueta del gancho de la pared. Yo salí del granero tras él, atravesé el patio y entré en la cocina. Rufus, nuestro perro, estaba medio dormido en su cama cerca de la estufa. Levantó la cabeza esperanzado al vernos entrar. Ahora tiene casi diez años y menos energía, pero le encanta pasear.

—¿Andy?

—¿Mmm?

—¿Crees que he sido demasiado dura con ella? Me refiero a en términos generales. ¿Crees que espero demasiado de ella?

—Puede ser —respondió tras pensarlo un instante—. Un poco. Es buena chica. Se merece algo de diversión.

—Vale, pero es que me dejó totalmente tirada. No es como si

pudiera llamar a alguien para que la sustituya en el último minuto. Las cosas no funcionan así, y lo sabe. Así que tuve que hacer mi trabajo y también el suyo, mientras ella anda por ahí divirtiéndose con su novio.

—Eso es cierto.

—Andy… —Se volvió para mirarme—. Una cosa o la otra.

—Las dos. Nina se pasó de la raya al escaquearse del trabajo, pero es posible que a veces seas un poco dura con ella. —Me dio un beso rápido en la boca, tomó sus llaves y se marchó.

Preparé café y me llevé una taza al salón. El fuego casi se había apagado, así que añadí un poco más de leña y me senté luego en el sofá con Rufus acurrucado a mis pies. Abrí Instagram y fui a la cuenta de Nina. No había publicado nada nuevo desde el jueves. Su última publicación era un primer plano de un pájaro carpintero de panza colorada posado en una rama, con la cabeza vuelta hacia la cámara. La anterior a esa era una fotografía de Nina y Simon juntos, con la ropa de escalada, en lo alto de un acantilado con un bosque verde oscuro al fondo. Se rodeaban el uno al otro con los brazos y sonreían.

Dejé el teléfono, agarré el mando de la tele y encontré una temporada de *El amor es ciego* que aún no había visto. Puse el primer episodio y me desconecté por completo durante la introducción. Volví a agarrar el teléfono, abrí el Instagram de Nina y di *like* a dos de sus últimas publicaciones. Así mejor. Nina lo vería, sabría que quería que fuéramos amigas y me llamaría. Lo bueno que tiene es que no es una persona rencorosa. Además, se esfuerza mucho en el trabajo. No era propio de ella escaquearse de su puesto.

La idea había estado reconcomiéndome. Nina tenía dos años cuando compré la pensión. Por entonces, la única razón por la que pude permitirme comprarla fue que había un gran agujero en el tejado y que las cañerías no funcionaban. También se debió a que el anterior ocupante se había dedicado a acumular trastos y al agente inmobiliario le asqueaba tanto el sitio que había aceptado la primera oferta por debajo de mercado, que había resultado ser

24

la mía. Incluso con dos años, Nina había sido una niña dura. Me había llevado meses de trabajo arduo adecentar el lugar, limpiarlo, pintarlo y hacerlo habitable. No tenía dinero para permitirme una guardería ni familia que pudiera ayudarme, así que Nina venía conmigo todos los días. Siempre le daba alguna tarea que hacer, para mantenerla entretenida, y ella se la tomaba muy en serio. Llevaba el peto y su pañuelo rosa para la cabeza, y correteaba por allí con su escobita o se dedicaba a frotar los escalones de piedra con un estropajo. Siempre se mostraba muy orgullosa de sí misma por ayudarme. Cuando terminaba, se inclinaba hacia atrás y se apoyaba las manos en la zona baja de la espalda para supervisar su trabajo, como si fuera una adulta en miniatura. Y esa actitud nunca había cambiado. Grace no soportaba trabajar en la pensión. Hacía todo lo posible por escaquearse de los compromisos más insignificantes que había adquirido. Mientras que, cuando Nina decía que sí, se presentaba allí y cumplía con su palabra.

Andy tenía razón. Quizá había sido demasiado dura con ella. Ahora estaba en el segundo año de carrera. Podía ser que necesitase más tiempo para estudiar. Quizá pudiéramos hacer algunos cambios. Podríamos plantearnos contratar a alguien para aliviar la carga de trabajo. No a jornada completa, pero unas pocas horas sí que marcarían la diferencia. Hablaría con Nina al respecto.

Después de que se disculpara.

Para cuando Andy y Grace regresaron, me había quedado medio dormida. Antes, Grace solía venir directa a mí para darme un abrazo si habíamos estado separadas algún tiempo, por corto que fuera. Pero en los dos últimos años eso había cambiado. Sabía que la distancia era una parte necesaria del desarrollo de Grace, y en general lo respetaba, pero a veces una necesita un abrazo. Me levanté del sofá y me acerqué a ella. Le di un beso en la cabeza; el pelo le olía a sudor y a caballos.

—¿Te lo has pasado bien? —le pregunté.

—Genial —respondió apartándose—. Estoy que me muero de cansancio. Y de hambre. ¿Qué hay de cenar?

—Restos. —Su quejido fue una respuesta predecible.

Empecé a seguirla hacia la cocina. En la nevera había comida de sobra, pero, si no le preparaba algo, acabaría cenando cereales y patatas fritas. Andy estaba apoyado en el marco de la puerta del salón. Levantó una mano para detenerme antes de que pudiera salir de la estancia.

—¿Tienes un minuto?

Estaba muy serio.

—Claro —le dije, y le pegué un grito a Grace—. Nada de cereales, ¿de acuerdo? En la nevera tienes lasaña. Caliéntala.

Grace agitó una mano por encima del hombro, sacó su móvil y empezó a reproducir música por el altavoz de la cocina. Dua Lipa. *Levitating*.

Andy me hizo regresar al salón y cerró la puerta sin hacer ruido.

—¿Qué ocurre? —le pregunté.

—He tenido que bajar a la gasolinera a repostar antes de ir a recoger a Grace y me he puesto a hablar con Patrick.

Patrick trabajaba en la gasolinera y hablaba por los codos. Consideraba que era su deber recopilar toda la información posible sobre cualquiera que viviera por allí cerca, desde Waitsfield hasta Warren, y compartirla con los demás.

—Patrick dice que Simon volvió de Stowe el viernes por la noche. Lleva dos días en casa. Patrick dice que volvió a casa solo.

—¿Que Simon volvió a casa solo? ¿Y eso qué significa?

Andy sacudió la cabeza.

—¿Qué estás pensando? ¿Que Nina se ha largado a otra parte? ¿Con amigos? —Volvió a resurgir mi rabia, que ya casi se había disipado.

Tenía el móvil sobre la mesita de centro. Andy se agachó, lo agarró y me lo tendió.

—Llámala —me pidió.

—Ya la he llamado dos veces. Y le he enviado mensajes.

—Inténtalo de nuevo.

Marqué el número. Saltó el buzón de voz. Levanté el teléfono para que Andy oyera la alegre voz de Nina pidiéndome que dejara un mensaje, después volví a llevarme el móvil a la oreja.

—Nina, llámame. —Me salió un tono cortante.

Traté de pensar en algo más que pudiera decir, pero todo lo que se me ocurría eran reproches. Andy estaba apoyado contra la pared con los brazos cruzados, observándome con seriedad, de modo que colgué.

—¿Qué?

—Esto no me hace ninguna gracia.

—No es que yo esté dando saltos de alegría. Me parece increíble. ¿Dónde se habrá metido ahora? ¿Se habrá ido a Nueva York de compras? O tal vez a París.

—Leanne.

—¿Qué?

—A lo mejor deberíamos pasarnos por allí, por casa de los Jordan —me sugirió Andy—. Nos pasamos y nos aseguramos de que está bien.

El tono de su voz me hizo frenar. Era un tono tranquilo, firme y sensato, porque así era Andy. Pero advertí en su voz algo que me pareció menos normal en él: un leve poso de preocupación.

—¿No te parece un poco excesivo?

—Puede que sí —admitió encogiéndose de hombros—. O puede que no. Están a solo diez minutos de camino.

—O podría llamarla. A Jamie, me refiero. —No quería llamarla.

A Jamie Jordan yo no le caía bien, y parecía gustarle dejármelo muy claro. A mí me daba igual lo que pensara de mí la gente. No era una persona especialmente sociable. Tenía mi hogar, mi familia y mi negocio, y no necesitaba nada más. Pero Jamie había logrado perfeccionar el arte de hacer que la gente se sintiera incómoda, y yo no era del todo inmune a sus tretas. Marqué su número, pero saltó el buzón de voz.

—Jamie. Hola… Soy… Leanne Fraser. Te llamo porque no sé

nada de Nina. —Me reí, y no me gustó que mi voz sonara tan nerviosa. Tan obsequiosa—. Me preguntaba si estaría con vosotros, por algún casual. O si Simon te ha dicho algo. Seguro que no pasa nada, pero, si pudieras llamarme para contarme, me sentiría mucho mejor. Gracias, Jamie. ¡Te debo una! —Concluí el mensaje con tono alegre, como si fuéramos íntimas amigas. Colgué y miré a Andy.

—Vamos a pasarnos por allí —insistió.

Dejamos a Grace en casa. Condujo Andy y no hablamos mucho. No estaba realmente preocupada por Nina, pero notaba en él la tensión, y eso me inquietaba. Cambié de postura en el asiento. La casa de los Jordan se ubicaba en Sharpshooter Road. Rory, el padre de Simon, era el dueño de una empresa de herramientas de precisión que suministraba maquinaria a laboratorios farmacéuticos y demás empresas tecnológicas. En sus inicios había contado con ayuda. Su propio padre había dirigido una pequeña empresa de herramientas personalizadas. Luego Rory se fue a la universidad a estudiar Ingeniería Industrial y volvió a casa con algunas ideas. Ideas brillantes que había transformado en máquinas que daban cuantiosos beneficios. En la actualidad, la empresa estaba valorada en cincuenta o sesenta millones, si una hacía caso a los rumores. A lo largo de los años, había coincidido con Rory en múltiples ocasiones, en celebraciones escolares, pero nunca me había abierto con él. Era listo, pero frío. También podía ser pretencioso. La casa de los Jordan era muy grande, fácilmente podía ser cuatro veces más grande que la pensión. Estaba situada lejos de la carretera y protegida por un muro y una verja de hierro forjado, cosas ambas que no resultan necesarias en esta zona de Vermont, donde la mayoría de las personas sigue sin echar el cerrojo y no tiene reparos en dejar puestas las llaves del coche.

Andy pulsó el botón del telefonillo que había en el poste de la verja. Transcurridos unos segundos, la verja se abrió y ascendimos conduciendo lentamente hacia la casa. Se trataba de una edificación moderna, baja y amplia, de madera contemporánea, con revestimientos de hormigón y un jardín minimalista. Vista desde delante, parecía una fortaleza. La puerta de la entrada era de madera sólida y muy grande, y las ventanas que daban a la parte frontal eran muy estrechas, casi como las aspilleras de un viejo castillo. Yo había estado en la casa solo una vez, para asistir a una fiesta que celebraron los Jordan cuando Simon se graduó en el instituto. Sabía que, en el interior de la casa, la sensación de fortaleza se olvidaba enseguida y que el aspecto achatado de la vivienda era engañoso. Nada más cruzar la puerta de la entrada, empezabas a bajar hacia el interior mediante una serie de vestíbulos a modo de terrazas. Los techos de las dependencias principales eran tan altos que la casa parecía espaciosa y diáfana, con amplios ventanales del suelo al techo que daban a la parte posterior de la propiedad, con impresionantes vistas a Camel's Hump. Mucha gente con dinero se construía segundas residencias en esa parte de Vermont, de modo que contamos con bastantes propiedades de lujo, aunque la de los Jordan estaba a otro nivel.

Cuando detuvimos el coche frente a la casa, no había otros vehículos aparcados fuera, aunque la casa cuenta con un garaje con seis plazas, de modo que aquello no suponía indicación alguna. Andy se quedó un poco rezagado mientras avanzábamos hacia la puerta. Llamé al timbre. Oímos pasos procedentes del interior y vimos una sombra que se acercaba al otro lado del cristal. Jamie abrió la puerta. Iba descalza, vestida con unos vaqueros azules y una blusa rosa con los primeros botones desabrochados, dejando ver un leve bronceado y un collar de oro con un medallón redondo. Como de costumbre, estaba muy guapa. Lucía el tipo de cuerpo que no tiene ninguna mujer de más de cuarenta sin estar obsesionada con la disciplina absoluta. Muy delgado y tonificado a la perfección. Llevaba las uñas de los pies pintadas de amarillo neón y la melena y el maquillaje estaban impecables. Parecía recién salida del programa de telerrealidad *Selling Sunset*. Me miró como si no me hubiese visto nunca, y de pronto sentí que habíamos exagerado un poco.

—Siento molestarte, Jamie. Espero que no estuvierais cenando.

Enarcó una ceja perfectamente depilada, se cruzó de brazos y no dijo nada. Aquello era una grosería incluso para ella.

—Estoy buscando a Nina —le dije, con un tono un poco más abrupto—. ¿Está aquí?

—¿Por qué iba a estar aquí?

—Me dijo que Simon y ella volverían el sábado. Ayer. Y no he sabido nada de ella. La he estado llamando, pero… —Dejé la frase inacabada—. Patrick, el de la gasolinera, ha dicho que Simon ya ha vuelto de Stowe. ¿Es cierto? ¿Está en casa?

Jamie dejó escapar un suspiro de impaciencia.

—Simon y Nina han roto. Ella no está aquí.

Me quedé con la boca abierta, sin saber qué decir.

—Si no está con Simon, ¿dónde está? —preguntó Andy.

—No lo sé. Probablemente con su otro novio. Ahora, si no os importa, estamos cenando. Voy a tener que daros las buenas noches.

Antes de que pudiéramos reaccionar, Jamie Jordan nos cerró la puerta en las narices.

Miré a Andy y noté que se me encendían las mejillas por la rabia.

—¿Otro novio?

Andy negó con la cabeza. Di un paso al frente y volví a llamar al timbre. Lo dejé apretado durante largo rato. Transcurrido un minuto, volvió a abrirse la puerta. Esta vez era Rory Jordan. Metro noventa. Guapo pese a haberse roto la nariz. No parecía enfadado. Parecía comprensivo.

—Chicos —nos dijo, tendiéndole la mano a Andy. Se quedó allí suspendida unos instantes, hasta que Andy se la estrechó—. Jamie me ha dicho que estáis preocupados por vuestra chica.

—Tenía que haber vuelto a casa ayer —expliqué—. La hemos llamado, pero…

—Lo lamento —me interrumpió Rory, negando con la cabeza—. Siento que no podamos ser de mucha ayuda. Pero, como ya os ha dicho Jamie, los chicos rompieron. Estaba destinado a ocurrir, porque son muy jóvenes. A decir verdad, Simon está hecho polvo. No creo que fuera idea suya, ¿entendéis? Pero no ha hablado con Nina desde el viernes. Rompieron, así que se vino a casa. Ojalá pudiera ser de más ayuda, pero eso es lo único que sabemos.

Me sentí como una estúpida en vista de aquella seguridad en sí mismo. Era una madre terrible. Nina y Simon habían roto y yo ni siquiera lo sabía. No me había llamado. ¿Había sido ella la que tomó la decisión de romper? Pero si lo quería mucho. Hablaba de él a todas horas. Estructuraba su vida en torno a él. Me parecía que aquello no tenía ningún sentido.

—No es propio de Nina no llamar a su madre —intervino Andy—. ¿Estás seguro de que Simon no sabe dónde está?

—Lo siento —insistió Rory con firmeza, luego aguardó a que nos fuéramos.

—Gracias —le dije con voz mecánica—. Volveremos a llamarla.

—Dile que le deseamos lo mejor —respondió Rory, y cerró la puerta.

# 2

## Jamie

El sábado no vi a Simon porque estaba en Boston. Bajé con el coche el viernes por la noche y me quedé allí hasta el día siguiente. Cada tres meses acudo a ver al doctor Jason Marque, que es un genio con la aguja. El bótox y los rellenos faciales son una absoluta bendición, pero solo en manos de un auténtico artista, de modo que no permito que cualquiera me toque la cara. Mi marido tiene cincuenta y siete años. No quiere una esposa con un rostro petrificado de labios hinchados como las que aparecen en Instagram. Quiere una belleza natural, y la belleza natural requiere retoques regulares, cuidadosos y diminutos por parte de la persona adecuada. El sábado por la mañana me puse un poco de bótox y un poquito de relleno en el labio, luego compré algo de ropa y volví a casa. Llegué tarde.

El domingo por la mañana, me levanté antes que Simon y Rory. Realicé mi entrenamiento de yoga, desayuné y me fui al vestidor. Tenía que planificar mi atuendo para la cena de gala a la que íbamos a asistir en Washington. Era un acto para recaudar fondos para David Garvey, residente de Vermont que se presenta al Senado, y nuestra mesa le había costado a Rory veinte mil dólares. Se mostró encantado de pagar. Rory podía ser muy generoso con los donativos políticos y benéficos, siempre y cuando supusieran una ganancia que considerase que valía la pena. Los actos políticos para recaudar fondos eran ventajosos porque le proporcionaban contactos. Las causas benéficas interesaban si le reportaban una columna en el periódico adecuado. La filosofía de Rory era que la mejor manera de triunfar en un negocio era producir algo que tuviera valor auténtico, algo que no pudiera copiarse ni replicarse con facilidad. Decía que, para sobrevivir en los negocios, tenías que ser listo y capaz, y estar dispuesto a trabajar duro. Pero, a fin de prosperar, también necesitabas estatus, reputación y contactos. Eventos como la cena de gala eran importantes para mi marido, así que escogería mi ropa con sumo cuidado. Esperaría de mí que diese en el clavo. No podía ir demasiado sexi, o parecería una veinteañera a la caza de un hombre, pero si me presentaba en la cena vestida como Claire Underwood, de *House of Cards*, tampoco serviría. Robin Wright es una mujer hermosa, pero en esa serie estaba obsesionada con el poder, y ese no es el estilo de Rory. A él le gusta que una mujer sea femenina.

Acertar con la ropa es más difícil de lo que parece. Tengo que estar guapa, pero no infantil. Sexi, pero no descarada. Sofisticada, pero no aburrida. Y no puedo ponerme nada dos veces, porque las fotos aparecerán como mínimo en redes sociales, y posiblemente en alguna publicación *online*. Rory no escatima con el dinero, pero sí que tiene cuidado, y a mí antes me preocupaba el coste de mi ropa, hasta que me di cuenta de que la ropa y el cuidado personal era la única parte de mis gastos que Rory no supervisaba en absoluto. Quería que estuviera guapa. Le gustaba que estuviésemos en una fiesta o pasando el fin de semana fuera y las demás mujeres comentaran algo sobre mi minivestido de Valentino o sobre la cazadora de Tom Ford que llevaba. De manera que dejé de preocuparme y empecé a gastar más. Mucho más.

Lo que Rory no sabe es que vendo mi ropa después de ponérmela. Tampoco sabe que sustituyo mis bolsos más caros por imitaciones muy buenas, que hace por encargo un tipo al que conozco en Nueva York, y que vendo los originales. De hecho, se me da bastante bien. Utilizo dos aplicaciones diferentes y hago unas fotos preciosas, y tengo bastantes seguidores *online.* Casi todas mis cosas vuelan en cuestión de días. Como es natural, me aseguro de mantener el anonimato. Justo esa mañana había aceptado una oferta de doce mil dólares por mi chaqueta de purpurina de Celine, y otra de cinco mil por mis zapatos de piel con cordones de Prada. Me pongo un objetivo mensual de treinta mil dólares, pero la mayoría de los meses gano más.

Por cierto, no vendo mi ropa por cuestiones de frugalidad. Lo hago para salvarme el culo. Comencé mi pequeño proyecto hace poco más de cinco años, cuando Tony Webster, un amigo de Rory, cambió a Sally, su segunda esposa, por una modelo más joven. Literalmente. Antes de casarse con Tony, Sally había aparecido en la portada de *Vogue,* y después de los embarazos seguía siendo esbelta y preciosa, pero la esbeltez y la preciosidad no pueden competir con la juventud. No cuando tu marido es Tony Webster, un hombrecillo esmirriado e inseguro al que le gusta rodearse de trofeos para compensar su falta de personalidad. Sally era muy dulce e ingenua, y no lo vio venir. Tenían un acuerdo prenupcial, por supuesto, y sus hijos eran mayores, así que no obtuvo nada con el divorcio. Lo último que supe de ella fue que había vuelto a vivir con sus padres en Wyoming.

El de Sally no fue el primer divorcio de nuestro entorno, pero sí que activó las señales de alarma en mi cabeza. Seis meses después del divorcio de los Webster, Marco Pérez se prometió con una modelo de pasarela de veintiséis años con la melena hasta el culo, una chica que bebía los vientos por él y se adelantaba a todas sus necesidades (oí que había hecho un curso de masaje de seis meses solo para poder masajearle correctamente los hombros después de jugar al tenis); y percibí entonces un cambio en mi relación con Rory. Por primera vez, sentí que estaba comparándome con las demás esposas y novias, y que no estaba seguro de haber salido ganando.

Yo tenía veintidós años cuando nos casamos, así que no era

precisamente una cría, pero me sentía muy fuera de lugar. Rory tenía treinta y cinco y nunca había estado casado. Nunca había tenido una relación que durase más de unos pocos meses, creo que porque en realidad las mujeres no le interesaban. Le gustan más las máquinas, la tecnología, las ideas y las victorias empresariales. La noche que lo conocí, estaba trabajando detrás de la barra y él celebraba la firma de un acuerdo importante, y supongo que se había tomado algunas copas, porque se le iluminaron los ojos al verme y me pidió salir. Más tarde me contó que se había dado cuenta de que todos los hombres del bar me deseaban, cosa que debía de ser producto de la cerveza que se había tomado, porque a mí no me daba esa impresión en absoluto. No voy a fingir que no sé que soy guapa. Me he esforzado demasiado en conseguirlo como para no saber exactamente qué puesto ocupo en las clasificaciones de belleza, y es un puesto bastante alto. Pero a los veintidós años, me decoloraba yo misma el pelo y llevaba vaqueros de tiendas de segunda mano. No era una belleza a la que desearan todos los tíos. No tenía dinero. Dormía en el sofá de una amiga porque acababa de romper con mi novio, un músico al que nunca contrataban más de una vez en un mismo sitio. A mi ex lo habían detenido por posesión de marihuana, sobre todo porque cabreó a un poli. Yo le había pagado la fianza con el dinero de las propinas que había estado ahorrando desde hacía seis meses, y al día siguiente se emborrachó y se acostó con mi mejor amiga. Así que la noche que conocí a Rory básicamente estaba sin casa, sin dinero y sin mucha seguridad en mí misma.

Lo cierto es que me intimidaba. Era —y sigue siendo— un hombre guapo. Cuando lo conocí, era muy listo y tremendamente seguro de sí mismo, distinto a cualquier otro hombre que hubiera conocido. Recuerdo que me sentí muy afortunada porque se hubiera fijado en mí, y cuando al fin me di cuenta de que no me amaba, las cosas ya habían llegado demasiado lejos. Ya vivía con él en su lujoso apartamento con vistas al lago Champlain. Me describió la vida que podríamos llevar juntos. Yo no tendría que volver a preocuparme por el dinero, ni por tener un lugar donde vivir. No tendría que volver al bar, con el asqueroso del encargado y los asquerosos de los clientes. Rory cuidaría de mí, y yo quería eso. Tal vez lo amara, al principio. Ha pasado tanto tiempo que ya no estoy segura de lo que sentía. Tal vez lo amara, o tal vez solo deseaba todo lo que me ofrecía. La seguridad y el confort son muy tentadores cuando nunca los has tenido. De modo que me pidió matrimonio y yo entendí lo que quería: hijos y una esposa guapa que no se quejara cuando se pasara el día trabajando. Alguien que diera buena imagen prendida de su brazo y que jamás hiciera preguntas incómodas. Me pareció un trato justo y, cuando me envió a ver a un abogado que me puso delante un acuerdo prenupcial blindado, no dudé en firmarlo. En realidad nunca entendí lo precaria que era mi situación hasta que los amigos de Rory empezaron a cumplir cincuenta años y a librarse de sus esposas. Fue entonces cuando me di cuenta de que tenía los días contados. Podría llegar cualquier mañana de clase de yoga y encontrarme mis cosas en la puerta, las cerraduras cambiadas y a un agente judicial esperándome para notificarme la solicitud de divorcio.

No tenía sentido lamentarme de mi situación, ni pretender que Rory calmara mis dudas. Ese es un error que cometen muchas mujeres. Sienten que están perdiendo a su hombre y se vuelven pesadas e inseguras, y, por supuesto, eso hace que el final se precipite. Yo hice todo lo contrario. Me mantuve ocupadísima y me aseguré de resultar de utilidad. En las fiestas, siempre sabía el nombre de todos, quién era la gente importante en cada evento. Mantenía la ingesta calórica por debajo de mil quinientas al día, prestaba atención a los macronutrientes, me ponía en manos del mejor cirujano plástico de Boston y hacía ejercicio como una loca. Y empecé a vender mi ropa. Cinco años después de iniciar mi pequeño proyecto, tenía 1,9 millones de dólares a mi nombre en un paraíso fiscal. No daba como para jubilarme, pero algo es algo. Ya conseguiría algo en el divorcio. Una casa no, porque Rory era demasiado listo para eso, pero sí algo.

Le saqué fotos a un deslumbrante minivestido de tul bordado de Oscar de la Renta y después no lograba decidir si subirlo a la aplicación o si ponérmelo por segunda vez para acudir a la cena de gala. Al final me rendí y lo deseché, luego me puse la ropa de hacer deporte y bajé al gimnasio. Allí fue donde me encontró Simon media hora más tarde.

—Hola, cielo. —Estaba corriendo en la cinta.

Simon, en cambio, no había bajado para hacer deporte. Vestía unos vaqueros y una camiseta verde de manga larga. Debía de haber salido de la ducha hacía poco, porque lucía ese aspecto despeinado informal que sé que le lleva como mínimo veinte minutos con el secador y la cera moldeadora. Se sentó en el banco de pesas, se inclinó hacia delante y apoyó los brazos en los muslos.

—¿Va todo bien?

—Sí, claro. Es que ha ocurrido algo y pensaba que sería mejor contártelo antes de que te enteres por otros.

Yo seguía corriendo, pero al fijarme en su mandíbula apretada me di cuenta de que debería prestarle atención. Pulsé un botón, aminoré la marcha para adoptar un paso ligero y esperé.

—Nina y yo hemos roto.

—¡Ay, Simon! —Me sorprendió de verdad. Simon estaba loco por Nina.

Habían empezado a salir cuando tenían solo dieciséis años y, aunque para mis adentros deseaba que hubiese escogido a alguien que no fuera la hija de Leanne Fraser para ser su primer amor, en realidad no tuve ningún problema con la relación, al menos al principio. Me parecía que hacían buena pareja. Un año más tarde, seguían juntos y yo ya estaba harta. Simon tenía muchas cosas por vivir. No me parecía sano que estuviese tan obsesionado con una chica. Para cuando terminaron el instituto, estaba deseando que la dejara, pero Simon no paraba de hablar como si fueran a estar juntos para siempre. En todo caso, parecía pensar que Nina era demasiado buena para él, que era muy afortunado por tenerla, lo cual a mí me volvía loca. He de reconocer que ella era muy guapa, pero hay montones de chicas guapas por ahí. Lo sé mejor que nadie. Y Nina era una persona muy leída, pero a mí siempre me había parecido una sosa. Aunque jamás había cometido el error de criticarla delante de Simon. Me había limitado a ser simpática y a cruzar los dedos, esperando a que pasara el temporal. Cosa que, al parecer, por fin había sucedido. Me contuve para no gritar de alegría.

—Estoy segura de que conseguiréis arreglarlo.

—Creo que no, mamá.

—Todas las parejas discuten.

—Se acostaba con otros —me dijo Simon a bocajarro—. Con otros tíos, cuando yo estaba en la universidad.

Es curiosa la rapidez con la que la alegría se convierte en furia.

—No hablarás en serio.

—Ojalá no fuera cierto —me dijo con una sonrisa amarga. Estaba triste. Lo disimulaba muy bien, pero advertí el cansancio en sus ojos y la infelicidad en la curva de sus hombros—. No pasa nada, en serio. Lo sospechaba desde hacía algún tiempo, pero me repetía a mí mismo que eran imaginaciones mías. Luego supongo que conoció a alguien que le gustó más que yo. Me dejó el viernes por la noche. Le pregunté si había estado saliendo con alguien a mis espaldas y no lo negó. Le pregunté si era el primero y básicamente admitió que no lo era.

—Menuda zorra. —Ya estaba harta de fingir. Si hubiera tenido a Nina Fraser delante de mí, le habría arreado un bofetón.

Simon se encogió de hombros y se levantó. Volvió a dirigirme esa media sonrisa. Estaba esforzándose por fingir que se encontraba bien. Me hizo sentir pena por él y, al mismo tiempo, orgullosa de él.

—Estas cosas suceden, ¿no? ¿Cuántas relaciones de instituto sobreviven a la universidad?

—Muy pocas. Y las que lo hacen probablemente no deberían.

—Claro.

Se volvió para marcharse.

—Simon —le dije—. Puedo preparar la cena. Algo especial para tu padre y para ti.

—Va a venir Cody a recogerme.

—¿Vas a salir?

—Sí. Los chicos creen que tengo que ahogar mis penas o algo así. Vamos a ir a un bar. —Legalmente, a Simon le faltaban un par de meses para tener edad para beber, pero sus amigos y él llevaban yendo a uno de los bares del pueblo desde que tenían diecinueve años.

—No te pases.

—Cody cree que tengo que pillarme un buen pedo. Me ha dicho que es un paso necesario en el proceso de duelo. El segundo paso es ligar con chicas.

—Simon...

—Estoy de broma —dijo riéndose—. Tomaremos unas cervezas y seguramente acabemos en casa de Cody jugando a Gears *online* o algo así.

—¿Cuándo vuelves a clase? —le pregunté—. ¿Es mañana?

—El miércoles por la mañana —respondió—. No tengo clases hasta el jueves. Ya he reservado el vuelo.

Salió del gimnasio con un último gesto de despedida y yo empecé a correr de nuevo. Aumenté la inclinación de la cinta y también el ritmo hasta que acabé sudando y con la cara roja. Tenía que hacer algo con toda esa energía. Estaba muy cabreada.

Leanne Fraser nunca me había caído bien. En clase iba varios años por delante de mí y en circunstancias normales no la habría conocido bien, salvo que iba al mismo curso que la hermana mayor de mi mejor amiga, que la odiaba. Leanne sacaba buenas notas y se comportaba como si eso la hiciera especial. Mejor que los demás. Consiguió plaza en una buena universidad y su madre, que era una zorra despiadada, se paseó por el pueblo alardeando de su brillante hija. Lo cual hizo que resultase casi gracioso cuando Leanne se quedó embarazada en su segundo año y tuvo que dejar los estudios. Sí que se compró la pensión y levantó su negocio, cosa que yo habría respetado de haber sido cualquier otra persona, pero es una mujer prejuiciosa y sin ningún sentido del humor.

Su ropa, por ejemplo. Leanne vivía siempre con el mismo modelito: básicamente unos vaqueros holgados y unas deportivas zarrapastrosas. Un forro polar por encima de una camiseta de manga larga. Juro que llevaba la misma ropa cuando iba al instituto. Es la clase de mujer que finge que no le importa la ropa ni el aspecto físico porque está por encima de todo eso, pero, claro, es mentira. Todo el mundo se levanta por la mañana y elige la ropa que se va a poner. Ya sea un conjunto en tono pastel, unas botas hasta la rodilla y una cazadora negra de cuero, o unos vaqueros andrajosos que te hacen un culo enorme, sigue siendo una elección. Aun así, decides qué mensaje quieres enviarle al mundo. Y la elección de Leanne era aplicarse un manchurrón de pintalabios y un pegote de rímel para asistir a una gala benéfica escolar y llamar a eso virtud. Lleva los últimos treinta años tratando de hacernos creer esa imagen de chica inocente y sencilla. Habida cuenta de que le hicieron un bombo y tuvo que volver a Waitsfield con el rabo entre las piernas, cualquiera pensaría que ya se habría rendido, pero no. Sigue insistiendo con esas sonrisas tímidas, con esas miradas de reojo, como si nunca hubiera roto un plato. No sé a quién pretende engañar, porque todo el pueblo sabe que es fría como un témpano. Dirige su pensión con mano de hierro.

No soporto esa clase de hipocresía.

Y ahora resultaba que su hija era justo igual que ella. Por fuera parecía que nunca había roto un plato, pero al mismo tiempo iba detrás de lo que deseaba. Me ponía enferma. Simon era un chaval guapo, listo, popular y atlético. Todo el mundo lo quería. Valía diez veces más que Nina y me cabreaba que hubiera sido ella quien lo dejara, y no al revés.

Después de entrenar, fui al cuarto de la lavadora en busca de Rita, nuestra empleada doméstica. Viene tres días por semana y se encarga de la limpieza y de la colada. Por lo general, la evito. A Rita le gusta hablar y siempre cuenta las cosas más aburridas que te puedas imaginar. Cotilleos de famosos, lo cual no está mal, pero siempre lleva un retraso de tres semanas como mínimo respecto a lo que se está cociendo, y siempre parece querer que me asombre con la historia que sea que ha leído en el Facebook de alguna amiga, que casi siempre acaba confundiendo. Así que trato de evitarla, pero le pago bien y me muestro simpática cuando sí que me la cruzo. Es buena idea mantener una buena relación con el servicio. Es sorprendente la cantidad de secretos que descubren solo con estar deambulando por la casa.

—Hola, Rita —le dije alegremente.

Se encontraba de pie de espaldas a mí, examinando algo que tenía en las manos. Se sobresaltó al oírme, se dio la vuelta y se escondió a la espalda ese algo, que parecía un jersey color crema.

—Ah, hola —respondió, un poco agitada.

—¿Va todo bien?

—¡Todo genial! —exclamó sin demasiado entusiasmo.

Algo pasaba, pero, sinceramente, ¿tenía yo ganas de que me contara el insignificante drama en el que se había visto envuelta? Pues no. Si había metido la pata y había echado a perder una prenda de ropa —desconfiaba de ese jersey color crema—, ¿acaso me importaba? Pues no. En términos generales, Rita era muy buena trabajadora. Todo el mundo cometía errores y, la verdad, prefería pagar otro jersey a escuchar una larga explicación sobre lo que fuera que hubiera pasado.

—Solo venía para decirte que Simon volverá a la universidad el miércoles por la mañana. Si pudieras tener su ropa lista y guardada el martes por la noche, te lo agradecería.

—Por supuesto. No hay problema —repuso Rita.

Pero de pronto hubo algo en su expresión que me hizo sentir incómoda.

—Ya sé que debería hacerlo él mismo —dije riéndome como una estúpida—. Pero ya llegará ese momento.

—Claro, ya llegará —convino Rita. No sonrió, y me cabreé conmigo misma, porque no le debía ninguna explicación.

41

—Bueno, pues sus maletas estarán en su habitación. Ya sabes dónde está todo. —Salí de allí y me fui a la ducha. Me puse unos vaqueros tan suaves que parecían *leggins* y una camiseta blanca de seda con cuello de pico. Me dejé el pelo suelto y volví a bajar para preparar la cena. Esa noche Rory tenía ganas de hablar.

—Ahora mismo tiene muchísimo potencial —comentó mientras degustábamos el salmón asado con verduras—. Después del COVID y lo de Ucrania, de pronto todo el mundo presta atención a su cadena de suministro e intenta conseguir buenos proveedores en su propio país. En los últimos seis meses hemos recibido más solicitudes que en los tres años anteriores. Hemos tenido que abrir una lista de espera. —Dio un bocado y me miró, esperando una respuesta.

—¿Estás pensando en expandir? —le pregunté.

—Estamos examinando varias opciones. Es bastante evidente que aquí podemos crecer. El desafío estará en acertar con el ritmo de dicha expansión. Si crecemos demasiado deprisa, nos apalancaremos en exceso o tendremos muchas cargas financieras, y nos quemaríamos. Si crecemos demasiado despacio, perderemos oportunidades y permitiremos que nuestros competidores nos roben nuestra parte del pastel.

—Parece todo un desafío. —Puedo hacer esa clase de cosas sin prestar demasiada atención.

Hacer preguntas que evidentemente él quiere que le haga. Ofrecerle respuestas de aliento. Debería sentirme agradecida de que sea tan fácil, pero la verdad es que me fastidia que ni siquiera se dé cuenta de que hablo de manera automática.

Rory abrió la boca para responderme, pero antes de poder hablar sonó el telefonillo. Miré la pantalla y vi un coche que no reconocía. Al hacer zum con la cámara sobre el conductor, distinguí a Leanne Fraser. Fruncí el ceño, pero pulsé el botón que abría la verja. Sonó el timbre antes de que pudiera llegar a la puerta de la entrada. La abrí y me encontré allí de pie a Leanne y a su marido. No recordaba el nombre de él... ¿Aaron? ¿Andrew? Algo por el estilo. Leanne se lanzó directa a hacerme una serie de preguntas sobre Nina. Le respondí que Simon y ella habían roto. No le dije explícitamente que Nina estaría por ahí tirándose a su nuevo chico, aunque estuve tentada de hacerlo. Dicen que soy una desconsiderada, pero no tienen ni idea.

—Si no está aquí, entonces, ¿dónde? —me preguntó Leanne de mala manera.

Me fastidió mucho que estuvieran allí, interrumpiendo nuestra cena, como si hubiéramos hecho algo malo, cuando era su chica la que le había roto el corazón a nuestro chico. Le dije que no podía ayudarla y les cerré la puerta en las narices.

—¿Quién era? —me preguntó Rory. Había acudido a la puerta de la cocina, con la servilleta aún en la mano izquierda. Antes de poder responderle, volvió a sonar el timbre, con más insistencia que la primera vez.

—Joder —dije.

—¿Quién es? —repitió Rory.

—Leanne Fraser y el zopenco de su marido. Están buscando a Nina. Dicen que no ha vuelto a casa. Qué sorpresa. Seguramente no quiera afrontar las consecuencias.

Rory se quedó mirándome sin entender.

—Simon y Nina han roto. Ella le puso los cuernos y luego lo dejó. Rompieron en la casa de Stowe y Simon volvió a casa antes de tiempo. Y ahora sus padres están aquí, buscándola.

Rory enarcó una ceja y dijo:

—Abro yo. —Fue a la puerta y yo regresé a la cocina.

Me alegré de que Simon no estuviera en casa. No tenía por qué enfrentarse a aquello. Pasado un minuto, oí cerrarse la puerta y Rory volvió a entrar. Hizo un gesto cómico, como si estuviese secándose el sudor de la frente.

—Por los pelos —dijo—. Esos dos andan un poco alterados. —Volvió a sentarse y me indicó que hiciera lo mismo.

—Nunca me ha caído bien Leanne Fraser. Es una mojigata. Es aburrida. Y se cree mejor que todos los demás.

Rory asintió sin mucho afán, pero no me respondió. Por su

mirada me di cuenta de que ya estaría pensando en otra cosa. Se rellenó la copa de vino y dio otro bocado. Estaba perdiendo interés en la conversación, pero yo no estaba dispuesta a dejarlo correr.

—Me pregunto por qué Nina no habrá vuelto a casa aún.

—Probablemente esté triste. A lo mejor se ha ido a casa de alguna amiga para lamerse las heridas durante unos días. Si está dolida, puede que esté evitando a su madre porque todavía no quiere hablar de ello.

—Supongo que cabe esa posibilidad. —Aunque no me parecía muy probable, dado que había sido ella la que dejó a Simon. Pero no me apetecía contárselo a Rory. Si prestase atención a algo que no fuera su negocio, sabría lo que estaba pasando sin necesidad de que yo le informara.

Empezó a hablar otra vez de trabajo. Me dijo que estaría ocupado visitando fábricas los dos próximos meses, examinando posibles oportunidades de adquisición. Yo me limité a decir que sí con la cabeza y a emitir sonidos de aprobación en los momentos adecuados, y con la parte del cerebro que no estaba ocupada, que era la mayoría, me dediqué a pensar en dónde y cómo viviría cuando se divorciara de mí. Boston iba en cabeza como candidata, pero había otros lugares, otras ciudades. O tal vez debería buscar algo en la costa. Podría estar bien, saldría todos los días a pasear por la playa. Podría adoptar un perro. O un gato. Podría ser la señora de los gatos. Por alguna razón, la idea me pareció extrañamente atractiva.

# 3

## Matthew

El lunes a las dos de la tarde, el inspector Matthew Wright llegó a la pensión Black Friar. Ascendió con el coche el camino de acceso cubierto de grava y aparcó en un bonito patio situado a la espalda de la pensión. El pequeño aparcamiento estaba medio lleno. Presumiblemente los vehículos serían de los huéspedes. Esa sería una opción mejor que la alternativa: que los familiares, preocupados, se hubieran reunido allí para mostrar su apoyo. Según su experiencia, cuando se reunía un gran número de familiares angustiados sin nadie que los tranquilizara o dirigiera su energía de un modo útil, no tardabas en encontrarte hasta el cuello de problemas que te distraían de la investigación. Intentos de búsqueda inconexos en el mejor de los casos o, en el peor de ellos, gente con ganas de tomarse la justicia por su mano.

Matthew bordeó el edificio hasta la puerta principal de la pensión y la empujó para abrirla. Dentro se encontró con un bonito y silencioso vestíbulo que desprendía una atmósfera acogedora gracias al fuego encendido en la chimenea y al leve aroma a jazmín. Había un mostrador de recepción. Sentada tras él se hallaba una mujer menuda de pelo oscuro. Vestía pantalones vaqueros y un jersey azul marino, y llevaba el pelo recogido en una coleta baja. Sin maquillaje. Se levantó al verlo entrar.

—¿Señora Fraser?

—Sí, soy Leanne Fraser.

—Inspector Matthew Wright —le dijo él tendiéndole la mano.

—Sí, bienvenido. Gracias. —La mujer vaciló un instante, como si no supiera bien qué hacer, después agregó—: ¿Le importa seguirme?

Lo condujo hasta la sala de estar de la pensión. La estancia tenía revestimientos de madera oscura y paredes azul cobalto. Los muebles eran antigüedades. Había un sofá de cuero, suficientemente gastado para parecer suave e invitar a sentarse, y una gran mesa de centro con libros sobre la historia y geografía de Vermont. Leanne atravesó la sala hasta llegar a un pequeño recibidor con una puerta con el letrero de PRIVADO. La abrió y él la siguió, bajando unas angostas escaleras, hasta un salón situado en el semisótano. Era evidente que aquella parte de la casa estaba destinada a la familia, y el estilo del diseño era muy diferente al de la pensión. Allí los suelos eran de un tipo de madera clara —roble, pensó— y las paredes estaban pintadas de blanco. El salón era acogedor y hogareño, con un sofá tapizado en verde que ya tenía algunos años y unas librerías abarrotadas. Las ventanas eran pequeñas, y tal vez la estancia fuese un poco oscura, pero con el fuego encendido en la chimenea, resultaba un lugar agradable. Había un hombre sentado en el sofá.

—Le presento a mi marido, Andy —dijo Leanne—. ¿Quiere tomar un café? —Andy Fraser se levantó y le tendió la mano.

Matthew Wright era un hombre fornido, de metro ochenta y ocho y noventa kilos de peso, pero Andy Fraser le sacaba cinco centímetros y como mínimo diez kilos, todos ellos músculos. Tenía unos hombros anchos, unas manos grandes y el rostro curtido por el clima de alguien que trabaja al aire libre.

—No, gracias. Tal vez podríamos sentarnos.

Andy y Leanne se sentaron uno junto al otro en el sofá. No se tocaron.

—Lo siento —dijo Leanne—. No sabemos cómo funciona esto.

—No hay reglas, señora Fraser. He venido para escucharla. Quiero saber todo lo que pueda contarme sobre su hija. Sobre por qué cree que podría haber desaparecido. Y oír cualquier cosa que crea que podría ayudarme a encontrarla.

—Bien, de acuerdo. Pues supongo que ya sabrá que Nina estudia su segundo año en la Universidad de Vermont. La semana pasada se fue con su novio de vacaciones. Debía regresar a casa el sábado por la mañana, pero no fue así, y no la localizamos.

—¿Ha podido localizar a su novio?

Leanne y Andy se miraron el uno al otro, y fue Andy quien respondió.

—Anoche fuimos a la residencia de los Jordan. Hablamos con sus padres.

—Dijeron no saber dónde está Nina —intervino Leanne, interrumpiendo a su marido—. Dijeron que Simon tampoco lo sabía. Simon les dijo que Nina había roto con él. Dijo algo de que Nina se había ido con alguna amiga, pero no nos ha llamado y no la localizamos.

—¿Es algo habitual que Nina pase varios días sin dar señales de vida?

—Desde luego que no —respondió Andy con firmeza—. Es una buena chica. Nunca antes había hecho algo así.

Aquello sonaba a verdad, pero, a los veinte años, la chica aún tenía por delante muchas primeras veces.

—¿Nina ha padecido depresión alguna vez? ¿Ha intentado autolesionarse?

—No —aseveró Leanne, visiblemente perpleja por la sugerencia—. Jamás.

—De acuerdo. —Matthew hizo un gesto afirmativo—. ¿Y sus amigas?

—Ya las hemos llamado —explicó Leanne—. Nadie ha tenido noticias suyas. Y desde el jueves no ha subido nada a sus redes sociales.

Leanne sacó su móvil y le mostró a Matthew el Instagram de

Nina. Le enseñó sus dos últimas publicaciones, pero no se quedó ahí. Bajó con el dedo y se detuvo en fotografías y vídeos cortos mientras le explicaba dónde y cuándo se habían realizado. Se alargó demasiado, pero Matthew no la detuvo. Entendía lo que estaba haciendo. Deseaba que conociera a su hija, que la viera como a un ser humano y no como un caso más. Matthew estudió las fotografías y los vídeos. Nina era bastante guapa. Menuda: en las fotos apenas le llegaba a Simon a la altura de los hombros. Lucía un ligero bronceado y tenía unos ojos marrones enmarcados por pestañas largas y pobladas. Su sonrisa era cálida y natural. En algunas de las imágenes vestía una camiseta de tirantes y se notaba lo delgada que era, pero también era evidente su fuerza de escaladora. Los músculos de los hombros y de los brazos estaban desarrollados y tonificados. Leanne se detuvo en un vídeo corto que se reproducía en bucle y señaló la pantalla.

—Ese es Simon —explicó.

—Es un buen chico —agregó enseguida Andy.

En el vídeo, Nina aparecía de pie junto a una piscina con un bikini verde. De fondo había otros chavales, algunos en la piscina, un par sentados en el borde con las piernas en el agua. Nina miraba a la cámara con inocencia exagerada, antes de acercarse furtivamente a Simon. Él lucía unas bermudas, gafas de aviador y una expresión de estar por encima del bien y del mal. Nina señalaba hacia la cámara y ambos adoptaban poses de Instagram perfectas, uno junto al otro, con una naturalidad pasmosa. Sus cuerpos estirados e inclinados en un ángulo perfecto, sus sonrisas despreocupadas, sus bobalicones símbolos de la paz. Entonces, Nina le pasaba el brazo por la cintura a Simon y ambos saltaban a la piscina. Ella emergía para tomar aire, riéndose con tanta fuerza que parecía que no podía respirar, mientras la cámara hacía zum. Tenía el pelo revuelto, perdida ya toda esa perfección de Instagram. Parecía muy joven, muy guapa y muy viva. Leanne dejó que el vídeo se reprodujera tres veces, después una cuarta. No parecía capaz de apartar la mirada. Andy estiró la mano con delicadeza y le quitó el teléfono a su mujer.

—¿Tienen algún *software* de localización en su teléfono? Find My Friend o algo por el estilo.

—No usamos de eso —respondió Leanne—. ¿Deberíamos hacerlo?

Matthew negó con la cabeza.

—Necesitaré el nombre completo de Simon, su número y su dirección, por favor. También los nombres y los teléfonos de los amigos de Nina.

Enseguida le proporcionaron la lista.

—¿Adónde se fueron de vacaciones Nina y Simon?

—A Stowe —dijo Leanne.

—¿Cómo dice? —preguntó Matthew. Pensó que lo había oído mal. Stowe se hallaba a tan solo cuarenta minutos al norte de Waitsfield.

—Hace poco la familia de Simon se compró allí una segunda residencia —explicó Andy con voz queda—. Una casa grande. Unifamiliar. Una parcela de varias hectáreas. Simon y Nina querían explorar, quizá escalar un poco, si encontraban buenas vías.

—De acuerdo. —Matthew se puso en pie—. Haremos una investigación preliminar y los avisaremos con lo que sea. Por favor, no se preocupen. En casos como este, la mayor parte de las veces descubrimos que la persona está con sus amigos.

Leanne y Andy hicieron un gesto afirmativo, pero solo Andy mostró cierta convicción. Leanne acompañó a Matthew a la salida.

Mientras conducía en dirección norte, llamó por teléfono a Naomi, su mujer, para decirle que llegaría tarde. Tardó veinte minutos en llegar a Waterbury, donde se ubicaba la comisaría de policía estatal, en un moderno edificio de ladrillo rojo situado en el complejo de oficinas estatales. Cuando entró en la sala de la brigada, vio que estaba tranquila, lo cual no era raro. Sobre todo porque hacía años que estaban escasos de personal y las investigaciones obligaban a los inspectores a viajar por todo el estado. Había un par de inspectores veteranos en la sala, Kim Allen y David Beecham, trabajando en sus respectivos casos. También algunos guerreros del teclado a quienes se les daba bien el papeleo, pero poco más. Matthew ya tenía muchos casos en los que trabajar. Una nueva persona desaparecida siempre suponía mucho trabajo para el que no disponía de tiempo. Necesitaba ayuda. Miró a su alrededor en busca de posibles candidatos.

Sarah Jane Reid estaba sentada a su mesa. Había llegado a la Unidad de Delitos Graves hacía un par de meses. Contemplaba fijamente su pantalla, con los dedos suspendidos sobre el teclado. Levantó la mirada cuando entró Matthew y se sonrojó un poco. Matthew había observado que parecía ponerla nerviosa. Se propuso observarla con otros miembros de la brigada para ver si le ocurría solo con él o si también se ponía nerviosa con los demás. Era demasiado pronto para formarse una opinión sobre sus capacidades o la ausencia de las mismas, pero sí sabía que traía complicaciones consigo. Su tío, el comandante John Reid, supervisaba la Unidad de Delitos Graves. Él era el jefe del jefe del jefe de Sarah Jane. Ella trabajaba bajo la línea de supervisión directa de su tío, y había habido rumores de nepotismo. Con esa clase de bagaje, Reid no podía permitirse ser una novata nerviosa que se sonrojaba a la primera de cambio. Tendría que ser dura para dejar atrás las habladurías y las ofensas.

—Buenos días —dijo Matthew.

—Ah, hola —respondió Sarah.

—¿Has empezado temprano?

—Tengo mucho papeleo. Me gusta quitármelo de encima cuanto antes. —Lo dijo con cierta sequedad, lo que hizo que Matthew se preguntase si estarían asignándole más trabajo aburrido del que le correspondía. Podría ser. Una especie de novatada, por así decirlo. Una prueba para ver si podía soportarlo, para ver si les seguía el juego o si llamaba a su tío para que la ayudara.

—Tengo un caso —le comentó—. Está en una fase inicial. Podría no ser nada, pero me gustaría que me ayudaras a llevarlo. —En su opinión, tenerla todo el día sentada a una mesa era una forma de desaprovechar a un agente. Carecía de experiencia, cierto, pero la única forma de solventar eso era asignarle trabajos de campo, dejarla observar, hacer el trabajo y aprender el oficio.

—Gracias —respondió Sarah Jane—. Sería fantástico.

Matthew le dio los detalles.

—Llama a la compañía telefónica de Nina Fraser —le pidió—. Nos llevará un tiempo conseguir una lista detallada de los mensajes y llamadas, pero deberíamos poder obtener la ubicación y utilizar los datos con rapidez. Llama también a su banco. Averigua cuándo utilizó sus tarjetas por última vez.

Sarah Jane realizó las llamadas mientras él se ponía al día con otros casos. Media hora más tarde, se acercó a su mesa.

—Según los datos de la compañía telefónica, Nina estaba en Stowe el viernes por la noche, pero la última información se transmitió poco después de medianoche. Desde entonces, nada. No ha habido actividad en su tarjeta de crédito desde el miércoles de la semana pasada, cuando pagó…, eh… —Sarah Jane comprobó sus notas—. Se gastó treinta y dos dólares en la cafetería Green Goddess.

—No es eso lo que esperaba escuchar —respondió Matthew con cara de fastidio.

Sarah Jane volvió a mirar sus notas. No le preguntó en qué estaba pensando. Parecía estar averiguándolo por sí sola.

Matthew se puso en pie y recogió su chaqueta.

—Voy a interrogar al novio —anunció.

—Muy bien —respondió ella, retirándose.

—Tú también vienes, Sarah Jane.

La joven levantó la cabeza como si le hubiera concedido un premio.

# 4

## JAMIE

La policía se presentó en nuestra casa el lunes a las cinco de la tarde. Cuando volví de yoga, me encontré su coche verde frente a la verja. De inmediato me di cuenta de que era un vehículo de la policía estatal, y supongo que pensé que tal vez Rory estuviera en casa reunido con un político lo suficientemente importante como para ir acompañado de un escolta. No es que eso fuera algo habitual en nuestra casa, pero alcanza a dar una idea de lo poco que podía imaginarme que la visita policial tuviera que ver con Simon y Nina. Me situé tras el coche patrulla y acerqué mi mando a la verja electrónica. Esta se abrió, ellos entraron y aparcaron; yo los seguí. Se reunieron conmigo en la puerta principal y se presentaron. Matthew Wright, inspector y sargento veterano, y Sarah Jane Reid, una rubia que parecía demasiado joven para ser algo. Tenía la nariz demasiado grande para su cara. Habría sido guapa si hubiera hecho algo al respecto. Ninguno de los dos iba de uniforme, pero, incluso aunque no los hubiera visto entrar, habría sabido que él era poli. O quizá militar. Había algo en su porte. Transmitía autoridad, le salía de dentro.

—Bueno, ¿y en qué puedo ayudarlos?

—Nos gustaría hablar con su hijo. ¿Simon está en casa? —Matthew Wright miró por encima de mi hombro en dirección al garaje.

La puerta estaba descendiendo en ese momento, pero se alcanzaba a ver con claridad mi coche y el de Simon, además de la camioneta que utilizamos cuando ha nevado mucho. Mi primer impulso fue mentir y decir que Simon no estaba, por la única razón de que me encontraba desconcertada. Pero reprimí la tentación.

—Seguramente esté dentro —respondí mientras abría la puerta de la entrada—. ¿De qué se trata?

Wright esperó un momento antes de responder, lo suficiente, imaginé, para hacerme saber que no tenía por qué hablar conmigo, que no tenía por qué responder a ninguna de mis preguntas.

—La familia de Nina Fraser ha denunciado su desaparición. Tendría que haber vuelto a casa el sábado por la mañana y no apareció, tampoco se ha puesto en contacto. Su familia dice que Simon podría haber sido la última persona que la vio.

—¿En serio? —Volví la cabeza y lo miré con una ceja levantada.

—Eso me temo.

Me siguió al interior de la casa y de ahí lo conduje hasta la cocina.

—¿Leanne le ha dicho que Nina rompió con Simon el viernes por la noche? Seguramente esté con sus amigos. De fiesta. Ya se lo dije anoche a Leanne. Nina no es ninguna cría. Leanne está sacando las cosas de quicio.

No me respondió. Se limitó a seguirme mientras lo conducía hacia la cocina y dejaba mi bolsa sobre la encimera. Había un tazón de cereales con unos Cheerios que se estaban secando y solidificando en el fondo. Junto al tazón reposaba una taza de café medio vacía. Recogí ambas cosas y las dejé en el fregadero mientras él se quedaba allí plantado, observándome.

—Iré a buscar a Simon —anuncié.

—Gracias.

Bajé las escaleras hacia la parte trasera de la casa y llamé con los nudillos a la puerta de Simon. No hubo respuesta. Volví a llamar y abrí la puerta. Estaba tendido boca arriba en su cama, mirando al techo. Tenía las manos cruzadas sobre el abdomen y el teléfono haciendo equilibrios encima del pecho. Llevaba los auriculares. No esos pequeños que me pongo yo cuando corro, sino esos grandotes que cubren la oreja entera. En la habitación olía a cerveza rancia. No lo había visto desde que Cody viniera a recogerlo el domingo. ¿Habría vuelto a casa anoche o esa mañana?

—Simon.

No me oyó. Agité una mano y el movimiento llamó su atención. Me vio y se quitó los auriculares.

—Hay un inspector de policía arriba —le informé—. Desea hablar contigo.

—¿Un inspector? —Se frotó el cabello con ambas manos, como si estuviera intentando desperezarse.

—Dice que se llama Matthew Wright. Es policía estatal. Quiere hablar contigo sobre Nina.

—¿Sobre Nina?

Noté que me subía un torrente de fastidio y ansiedad, y mi voz sonó cortante y preocupada.

—Sí, Simon. Sobre Nina. ¿Quieres hacer el favor de levantarte y subir?

Se incorporó hasta quedar sentado en el borde de la cama. Llevaba unos bóxer y una camiseta de manga corta. Hacía unos pocos años era un adolescente torpón y desgarbado. Antes de eso, había sido un niño pequeño, con unas manos y unos pies que parecían demasiado grandes para su cuerpo, pero aun así era todo sonrisas, abrazos y entusiasmo. En mi imaginación, en mi corazón, seguía viéndolo como a ese niño pequeño. Cada vez que me giraba y veía el hombre en que se había convertido, sentía como si me golpeara el dedo del pie.

—Ten cuidado cuando hables con ellos, ¿de acuerdo?

Me miró como si no me comprendiera.

—Estoy segura de que Nina está bien y de que volverá a casa cuando sea. Pero…, por si acaso…, ten cuidado con lo que dices.

—¿Nina no ha vuelto a casa? ¿Y dónde está?

—Esa es la cuestión, Simon. Sus padres no lo saben. Han llamado a la policía. Seguro que está bien. De verdad.

—Vale, pero si ha venido la policía… —Por fin parecía empezar a despertarse. Se frotó la cara con la mano—. ¿Y si le ha ocurrido algo, mamá?

Noté una leve punzada de miedo en la boca del estómago. No por Nina, sino por Simon. Por mi hijo. Si le había ocurrido algo a la muchacha, se quedaría destrozado. Tal vez se culpara a sí mismo por dejarla sola.

—Supongo que podemos preguntarles qué es lo que saben. —Vacilé en el umbral—. Me pregunto si debería llamar a un abogado. —Pensé en llamar a Rory. No le gustaban las interrupciones en la oficina, pero querría estar al corriente de aquello.

—No fastidies, mamá. —Simon me miró como si acabara de decir una locura.

Salió de la habitación antes de que pudiera decirle nada más, y tuve que correr tras él para alcanzarlo. Encontramos a Matthew Wright y a su compinche en el salón, de pie junto a las ventanas, contemplando las vistas. Era evidente que habían aprovechado mi ausencia para fisgonear un poco, y me pregunté qué conclusiones habrían sacado. No habrían visto nada personal, a no ser que se hubieran tomado la libertad de abrir cajones y armarios. No somos la clase de familia que deja trastos por ahí tirados.

Simon fue directo a Matthew Wright y le tendió la mano.

—Soy Simon Jordan —se presentó—. Mi madre me ha dicho que han venido por Nina.

Wright le estrechó la mano y la agitó brevemente.

—Vamos a sentarnos —propuso, como si estuviéramos en su casa en lugar de la nuestra.

Simon se sentó en el sofá y Wright ocupó el sillón situado frente a él.

La rubia, Reid, se quedó de pie unos instantes, como si estuviera esperando que le dieran permiso, y después se acomodó en el otro sillón. Wright me miró y aguardó, como si los estuviera interrumpiendo. No debería haberme mostrado avergonzada, pero la incomodidad de la situación me desestabilizó.

—¿Quiere alguien un café? —pregunté, demasiado alegremente.

—Gracias —respondió Wright—. Un café estaría bien.

—Para mí no, mamá.

—No, gracias.

Volví a subir los escalones hasta la cocina y encendí la cafetera. Todavía alcanzaba a verlos a los tres a través del espacio diáfano. Oía sus voces y cada una de sus palabras, pero, desde la cocina, de pronto sentí que había perdido el control.

—Simon, el señor y la señora Fraser me han dicho que Nina tenía que haber vuelto a casa de vuestro viaje el sábado por la mañana y que no regresó. Tampoco los ha llamado, y en su teléfono salta directamente el buzón de voz. ¿Sabes dónde está Nina ahora mismo?

Simon negó lentamente con la cabeza.

—Lo siento, no. —Estaba inclinado hacia delante en el asiento, con los antebrazos en equilibrio sobre los muslos y las manos juntas. Mostraba una expresión seria y preocupada.

—¿Sabrías decirme cuándo la viste por última vez?

—Fue el viernes por la noche.

—De acuerdo. ¿Y dónde fue?

—Fue en nuestra casa, quiero decir en la casa de mis padres, en Stowe.

Wright hizo un gesto afirmativo.

—¿Quién más había allí?

—Nadie. Fuimos solos, los dos, a pasar la semana anterior. Eran unas vacaciones.

—Stowe parece estar demasiado cerca de casa para hacer una escapadita. Es demasiado pronto para esquiar. ¿No queríais ir a otro lugar? ¿Un sitio un poco más alejado?

—Claro. A mí me habría encantado. Pero fue una cosa improvisada.

—¿Y hay algún motivo en particular por el que no hubierais planeado nada con más antelación?

Simon tardó un poco en responder.

—Nina tenía pensado trabajar durante las vacaciones. Iba a ayudar a su madre en la pensión. Pero estaba harta y decidió que quería unos días libres. Ya era demasiado tarde para reservar en cualquier sitio, así que decidimos ir a casa de mis padres. En realidad, el sitio daba igual. Solo queríamos estar juntos.

—¿A los padres de Nina les pareció bien que se escaqueara del trabajo?

—Bueno, no mucho. Al menos a su padre no le importó, o eso creo. No suele implicarse mucho en esas cosas.

—¿Y la madre de Nina se enfadó?

—No quiero hablar mal de nadie —respondió Simon con el ceño fruncido.

—Te prometo que no te juzgaré —le aseguró Wright—. Pero por ahora es mejor que no te guardes nada.

—Vale —dijo Simon con gesto afirmativo—. Lo pillo. La verdad es que la madre de Nina es bastante exigente. Pretende que Nina trabaje en la pensión a todas horas, no solo durante las vacaciones, sino también durante los días de clase y los fines de semana. A Nina no le queda tiempo para tener vida propia. Así que por fin decidió que ya estaba harta y le dijo a su madre que no iba a ir a trabajar.

—¿Nina discutió con su madre?

—Supongo. Por lo menos, Nina dijo que iba a tomarse unos días libres y, cuando su madre empezó a enfadarse, le colgó el teléfono. Así que no fue tanto una discusión, aunque seguramente Leanne se enfadó. Quizá por eso Nina no haya vuelto a casa.

—Tiene sentido —comentó Wright con gesto de asentimiento.

Su respuesta fue tan relajada, tan cercana, que me pareció una trampa. Yo estaba atrapada en la cocina, esperando a que se hiciera el café. Cuando el agua empezó a caer sobre el filtro, agarré una taza y vertí en su interior el café tibio, después corrí de vuelta al salón. Wright aceptó la taza, me dio las gracias con un gesto de cabeza y la dejó sobre la mesita sin bebérsela. Reid estaba sentada allí con los tobillos cruzados y la libreta sobre las piernas, sin decir nada, observándolo todo. Me senté junto a Simon en el sofá, con la esperanza de que Wright no me pidiera que me fuera. No conocía las normas. ¿Podría insistir en quedarme? ¿Podría pedirle yo a él que se marchara?

—Cuéntame qué ocurrió el viernes por la noche. Tu madre dice que rompisteis.

—Sí, así es —respondió Simon con gesto afirmativo.

—¿Y puedes decirme por qué?

Simon levantó la mano izquierda y se frotó la nuca. Bajó la mirada, como si estuviera reflexionando seriamente sobre la pregunta, y el corazón me dio un vuelco. Eso era lo que le delataba. Cuando Simon era pequeño, quizá tuviera diez u once años, había empezado a hacer ese mismo gesto cada vez que contaba una mentira de las gordas. Cuando me dijo que iba a ir de pesca con Lee Donovan, pero en realidad tenían pensado ir en bici a casa de Jack Squire para intentar volar por los aires unas latas usando petardos. Cuando le pregunté por los huevos que alguien había lanzado contra la casa de su profesor de matemáticas cuando estaba en secundaria. Cuando dejó de hacer los deberes para llevar a Nina Fraser a una fiesta. En todas esas ocasiones, se llevaba la mano a la nuca, bajaba los ojos y miraba hacia la izquierda. Yo nunca le había dicho por qué sabía que estaba mintiendo. La mayoría de las veces ni siquiera le decía que le había pillado mintiendo, porque parte de ser una buena madre consiste en concederle a tu hijo el espacio para fastidiarla un poco, a fin de que aprenda de sus errores. Y, siendo sincera, una parte de mí no quería que cambiara. Me gustaba conocerlo un poco mejor que cualquier otra persona.

—Nos distanciamos —respondió—. El año pasado la cosa iba bien. Pero, cuando volvimos a la universidad este año, lo de la relación a distancia ya no funcionaba.

—¿A qué universidad vas? —preguntó Wright.

—A Northwestern.

—Es muy buena.

—Pues sí. —Simon se encogió de hombros como para restarle importancia.

—¿Y dónde estudia Nina?

—En la Universidad de Vermont.

—Claro. Su madre lo mencionó. Entonces, ¿rompisteis por eso? ¿Decidisteis que la relación a distancia era demasiado difícil?

—Eso es.

—¿No hubo ninguna pelea? Porque he de decirte que, en mi experiencia, eso es bastante infrecuente. En la mayoría de los casos, hay muchos sentimientos implicados cuando una relación llega a su fin. Suele haber buenas broncas.

—Supongo que ambos sabíamos que iba a suceder. Ninguno de los dos deseaba admitirlo, pero cuando empezó la conversación nos dimos cuenta de que la cosa no funcionaba. Así que fue una separación amistosa.

Matthew Wright asintió lentamente. En su rostro no se apreciaba gran cosa, pero no hacía falta. Resultaba evidente que no se creía ni una palabra de lo que acababa de decirle Simon. Yo tampoco, como es natural, porque Simon ya me había contado la verdad. Estaba claro que intentaba poner buena cara ante el inspector, pero así solo conseguía aparentar que tenía algo que ocultar. Cambié de postura en mi asiento y Simon me miró a la cara. Apartó la mirada, se aclaró la garganta y suspiró.

—Mire, lo siento. La verdad es que Nina había conocido a otro. Fue ella la que quiso romper.

—Debió de ser duro para ti enterarte de eso.

—Pues sí, claro. Mire, no quería mentirles ni guardarme cosas. Es que cuesta hablar de ello. Y no quiero decir nada malo sobre Nina. Pero ya llevaba un tiempo saliendo con ese tío a mis espaldas, aunque no sé cuánto, y la situación llegó al punto de querer romper conmigo e ir más en serio con él.

—¿Cómo se llama?

—¿Perdón?

—El otro chico con el que Nina quería ir en serio. ¿Cómo se llama?

—Ah…, pues… se lo pregunté, pero no quiso decírmelo. Creo que le daba miedo que pudiera ir a buscar pelea, aunque no es mi estilo en absoluto.

La expresión de Wright no se alteró lo más mínimo.

—¿Por qué crees que le daba miedo que pudieras enfrentarte a ese chico?

—No lo sé —respondió Simon visiblemente incómodo—. Quiero decir que cuesta saber por qué la gente piensa lo que piensa, ¿verdad?

—Salvo que vosotros estabais muy unidos. Tú conoces bien a Nina, supongo.

—Mejor que cualquier otra persona —dijo Simon sin poder contenerse.

—Correcto. Entonces… —Wright dejó la frase inacabada y aguardó. El silencio se prolongó demasiado, hasta que resultó evidente que Simon no tenía una respuesta. Wright asintió, como si tomara nota mental, y continuó—: ¿Qué sucedió después de que te lo dijera?

—Discutimos. Me refiero a que me disgusté. Ella iba un poco borracha. Se habría tomado unas tres copas de vino, lo cual no era propio de ella, pero imagino que tal vez necesitaba envalentonarse. La conversación no iba a ninguna parte, así que me marché.

—Te marchaste —repitió Wright.

—Sí.

—¿Estabais en la casa de tus padres, pero fuiste tú el que se marchó?

—Tenía el coche y ella no. Además, ella había bebido. No quería seguir allí más tiempo, así que me veni a casa. Nina dijo que llamaría a una amiga por la mañana para que fuese a buscarla.

—¿A qué hora te marchaste?

—No lo sé exactamente. Creo que alrededor de las once de la noche.

—¿Y esa fue la última vez que la viste?

—Sí —repuso Simon con gesto afirmativo—. Así es. —Miró a Wright a los ojos, y la expresión de su rostro se tornó abierta y sincera. Ya no estaba ocultando nada.

—¿Y no has sabido nada de ella desde entonces? ¿Ninguna llamada? ¿Ningún mensaje? ¿Ni *likes* ni comentarios en redes sociales?

Simon negó con la cabeza y adoptó una mirada perdida, como si se hubiera trasladado a otro lugar.

—¿Tienes idea de dónde podría estar Nina, Simon? —La voz de Wright sonaba amable, casi hipnótica.

Simon parpadeó y le devolvió la mirada.

—No. No lo sé.

—¿Hay cámaras de seguridad en vuestra casa de Stowe?

—Me parece que sí. —De pronto Simon pareció poco convencido y me miró.

—No estoy segura —respondí—. Podemos comprobarlo y se lo diré en cuanto lo sepa.

A mi espalda se oyó la voz de Rory.

—¿Qué ocurre aquí?

Los cuatro dimos un respingo. Yo me di la vuelta y lo vi de pie en la cocina, con una leve sonrisa. Era lunes, pero llevaba su uniforme del fin de semana, que consistía en unos pantalones de vestir y un polo de su empresa, Jordan Precision Tools, por debajo del jersey. Jamás en mi vida me había sentido tan aliviada de verlo.

—Estos son el inspector Matthew Wright y la agente Reid —le expliqué—. Han venido para hablar con Simon. Sobre Nina.

Rory dio un paso al frente y le tendió la mano.

—Encantado de saludarlo.

—Lo mismo digo, señor Jordan —respondió el inspector estrechándole la mano.

—¿Así que Nina sigue desaparecida? ¿No ha regresado? —preguntó Rory. Se metió las manos en los bolsillos y se apoyó sobre los talones con expresión de preocupación en el rostro.

—Eso me temo —confirmó Wright.

—Lamento mucho oír eso —dijo Rory con pesar.

—Estaba preguntándole a Simon si sabía dónde podría haberse metido Nina.

—No lo sé —intervino Simon, apresurado—. No sé adónde ha ido.

—De acuerdo. Estaba a punto de pedirle a Simon que me pusiera en contacto con las amigas de Nina. Simon, supongo que sabrás quiénes son.

—Claro. —Simon volvió a levantar la cabeza, como si tener allí a Rory le hubiera dado seguridad en sí mismo—. Alison. Alison Miller. Y Olivia Darlington. Son amigas de Nina de la Universidad de Vermont. Los padres de Olivia viven en Boston. —Frunció el ceño—. Ahora que lo pienso, puede que Nina dijera algo sobre ir a visitar a Olivia.

La agente Reid tomó nota y Wright enarcó una ceja.

—¿Cuándo dijo eso Nina?

Simon hizo una mueca, como si estuviera intentando recordar.

—No lo sé. Puede que fuera durante la conversación de la ruptura, o a lo mejor fue antes. Perdón. No estoy seguro. Solo recuerdo que comentó algo al respecto.

Reid seguía ocupada tomando notas, Wright miraba a Simon a la cara y Rory frunció el ceño y se sacó las manos de los bolsillos.

—Lo siento, inspector, pero voy a tener que pedirle que pare. Estoy seguro de que viene con buena intención, y sé que tiene que cumplir con su trabajo, pero yo debo pensar en mi hijo. Seguro que usted lo comprende.

—Pues la verdad es que no —respondió Wright ladeando la cabeza—. Una joven ha desaparecido. La reciente exnovia de su hijo, más concretamente. Ahora mismo parece que él fue el último que la vio. Me estoy limitando a hacer preguntas muy básicas, señor Jordan. Y se las hago a Simon, que es una persona adulta.

—Y Simon estará encantado de responderlas, pero con nuestro abogado presente.

Se hizo un silencio que se prolongó demasiado. A mí me dio la impresión de que el mundo había dejado de girar durante un instante. Como si de pronto todo fuese mucho más serio. Como si Simon de verdad corriese peligro.

—Mire —dijo Rory—. Estoy seguro de que Nina aparecerá. Los chavales rompen, y es probable que no quisiera volver a casa inmediatamente después. Es muy comprensible. Seguro que, dentro de un día o dos, volverá con el rabo entre las piernas y no habrá pasado nada.

—Señor Jordan…

Rory levantó una mano e interrumpió a Matthew.

—Pero, en el peor de los casos, si a Nina le ha ocurrido algo, no quiero que ustedes señalen a Simon, porque, y espero que no se ofenda, no tienen los mejores antecedentes. Todos sabemos que la gente inocente puede ser objeto de críticas. No pretendo ofenderle, inspector, ni le acuso de nada. Solo le digo que nuestra prioridad siempre será nuestro hijo. Tenemos que asegurarnos de ir con cuidado.

—No sé bien a quién se refiere cuando habla de «ustedes», señor Jordan —respondió Wright con el semblante impávido.

—Bueno, estaba hablando en general, ya sabe. Se oyen tantas cosas.

—A mí me parece que siempre es mejor ser concreto. «La policía» es un término bastante amplio. No sé si a la Policía Estatal de Vermont se la ha acusado alguna vez de encarcelar a personas inocentes.

Rory no alteró la expresión. Wright no conocía a mi marido, que no era una persona a la que se pudiera avergonzar o intimidar para que diese su brazo a torcer.

—No los estoy acusando de nada a sus compañeros ni a usted, inspector Wright. Solo digo que nos gustaría seguir los procedimientos habituales. Seguro que lo comprende.

Se produjo una pausa durante la cual nadie se movió.

—De modo que, si no le importa… —Rory dio un paso atrás,

dejando libre el camino para que Wright se pusiera en pie y abandonara la estancia.

El inspector captó la indirecta.

—Gracias por su tiempo, Simon, señora Jordan. Nos pondremos en contacto si necesito algo más.

—Le pediré a nuestro abogado que llame al departamento —aclaró Rory—. Para que tenga sus datos.

Mi marido los acompañó a la puerta. Simon y yo nos quedamos sentados en silencio, escuchando los pasos que atravesaban el recibidor, la puerta al abrirse y cerrarse, y de nuevo los pasos de Rory al regresar.

—Simon, ¿puedes dejarnos a solas unos minutos? Me gustaría hablar con tu madre.

Pensé que Simon se opondría. No soportaba que lo trataran como si fuera un niño. Siempre quería formar parte de todo. Y yo no quería que se fuera. Deseaba hablar con él, asegurarle que todo saldría bien. Pero Simon no se opuso, es más, pareció alegrarse de tener la oportunidad de huir.

Rory aguardó a que se cerrara la puerta tras él antes de volverse hacia mí.

—Joder, Jamie.

—Ya lo sé.

—Deberías haberme llamado. No deberías haber dejado entrar aquí a ese tío. En la poli no se puede confiar.

—¿Y qué iba a hacer? ¿Negarme a abrirle la puerta?

—Esa chica ha desaparecido. Puede que esté de fiesta con sus amigas, pero si de verdad le ha ocurrido algo, ¿quieres que intenten echarle la culpa a nuestro hijo? —Rory no esperó una respuesta por mi parte. Sacó su teléfono e hizo una llamada.

Lo escuché hablar con su abogado, Alistair Reynolds, el mismo hombre que había redactado nuestro acuerdo prenupcial. Le explicó la situación con rapidez, le pidió que llamase a Matthew Wright y colgó. Después de hacer la llamada parecía más tranquilo. Más seguro de sí mismo. Me dio una breve palmadita en el hombro.

—No pretendo fastidiarte. Sé que lo has hecho lo mejor que has podido, pero en esa gente no se puede confiar.

Yo dije que sí con la cabeza. Tampoco es que les hubiese sacado la alfombra roja a los policías, pero no era el momento de ponerse a discutir.

—De ahora en adelante, vamos a establecer unas normas generales, ¿de acuerdo? Nadie hablará con Simon a no ser que Alistair esté presente.

—Sí, desde luego.

—Todo saldrá bien, Jamie. Pero debemos abordar la situación con inteligencia para no perder el control.

No había planeado confesarle a Rory mis preocupaciones. No acostumbraba recurrir a él cuando tenía algún problema, pero las palabras me salieron sin más.

—¿Y si la chica lo está haciendo a propósito? —le pregunté—. Para castigarlo por la ruptura.

—¿No me habías dicho que fue ella quien lo dejó?

—Eso no significa que no esté resentida con él por aceptar de buena gana que la relación terminara. La gente puede llegar a ser… difícil cuando una relación termina.

Rory lo reflexionó unos instantes y después negó con la cabeza.

—Eso no lo entiendo. Pero, suceda lo que suceda en este caso, tenemos que mantener la cabeza fría. Como padres, nuestro trabajo es proteger a nuestro hijo.

Estaba de pie y yo seguía sentada. Estiró el brazo y me acarició la nuca. Me estremecí. No era mi intención, pero por lo general Rory no me tocaba si no estábamos en la cama. Se dio cuenta y se dispuso a apartar la mano, pero yo se la agarré y lo detuve.

—Tienes razón —reconocí—. Tenemos que mantenernos unidos.

# 5

## LEANNE

Cuando el inspector se marchó el lunes por la tarde, Andy y yo tuvimos una discusión.

—No quiero contárselo a Grace —me dijo—. Creo que es demasiado pronto.

Me levanté y me dirigí a la cocina. Me notaba el cuerpo débil y tembloroso, como si estuviera incubando un resfriado. Fui a la nevera y me quedé contemplando el interior sin ver nada. Tuve que hacer un esfuerzo desmedido por concentrarme. Encontré salchichas de las caras, de las que compramos para el desayuno inglés de la pensión, y fui a por la sartén. Freiría las salchichas y cocería unas patatas en el microondas. Con eso tendría que valer. Rufus estaba tumbado en su cama, en el rincón de la cocina, junto al radiador. Gimoteó al verme, pero no se levantó.

—¿No crees? —me preguntó Andy. Me había seguido desde el comedor y estaba apoyado en el umbral—. No sabemos qué le ha pasado a Nina. No podemos darle respuestas a Grace. Si se lo contamos, se va a asustar y no podrá hacer nada al respecto.

Rocié aceite en la sartén, coloqué las salchichas, tiré el envoltorio de papel a la basura y me lavé las manos.

—Has dicho que era un buen chico —le dije.

—¿A qué viene eso?

—Has dicho que Simon es un buen chico. No sé cómo puedes decir eso. —Sacudí la sartén para que las salchichas rodasen en su interior.

El mango estaba suelto. Llevaba siglos queriendo apretar el tornillo que lo sujetaba. Fui a la despensa a buscar patatas. No quedaban muchas, y las pocas que había eran pequeñas y viejas. Las agarré de todas formas.

—Lee, conocemos a Simon desde que era un crío. No pensarás que…, no puedes creer que…

—Dices que lo conocemos, pero no lo conocemos en absoluto. Lo hemos visto en el colegio, en los días de actividades deportivas y en las graduaciones.

—Ha venido a casa varias veces.

Lancé las patatas al fregadero y abrí el grifo.

—Claro. ¿Y cuánto tiempo hemos pasado con él realmente? Nos saluda y luego desaparece con Nina. Ha cenado aquí un puñado de veces a lo largo de los últimos cinco años. Ha visto una película con nosotros, ¿qué, dos veces? —Empecé a frotar con fuerza. Me abandonó entonces la sensación de debilidad y fue sustituida por una rabia que se cocinaba a fuego lento—. Es rico y se cree con derecho a todo. —Dejé caer las patatas sobre la tabla, saqué el cuchillo más afilado y empecé a trocearlas de forma irregular.

—Lee —me dijo Andy.

Lo ignoré.

—Leanne. —Se me acercó y me rodeó con los brazos por detrás. Tomó mis manos entre las suyas y me hizo dejar el cuchillo, después me volvió para mirarme—. Tienes que relajarte. Sé que esto es difícil, pero no sabemos si Nina está en apuros. Sé que ahora mismo estás cabreada, pero sí que conocemos a Simon.

—Nunca me ha caído bien. Siempre ha sido demasiado tranquilo. Como si estuviese muy satisfecho consigo mismo.

—Han roto. Tuvieron una pelea. Probablemente ella esté disgustada. Quizá no quisiera venir a casa. Sabes cómo se pone Nina cuando lo pasa mal. No acude a pedirle ayuda a nadie. Se hace un ovillo en el rincón, se lame las heridas y, cuando se encuentra mejor, vuelve a salir como una luchadora. —Andy apoyó la barbilla en mi coronilla—. ¿Te acuerdas en secundaria? Ella no nos contó nada. Nos enteramos por la madre de Julie, semanas después de que hubiera empezado todo.

Por entonces tenían doce años. Unas abusonas habían estado metiéndose con Nina y con su amiga Julie. Una de ellas quiso copiarle el examen de matemáticas a Julie, y cuando esta le dijo que no, las cosas se complicaron. Les robaban el almuerzo y se lo tiraban a la basura, les manchaban las mochilas de tierra, escribían notas desagradables sobre ellas y las hacían circular por clase. Nina podría haber dejado tirada a Julie y esas chicas la habrían dejado en paz, pero eso no iba a pasar jamás. El asunto llegó al punto álgido estando en el patio, cuando una de las otras chicas, que tenía doce años, llamó zorra a Julie, y Nina la tiró al suelo de un empujón. Por supuesto, la directora se enteró y nos llamaron para hablar, pero nosotros no teníamos ni idea del contexto porque Nina no había dicho ni una palabra. Nos lo contó todo la madre de Julie.

—Era una niña, Andy. No es lo mismo.

—Ya lo sé. Lo entiendo. Pero está pasando por una ruptura. No es más que una cría. Estoy seguro de que habrá vuelto a ese rincón a lamerse las heridas y que volveremos a saber de ella cuando esté preparada.

Me llegó olor a quemado. La sartén con las salchichas estaba demasiado caliente. Me aparté de Andy, la levanté del fuego con la mano izquierda y, al hacerlo, el mango, que llevaba ya tiempo flojo, por fin se soltó. La sartén comenzó a caer, pero mi instinto me llevó a estirar el brazo y agarrarla con la mano derecha. Por alguna razón, en lugar de dejarla caer directamente al suelo, la sostuve el tiempo suficiente para soltarla dentro del fregadero.

—Joder, Lee. —Andy abrió el grifo, me agarró la mano y la puso debajo del agua corriente. Tenía marcas rojas en la palma y en las yemas de los dedos. No sentía dolor, solo me notaba algo mareada y temblorosa—. Mantenla ahí —me ordenó. Fue al largo aparador y sacó la caja de plástico donde guardamos un botiquín que nunca habíamos usado—. Por aquí hay un espray para las quemaduras.

—No puedo. Necesito salir un momento.

No podía esperarlo. No podía quedarme en esa habitación un segundo más. Retiré la mano del agua y me la sequé con un trapo de cocina. Descolgué mi abrigo del respaldo de una silla y salí. Rufus salió por delante de mí y yo cerré de un portazo a nuestra espalda. Hacía mucho frío fuera y ya empezaba a oscurecer. No había nieve, de lo contrario habría agarrado un puñado con la mano, que seguía palpitando de dolor. Entré en el jardín y pensé en Nina. Conocía a mi hija, que no tenía ni un ápice de crueldad en todo su cuerpo. No estaba hecha de ese modo. Podía ser impulsiva, y tenía temperamento, pero incluso de niña ya era muy indulgente. No guardaba rencor a nadie. ¿Por qué entonces no me había devuelto las llamadas? ¿Habría sufrido un accidente? Podría estar en el hospital en alguna parte, donde nadie la conociera. O... peor. Había cosas peores. En el mundo había depredadores. Mi mente empezó a mostrarme diferentes hipótesis. Cosas terribles. Sacudí con fuerza la cabeza y luego volví a sacudirla. Traté de convencerme de que estaba dejándome llevar por la imaginación. Que no había razón ni necesidad de ponerme en lo peor, pero el miedo crecía en mi interior y se negaba a dejarse achantar.

Noté que se me erizaba el vello de la nuca, como si alguien se acercara o estuviera observándome. Me volví, pero allí no había nadie. Observé los árboles lejanos, las montañas, y la paranoia se apoderó de mí. Cualquiera podía estar por ahí observándome. De pronto me sentí como si estuviera en una habitación cerrada, en observación. No me llegaba el aire a los pulmones. Se me estaba cerrando la garganta y el corazón me latía cada vez más deprisa. Traté de respirar nuevamente y no pude. Nunca había tenido asma, pero me sentí como siempre había imaginado que se sentiría un asmático en mitad de un ataque. Podía introducir aire en mis pulmones, pero el aire no parecía hacer nada. Me dejé caer al suelo de rodillas y hundí la mano derecha en la grava para mantener el equilibrio. Las piedras estaban afiladas y se me clavaban en la mano, y con ese ligero dolor me llegó un destello de claridad.

Nina podía seguir en la casa. Si Simon la había dejado allí, como decía que había hecho, mi hija podría haberse caído por las escaleras. Podría haberse golpeado la cabeza o fracturado la pelvis. Podría sufrir una lesión que le impidiera alcanzar un teléfono.

Dios, ¿cómo no se nos había ocurrido ir allí primero a mirar?

Seguía arrodillada en el camino de acceso a la casa. Rufus trató de meter el hocico por debajo de mi brazo. Gimoteó.

—No pasa nada, chico. Estoy bien.

Me puse en pie y caminé con piernas temblorosas todo lo rápido que pude de vuelta a la cocina. Llamé a Andy, pero no estaba. La sartén de las salchichas seguía en el fregadero. No tenía tiempo de ponerme a buscarlo. Me daba la impresión de que un retraso de siquiera cinco minutos podía echarlo todo a perder. Agarré las llaves del coche y me marché. Estaba convencida de que la encontraría si lograba llegar a Stowe sin ninguna interrupción. Convencida hasta el punto de que todo a mi alrededor me parecía más nítido y brillante.

Salí del pueblo montada en el coche y giré a la izquierda en la Ruta 100, en dirección a Stowe. Nunca había ido al chalé de los Jordan, pero gracias a Nina, y a los cotilleos, sabía que habían adquirido ciento sesenta hectáreas de terreno a cinco minutos de Stowe. Sabía que en la propiedad había una casa, un pequeño lago y una casita para el guarda de la finca, así como varios kilómetros de senderos, manantiales y charcas. Sabía lo suficiente para que no me costase trabajo encontrar la casa. Cuando me acerqué a Stowe, me detuve en el arcén y utilicé el teléfono para buscar propiedades que se hubieran vendido el año pasado cerca del pueblo. Luego filtré los resultados de la búsqueda, descartando cualquier parcela vendida por menos de cinco millones de dólares, pues supuse que ciento sesenta hectáreas de terreno en esa ubicación rondarían ese precio, como mínimo. Tras filtrar los resultados, acabé con una lista de seis propiedades. Pinché en los enlaces y eché un vistazo a las descripciones y a las fotografías. Bingo. O, por lo menos, línea. A juzgar por la descripción, creía haber encontrado la finca correcta, pero al introducir la dirección en Google Maps, el pequeño cursor rojo apareció justo en mitad de un bosque. Tuve que investigar un poco más hasta entender que el acceso a la propiedad estaba por Tansey Hill Road. Marqué el punto de acceso, activé las indicaciones y empecé a conducir. Se puso a llover. Diez minutos más tarde, me detuve frente a una imponente verja de madera de metro ochenta de altura. En los postes de la verja no figuraba número alguno, nada que confirmara la dirección de la vivienda, pero sabía que me encontraba en el lugar preciso.

Me bajé del coche. Habida cuenta de la obsesión que tenían los Jordan por la seguridad en su casa de Waitsfield, supuse que tal vez la verja estaría cerrada con candado; sin embargo, no lo estaba. Logré abrir ambos lados con un empujón y después la atravesé con el coche. Ya había oscurecido del todo y la única luz era la de mis faros. La casa se hallaba a unos doscientos metros de la carretera. No sé qué era lo que me esperaba. Algo monolítico, tal vez, como la casa de Waitsfield. En cambio, aquella vivienda era distinta. Se trataba de un pabellón largo y fino, diseñado, o esa fue la impresión que me dio a mí, para asemejarse a uno de los puentes cubiertos de Vermont. Al contrario que el hogar de los Jordan, aquella casa estaba integrada en el paisaje. Tenía una presencia más discreta, los árboles y arbustos que la rodeaban eran maduros y las tejas se veían cubiertas de musgo. Sin duda Jamie y Rory la demolerían a la primera de cambio para construir algo enorme y ridículo en su lugar.

Me bajé del coche y caminé hacia la casa bajo la lluvia. Reinaba un silencio siniestro; no se oía ni un pájaro. El césped situado a la derecha de la casa descendía en una suave pendiente hasta un embarcadero que daba a un pequeño lago. La superficie del agua era mansa, oscura y poco atractiva. Las ventanas de la casa también estaban a oscuras, y no había coches aparcados fuera. Me acerqué a la puerta y llamé al timbre. No obtuve respuesta. La puerta de entrada era enorme, bien podría medir casi tres metros de altura, y a la izquierda tenía un panel de cristal del suelo al techo. Traté de abrirla sin mucha esperanza. Estaba cerrada con llave. Alcanzaba a ver un amplio recibidor con suelos de madera clara, que parecía casi gris con la luz tenue de última hora de la tarde. Dentro no había ninguna luz encendida, ningún indicio de que allí hubiese alguien. Volví a llamar al timbre, y después otra vez más.

—¿Nina? Nina, ¿me oyes?

Tenía que entrar en la casa. La sentía allí dentro, necesitaba mi ayuda.

Corrí por el lateral de la casa, tratando de ver algo a través de las ventanas. Alcancé a ver la cocina y el cuarto de la lavadora, pero las cortinas estaban echadas en la mayoría de las habitaciones, y me notaba cada vez más frustrada y asustada conforme recorría la parte trasera. Pensé que quizá la puerta de atrás estuviera sin llave. En Waitsfield a veces la gente dejaba su puerta sin cerrar, pero no tuve esa suerte. Intenté abrirla más de una vez, la empujé con el hombro, pero el esfuerzo era inútil y lo sabía.

Retrocedí y busqué alguna piedra a mi alrededor. Encontré un contundente trozo de granito, una piedra que habían excavado de una montaña y utilizado junto con otras para formar el reborde de un arriate del jardín. La levanté con ambas manos y golpeé con ella la ventana más próxima a mí. El cristal se hizo añicos. El ruido y la sorpresa me dieron energía, así que me moví con más rapidez. Retiré algunas de las esquirlas más grandes que pensé que podían desprenderse, luego introduje la mano a través del agujero y abrí la ventana. Me colé dentro, evitando los cristales rotos en la medida de lo posible. Enseguida me hallé en un largo pasillo que conducía hacia la parte delantera de la casa.

—¿Nina? —grité, y el silencio me devolvió el eco de mi voz.

Estaba haciéndose tarde y la casa estaba a oscuras. Encontré un interruptor, lo pulsé y parpadeé frente a la súbita luminosidad que inundó el recibidor. Abrí una puerta y al otro lado encontré un gran salón. Se trataba de una estancia fría y poco acogedora, como si hubiera sido abandonada hacía tiempo y acusara dicho abandono. Los suelos eran de madera desnuda. Habían colocado tres grandes sofás formando una U que miraba hacia la chimenea vacía, aunque no había alfombras, ni una mesa de centro, ni lámparas. Unos grandes ventanales daban al valle, y cualquier otro día la vista debía de ser maravillosa, pero con las nubes, la lluvia y la puesta de sol, lo veía todo gris. Salí de la habitación, me topé con las escaleras y las subí de dos en dos.

—¿Nina? —grité de nuevo mientras subía las escaleras.

Fui corriendo de un dormitorio a otro, pero no había rastro de ella, ni indicio de que hubiera estado allí alguna vez.

Me quedé muy quieta y me llevé las manos a la cara. Emití sonidos de los que apenas era consciente. Empecé a gimotear. La certeza de mi mente me iba abandonando, y no quería que se fuera. Quería habitar en un mundo en el que encontraba a mi hija, la abrazaba y le daba un beso en la cabeza, y pedía una ambulancia y era su madre y ella estaba herida, pero se trataba de un dolor que yo podía curarle. La casa era demasiado fría, dura y hueca. Era una piedra de bordes afilados.

Sabía que debía marcharme. Nina no estaba allí. Lejos quedaba ya cualquier justificación que hubiera tenido para entrar por la fuerza. Pero no estaba lista para irme. Aquel era el último lugar en el que había estado Nina con certeza. Necesitaba estar segura de que no me había pasado nada por alto, cualquier pista que me indicara adónde había ido después. Empecé a registrar con más atención, rebuscando en armarios y mirando debajo de las camas. Los dormitorios eran como habitaciones de hotel; todas las camas estaban hechas, todas las superficies limpias y abrillantadas, no se habían dejado nada personal. El dormitorio principal tenía un vestidor lleno de ropa; presumiblemente de Jamie y Rory. Los armarios del primer dormitorio estaban vacíos, pero en el segundo encontré ropa que estaba segura de que pertenecía a Simon. Pantalones de vestir, sudaderas, camisetas de manga larga, calzoncillos, calcetines y jerséis. Pero no había nada de Nina.

¿Adónde habría ido tras marcharse de ese lugar? ¿Y con quién?

Volví al piso de abajo. Tendría que llamar a los Jordan. Confesar que me había colado en su casa. Pagar la ventana rota. Me quedé de pie en mitad del gran salón y cerré los ojos. Traté de imaginarme allí a Nina. Ella, tan cálida, en un lugar tan frío. La estancia olía a limpio, no a friegasuelos ni a abrillantador, sino como si alguien acabara de hacer la colada. Fui a la cocina y abrí el frigorífico. Me imaginaba que estaría vacío, pero dentro había comida. Una bolsa de lechuga medio pocha, un paquete abierto de beicon, mantequilla y algunas uvas. Y al fin algo que sugería que Nina había estado allí: su marca favorita de yogur, un paquete de seis en el que faltaban dos envases. Eché a un lado la lechuga pocha y me encontré un frasco de gotas para los ojos con receta con el nombre de Nina en la etiqueta. Mi hija tenía los ojos secos.

Apreté el frasquito con fuerza. A la izquierda del frigorífico había una puerta grande. La abrí, esperando encontrar una despensa en la que poder entrar. En su lugar, me topé con un pequeño pasillo y unas escaleras que conducían hacia abajo, hacia el sótano y la oscuridad. Encendí el interruptor de la luz y corrí escaleras abajo. La puerta se cerró a mi espalda. En el sótano descubrí un guardarropa bien surtido, con esquís, tablas de *snow*, chaquetas y gorros. Todo bien ordenado, dispuesto para la nieve a la que le faltaban escasas semanas para llegar. Estuve a punto de darme la vuelta y volver a subir por las escaleras, pero un destello rojo llamó mi atención. El abrigo de senderismo de Nina asomaba por detrás de un abrigo más grande de color azul marino que me pareció que le había visto alguna vez a Simon. Anduve rebuscando y localicé su mochila y unos pantalones de lluvia. Busqué en el interior de la mochila y encontré sus botas de escalada, tiza, un forro polar y una bolsa de plástico de sándwich con migas dentro. En el rincón de la habitación había una cesta de la ropa, medio llena, con calcetines y prendas térmicas, algunas de ellas pertenecientes a Nina. Rebusqué entre la ropa y saqué todo lo que sabía que era suyo. Las prendas térmicas, los calcetines y la ropa interior... Lo metí todo en su mochila y luego me abracé a la mochila y a su abrigo como si estuviera abrazándola a ella. Entonces oí que se abría la puerta al final de las escaleras y una voz profunda que decía:

—Policía. Túmbese en el suelo. En el suelo. —Oí los pasos en las escaleras y, pocos segundos más tarde, un hombre muy joven, un agente de policía uniformado, entró en la habitación con la pistola levantada y me apuntó con ella—. Túmbese en el suelo. En el suelo ahora mismo.

Me quedé mirándolo como una estúpida. Seguía aferrada a las cosas de Nina. El agente me hizo un gesto con la pistola y empecé a arrodillarme con cierta incomodidad. Él no quiso esperar, así que me empujó contra el suelo, me retorció los brazos a la espalda y me esposó. Me hizo daño, y solté un ruido que se asemejó a un aullido.

—Solo estoy buscando a mi hija. —No sé si llegó a oír mis palabras, si las procesó. Respiraba con fuerza, estaba alterado. Me levantó de los brazos esposados, como si no pesara nada, y me empujó hacia las escaleras—. Por favor, tengo que llevarme las cosas de mi hija.

—Señora, quiero que suba las escaleras ahora mismo.

Hice lo que me pidió. Después me sentó en un taburete de la cocina, todavía con las manos esposadas a la espalda. Arriba había otro agente, en este caso una mujer. Joven y atractiva, de cabello rubio, que llevaba recogido en una coleta baja. Traté de que me hiciera caso.

—Soy la madre de Nina Fraser. Mi hija lleva desaparecida desde el fin de semana. Si llaman al inspector Matthew Wright, de la policía estatal, les confirmará que estoy diciendo la verdad. He venido aquí porque esta casa es donde se vio a Nina por última vez. No debería haber entrado por la fuerza, ya lo sé. Pagaré la reparación de la ventana. Conozco a los dueños, ¿vale? Soy amiga de la familia. —Mentira. Quizá evidente.

La agente rubia miró al compañero que me había esposado. Fue él quien habló.

—Señora, sabemos lo de su hija. Pero se ha colado en esta casa. Acaba de admitirlo. De modo que queda detenida por allanamiento de morada en este preciso instante. Voy a leerle sus derechos y después la llevaremos a comisaría.

—Solo intento explicar que…

—Señora —me interrumpió con tono de advertencia.

Cerré la boca y lo escuché mientras me leía los derechos.

# 6

## Matthew

Matthew se encontraba a medio camino de la casa de Stowe cuando recibió una llamada de Sarah Jane informándole de que acababan de detener a Leanne Fraser por allanamiento de morada. Blasfemó, dio la vuelta al coche y regresó a la comisaría. El agente encargado de la detención estaba esperándolo. Se puso a la defensiva, como si esperase que Matthew fuese a regañarlo por detener a Leanne.

—Si cree que debería haber actuado de otra forma, porque su hija está desaparecida y todo eso, lo pillo, pero no podía dejarla marchar sin más.

Matthew lo tranquilizó y escuchó todos los detalles, después hizo una llamada y mantuvo una difícil conversación con Rory Jordan. Cuando terminó con todo eso, fue a ver a Leanne. La habían dejado en una sala de interrogatorios en vez de una celda. Era una estancia mucho más atractiva que una celda, aunque eso no implicaba que fuese un lugar acogedor. El linóleo del suelo estaba descascarillándose y la sala tenía un fuerte olor a lejía. Le habían dado café, pero también le habían esposado la mano derecha a la mesa. Estaba pálida y temblorosa. Matthew atravesó la habitación y abrió las esposas. ¿Qué idiota había decidido que aquello era necesario? Se sentó frente a ella, se sacó el teléfono del bolsillo y lo colocó sobre la mesa.

—Estoy bastante seguro de que le pedí que se quedara en casa y esperase noticias mías —le dijo.

Leanne se frotó la muñeca en el lugar donde había tenido puesta la esposa.

—Debería haber ido allí ayer —respondió—. Nina podría haber tenido un accidente. Podría haber estado en esa casa, sin tener acceso a un teléfono, podría necesitarme.

—Entiendo. Pero no estaba allí, ¿verdad?

—Ustedes no estaban haciendo nada por encontrarla. Soy su madre. No esperará que me quede en casa de brazos cruzados esperando.

—Leanne, nos hemos conocido esta misma tarde. Y casi la primera cosa que hice fue enviar a un agente a registrar la casa.

Aquello la desconcertó.

—¿Ya han registrado la casa?

—No. No podemos hacer un registro sin una orden, a no ser que tengamos el permiso de los dueños. Pero, nada más dejarlos a Andy y a usted esta tarde, llamé a la comisaría local y una agente acudió a echar un vistazo preventivo. Llamó al timbre y a las puertas. No respondió nadie.

—Llamó a las puertas —repitió Leanne con cara de desdén—. Con eso no basta. ¿Me toma el pelo?

—También tenía planeado ir yo mismo a visitar la casa esta noche. Usted llegó como mucho una hora antes que yo.

—Una hora es mucho tiempo si alguien está herido. ¿Y si se hubiera caído por las escaleras?

—Leanne, se ha colado en una casa —dijo Matthew inclinándose hacia delante—. Presumiblemente ya había estado en el piso de arriba antes de que los agentes la encontraran. —Esperó a que asintiera con la cabeza y continuó—: Entonces, ha estado por toda la casa. Ha tocado superficies, quizá se le haya caído algún pelo. Si algo le ocurrió a Nina allí, acaba de contaminar usted esas habitaciones. Si fueron la escena de un crimen, y no estoy diciendo que lo fueran, entonces acaba de destruirlas como fuente de pruebas.

Leanne se estremeció.

—¿Cree que a Nina le ha ocurrido algo? ¿Mientras estaba en esa casa?

—No estoy diciendo eso. Lo que sí estoy diciendo es que no resultará de ayuda para la investigación ni para Nina que vaya usted registrando el lugar por iniciativa propia. Entiendo que es difícil ver el progreso desde fuera, pero le aseguro que sabemos hacer nuestro trabajo. —Matthew golpeó la pantalla de su móvil—. La orden de registro acaba de llegar a mi bandeja de entrada. Eso nos permite hacer un registro legal de la casa de Stowe, cosa que yo habría hecho sin su intervención. De modo que confío en que entienda que no ha logrado nada colándose en la propiedad. Y puede que haya sido muy perjudicial.

—¿Por qué no pidió permiso a los Jordan para ir a la casa a buscarla? ¿Por qué ha esperado a tener una orden de registro?

Matthew no respondió. Leanne era una mujer lista y estaba sacando conclusiones que no quería que sacara.

—¿Le dijeron que no? ¿Pensaba usted que le dirían que no?

Él siguió sin decir nada. Si lo negaba, no lo creería.

—¿Y qué pasa con el teléfono de Nina? ¿Lo han investigado? ¿Ha hecho alguna llamada?

—Hemos confirmado que Nina no ha realizado ninguna llamada ni enviado ningún mensaje desde el viernes. La última conexión desde su teléfono es del viernes por la noche, a una de las antenas cercanas a Stowe.

Leanne se quedó muy quieta. El poco color que le quedaba en la cara se desvaneció.

—También he hablado con Simon —agregó Matthew con cautela—. Me ha dicho que Nina rompió con él para estar con otro chico. Alguien con quien llevaba viéndose en secreto algún tiempo. Me ha dicho que, tras la ruptura, él se fue de la casa y Nina se quedó allí. Que ella le dijo que le pediría a una amiga que fuese a buscarla al día siguiente.

—Tonterías —repuso Leanne. Su voz era un susurro áspero—. Nina no salía con nadie más. Está enamorada de él.

—¿Nunca le mencionó a otra persona?

—Ya se lo he dicho. Nina no es infiel. No lo lleva en la personalidad. Y habla de Simon a todas horas. Organiza su vida entera en torno a él. Entre las clases, el trabajo y Simon, no habría tenido tiempo de ser infiel, incluso aunque hubiera querido.

Matthew abrió la boca para hablar, pero ella lo interrumpió:

—¿Simon le ha dicho que Nina se quedó en la casa después de que él se marchara? Eso no tiene ningún sentido. Nos habría llamado a Andy o a mí y habríamos ido a recogerla de inmediato.

—¿Y seguro que no los llamó? ¿No tienen llamadas perdidas?

Leanne se sonrojó, un súbito rubor en sus mejillas pálidas.

—La semana pasada, sí. Estaba enfadada con ella por escaquearse de su trabajo en la pensión, y no respondí. Pero el viernes por la noche, nada. —Cogió aliento y lo miró a los ojos—. Mire, encontré sus cosas en la casa. Ese agente se las llevó. Sus gotas para los ojos, su abrigo de senderismo, su mochila y parte de su colada. Estaba todo allí. Su material era caro. Ahorró para comprárselo. Nina no lo habría dejado allí.

—Puede que se le olvidara. Si estaba disgustada, o iba con prisa.

—No. No se le olvidaría el abrigo. Hace frío fuera. Se lo habría puesto.

—Me han dicho que las gotas para los ojos estaban en el frigorífico. Y su abrigo abajo. Si no lo vio, tal vez se le olvidó. Si Nina había roto con Simon, si estaba alterada, es posible que se le olvidara su medicación, que se le olvidara que había dejado su equipación en el piso de abajo. O quizá pensó que no lo necesitaría en un futuro próximo. O quizá pensaba que arreglaría las cosas con Simon y volvería. Hay muchas explicaciones posibles.

Leanne vaciló, aparentemente dividida entre la tentación de aceptar el consuelo que ofrecían sus palabras y escuchar a su instinto, que le decía que algo iba mal. Ganó el instinto.

—No se cree nada de lo que está diciendo.

Tenía razón. Matthew no se lo creía. Había algo de Simon

Jordan que no le gustaba. El chaval se había mostrado convincente al contar su historia —en el balance posterior a la entrevista, Sarah Jane había admitido que se lo había creído—, pero para Matthew algo no encajaba. Y los buenos inspectores no confían solo en su instinto. La ausencia total de actividad en el teléfono y en la tarjeta de crédito de Nina suponía un problema importante, pero aquello no le indicaba nada que pudiera ser de ayuda. Necesitaba hechos. Necesitaba pruebas. No podía sacar conclusiones precipitadas.

—He llamado a los Jordan —le contó a Leanne—. Han confirmado que no presentarán cargos por el allanamiento. Dadas las circunstancias, no creo que sea conveniente para nadie querer llevar el asunto más lejos.

—Pues… gracias. —Leanne se frotó la frente como si tratase de aliviarse un dolor de cabeza.

Matthew golpeó la mesa con los dedos. Era un tic nervioso que tenía.

—Mañana ofreceremos una rueda de prensa —anunció—. Sería muy útil que hablase con los medios de comunicación. También Andy.

—Una rueda de prensa. Quiere usted que hable con la prensa. —Pareció horrorizarle la idea.

—No se preocupe. Yo estaré allí. Y también Andy, espero. No necesitamos que responda a preguntas, si le resulta demasiado difícil. Solo queremos que haga una declaración.

—No es eso. —Leanne se pasó una mano por delante de la boca, como si acabara de probar algo amargo—. Pero dijo usted que…, que Nina es adulta. Dijo que probablemente esté con sus amigos. Que volverá a casa en unos días. ¿No es un poco pronto para hacer algo así?

Era un cambio radical. Hacía unos minutos había estado insistiéndole para que se tomara el asunto más en serio.

—Nina debía regresar a casa el sábado. Mañana es martes. Si no tenemos noticias suyas por la mañana, llevará tres días desaparecida. —Por no mencionar el hecho de que tenía el móvil apagado y no había utilizado sus tarjetas—. No es pronto. Tenemos que difundir la noticia. Distribuir la imagen de Nina. Puede que no sea necesario. Puede que esté en casa de alguna amiga. A lo mejor ve la entrevista y vuelve a casa. Esas cosas pasan y, si es así, genial. Pero, por si acaso, vamos a difundir la noticia, ¿de acuerdo? El departamento se encargará de organizarlo todo. Mañana por la tarde, en Waitsfield.

—¿Volverá usted a Stowe a buscarla? No solo en la casa. Tienen una finca enorme.

—No tenemos razones para hacerlo. Al menos de momento. —Sus palabras quedaron suspendidas en el aire—. ¿Puede enviarme algunas fotografías de Nina? Necesitaremos algunas para la rueda de prensa de mañana. —Nina era una chica guapa. Sus fotos despertarían el interés de los medios. Tendrían que utilizar eso. Tendrían que utilizar cualquier cosa que pudiera serles útil.

—De acuerdo. Sí, eso puedo hacerlo.

Matthew le pidió a un agente que la llevara de vuelta hasta su coche. Luego regresó a su mesa, donde lo esperaba Sarah Jane.

—¿Cómo ha ido?

—Bien, dentro de lo que cabe. Ha accedido a dar la rueda de prensa. Me va a enviar fotos.

—Qué bien.

—Sí. He hablado con el agente que detuvo a Leanne Fraser. Me ha dicho que sí que hay cámaras de seguridad en la casa de Stowe. Vio algunas en la parte delantera. ¿Puedes llamar a Rory Jordan y pedirle que te envíe las grabaciones?

—Por supuesto —respondió Sarah Jane mientras tomaba nota—. Sin problema. ¿Y si me dice que no?

—Conseguiremos una orden. —Matthew hizo una pausa—. Leanne Fraser dice que Nina no era infiel. Que toda su vida giraba en torno a Simon. Tenemos que averiguar si había alguien más en la vida de Nina. Veamos quién está diciendo la verdad.

# 7

## ANDY

Cuando Lee se quemó la mano con la sartén y salió a la calle, dejé que se fuera. Supuse que necesitaba tiempo para estar sola. En ese sentido, se parece más a Nina de lo que cree. Ambas prefieren estar solas cuando están heridas. Subí a cambiarme de ropa y, cuando volví a bajar, terminé de preparar la cena y metí las salchichas y las patatas en el horno para que se mantuvieran calientes. Vi que se había llevado el abrigo. Supuse que habría ido a pasear, de modo que fui al granero para apilar la leña que había cortado el domingo. Cuando Grace volvió de clase, eran más de las seis de la tarde. Me encontró en el granero. Había tenido entrenamiento de fútbol y después se había ido a casa de Molly a estudiar. La madre de Molly la había traído de vuelta a casa.

—¿Qué hay de cena?

—Hola a ti también, Gracey. —Me salió una voz absurdamente jovial y ella me miró poniendo los ojos en blanco.

—Hola, papá.

—¿Mamá está dentro?

—No —respondió negando con la cabeza—. Y me muero de hambre. Me muero de verdad.

Entramos en casa. La cocina estaba vacía y a oscuras. En el salón, se había apagado el fuego. Miré en el piso de arriba y, al ver que Leanne no estaba allí, la llamé al móvil. No respondió. Le di la cena a Grace. Después se metió en su cuarto, oficialmente para terminar los deberes, aunque lo más probable es que estuviera tonteando con el móvil. La dejé tranquila. Encendí de nuevo la chimenea del salón, me serví una cerveza y probé a llamar a Leanne al móvil una vez más. Tampoco respondió. Por fin regresó pasadas las ocho.

—¿Dónde estabas? —Intenté no sonar brusco.

Se sentó frente a mí, sin quitarse el abrigo.

—He ido a la casa de Stowe. Pensé que Nina quizá se hubiera caído o algo así, y que podría seguir allí.

La idea no se me había ocurrido, pero en cuanto Lee me lo dijo la posibilidad me pareció muy evidente. Me sentí estúpido por no haberlo pensado antes.

—Si me lo hubieras pedido, habría ido contigo.

—Me he colado, Andy. No había nadie en la casa y no podía esperar. Pensaba que Nina estaría allí tirada, en la oscuridad, inconsciente. Así que rompí un cristal de la parte de atrás.

Eso sí que no me lo veía venir.

—Lee...

—Ya lo sé, pero ¿qué iba a hacer? ¿Y si ella estaba allí y necesitaba un médico, o ir al hospital, y yo me ponía a esperar a que me dieran permiso?

—Lo entiendo. Es que... no me lo esperaba, ¿vale? —Conocía a mi esposa.

Durante toda su vida, no había podido confiar en nadie más allá de sí misma. Llevábamos juntos casi diecisiete años y seguía sin saber cómo pedirme ayuda. Así que no me sorprendía mucho que Lee se hubiera ido a Stowe sola. Si hubiera llamado a los Jordan y les hubiera pedido que se reunieran con ella allí para dejarla entrar, yo habría pensado: «Vale, estupendo». Pero un allanamiento de morada..., eso ya me parecía un tanto excesivo.

Se levantó y se quitó el abrigo. Lo dejó colgado en el respaldo de su silla y después se quedó allí de pie, como si no tuviera claro qué hacer a continuación. Me terminé la cerveza y dejé la lata sobre la mesita de centro.

—Supongo que Nina no estaba allí.

—Andy, Simon le ha dicho a la policía que Nina le ponía los cuernos.

—¿Qué?

—Ha dicho que llevaba un tiempo viéndose en secreto con otro chico, y que lo dejó para estar con él.

No dije nada. Estaba intentando encontrarle sentido a lo que acababa de contarme. Nina no sería infiel. Estaba loca por Simon y era tremendamente sincera. De haber estado viviendo esa clase de situación, me habría dado cuenta. Pasamos tiempo juntos. Los fines de semana, a veces viene al granero a estar conmigo. Me ayuda a limpiar y a apilar leña. A veces me acompaña en algún encargo, planta algunas cosas, me ayuda a montar un cercado. Tiene mucha capacidad. Me da órdenes, pone su música y se ríe de mí cuando no conozco los grupos.

—Ha dicho que la dejó en la casa y regresó a Waitsfield el viernes por la noche —estaba diciéndome Lee—. Asegura que Nina iba a pedirle a alguien que fuese a recogerla al día siguiente. Pero ¿por qué no nos llamó para que fuéramos a buscarla de inmediato? Y he encontrado sus cosas en la casa. Las gotas de los ojos. El abrigo. No me creo que se dejara esas cosas allí, Andy.

—¿Y qué ha dicho Wright?

Lee me estrechó la mano y se le llenaron los ojos de lágrimas.

—Ha dicho que han consultado con su compañía telefónica. No ha hecho ninguna llamada ni ha enviado ningún mensaje. Las antenas no han registrado su señal desde el viernes por la noche.

Intenté hacer que Leanne comiera algo, pero no tenía ganas. Ni siquiera quería hablar. Limpiamos la cocina en silencio. Después le ofrecí una cerveza, saqué una para mí y volvimos al salón. Rufus nos siguió gimoteando mientras íbamos y veníamos. En el salón, se acomodó junto a la chimenea, aunque nos miraba como si supiera que ocurría algo.

—¿Grace ha cenado?

—Sí. Pero no le he dicho lo de Nina. No sé cómo hacerlo.

Lee dio un trago a su cerveza.

—Tendremos que decírselo por la mañana. La policía va a dar una rueda de prensa. En un hotel de Waterbury. Matthew Wright quiere que vayamos y hablemos de Nina con la prensa.

Me estremecí y Leanne me miró a los ojos.

—Ya lo sé —me dijo.

Pensé en todas las ruedas de prensa que había visto durante los años, con esos padres destrozados y compungidos ante las cámaras, rogándole a algún cabrón desconocido que les devolviera a sus hijos desaparecidos. ¿Cuántos de ellos habían regresado? ¿Cuántos cuerpos se habían encontrado? ¿Cuántos seguirían por ahí, en alguna parte? Me terminé la cerveza. Regresé a la cocina a por otra. Rufus me siguió durante todo el trayecto, con el hocico tan pegado a mis pantorrillas que debió de chocarse conmigo media docena de veces. Cuando regresé, se acomodó junto a Leanne y ella le apoyó la mano en el cuello.

—¿Qué crees que ha ocurrido? —me preguntó—. En tu opinión, ¿cuál es la explicación más probable?

—Estaba pensando, ¿y si se despertó temprano el sábado por la mañana? Sabemos que no tenía allí su coche. Es posible que pensara en llamarnos para que fuésemos a buscarla, pero a lo mejor era demasiado temprano. Y puede que estuviese un poco triste. Quizá salió a pasear, o de excursión, para despejarse la cabeza. —Según hablaba, iba creyéndome cada vez más mi teoría—. ¿Y si se cayó o algo así? Podría seguir por ahí. Y Nina sabe moverse por los lugares recónditos. Siempre lleva mucha agua y todo lo necesario para no pasar frío. Has hecho muy bien en registrar la casa, Lee, pero creo que deberíamos ir a explorar los senderos de la zona.

—Su abrigo, Andy —respondió Leanne negando con la cabeza—. He encontrado su abrigo, sus botas y su mochila. No se habría marchado sin eso.

—A lo mejor tomó prestado el equipo de otra persona. O puede que se comprara algo nuevo cuando estaba en Stowe. Podemos preguntarle a Simon. —Pero mi esperanza y mi fe en esa teoría se esfumaron con la misma rapidez con que habían aparecido. Me sentí idiota. Y Leanne parecía frustrada.

—Tienes razón, deberíamos explorar los senderos —me dijo—. Deberíamos reunir a toda la gente posible. Cualquiera que esté dispuesto a ayudar a organizar una partida de búsqueda.

—Es una gran idea. Craig seguro que quiere ayudarnos, y también Sofia. —Craig era mi hermano y Sofia era su esposa, procedente de Dinamarca.

Craig y Sofia eran el clásico ejemplo de que los polos opuestos se atraen. Craig era muy culto, pero algo extravagante; Sofia era una especie de *hippie new age*. Él trabajaba como contable y ella creía en vivir de la tierra y en educar a sus hijos en casa. Ganaba algo de dinero restaurando muebles de segunda mano y tenía muchos seguidores *online*, según contaba Craig. Vivían en Burlington, que no estaba lejos, pero no pasábamos mucho tiempo juntos, porque tenían dos gemelos de seis años y estábamos todos muy ocupados.

—Necesitaremos el permiso de los Jordan para entrar en su propiedad.

—¿Y crees que no nos lo concederán? —pregunté, molesto—. Nadie va a impedirme ir a buscar a mi hija, eso te lo aseguro.

Me dedicó una leve sonrisa que me hizo sentir mejor, pero entonces entró Grace. Eran poco más de las diez. Tanto Leanne como yo nos pusimos nerviosos.

—¿No estás ya en la cama? —le preguntó Leanne, aunque resultaba evidente.

—No consigo terminar mis deberes de matemáticas —respondió Grace con cara de hastío—. ¿Sabéis a qué hora vuelve Nina? La he llamado tres veces y me salta el buzón de voz. —Miró su teléfono con cara de insatisfacción.

—Yo te ayudo, cielo —le dije, e hice intención de levantarme.

—Ay, no te ofendas, papá —respondió Grace con expresión

de horror—, pero mejor que no. —Hacía un par de años que ni Lee ni yo podíamos ayudarla con sus deberes de matemáticas. Eso nunca había supuesto un problema, dado que Nina estaba allí.

—No me importa, en serio —insistí.

—No pasa nada —dijo Grace, retrocediendo para salir de la habitación. Miró entonces a Lee desde la puerta—. ¿Te ha dicho Nina cuándo volvería?

Me di cuenta de que a Lee le costaba hablar. Se encogió de hombros y negó con la cabeza.

—No importa. Utilizaré la página de Khan Academy o algo así. —Desapareció de manera apresurada, por miedo, supongo, a que alguno de los dos la siguiera e intentara ayudarla.

Nos quedamos callados unos segundos, y entonces se me ocurrió una idea.

—Deberíamos utilizar la rueda de prensa. Hacerles sentir vergüenza.

—¿A quién?

—Podemos decir delante de las cámaras que queremos registrar la propiedad de los Jordan. No me refiero a acusarlos de nada. Solo decimos que nos preocupa que Nina saliera sola de excursión y entonces pedimos voluntarios para que nos ayuden a buscarla.

—Me parece muy buena idea —convino Leanne tras reflexionarlo unos instantes.

—Rory Jordan no va a decir que no delante de las cámaras, ¿verdad?

Nos fuimos a la cama. Lee fue a ver a Grace.

—Está dormida —me dijo. Se metió bajo el edredón.

Las luces estaban apagadas. Cerré los ojos. Fuera, oí el ulular de una lechuza.

—La pareja de la *suite* azul ha solicitado un desayuno sin gluten —dije en la oscuridad, y las palabras quedaron ahí suspendidas entre nosotros durante unos segundos, ridículas.

Leanne se estremeció.

—Quiero que se vayan —anunció.

—¿La pareja de la *suite* azul? —le pregunté.

—Todos. —Me giré sobre la cama. La acerqué a mí hasta que su cabeza quedó apoyada en mi hombro y la rodeé con el brazo.

—¿Quieres cerrar la pensión?

—Dicho así, parece muy drástico. Pero sí. Tenemos que hacerlo. No puedo encargarme de eso ahora mismo.

—Yo tampoco. Ya sé que es tu negocio. Tú haces todo el trabajo. Pero no quiero que haya nadie en la casa hasta que haya vuelto Nina.

—Se lo diré por la mañana.

# 8

## LEANNE

El martes por la mañana me levanté temprano y fui a la cocina a esperar a que se despertara Grace. Apareció a las siete y media, buscando comida, en pijama y con uno de los jerséis de Andy, con el teléfono en una mano y los auriculares alrededor del cuello.

—Mi habitación está helada, mamá. O sea, que parece un iglú. Casi podría considerarse abuso infantil.

Era una exageración de adolescente y, además, la queja no era nueva. En la pensión, la calefacción se encendía de forma automática en todas las habitaciones cuando la temperatura bajaba de los veintiún grados, pero en nuestra parte de la casa había que encenderla manualmente. Por lo general, yo no lo hacía. Cuando las chicas me decían que tenían frío, les decía que se pusieran un jersey o que fueran a la cocina, donde la estufa siempre proporcionaba calor. ¿Por qué? Porque no quería que mis chicas fueran débiles. Yo había tenido una infancia dura. Nunca habíamos contado con suficiente dinero. Pasaba hambre a menudo y frío siempre. Había gozado de un breve y glorioso descanso cuando fui a la universidad, antes de que todo volviera a irse a pique, pero durante la mayor parte de mi vida había tenido que luchar por salir adelante. Cuando una logra sacarse las castañas del fuego, desarrolla cierta seguridad en sí misma. No quería que mis hijas experimentaran la soledad y la desesperación que había sentido yo a veces cuando era pequeña, pero sí quería que tuvieran esa seguridad en sí mismas. Quería que fueran supervivientes.

Cuando conseguí hacer de la pensión un éxito, me preocupaba que, al eliminar el más mínimo obstáculo de sus vidas, nunca fuesen a desarrollar la fuerza necesaria para enfrentarse al mundo más allá de nuestras cuatro paredes. Pero, viendo a Grace calentarse las manos junto a la estufa, me di cuenta de lo estúpida que había sido. No podría darles la infancia que yo había tenido. ¿Qué sentido tenía entonces escoger pequeñas incomodidades e imponérselas de forma artificial? Toda mi filosofía presuponía que ellas no tenían sus propios desafíos. Que su mundo más allá de nuestra casa era fácil y seguro, y por esa razón había convertido nuestro hogar en un sitio lleno de desafíos donde se sentían presionadas y cuestionadas, en vez de un lugar donde sentirse queridas y protegidas. Nina no había confiado en mí, esa era la verdad. No acudía a mí para contarme sus problemas. No me pedía ayuda. Y eso era culpa mía.

—Lo arreglaré —le dije a Grace—. Utilizaré en tu habitación y en la de Nina el mismo termostato que para la pensión, ¿de acuerdo? Así ya no tendrás frío.

—Vale —respondió, visiblemente confusa—. Bueno, tampoco se está tan mal.

—Lo arreglaré en cuanto te vayas a clase. ¿Qué quieres de desayuno? ¿Gofres y fruta? ¿Tortitas? Tú pídeme lo que quieras y te lo preparo.

Mi tono era demasiado alegre. Estaba hablándole como si tuviera siete años. Miró a su alrededor. Por lo general, a esa hora, me encontraba hasta el cuello preparando los desayunos para la pensión, y ella se servía un tazón de cereales. Aquel día, sin embargo, la cocina estaba limpia y tranquila.

—Pues pensaba en unas tostadas. Y puede que huevos.

—Marchando.

Entornó los ojos al mirarme. Y entonces ya no pude aguantarme más.

—Grace, tengo algo que contarte —empecé a decirle, y justo en ese momento entró Andy en la cocina.

Ya estaba vestido, no con su ropa de trabajo, sino con los vaqueros nuevos y una camisa azul claro que le sentaba muy bien. Tenía el pelo húmedo después de la ducha. Me lanzó una mirada rápida cuando entró, después se inclinó para darle un beso a Grace en la coronilla y atravesó la cocina para servirse una taza de café.

—¿Qué? —preguntó Grace—. ¿Qué es lo que pasa?

Me senté a la mesa junto a ella.

—¿Sabes que Nina tenía que volver a casa el fin de semana pasado, después de sus vacaciones con Simon?

—Sí. —Miró a Andy y después otra vez a mí.

—Pues no ha vuelto, evidentemente. Y no está con Simon, porque él volvió a casa el viernes por la noche.

—¿Nina ha desaparecido?

—Bueno, es más bien que no ha vuelto a casa —puntualizó Andy a mi espalda—. Rompió con Simon y él cree que se quedó disgustada. Cree que se fue a casa de alguna amiga durante un tiempo, pero no nos ha llamado ni nos ha escrito, y tu madre y yo estamos preocupados.

—Eso me da mala espina.

Grace no estaba asustada, todavía. Deslizó los pulgares por la pantalla de su teléfono y se lo acercó a la oreja. Yo estaba tan cerca que alcancé a oír el mensaje del buzón de voz de Nina. El mismo mensaje que yo misma había escuchado unas veinte veces desde el sábado. Grace colgó.

—¿Tienes el número de Simon? Deberíamos llamarlo. Debe de ser un malentendido o algo así. Nina y Simon no romperían de esta forma. Es imposible.

En aquel momento, más que nunca, debía mantener la calma para no perder el control. Pero, pese a mis esfuerzos, mi voz sonó cortante cuando respondí.

—Bueno, eso es lo que Simon dice que sucedió.

—No lo entiendo. ¿No le crees?

No dije nada. Era tremendamente difícil saber cómo gestionar la situación. No quería que Grace tuviera miedo. Pero estábamos a punto de acudir a una rueda de prensa policial sobre su hermana desaparecida. Tampoco es que pudiésemos ocultar la verdad.

—No es eso —intervino Andy—. Y no tienes por qué preocuparte. Ya conoces a Nina. Probablemente se haya ido a Boston a quedarse en casa de alguna amiga. Pero tu madre y yo no queremos esperar de brazos cruzados a que vuelva a casa. Queremos encontrarla.

Me di la vuelta y casqué unos huevos en un cuenco. Aquello estaba mal. Íbamos a tener que esforzarnos un poco más. Traté de encontrar las palabras adecuadas, pero mi cerebro no funcionaba como debería. Mi hilo de pensamiento era irregular, como una película mal montada, con cortes abruptos y sin transiciones.

—Vale, pero deberíamos llamar a sus amigas de Boston, ¿no?

—Ya lo hemos intentado, Grace —le dije.

—¿Y un *email*?

—Ahora mismo no responde —insistí—. Pero, claro, tampoco lleva el portátil, y su teléfono está apagado...

—No queremos que te preocupes —repitió Andy, aunque su tono de voz era más desesperado que tranquilizador.

—Eso es —le dije, volviéndome para mirarla. Sentí náuseas y me aferré al borde de la encimera con la mano izquierda—. Pero sí queremos que sepas que a lo mejor suceden algunas cosas un poco intensas los próximos días. Tu padre y yo hemos llamado a la policía para que nos ayude a encontrar a Nina.

Grace volvió a mirarnos a los dos alternativamente. Estaba más pálida de lo normal.

—Pero ¿qué cojones pasa? —dijo.

—Grace, esa boca —la reprendió Andy.

Ella lo ignoró y me miró fijamente.

—Hay un inspector. Se llama Matthew Wright y va a ayudarnos a encontrar a Nina. —No miré a Andy mientras hablaba.

Sabía que estaría mirándome, tratando de pedirme con la mirada que dejara de hablar, diciéndome que ya habíamos hablado más de la cuenta. Pero no podíamos detenernos. Grace tenía que irse a clase. Si no estaban hablando ya del asunto cuando entrase aquel día, sin duda lo hablarían al día siguiente.

»Matthew cree que es buena idea que salgamos por televisión pidiendo a la gente que nos diga si han visto a Nina. —Utilizar el nombre de pila del inspector era un intento fútil de aparentar cierta normalidad—. Tu padre y yo hemos dicho que sí. Vamos a hacerlo esta mañana.

A Grace se le llenaron los ojos de lágrimas. Se las limpió toscamente con el reverso de la mano.

—Estás mintiendo —me espetó—. La policía no convoca ruedas de prensa solo porque está un poco preocupada por alguien. Deben de pensar que han secuestrado a Nina, o que... —No fue capaz de terminar la frase.

Me acerqué a ella, la rodeé entre mis brazos y la abracé con fuerza. Abrazar a Grace era muy diferente a abrazar a Nina. Grace era más alta. Se inclinó contra mi cuerpo. Aun cuando estaba enfadada contigo, Grace buscaba consuelo.

—No te creo, mamá.

—No queremos mentirte, cielo. Te lo estamos contando todo. Esto da miedo, claro que sí, pero Nina podría entrar por la puerta en cualquier momento. —Por un instante fui capaz de verla.

Vi a Nina entrar por la puerta de atrás, con el pelo un poco revuelto, con los pantalones manchados de barro y color en las mejillas. Un poco avergonzada, un poco arrepentida, pero en general con ganas de contarnos la aventura que la había tenido alejada de nosotros. La imagen aparecía prístina, y me dieron ganas de aferrarme a ella.

Y entonces habló Andy, y se me escurrió entre los dedos antes de esfumarse.

—Eso es lo que creemos que sucederá —anunció—. Pero no queremos esperar, así que vamos a recibir la ayuda de todo aquel que quiera para encontrarla. Y, si eso significa acudir a la policía y a la televisión, entonces eso es lo que haremos, ¿de acuerdo? No quiero que des demasiada importancia a estas cosas.

Grace se apartó de mi abrazo.

—Pero ¿creéis que…? Debéis de pensar que alguien le ha… hecho daño o algo así —dijo Grace. Se limpió de nuevo la nariz con el reverso de la mano.

—No tenemos razón para pensar eso —respondí—. En serio, Grace, no la tenemos. —Soné convincente, y tal vez porque fui yo quien lo dijo, en vez de Andy, mi hija pareció creerme. Como yo era más dura, tal vez no se esperaba que fuese a mentirle para consolarla. La dejé ir. Saqué los platos y llené los vasos con zumo de naranja del frigorífico—. Así que vamos a tener un par de días raros. Y, si tienes alguna pregunta, puedes preguntarnos a tu padre y a mí, pero tu trabajo es seguir haciendo todo lo que haces habitualmente y no pensar demasiado en ello.

Le preparé el desayuno. Comió solo unos pocos bocados y después abandonó la cocina, alegando que iba a ducharse, aunque creo que en realidad buscaba privacidad. Quizá para pensar. Quizá para llamar a alguna amiga. Andy la llevó a clase un poco temprano. Pensé que se resistiría, pero pareció aliviada de poder irse. Yo quería que fuese a clase. Quería que estuviese allí a salvo, lejos de cualquier pantalla, mientras nos entrevistaban a Andy y a mí. Aunque vería la entrevista casi con total certeza cuando terminaran las clases aquel día. Se metería en Internet y la buscaría.

Desterré esa idea y empecé a llamar a las puertas de las habitaciones de la pensión para comunicar a nuestros huéspedes que no habría desayuno esa mañana y que necesitábamos que se fueran. Le conté a todo el mundo una versión reducida de la verdad. Que nuestra hija estaba desaparecida, que se había abierto una investigación policial y que necesitábamos nuestro espacio y privacidad en un momento tan difícil. Obtuve justo la respuesta que esperaba. Casi todos los huéspedes se mostraron educados y comprensivos, al menos en apariencia, aunque unos pocos hicieron un esfuerzo muy limitado por disimular su decepción y fastidio. Un hombre intentó convencerme de que su mujer y él no nos causarían ningún problema, que apenas notaríamos su presencia allí. Era su aniversario, según me contó, y era muy importante para su matrimonio que pudieran quedarse. Lo interrumpí y seguí mi camino. Interrumpí todas las conversaciones porque no me importaba ninguno de ellos. Solo una mujer pareció entender de verdad lo que le estaba diciendo. Una mujer mayor, de sesenta y tantos años, que se alojaba sola en la *suite* verde. Estiró el brazo y me estrechó la mano.

—¿Hay algo que podamos hacer? —Tenía acento. Escocés, creo, aunque podría haber sido irlandés. No se me dan bien los acentos. Negué con la cabeza—. No soy creyente. Si lo fuera, rezaría. Pero pensaré en usted y en su hija. Y mantendré la esperanza. —Me dio una tarjeta—. Llámeme a cualquier hora del día o de la noche. —Por la tarjeta supe que era una florista de Boston.

Se me pasó entonces una imagen por la cabeza: lirios blancos sobre un ataúd de caoba. Me fui directa a la cocina y tiré la tarjeta a la basura. Sentí que iba a vomitar, así que fui y me incliné sobre el retrete del pequeño cuarto de baño, y así permanecí un par de minutos, pero no me salió nada. Me senté a la mesa de la cocina, abrí el ordenador portátil, entré en Internet y cancelé todas mis reservas para las dos próximas semanas. La explicación que ofrecí fue breve y directa.

*Los propietarios de la pensión Black Friar se enfrentan a una emergencia familiar y, como resultado, no podrán llevar a cabo su reserva. Lamentan de corazón las molestias y les reembolsarán de inmediato el depósito de la reserva.*

El mensaje no me salvaría. Habría un montón de críticas con una sola estrella para la pensión en las páginas de reservas. Mi clasificación se desplomaría. Bajarían las reservas. Me llevaría meses de trabajo reparar el daño, si acaso podía repararse, pero me daba igual. Estaba torpedeando una reputación que me había llevado veinte años construir y no sentía nada en absoluto. Comencé el proceso de reembolsar los depósitos, pero era demasiado complejo y me sentía incapaz de concentrarme. De modo que cerré el portátil y salí de casa, llevándome a Rufus conmigo. Salimos por la verja de atrás y fuimos a dar un paseo por el bosque. Cuando regresé, el aparcamiento de delante de la pensión estaba vacío ya.

# 9

## MATTHEW

Matthew Wright y Sarah Jane Reid iban recorriendo la I-89 de camino a Burlington. Él había recogido a Sarah Jane en la comisaría. La rueda de prensa estaba programada para las once de la mañana, lo cual no les dejaba mucho tiempo, pero Matthew estaba decidido a hacer todo lo posible antes de volver a ver a los Fraser.

—¿A quién vamos a entrevistar? —quiso saber Sarah Jane.

—A Olivia Darlington. La amiga a la que, según Simon Jordan, Nina podría haber planeado visitar en Boston. Anoche llamé a su madre y me dijo que Olivia ha vuelto a la universidad. He pensado que podríamos reunirnos con ella allí.

—¿Le parece importante hablar con ella en persona?

—Así es —respondió Matthew con una inclinación de cabeza—. Y quiero hablar con alguien que viera juntos a Nina y a Simon recientemente.

Sarah Jane asintió. Después de aquello, la conversación entre ambos fue muy escasa. Ella le hizo algunas preguntas sobre el caso y él se las respondió, pero no se conocían muy bien el uno al otro y, en un punto tan inicial de la investigación, no había gran cosa que comentar. Y, si Sarah Jane hubiera sido un hombre, le habría resultado más fácil. Podría haber hablado de deportes. ¿Sería machista por su parte presuponer que a ella no le interesaría ese tema?

—¿Te gusta el *hockey*? ¿Viste el partido de anoche?

Ella lo miró perpleja.

—¿No eres muy fan del deporte?

—No exactamente —respondió Sarah Jane con una leve sonrisa y abrió las manos, que tenía llenas de callos en las palmas y en los dedos.

—¿Remera? —se aventuró a preguntar Matthew.

—Así es —confirmó ella—. Antes era muy buena. Ahora ya solo remo por diversión.

Matthew la miró de reojo. No sabía mucho de remo, pero lo poco que sabía le hacía pensar que no era algo que la gente hiciera por diversión. Era un deporte para masoquistas. Sarah Jane sacó su teléfono y empezó a deslizar el dedo por la pantalla, así que Matthew abandonó sus intentos de conversación.

Entraron en el aparcamiento situado frente a una residencia de estudiantes. Se bajaron del coche, sacaron sus abrigos del asiento de atrás y se los pusieron. Aún era temprano y hacía fresco.

—¿Nos está esperando? —preguntó Sarah Jane.

—Tenía el teléfono apagado cuando la llamé anoche. A lo mejor todavía estaba en el avión. Pero supongo que su madre ya la habrá llamado para decírselo.


Tuvieron que llamar tres veces al telefonillo de la entrada de la residencia hasta que una estudiante somnolienta respondió y escuchó la sucinta explicación de Matthew antes de dejarlos entrar sin hacer ninguna pregunta o comentario. Subieron las escaleras hasta el tercer piso.

—Su madre me dijo que su habitación es la 303 —anunció Matthew. Encontraron la habitación indicada y llamó a la puerta.

—Un momento. Ya voy. —Abrió la puerta una mujer joven.

Vestía unos pantalones de chándal y una camiseta de manga corta, y llevaba el pelo húmedo envuelto en una toalla. Mediría alrededor de metro setenta, calculó Matthew, un poco más que

Sarah Jane. Los mechones de cabello que asomaban bajo los bordes de la toalla eran oscuros. Tenía unos ojos grandes y azules y una nariz un poco respingona.

—Perdón, estaba en la ducha.

Matthew se sacó la identificación y se la mostró.

—Soy Matthew Wright, inspector de la policía estatal. Y esta es mi compañera, la agente Reid.

Olivia se fijó en la identificación. Les tendió la mano y se la estrechó con un gesto extrañamente formal.

—Ya me ha dicho mi madre que se pasarían a verme. Supongo que no los esperaba tan temprano.

—Lo siento —se disculpó Matthew.

—No, no. No pasa nada. Es importante, ¿verdad? Es que no estoy… —Dejó la frase inacabada y se señaló el pelo envuelto en la toalla—. ¿Me conceden un minuto?

—Por supuesto.

Olivia cerró la puerta. No tardó mucho. Reapareció un par de minutos más tarde, ya vestida del todo, con los pies, previamente descalzos, enfundados en calcetines y deportivas, y el pelo recogido en un moño descuidado. Lucía mechas rosas en las puntas del cabello. Llevaba el abrigo en una mano.

—Perdón. Mi compañera de cuarto sigue en la cama. ¿Les importa que hablemos fuera?

—¿Y si te invitamos a un café? —sugirió Matthew en su lugar.

Olivia los llevó a la cafetería situada en el sótano de la residencia. Ya había algunos estudiantes allí —madrugadores que volvían del gimnasio o de correr, aún con la ropa deportiva—, pero tenían bastantes mesas libres a su disposición. Matthew pagó el café y los *muffins* y se los llevaron a una mesa situada en el rincón.

—Gracias —dijo Olivia. Una vez sentados y mirándose unos a otros, parecía menos segura de sí misma. Empezó a desmigajar su *muffin* de arándanos y miró a Matthew con rostro preocupado—. No sabía que Nina hubiese desaparecido. De haberlo sabido, habría llamado. O puede que no. Me refiero a que no creo que pueda ser de gran ayuda. No sé dónde está. He estado tratando de pensar en sitios a los que podría haber ido, pero… Quiero decir que es evidente que hay muchos sitios a los que podría ir si quisiera escaparse, pero personalmente no soy consciente de ningún lugar con el que pudiera tener una conexión especial, ¿saben a lo que me refiero? Y, si cambió de opinión y decidió ir a ver a otra amiga, pues está todo el mundo de vuelta en la universidad porque las clases empiezan hoy de nuevo. Pero podría haber decidido ir a visitar a una amiga del instituto, ¿no? Aunque supongo que ya habrán pensado en eso. —Olivia dejó caer ligeramente los hombros.

—¿A qué te refieres con que cambió de opinión? —le preguntó Matthew.

Olivia tenía el teléfono sobre la mesa, junto a su taza de café. Sarah Jane guardaba silencio. Lo observaba y escuchaba todo con atención, pero no había hecho ningún esfuerzo por intervenir, por añadir nada o tratar de desarrollar una conexión con Olivia. No importaba. Era nueva en el caso y nueva en el trabajo en general. En cuestión de meses, Matthew esperaría de ella que se implicara más; sin embargo, por el momento prefería tener una ayudante que fuera consciente de las cosas que le quedaban por aprender que una que se lanzara de cabeza a la piscina en un esfuerzo por impresionarlo. Olivia deslizó la mano hacia el teléfono y golpeó la pantalla con el dedo.

—Pues que no llegó a venir, claro. La llamé, pero me saltó el buzón de voz y nunca me devolvió la llamada. Y luego empezaron de nuevo las clases y eso fue todo.

—¿Esperabas una visita de Nina? —quiso saber Matthew.

—Pensé que lo sabían —respondió Olivia—. Pensé que por eso deseaban hablar conmigo. —Agarró el teléfono y deslizó el dedo por la pantalla hasta abrir un mensaje. Le entregó entonces el dispositivo a Matthew para que pudiera leerlo.

*Hola, nena, ¿estás en Boston? Voy para allá por la mañana. ¿Nos vemos? Me vendría bien un poco de diversión. Lo mío con*

*Simon se acabó (vaya, vaya). Tenía que pasar (¿quién aguanta con un novio del instituto?).*

Matthew deslizó el dedo hacia arriba y vio un segundo mensaje, después un tercero, ambos de Nina a Olivia.

*¡Si estás despierta, llámame! Necesito hablar y Simon ya se ha marchado.*

*Me voy a quedar sin batería. ¡Nos vemos mañana! Quiero presentarte a alguien especial. ¡No me digas nada de que se solapa con Simon!* 😔😒😳

Eso era todo. No había más mensajes. Matthew le pasó el teléfono a Sarah Jane para que pudiera leerlos también.

—¿Y no respondiste? —le preguntó a Olivia, que negó con la cabeza.

—Estaba dormida. Me los envió como a medianoche. La llamé en cuanto me desperté, poco después de las ocho de la mañana del sábado. Lo intenté varias veces durante el fin de semana, pero saltaba el buzón de voz y nunca me devolvió las llamadas.

—¿Y te sorprendió? —le preguntó Matthew.

—¿El qué? ¿Que hubieran roto? —Esperó a que él asintiera y entonces hizo una mueca—. Pues sí, pero, al mismo tiempo, no mucho. Como dice Nina en el mensaje, todo el que sigue con su novio o novia del instituto cree que ellos van a ser diferentes. Que lo conseguirán. Pero casi todo el mundo rompe tarde o temprano. Supongo que me sorprendió que se lo tomara tan bien.

Matthew asintió y preguntó:

—¿Viste a Simon cuando venía a visitar a Nina al campus?

—Claro. Salimos juntos algunas veces.

—¿Qué opinión te merecía? ¿Y ellos, como pareja?

Olivia abrió mucho los ojos. Estaba a punto de dar un trago al café, pero volvió a dejar la taza apresuradamente.

—Pues hacían muy buena pareja. Simon es un buen tío. Estaba loco por Nina y le interesaba mucho su vida aquí. Además, es muy divertido. —Su sonrisa le iluminó el rostro por un instante, antes de recordar la seriedad de la situación y recuperar el gesto sobrio—. Ya sé que he dicho que no me sorprendió mucho que hubieran roto, pero la verdad es que no hubo señales de que fuese a pasar eso. Parecía que todo iba de maravilla entre ellos.

—¿No se peleaban?

—No que yo supiera —respondió negando con la cabeza—. No les gustaban los dramas. Les iban más las bromas.

—¿Hay algún otro hombre en la vida de Nina? ¿Algún otro novio o chico que le interesara?

—No. O al menos que yo sepa. Pero tampoco es que estemos superunidas.

—Simon dijo que sois buenas amigas.

—Y lo somos. Nos llevamos bien. Salimos juntas.

—¿De modo que Nina no mencionó a ningún otro chico que hubiera mostrado un interés particular en ella?

Olivia sacudió de nuevo la cabeza, con expresión seria. Entendía lo que le estaba preguntando y por qué lo hacía.

—Lo siento. No.

—De acuerdo. Bueno, pues gracias por tu tiempo.

—Siento no haber sido de más ayuda.

—Has sido de mucha ayuda, Olivia. Una cosa más: ¿puedes elaborar una lista de los amigos de Nina en la Universidad de Vermont? —Le entregó una tarjeta con su número y su dirección de correo electrónico—. Si fueras tan amable de incluir también los números de móvil y enviármela a esta dirección, te estaría muy agradecido.

—Claro —respondió ella aceptando la tarjeta—. Desde luego. Sin problema.

Matthew se puso en pie. Sarah Jane también, pero algo en la expresión de su rostro le indicó que no pensaba que la entrevista hubiera terminado. Se detuvo, y entonces se estableció entre ambos una comunicación sin palabras. Era evidente que Sarah Jane deseaba hacer una pregunta y estaba preguntándole si le parecía bien. De modo que Matthew dijo que sí con la cabeza y Sarah Jane se volvió hacia Olivia.

—¿Nina solía llamarte «nena»?

—Pues no sé —respondió Olivia, algo desconcertada—. Diría que no. ¿Puede ser?

—Has dicho que no estabais superunidas —le recordó Sarah Jane tras vacilar un instante—. ¿Te sorprendió que dijera que quería que os vierais en Boston?

—No mucho —admitió Olivia encogiéndose de hombros—. Como ya he dicho, puede que no seamos la clase de amigas que se lo cuentan todo, pero sí que salimos juntas.

—Vale —dijo Sarah Jane, aparentemente satisfecha—. Gracias.

Dejaron a Olivia en la cafetería, desmigajando su *muffin* de arándanos y mirando el móvil. Regresaron andando al coche. El campus estaba ahora mucho más lleno de gente, con estudiantes que iban y venían o se dirigían a clase.

—¿Por qué le has preguntado si Nina…?

Sarah Jane lo interrumpió de forma atropellada. Parecía avergonzada, como si pensara que se hubiera extralimitado.

—Es que, cuando veníamos en el coche, he estado echando un vistazo a las redes sociales de Nina Fraser, y el tono de sus mensajes a Olivia me parecía incongruente. No me parece esa clase de chica. Ya sabe, dicharachera y efusiva. Sus publicaciones suelen ser sobre escalada. Me parece una chica más bien seria.

—Y estás pensando que tal vez no fuera ella quien envió los mensajes —conjeturó Matthew.

—Me lo estaba preguntando —confirmó Sarah Jane lanzándole una mirada rápida—. Me parece muy oportuno. Y ese segundo mensaje diciendo que Simon se había marchado.

—Crees que envió él mismo los mensajes para tener una coartada —adivinó Matthew con gesto afirmativo—, y luego nos envió a ver a Olivia Darlington para que lo supiéramos.

—Así es —admitió ella con una mirada de soslayo.

—Da esa impresión.

—¿Cree que la ha matado?

Matthew quería decir que no. Quería conocer a Nina Fraser algún día. Quería descubrir que se había alejado de Simon Jordan por voluntad propia y que, en aquel momento, estaba por ahí con alguna amiga o con algún amante, ajena a las preocupaciones de sus familiares y amigos.

—Lo que creo es que, de un modo u otro, tenemos que encontrar a Nina. —Miró el reloj del salpicadero. Tenía que estar en Waitsfield a las diez y media para recoger a los Fraser y llevarlos a la rueda de prensa—. Si nos damos prisa, deberíamos tener tiempo para una entrevista más.

Sarah Jane tenía fuera su teléfono, con las notas abiertas. Examinó una lista de nombres y números.

—¿Con quién desea hablar a continuación?

—Empecemos con Julie Bradley. Figura en la lista que nos proporcionó la madre de Nina. Una amiga del instituto. —Sería bueno hablar con alguien que hubiera conocido a Nina y a Simon desde el principio. Olivia Darlington era demasiado reciente en la vida de Nina como para entender realmente a su amiga—. Llama a Julie para ver si puede quedar.

Sarah Jane hizo la llamada mientras Matthew conducía. Julie estaba disponible. Se encontraba en el trabajo, limpiando y reponiendo en el bar que tenía su madre en Waitsfield, y estaría encantada de reunirse con ellos si les venía bien. Satisfecho, Mathew siguió conduciendo. Conducir le ofrecía tiempo para pensar. Tiempo para analizar las opiniones que se había formado y los hechos que había recopilado en las dieciocho horas aproximadas transcurridas desde que se hiciera cargo del caso.

Había tres posibles explicaciones para la desaparición de Nina. La primera era que hubiese elegido marcharse por voluntad propia, posiblemente para ir a visitar Boston, y allí se hubiese metido en problemas que le impedían ponerse en contacto con su familia, o quizá hubiese elegido no contactar con ellos por algún motivo personal. La segunda posibilidad era que una tercera persona desconocida se la hubiera llevado de la casa de Stowe después de que Simon Jordan se marchara el viernes por la noche. Hasta el momento no tenían pruebas que sugirieran que pudiera haber sucedido eso, pero no podía descartarlo, al menos de momento. La tercera posibilidad era que Simon la hubiera matado, ya fuera a propósito o por accidente, y se hubiera deshecho del cuerpo antes de regresar a casa de sus padres el viernes por la noche.

A Matthew el caso le daba mala espina. Simon era un chico astuto. Se había desenvuelto bastante bien en la entrevista. La coartada de Olivia Darlington era enclenque y evidente, pero se trataba de la clase de cosa capaz de generar mucho ruido en manos de un buen abogado. Matthew tenía que centrarse en los aspectos básicos. Estudiar los movimientos de Simon. Sarah Jane seguía consultando su correo electrónico en el teléfono.

—Ya han autorizado las órdenes judiciales —anunció—. Qué rápido.

Ambos se habían quedado trabajando hasta tarde el lunes por la noche para rellenar las solicitudes de registro de las líneas telefónicas de Nina y de Simon, a fin de acceder al historial detallado de llamadas y mensajes.

—El juez Warwick es muy madrugador. Vamos a enviarlas cuanto antes.

Sarah Jane seguía bajando por su pantalla.

—Todavía no tenemos respuesta de Rory Jordan sobre las cámaras de seguridad de la casa de Stowe. Lo llamé anoche, como usted me pidió, y le dejé un mensaje. También le envié un correo. Pero todavía nada.

—Vuelve a intentarlo. Házmelo saber si esta tarde no se ha puesto en contacto contigo.

Se vieron atrapados en mitad del tráfico. Un choque sin importancia había provocado un atasco que tardaron treinta minutos en atravesar. Matthew no quería posponer la entrevista con

Julie Bradley. Tenían demasiada gente con la que hablar y no suficiente tiempo. Miró entonces a Sarah Jane.

—¿Crees que podrías hablar tú con Julie?

—¿Yo sola? —Pareció sorprendida.

—Podría dejarte en el bar de su madre en Waitsfield, ir a buscar a los Fraser y llevarlos a la rueda de prensa. Podemos quedar para comer después y me cuentas los detalles.

—Sí. Puedo hacerlo. Desde luego. —Se irguió un poco más en el asiento.

Matthew asintió, satisfecho con la decisión. Realizar la entrevista ella sola sería una buena experiencia para Sarah Jane. De ser necesario, siempre podría hablar él mismo con Julie más tarde, pero era más que probable que a Sarah Jane le fuese mejor con ella que a él. Quizá Julie Bradley se mostrara más dispuesta a hablar abiertamente de su amiga con otra mujer joven que con un hombre mayor. Y Sarah Jane era incisiva. Tenía buen instinto. Ya era hora de darle la oportunidad de poner a prueba ese instinto. Mientras tanto, él se centraría en la familia de Nina y en la difícil tarea que tenían por delante.

# 10

## ANDY

Matthew Wright llegó tarde.

Había escrito a Leanne para decir que nos recogería a las diez y media y se presentó a las once menos cuarto. Tampoco se deshizo en disculpas. No sé qué pensar respecto a ese tío. Mantiene las distancias. Nos habla como si no estuviésemos en el mismo barco. Como si no confiara en nosotros lo suficiente para dejarnos entrar.

—Quería hablar con ustedes antes de la rueda de prensa —nos dijo—. Como ya le expliqué, Leanne, nos gustaría que hiciese una declaración sobre Nina. Lo que le salga del corazón, lo preocupados que están por ella, lo mucho que desean que vuelva a casa. No entre en detalles sobre dónde estaba ni diga que se encontraba con Simon. Esa parte puede dejármela a mí, y escogeré las palabras con cautela.

—¿Va a hacer pública esa parte? —pregunté yo—. ¿Que la última vez que se vio a Nina estaba con Simon? —Estábamos de pie en nuestra cocina. Leanne y yo teníamos puesto el abrigo, preparados para irnos.

—Sí. No será posible esquivar por completo ese hecho. Pero no nos detendremos en ello. El objetivo de la rueda de prensa no es acusar ni sugerir que alguien haya hecho algo malo. El objetivo es difundir la imagen de Nina, para que si alguien la ha visto se pueda poner en contacto con nosotros.

—Eso no me gusta —respondió Leanne cruzándose de brazos.

—¿Qué parte? —preguntó Wright con gesto impávido.

—Pues que es evidente que alguien ha hecho algo malo. Nina no está aquí, ¿verdad? Ha desaparecido. Y Simon fue la última persona que la vio. Y su historia ni siquiera tiene sentido. Ya le dije que, si rompieron, no me creo que ella se quedara en esa casa. Nos habría llamado y habríamos ido a buscarla.

Me aclaré la garganta.

—Conocemos a Simon desde que era pequeño. No pretendemos decir que le hiciera algo a Nina. Pero ahora mismo su historia no tiene mucho sentido.

Matthew Wright se inclinó hacia delante y apoyó los antebrazos en la mesa.

—Señora Fraser. Leanne… —empezó a decir, pero ella lo interrumpió de inmediato.

—Por favor —le dijo—. No intente apaciguarme.

—No conseguiremos nada si utilizamos esta rueda de prensa para acusar a Simon Jordan. Que sea sospechoso o no de la desaparición de su hija es un asunto exclusivamente policial. Voy a tener que pedirles a ambos que confíen en nosotros. Créanme, sé lo difícil que es esto, pero si no trabajamos juntos como un equipo, tendremos problemas desde el principio.

—Confiaremos en usted —le aseguré—, siempre y cuando no nos dé razones para no hacerlo.


Seguimos a Matthew Wright hasta un hotel situado a las afueras de Waterbury, donde se celebraría la rueda de prensa. En el aparcamiento había dos camionetas de televisión, de esas que llevan instaladas antenas en el techo. Wright nos esperaba junto a la puerta. Nos bajamos del coche y nos condujo al interior. Empujó unas puertas de cristal. Parecía saber exactamente adónde ir. La recepcionista nos vio pasar y la curiosidad quedó patente en su rostro. Pero, cuando la miré a los ojos, apartó la mirada y se entretuvo moviendo papeles por su escritorio. Wright nos condujo a través del vestíbulo y se detuvo frente a unas puertas dobles. Junto a ellas, escritas en letras rizadas sobre una placa de madera, se leían las palabras SALA DE CONFERENCIAS. Oí un murmullo de voces procedentes del interior de la sala y de pronto me dio la impresión de que todo sucedía demasiado deprisa. Quise pararme a comprobar que Leanne se encontraba bien. Quise repasar nuestro plan, pero no había tiempo.

—Respiren profundamente —nos dijo Matthew—. Sean ustedes mismos. Digan justo lo que les he pedido que digan y no se equivocarán. Recuerden, hacen esto por Nina.

Empujó la puerta para abrirla. La sala tenía buen tamaño, con asientos para unas cuarenta personas, y estaba medio llena. Las cabezas se volvieron para mirarnos cuando entramos. Había un podio instalado en la parte delantera, con cuatro sillas, junto con botellas de agua y micrófonos. Detrás de nuestras sillas se levantaba la pantalla de un proyector, donde se mostraba una gran fotografía de Nina. Conforme avanzábamos hacia el podio, la foto dio paso a un vídeo. Era el mismo vídeo que Lee le había mostrado a Wright en el Instagram de Nina, ese en el que salía en bikini, empujaba a Simon a la piscina y después se reía mirando a cámara. Lee dejó de andar y se quedó con la mirada fija en la pantalla, que volvió a cambiar y mostró una fotografía de Nina de pie al borde de un acantilado vestida con su ropa de escalada, y después otra en la que aparecía comiendo helado. Y otra más, y otra y otra. Aquello era excesivo. Leanne frenó en seco y yo le coloqué un brazo por debajo del suyo para que no perdiera el equilibrio. Ni siquiera creo que Wright se diese cuenta. Siguió caminando como si nada.

—¿Te encuentras bien? —le susurré al oído. Notaba todas las miradas fijas en nosotros.

Leanne asintió con gesto rápido y conciso. Apartó los ojos de la pantalla, los clavó en la moqueta del suelo y empezó a caminar de nuevo. Ocupamos nuestros asientos, Matthew se aclaró la garganta y se acercó al micrófono.

—Gracias a todos por venir. Soy el inspector Matthew Wright, de la Unidad de Delitos Graves de la Policía Estatal de Vermont. Soy el encargado de dirigir esta investigación. Cada uno de ustedes ha recibido un dosier que incluye los datos de que disponemos hasta el momento, así como información sobre Nina y el nombre del personal de la policía encargado de buscarla. También hay disponibles copias digitales de dicho dosier.

Miré a mi alrededor tratando de encontrar a alguien conocido. Allí estaba Oscar Milligan, de pie a un lado, apoyado contra la pared como si fuese el dueño del lugar. Supongo que pensaba que tenía más derecho que ningún otro a estar allí. Había dirigido el *Waitsfield Bugle*, nuestro periódico local, improvisando un exiguo presupuesto gracias a las suscripciones de los pocos jubilados que las mantenían por un sentimiento de deber, o tal vez por puro olvido. Había renunciado al cargo unos años atrás y se había marchado de Waitsfield. Nunca supe adónde, pero al parecer se había mantenido dentro de la profesión. A los demás periodistas no los conocía. Había dos mujeres rubias con la clase de maquillaje que parece una máscara en la vida real, pero que supongo que queda bien en televisión. Había dos cámaras.

—Les presento a Leanne y Andrew Fraser, los padres de Nina. Les gustaría decir unas palabras.

Leanne y yo no habíamos comentado cuál de los dos debería hablar. Me quedé paralizado. Por un instante me sentí incapaz de decir nada, pero entonces intervino Lee y habló con rapidez, como hace siempre que está nerviosa.

—Sí. Soy la madre de Nina. La queremos mucho y deseamos que vuelva a casa. —Le salieron las palabras como si las hubiera ensayado. Como si le hubieran ordenado que dijera eso. Luego tomó aliento y trató de ir más despacio—. No sabemos qué le ha ocurrido. Esperamos que se encuentre bien, pero no es propio de ella desaparecer sin ponerse en contacto con nosotros. Si alguien sabe dónde está, por favor, que se lo comunique a la policía o a nosotros.

Una de las mujeres rubias levantó la mano y no esperó a que Matthew Wright le diera el turno de palabra.

—¿Puede hablarnos un poco más sobre Nina, señora Fraser?

Había llegado mi momento. No iba a dejarle todo el trabajo a mi mujer.

—A Nina le encantan los animales. Le encanta la naturaleza. Es muy generosa y amable. Todo el mundo quiere a Nina. —Me sentí como un estúpido. Estaba intentando ser sincero, decir las cosas importantes, pero las palabras no me parecían acertadas. Era como si no estuviera hablando de ella.

—Y estuvo con su novio hasta la noche que desapareció. ¿Han hablado con él?

Intervino entonces Matthew Wright.

—Hemos hablado con el novio de Nina. Nos ha relatado todo lo que sucedió la última vez que la vio. Nina tenía planeado quedarse a pasar la noche en Stowe. Una amiga iba a recogerla a la mañana siguiente, pero no sabemos quién era esa amiga, o si llegó a pasar a buscarla.

Otro periodista levantó la mano.

—¿Puede darnos el nombre del novio de Nina, por favor? ¿Cuánto tiempo llevaban juntos?

—Simon Jordan —respondió Matthew—. Llevan cuatro años saliendo. Como ya he dicho, Simon se ha mostrado plenamente dispuesto a cooperar con la investigación policial y nos ha relatado todo lo que sucedió la última noche que pasaron juntos.

Ese era mi pie para entrar. Me acerqué al micrófono y hablé despacio.

—Simon dice que rompieron el viernes por la noche. Tras la ruptura, él dice que se marchó y que Nina se quedó en la casa. Eso es algo que no entendemos del todo. La casa pertenece a los padres de Simon. Nina podría habernos llamado para que fuésemos a buscarla. Habríamos ido hasta allí enseguida.

El ambiente en la sala cambió, se volvió más tenso. Todos se pusieron atentos y Lee me apretó la mano por debajo de la mesa.

—Estamos muy preocupados por Nina —declaró—. La casa donde se la vio por última vez pertenece a los Jordan y, obviamente, se encuentra en propiedad privada. Nos gustaría llevar a cabo la búsqueda de nuestra hija, con la ayuda de amigos, pero necesitaremos el permiso de los Jordan para acceder a su parcela. Me gustaría preguntarle a la familia Jordan si estaría dispuesta a permitir que una partida de búsqueda entrara en su terreno para buscar a Nina.

De inmediato se alzaron varias manos en la sala. Algunas personas lanzaron preguntas. Matthew Wright acercó la mano a nuestros micrófonos y nos los quitó.

—Me temo que se nos ha acabado el tiempo —anunció con voz muy tranquila—. La familia nos ha proporcionado fotografías de Nina, así como algunos vídeos. Pueden acceder a las imágenes a través del dosier digital. Cualquier otra pregunta deberán dirigirla a la policía estatal. Gracias a todos por su tiempo.

Se puso en pie de forma abrupta y nosotros lo seguimos. Lee no me había soltado la mano, y siguió apretándomela hasta que salimos. Se dispararon los *flashes* fotográficos. El súbito estruendo y los estallidos de luz procedentes de distintas direcciones transmitían sensación de desconcierto, pero sobre todo de peligro. Como si fuéramos gallinas en un corral y ellos fueran perros hambrientos esperando al otro lado de la cerca. Nos gritaron preguntas, empujándose unos a otros dentro de la manada para intentar conseguir la mejor declaración. Era todo excesivo. Lee estaba blanca como un fantasma y no paraba de temblar. La rodeé con el brazo hasta que llegamos al coche.

—Dios mío —murmuró.

—Sí —respondí. Ahora era real. Estaba pasando de verdad.

# 11

## Jamie

Fue decisión de Rory no presentar cargos contra Leanne Fraser por colarse en nuestra casa de Stowe. No me pidió opinión. Comentó que Wright lo había puesto bajo presión, y también dijo que debíamos tener en cuenta el peso de la opinión pública. Aseguró que no daríamos buena imagen si presentábamos cargos contra una madre preocupada que estaba buscando a su hija. Yo entendía su punto de vista, pero no es que diera saltos de alegría con su decisión. Colarse en nuestra casa era la conducta propia de una loca. Cualquier persona normal le habría pedido a la policía que registrara la casa, si tan preocupada estaba. O nos habría llamado para preguntarnos si habíamos pasado por allí desde el viernes. Si existía la posibilidad de que Nina siguiese en la casa. En sí misma, no era una pregunta que estuviera fuera de lugar. Pero irse hasta allí con el coche, agarrar un pedrusco y lanzarlo contra la ventana… me parece un exceso. La verdad, me quedé preocupada. Si estaba dispuesta a colarse en la casa de Stowe, ¿qué le impediría colarse en nuestra vivienda de Waitsfield? Era evidente que culpaba a Simon de la desaparición de Nina. ¿Y si se le metía entre ceja y ceja ir a por él?

Claro está, Leanne no encontró allí a Nina, solo algunas prendas de ropa que esta se había dejado en el cuarto de la lavadora.

Eso sucedió el lunes. El martes, Simon salió a primera hora de la mañana y estuvo fuera todo el día. Cuando regresó, a las cinco en punto, me dijo que había ido a Burnt Rock Mountain, y se comportó como si fuera la cosa más natural del mundo, eso de irse de excursión cuando la chica de la que hasta hace poco estabas enamorado ha desaparecido, cuando la policía anda haciendo preguntas. Y puede que sí que fuese algo natural. ¿Qué otra cosa iba a hacer? ¿Quedarse en casa de brazos cruzados, leyendo un libro o jugando a videojuegos? Rory se fue a trabajar. Traté de llamarlo un par de veces a lo largo del día, pero no me respondió.

Todo ello implicó que estuviera yo sola lidiando con el asunto. No tenía a nadie con quien hablar del tema. No podía llamar a nadie, pues no podía fiarme de que la gente no fuese a repetirle mis palabras a otras tres personas en cuanto colgáramos el teléfono. Conocía lo suficiente la naturaleza humana como para saber que la historia de la desaparición de Nina sería como una droga. La gente no se resistiría a hablar de ello, a especular sobre lo que podría haber sucedido y lo que significaba todo aquello. Me pasé la mayor parte del día sin meterme en redes sociales. Me mantuve entretenida fotografiando prendas de ropa: en esta ocasión un vestido de Dolce y una falda y una chaqueta de Prada. Fotografiar bien la ropa es algo que lleva su tiempo. Hay que planchar la prenda, después colgarla para que no pierda su forma, y además hay que acertar con la iluminación y con el encuadre. Aquella tarea me sirvió de distracción, pero justo después de comer me vibró el móvil con un mensaje de Georgia White. Había visto a Leanne Fraser en una rueda de prensa en las noticias locales, y pensó que me gustaría saberlo. Encendí la tele, pero la rueda de prensa ya había terminado, así que tuve que esperar una hora hasta que subieron la noticia editada al perfil de Facebook del canal. Para entonces ya me había terminado una copa de vino y había empezado con la segunda. Cuando por fin subieron el vídeo, pulsé el *play* y vi a Leanne y a Andrew Fraser ocupar el podio. En la pantalla que tenían detrás aparecía una fotografía de Nina tamaño póster. En la imagen se reía y estaba guapísima. Leanne tenía un aspecto horrible, como si llevara una semana sin dormir, como si jamás hubiera ido a la peluquería ni estuviera familiarizada con el concepto de maquillaje. Hablaron sobre Nina. Costaba ver aquello. A Leanne se le entendía mal. Hablaba con un tono robótico y antinatural. Creo que estaba empezando a sentir pena por ella, hasta casi antes del final, cuando básicamente dijo que nuestra familia ocultaba algo. Que nos oponíamos a que registraran nuestro terreno, cosa que era mentira, pero se trataba de la clase de comentario que alimentaría la maquinaria de los rumores. También dejó claro que pensaba que Simon mentía. Cuando terminé de ver el vídeo, me quedé conectada y estuve leyendo el aluvión de comentarios conforme iban publicándose.

La primera persona en comentar fue alguien a quien conocía. La zorra de Bianca Glasier —una prima segunda mía que siempre ha sido una vaca celosa— publicó diciendo que «obviamente» resultaba sospechoso que Simon hubiera dejado sola a Nina después de la ruptura aquella noche, y que después nunca la hubieran vuelto a ver. Bianca decía que la policía había ocultado información en la rueda de prensa, seguramente porque Simon estaba siendo investigado. ¿En serio? No tenía ni idea de lo que estaba hablando, ni idea. Pero eso no le impedía esparcir esa mierda por Internet. Su publicación obtuvo también muchos *likes*. Muchos comentarios de apoyo. Solo una o dos personas dijeron que era demasiado pronto para saber exactamente qué había sucedido, y que con suerte Nina regresaría a casa por su propio pie.

Me terminé la copa de vino. Lo que de verdad me preocupaba eran las personas que no estaban publicando nada. Mis grupos de WhatsApp estaban callados. Salvo por el mensaje que me había enviado Georgia para regodearse, mi teléfono estaba callado. No recibí llamadas ni mensajes de preocupación. Las mujeres a quienes conocía, nuestro círculo más amplio, no estaban publicando nada *online*, pero sin duda estarían hablando del asunto. Claro que sí. Justo en ese momento, estarían creando grupos privados, excluyéndome. Oh, claro está que justificarían mi exclusión apelando a la sensibilidad y al respeto. «Pobre Jamie», dirían. «Debe de estar muy preocupada. No quiero molestarla. Seguro que necesita un respiro para no pensar en esto». Lo que de verdad deseaban, por supuesto, era la libertad de decir lo que les viniera en gana. De especular sobre Simon y Nina, sobre Rory y sobre mí, sobre nuestras vidas, sobre nuestras capacidades como padres y sobre lo que habría ocurrido realmente en nuestra casa de Stowe.

Dejé la *tablet,* me serví otra copa de vino y me la llevé a la bañera. Me quedé allí sentada, preocupándome, hasta que el agua se quedó fría. Ya estaba vestida de nuevo cuando Simon regresó a casa. No le dije nada de la rueda de prensa y tampoco le hice ninguna pregunta. Solo le ofrecí algo de comer y le puse una sonrisa falsa, y él se retiró a su dormitorio en cuanto pudo. Me fui al salón a por otra copa de vino más y encendí la televisión. No recuerdo qué ponían. Telerrealidad, supongo. Una reposición de *Supervivientes,* tal vez. A Simon le encantaba ese programa cuando era pequeño. Era uno de los pocos programas que veíamos juntos. Le encantaba el drama, las estrategias, la planificación y las sorpresas. Me quedé mirando la pantalla sin prestar atención, preocupada. Estaba convencida de que, cuando Rory volviera a casa, habría hablado en detalle con nuestro abogado y estaría seguro de que todo saldría bien. Y tal vez llevara razón si aquello hubiera sucedido veinte años atrás, pero en la actualidad todo se juzga en Internet. Si la noticia llamaba la atención de la prensa nacional (y pensaba que sería así, aunque solo fuera porque Nina era muy fotogénica), entonces el futuro de Simon, y el nuestro, se decidiría en Facebook, Reddit y YouTube. Ya empezaban a sucederse los alegatos en el tribunal de la opinión pública, y allí no había abogados presentes.

Rory regresó tarde a casa. Yo estaba medio dormida en el sofá cuando oí la puerta principal abrirse y cerrarse de golpe. Fui a la cocina, serví dos copas de vino y acudí a su encuentro. Estaba en su estudio, encorvado sobre el ordenador. Me quedé de pie en el umbral.

—Cariño —le dije. Dio un leve respingo y se giró en su asiento como si lo hubiera pillado viendo porno. Tal vez fuera así. No quise mirar su pantalla—. ¿Puedo hablar contigo?

Me dedicó su mirada de concentración, esa que indicaba que tenía toda su atención.

—¿Qué es lo que ocurre?

—Estoy preocupada, Rory —le respondí cuando me senté en la silla situada al otro lado de su escritorio—. La gente está diciendo cosas en Internet. Van a por Simon. Leanne Fraser ha dicho una verdadera estupidez en la rueda de prensa celebrada hoy, algo de que quieren rastrear nuestro terreno. Básicamente ha dicho que pensaba que Simon estaba mintiendo. Así que ahora la gente está sacando conclusiones descabelladas.

—Ya lo he visto.

Tomé aliento y hablé en voz suave y baja, como a él le gusta.

—Me preocupa porque estas cosas suelen salirse de madre. Hay gente por ahí a la que le encanta esta clase de historias. Quieren formar parte de ello. Van a investigar las redes sociales de Simon, también las de Nina, y buscarán pistas de esto y de lo otro, o de lo que quieran creer, y las encontrarán, las analizarán al detalle y les darán una importancia desmedida.

Rory me miraba con una extraña media sonrisa.

—Puede que esté exagerando —le dije—. Quizá me esté adelantando a los acontecimientos, pero es que…

—No estás exagerando. —Se quedó observándome unos segundos, como si estuviera decidiendo si confiar o no en mí, después echó su silla hacia atrás y señaló la pantalla del ordenador—. Estoy de acuerdo con tu análisis. Es más, creo que la situación es más grave de lo que dices. Ya se ha despertado un enorme interés por la noticia. El vídeo de la rueda de prensa se ha compartido veintiocho mil veces hasta el momento en todas las plataformas importantes. Personas que saben cómo funciona esto me han dicho que es probable que aumente de manera exponencial a lo largo de los próximos días.

La cifra me horrorizó.

—¿Quién te ha dicho eso?

—Alistair me ha recomendado una empresa de relaciones públicas. Podría decirse que están bastante especializados. Se dedican a gestionar las reputaciones. Trabajan para políticos y famosos, pero también para empresas que tienen una reputación que proteger. Esta tarde me he reunido con ellos. Ya han empezado a rastrearlo todo.

Me mordí un lado de la uña del pulgar hasta que se me partió.

—Me han dicho que esta clase de cosas no se pueden frenar cuando empiezan. Es como jugar en la feria al juego de aplastar topos con un mazo. Dicen que la única opción real que tenemos es sembrar el campo con nuestros propios topos.

Rory giró la pantalla de su ordenador para que yo pudiera verla también. Me incliné hacia delante. Había iniciado sesión en YouTube, en un canal llamado *Justicia para Simon*. Hasta el momento había dos vídeos publicados en el canal. Uno era de la rueda de prensa, un vídeo de Leanne Fraser hablando de su hija, pero ese vídeo tenía un nuevo audio, una de esas voces superpuestas como las que utilizan los adolescentes en los vídeos de TikTok.

*¿Por qué Leanne Fraser parece un robot cuando habla de lo mucho que quiere a su hija? ¿Qué le pasa a su lenguaje corporal?*

El segundo vídeo era un conjunto de fotografías y vídeos de Simon y Nina, extraídos de sus redes sociales para crear un montaje. En las fotos sonreían, se reían con amigos, se besaban. En uno de los vídeos, Nina, vestida con un bikini, empujaba a Simon a la piscina y luego se reía mirando a cámara. Estaba preciosa. Ambos estaban preciosos. Una pareja joven y enamorada. Pero el vídeo terminaba con un fotograma de la rueda de prensa. Un primer plano de la cara de Leanne, compungida y distorsionada en una mueca de dolor. Tenía el pelo grasiento y el rostro macilento. Y, sobreimpresas en la pantalla con letras rojo sangre, las palabras:

*¿Por qué Nina huyó de casa? ¿Qué es lo que no nos quieren contar?*

—¿Qué es esto? —pregunté.

—La empresa de relaciones públicas me lo envió menos de una hora después de nuestra reunión —contestó Rory sin dejar de mirar la pantalla—. Han abierto el canal y han publicado los vídeos, y están utilizando *bots* para difundirlos. La teoría es que el ruido por esta clase de cosas confundirá la narrativa. La gente no se apresurará a pintar a Simon como si fuera el malo de la película porque las cosas no estarán claras.

Negué con la cabeza. Me había preocupado que Rory no lo entendiera, había querido que se tomara en serio la situación, pero no sabía qué hacer con lo que me estaba enseñando.

Levantó la cabeza y me miró a los ojos.

—¿Te encuentras bien?

—No lo sé. —Traté de leerle el pensamiento. Parecía muy seguro de sí mismo—. Es que… esto es demasiado.

—Tenía que hacer algo, Jamie. Ya has visto la rueda de prensa. Tú misma has visto lo que iba a suponer. Era como un silbato de atención para todos los aficionados a los crímenes reales. Si no hubiera hecho algo, Simon acabaría condenado en la mente de todo el mundo antes de que terminara la semana. Es nuestro hijo. No podemos quedarnos de brazos cruzados esperando mientras todo sucede a nuestro alrededor. Tenemos que actuar.

—Sí. —No podía discutir con él. Estaba repitiendo justo lo que yo acababa de decirle, aunque con otras palabras—. Pero ¿qué estamos intentando decir con esto? No creemos que Leanne…, me refiero a que esto parece sugerir que ella… —Dejé la frase inacabada y señalé la pantalla.

Estiró la mano y agarró la mía. Me sobresaltó, pero intenté disimularlo. Aflojé la mano y permití que me la sujetara, pero tal vez fuese más perceptivo de lo habitual. Me la apretó un instante y después la soltó.

—No, no creo que Leanne sea la responsable de la desaparición de Nina, pero ella ha creado el problema. Ha señalado directamente a Simon en la rueda de prensa. No podemos dar un paso atrás y dejar que haga eso. Tenemos que adelantarnos a los acontecimientos, recordarle a la gente que hay otras personas en la vida de Nina. Y mis chicos no van a culpar a Leanne. Van a lanzar al mundo *online* una serie de teorías y posibilidades distintas. Quieren sembrar la mayor confusión posible. Piénsalo como si fuera ruido. Cuanto más ruido, mejor. Pero tenemos que hacerlo, y tenemos que hacerlo ya. Mi empresa de relaciones públicas me ha dicho que la noticia ya está captando la atención nacional. Es por las fotos y el vídeo. Nina y Simon quedan bien en cámara, y hay tantas imágenes suyas que las redes se van a dar un atracón. Cada día que pasa sin que esa chica vuelva a casa, la historia crece. Tal como están las cosas, incluso aunque regresara la semana que viene, Simon siempre tendría sobre sus hombros una nube de sospecha. Cada vez que alguien busque su nombre en Google, dentro de unos años, saldrá la noticia y todos los rumores que la acompañaron. Y, además, ¿qué pasa si Nina no vuelve a casa, Jamie?

Dejé escapar un desagradable sonido involuntario, como si fuera el inicio de un gemido, y lo interrumpí abruptamente.

—Dirán que es un asesino. Y vendrán a por nosotros. ¿Crees que todas estas conjeturas, habladurías y análisis se detendrán en nuestro hijo? Si el mundo decide que Simon le ha hecho algo a Nina, a ti y a mí nos despellejarán. Siempre echan la culpa a los padres. ¿Qué clase de padres terroríficos educan a un hijo que es capaz de asesinar a su novia?

De pronto, me entraron unas ganas irrefrenables de vomitar. Me llevé la mano a la boca y Rory continuó hablando, más pausado:

—Sigo pensando que Nina volverá a casa. No sé dónde se ha

metido esa chica; tal vez desaparecer así sea su manera de castigar a Simon por alguna ofensa imaginaria. Como tú misma dijiste antes. Y, cuando crea que ya ha sufrido bastante, volverá a casa. Pero, para entonces, si no hacemos algo, tal vez sea demasiado tarde. La reputación de Simon habrá quedado por los suelos. Y, si no vuelve... —Rory sacudió la cabeza—. La policía siente la presión de la opinión pública, tal vez lo acusen. Y los jurados se componen de cabezas de chorlito que leen toda esa basura *online* y se creen que es la verdad. Haré todo lo que esté en mi mano por asegurarme de que eso no suceda.

—Te pillarán —le dije—. Alguien rastreará la dirección IP y sabrán quién eres, y entonces todo será mucho peor.

Su rostro adoptó esa expresión que siempre pone cuando cree que estoy diciendo estupideces.

—Jamie, esta gente lleva mucho tiempo en esto. Saben lo que hacen. Utilizan métodos muy sofisticados para asegurarse de que el rastro se confunda lo máximo posible. Tienen granjas de *bots* en el extranjero que alimentarán los algoritmos como nosotros queramos, para asegurarse de que sea nuestro contenido el que sale primero. ¿Y sabes qué? Puede que el FBI lograra averiguar quién está haciendo esto, si se tomaran el tiempo de investigarlo, cosa que dudo. ¿Por qué iban a hacerlo? Hay millones de trols en Internet todos los días que hacen esto mismo solo por diversión. Nadie prestará especial atención a uno más. —Rory estiró el brazo hacia el escritorio y levantó la copa de vino que le había llevado. Dio un largo sorbo y entornó los ojos—. Además, ya lo has visto, no vamos a tener que hacer gran cosa. Lo único que hemos de hacer es provocar a esta gente y luego la cosa irá rodada. Ellos se encargarán de todo.

Parecía muy seguro de sí mismo y yo no tenía energías para discutir con él. No quería, porque sabía que llevaba toda la razón. Estaba defendiendo a nuestro hijo, aunque fuera echando a Leanne Fraser a los lobos. Su pantalla aún mostraba la imagen distorsionada del rostro de Leanne. Rory —o su empresa de relaciones públicas— había dado en el clavo, pintando a Simon y a Nina como unos enamorados jóvenes y guapos, frente a una Leanne tensa, demacrada y de mediana edad. Había gente que estaría encantada con aquello. Hombres que odiaban a las mujeres, y de esos había muchos. Mujeres que odiaban a las mujeres, también había unas cuantas de esas. Verían a un joven atacado y se mostrarían ansiosos por ponerse de su parte. Indagarían en la vida de Leanne y la despellejarían. ¿Cómo le afectaría eso a ella, teniendo en cuenta que su hija estaba desaparecida? ¿Y acaso a mí me importaba lo suficiente como para tratar de pararle los pies a mi marido? Si tuviera que elegir entre darle a Simon la oportunidad de llevar una vida normal y proteger a Leanne Fraser de la angustia emocional, ¿no estaba más que clara la respuesta?

Rory parecía haberme leído el pensamiento.

—No le debes nada a Leanne, Jamie. Nunca habéis sido amigas. Y su hija y ella van a destruir a nuestro hijo. Nuestro chaval, que no ha hecho nada malo. Podría suponer el fin de su vida. Y, cuando Nina vuelva a casa, nada de esto importará. Nina seguirá viviendo con sus padres y con el tiempo los rumores se apagarán.

Por mi mente pasaron cientos de imágenes en lo que me pareció una fracción de segundo. Simon, cuando era un bebé y me apretaba con su manita. Simon de niño, esforzándose por apilar sus bloques de construcciones. Simon a los ocho años (¿o era mayor?), sonrojado y orgulloso tras ganar una carrera en el colegio, tratando de que no se notara lo importante que era para él. Simon siguiendo a Rory como si fuera un cachorro perdido, buscando su atención y sin conseguir nunca la suficiente. Yo era su madre. No me quedaba otra opción.

—Puedo ayudar —declaré.

—¿Cómo?

Tomé aliento y di un trago más largo a mi copa de vino.

—Deberíamos abrir varias cuentas falsas para que yo las lleve. Puedo responder e impulsar las publicaciones de los vídeos. Me manejo muy bien con las redes sociales. Tú no. Sé cómo se hablan las personas unas a otras.

Me dedicó una sonrisa feroz, como si acabásemos de ganar algo. Tal vez fuese así. Todo se iba a la mierda, pero por lo menos éramos un equipo.

—Deberíamos ir a ver cómo está Simon —sugerí.

—Deja que yo me encargue de Simon —respondió Rory—. Hablaré con él en cuanto haya terminado aquí. Y llamaré a la empresa de relaciones públicas. Que abran esas cuentas falsas.

Nos quedamos mirándonos durante largo rato, y en otras circunstancias tal vez le hubiera sonreído. Me sentí más unida a él de lo que me había sentido en mucho tiempo. Hube de recordarme que, aunque la crisis con Simon pudiera convertirnos en un equipo durante un tiempo, eso no cambiaría nada. Y a mí me parecía bien.

# 12

## Leanne

Tras la rueda de prensa, Andy y yo nos fuimos directos a casa. Yo estaba cansada. Sentía debilidad en las piernas, como si me hubiera pasado el día entero de excursión. Andy se comportaba con delicadeza, como si esperase que fuese a derrumbarme en cualquier momento. Aquello distaba tanto de nuestra dinámica habitual que, una vez más, me di cuenta de que tenía que recomponerme. Empezaba a ser consciente de la cantidad de trabajo que teníamos por delante. Lo primero que hicimos al llegar a casa fue llamar a Selena, la madre de Lucy Palmer, y pedirle si podía recoger a Grace después de clase y llevarla al entrenamiento de baloncesto y después a su casa durante un par de horas. Lucy era la mejor amiga de Grace, y su madre era una mujer agradable. Pensé que Grace estaría mejor con ellos mientras nosotros intentábamos organizar la búsqueda de Nina. La llamada fue más difícil de lo que me imaginaba. Selena se mostró amable y comprensiva, pero, claro, hizo preguntas, y me costó mantener la compostura. Descubrí lo que, seguramente, muchos padres asustados ya habían descubierto antes que yo. Explicar las cosas a los demás y gestionar sus reacciones te obliga a lidiar con la enormidad de la situación. Colgué el teléfono y empecé a preparar sándwiches tostados para Andy y para mí. Fue un alivio percatarme nuevamente de que no teníamos desconocidos en el piso de arriba, de que no tendría que levantarme por la mañana y ponerme a preparar desayunos, a limpiar habitaciones y todas esas cosas.

Andy estaba sentado a la mesa de la cocina con el portátil abierto.

—Hay una página web que podría resultar de utilidad —me explicó—. Estaba buscando antes y la he encontrado. Mira, es una especie de guía para familiares de personas desaparecidas, elaborada por un grupo de apoyo. Ofrece información sobre cómo organizar las labores de búsqueda, así como otros pasos que podemos dar.

Me acerqué hasta colocarme junto a él y empezamos a leer algunos de los pasos sugeridos. La guía incidía mucho en cooperar con la policía. Enfatizaba la importancia de no entrometerse, de no hacer nada que pudiera poner en peligro una investigación, lo cual me hizo sentir culpable e impaciente al mismo tiempo. Quizá no debería haberme colado en la casa de Stowe. Quizá deberíamos haber avisado a Matthew Wright de lo que íbamos a decir en la rueda de prensa. Por otra parte, Nina era nuestra hija. No podíamos quedarnos sentados de brazos cruzados esperando a que sucedieran cosas. Teníamos que actuar. Éramos personas listas y capaces, y era demasiado pedir que desconectáramos nuestro cerebro, que ignorásemos nuestras capacidades y estuviésemos sin hacer nada mientras nuestra hija seguía desaparecida. Andy bajó por la página y seguimos leyendo. La guía ofrecía sugerencias sobre cómo transmitir información a la población, incluidas opciones específicas a cada región como pósteres y carteles, además de redes sociales.

—Tenemos que ponernos con todo esto —lo apremié—. Lo antes posible. Necesitamos pósteres, y salir por la radio local, también hay que empezar a publicar en redes sociales. La rueda de prensa ha sido un comienzo, pero no es suficiente. Si hay alguien en el mundo que sepa algo o haya visto algo, hemos de asegurarnos de que esa persona sepa que Nina ha desaparecido.

—Vamos a necesitar ayuda —respondió Andy con gesto afirmativo—. Llamaré a Craig y a Sofia, y tú podrías llamar a cualquier otro amigo o familiar que creas que pueda ayudarnos. Deberíamos dividir todo este trabajo en pequeñas tareas que podamos asignar.

Los padres de Andy habían muerto, y Craig era su único hermano. Yo no tenía hermanos, mi madre había muerto hacía mucho tiempo y mi padre seguía viviendo en Nueva Jersey. Hacía años que no teníamos contacto. Desde que Nina era pequeña. No tenía sentido llamarlo. ¿Viajaría hasta Vermont si supiera que su nieta había desaparecido? Lo dudaba. Se le ocurriría alguna excusa. Diría que Claire, su mujer, estaba en el hospital, o cualquier otra razón igualmente seria por la que no pudiera venir. Y yo tendría que ofrecerle las respuestas adecuadas y fingir que me lo creía. No tenía tiempo para todo eso. No tenía más familia, de modo que empecé por llamar a las amigas de Nina del instituto: Beth Ann Corbett y Julie Bradley. Beth Ann empezó a llorar cuando se lo conté. Estaba fuera, de vacaciones con amigas de la universidad, y no se había enterado de la desaparición de Nina. Mi hija y ella no se habían visto mucho desde el instituto. Colgué el teléfono lo más rápido que pude. Julie Bradley me resultó mucho más útil. Dijo que vendría y que traería consigo a Delores, su madre, y a Isaac, su hermano. Andy llamó a Craig y a Sofia, quienes prometieron acudir lo antes posible. Yo llamé también a Alice Marsden. Antes era profesora en el instituto. Dio clase a mis dos hijas y, aunque no somos amigas como tal, sí que nos llevamos bien y es una mujer lista y sensata, así que pensé que podría ser de utilidad. Andy consideró que deberíamos abstenernos de llamar a nadie más hasta que estuviéramos un poco más organizados, y me di cuenta de que, en realidad, no tenía amigos a los que deseara llamar. Nunca me he considerado una persona solitaria, pero tampoco me gusta mucho la vida social. La situación estaba obligándome a darme cuenta de que tal vez estuviera más aislada de lo que pensaba. Llevaba años sin ir a tomar café con otros padres después de dejar a las niñas en clase. Jamás me había apuntado a un club de lectura. No éramos la clase de familia que invitaba a gente a cenar, o a una barbacoa en verano. Nunca había sentido que eso fuese algo malo. Disfrutábamos con nuestra propia compañía. Pero la desaparición de Nina y nuestra necesidad de ayuda me hizo entender lo distanciados que estábamos de los demás. Creo que, en gran medida, era culpa mía. Andy tenía muchos amigos cuando nos casamos, pero poco a poco había ido dejando de quedar con la mayoría de ellos. ¿Sería porque yo nunca había querido acompañarlo? ¿O sería algo que habría sucedido de igual modo?

Mientras esperábamos, Andy y yo estuvimos preparándonos. Él encendió la chimenea en el salón de la pensión. Yo preparé café y sándwiches. Delores y Julie fueron las primeras en llegar. Delores se había teñido el pelo desde la última vez que la vi. Lo llevaba rubio platino, y el lápiz de ojos azul marino se le había corrido. Me abrazó con un solo brazo como si lo lamentara de verdad y me puso en las manos un guiso congelado.

—No sé por qué he traído esto —me dijo—. Pero es lo que hace la gente cuando hay una crisis, ¿no?

—Isaac está en el trabajo —explicó Julie—, pero quiere ayudar. Ha dicho que pensemos en tareas para él y se encargará de ello. Sin problema.

Le di las gracias a Julie, que evitó mirarme a los ojos, lo cual me sorprendió y me decepcionó un poco. Julie era una chica fuerte. Supongo que esperaba algo más de ella, no que le diera miedo mirarme. Me dije a mí misma que estaba siendo injusta y me obligué a sonreírle, lo cual hizo que se sintiera más incómoda. Se sonrojó y encontró un asiento junto a su madre. Poco después de que se acomodaran Julie y Delores, llegaron Craig y Sofia, seguidos de Alice Marsden, y por último Patrick, el de la gasolinera.

—Lo he llamado yo —murmuró Andy—. Pensé que quizá tendría información útil.

Charlaron de cosas triviales, pero el principio fue difícil. Craig había adoptado lo que yo consideraba una actitud distante, cosa que sucedía casi siempre que se palpaba mucha emoción en una estancia. Hacía preguntas y las respondía con rigidez, como si se tratara de una investigación formal, además de evitar cualquier contacto visual. Sofia intentaba compensarlo mostrándose más efusiva, y aquel desequilibrio desconcertaba un poco a todos.

—Muchas gracias a todos por venir —les dije—. Como ya sabéis, Nina lleva desaparecida desde el sábado. Hoy es martes, de modo que van tres días. Hasta donde sabemos, Simon Jordan fue la última persona que la vio, y eso sucedió en la casa que tiene su familia en Stowe. Queremos organizar una búsqueda y confiamos en que podáis ayudarnos. —Dejé de hablar, pero nadie respondió. Se quedaron mirándome con cara expectante—. Eh… Supongo que primero tendremos que averiguar con cuánta gente contamos para ayudar, y después podremos ver cuál es el mejor procedimiento a seguir. —Me pareció una declaración bastante vaga, y deseé haber tenido más tiempo para pensar en ello, para elaborar un plan de acción, pero Alice Marsden asintió con firmeza.

—Me parece sensato —anunció—. ¿Por qué no elaboramos cada uno una lista de personas que creemos que estarían dispuestas a ayudar? Luego podemos compararlas para asegurarnos de no duplicar ningún nombre, y después empezamos a llamar a todos. ¿Cuándo tienes pensado iniciar la búsqueda, Leanne? Supongo que lo antes posible.

Se me ocurrió entonces que todavía no contaba con el permiso de los Jordan.

—Supongo que será mejor que vaya a hacer una llamada —respondí.

Me fui a la cocina, pues no era una conversación que quisiera mantener delante de todos. Encontré el número de Jamie Jordan. Dio varios tonos y al final saltó el buzón de voz. Pensé en esperar unos quince minutos y volver a intentarlo, pero casi de inmediato me vibró el teléfono en la mano.

—Jamie.

—Hola, Leanne. ¿Cómo lo llevas? —Su tono era formal. Educado.

—Estoy bien, gracias. —Vacilé un instante. Había estado tan concentrada en encontrar a Nina que no me había parado a pensar cómo plantear la petición para llevar a cabo la búsqueda. No pensaba mencionar la rueda de prensa, aunque suponía que ya se habría enterado. Vivíamos en un pueblo pequeño. Alguien se lo habría mencionado—. Mira, Jamie, la razón por la que te llamo es que quiero…, me gustaría rastrear vuestra parcela. Para buscar a Nina. Temo que haya podido salir de excursión y se haya perdido, o tal vez esté herida. Es lo único que se me ocurre.

—Desde luego —respondió Jamie con rapidez—. No hay ningún problema. Debería habérsenos ocurrido a nosotros. Ahora ya ha oscurecido. ¿Es demasiado tarde para salir hoy? ¿A primera hora de la mañana? Rory y yo os ayudaremos. Y Simon.

Su voz sonó con firmeza al pronunciar el nombre de Simon.

—Pues… sí. A primera hora de la mañana. —No me apetecía tenerlos allí, pero no podía impedírselo.

—¿Con el primer rayo de sol? Ahora mismo amanece a las seis y media. ¿Nos vemos en nuestra casa a las seis? Creo que no necesitas la dirección. —Noté cierta retranca en su voz. Obviamente, sabía que yo había entrado en la casa.

—No. —Se produjo un largo silencio—. Gracias, Jamie —me obligué a decir.

—De nada, Leanne. —Sonaba dulce como la sacarina.

Terminamos la llamada y regresé al salón. En mi ausencia se habían producido avances. Julie Bradley había llevado su portátil. Ya había empezado a elaborar una lista de contacto con el nombre, el número y la dirección de correo de todos. Parecía habérsele pasado la incomodidad. Había empezado a redactar también una lista de tareas, en formato tabla, y estaba ocupada asignando nombres en las cuadrículas.

—Esto va a parecer raro, pero la guía de personas desaparecidas dice que deberíamos elegir una marca para nuestra campaña

—explicó—. Deberíamos elegir un nombre corto que represente lo que estamos haciendo, algo que podamos utilizar en todas las redes sociales, como un *hashtag*, ¿entendéis? —Julie me miró, ansiosa ante la idea de haberme ofendido—. Sé que parece una complicación, pero es necesario. Queremos que la gente comparta nuestras cosas, que hable de Nina, que haga preguntas. La guía sugiere utilizar algo como «Nina, vuelve a casa», pero a mí no me parece correcto. «#NinaVuelveACasa».

—No —respondí enérgicamente—. No me gusta. Suena como si ella hubiera tomado la decisión de marcharse. Como si estuviera por ahí, en alguna parte, escondida por voluntad propia.

Todos guardaron silencio. Miraron hacia otra parte, o hacia el suelo, o a sus teléfonos, o al portátil de Julie. Cualquier cosa menos mirarme a mí.

—¿Qué le ha pasado a Nina? —pregunté en voz alta. Julie levantó la mirada—. Ese debería ser nuestro *hashtag*. El nombre de nuestra campaña. Lo que sea. Eso es lo que estamos buscando. La verdad.

—Creo que eso podría funcionar —respondió Julie lentamente—. Llamará la atención de la gente. Les hará sentir que forman parte de algo. Una búsqueda de la verdad.

—De acuerdo —convine—. Nos decantamos por eso entonces.

Andy empezó a explicarme el plan que habían estado desarrollando cuando yo estaba en la cocina hablando por teléfono. Julie quería crear un grupo de Facebook. Algo que pudiera usar para invitar a la gente a sumarse a la búsqueda y luego mantenerlos informados sobre futuros planes de la campaña. Alice ya estaba consultando a todos sus contactos por teléfono, pidiéndoles que se unieran a la partida de búsqueda.

—Mucha gente trabaja mañana —anunció con voz arrepentida—. Pero de momento tengo ocho síes, y cada uno de ellos va a invitar a otras dos personas.

—Necesitamos pósteres —sugirió Andy.

—Conozco a un diseñador gráfico que puede diseñarnos uno —dijo Sofia. Tenía un ligero acento. Se había trasladado desde Dinamarca a Estados Unidos con su familia en los últimos años de su adolescencia. Su inglés era perfecto, pero aún pronunciaba las palabras con precisión, a la manera danesa—. Si te parece bien, Leanne, haré una llamada. La impresión puede ser cara, pero creo que puedo pedir algunos favores.

Sentí de pronto un torrente de gratitud que me sacudía, tan poderoso que me quedé mareada y tuve que parpadear para contener las lágrimas. Pero, antes de tener oportunidad de darle las gracias, se oyó una voz a mi espalda.

—¿Interrumpo algo?

Me volví y encontré a Matthew Wright de pie en el umbral. Había vuelto a ponerse lo que empezaba a darme cuenta de que era su versión personal de un uniforme. Pantalones azul marino, botas de montaña azul marino, chaqueta azul marino. No le había oído llegar. Debía de haber entrado por la puerta principal.

—No ha llamado al timbre —le dije.

—He visto los coches. He supuesto que habría una reunión de grupo. ¿Tienen un momento? ¿Podemos hablar en privado? —Nos miró alternativamente a Andy y a mí.

Andy tenía el ceño fruncido, parecía molesto. Supuse que se debía a que Wright hubiera entrado sin llamar. Hasta que no estuvimos en la cocina y Andy cerró la puerta a nuestras espaldas, no se me ocurrió pensar que tal vez Wright hubiera acudido a darnos malas noticias. Me aferré al respaldo de una de las sillas.

—¿La han encontrado?

—Me temo que no.

Dejé escapar el aliento y cerré los ojos.

—Estamos organizando una partida de búsqueda —explicó Andy con firmeza—. A primera hora de mañana iremos a casa de los Jordan y rastrearemos los senderos.

—Les han dado permiso —dijo Wright.

—Así es —confirmó Andy.

—No podían decir que no después de habérselo pedido a través de los medios de comunicación. —Estaba mirándome a mí, con algo que podría haber sido aprobación.

—Jamie Jordan dice que se sumarán a las labores de búsqueda. Incluido Simon.

—¿Y qué le parece eso a usted?

—No quiero que esté allí.

—A mí me parece que es mejor que acuda —repuso Matthew.

—¿Por qué?

Vaciló un instante. Era evidente que no quería responderme. Transcurridos unos segundos, lo averigüé por mí misma.

—Es porque cree que tal vez él podría encontrarla, ¿verdad?

—No. Es porque, si se pasaron la semana anterior haciendo excursiones juntos por la zona, él tendrá una idea mucho más clara que nadie de los lugares a los que podría haber ido Nina de haber vuelto a salir sola.

—Pero esa no es la única razón, ¿verdad? Cree que, si le hizo daño, si la… mató, tal vez salga con la partida de búsqueda y la «descubra».

¿De dónde había sacado esa idea? Me parecía algo que había visto en un programa de televisión, la idea de que los asesinos a veces regresan. No pueden estarse quietos. Me sorprendió poder formular la pregunta sin que se me cerrara la garganta.

—No lo creo. —La voz del inspector sonó grave y firme, y no fui capaz de saber si estaba mintiendo para tranquilizarme o si me estaba diciendo la verdad—. Ahora mismo no tenemos ninguna prueba de que a Nina le haya hecho daño nadie, ¿de acuerdo? Solo han pasado unos días. Podría aparecer por aquí mañana mismo.

—La mayoría de las personas desaparecidas aparecen en las primeras cuarenta y ocho horas, ¿no? Ya hemos superado ese punto.

—Es mejor no buscar en Internet. Ya sé que no es fácil, pero buscar información sobre personas desaparecidas, consultar estadísticas y tratar de aplicarlas a su situación no le ayudará en nada. Cada situación es diferente.

Las tazas de café y el plato de nuestro almuerzo seguían sobre la mesa de la cocina.

Los recogí y los llevé al fregadero. Andy se sentó sobre un extremo del banco. Tenía las manos tan apretadas que se le habían quedado blancos los nudillos.

—Nos dijo que quería que confiáramos en usted —le recordé—. Dijo que eso era importante.

—Sí.

—La confianza debe ser recíproca. Si quiere que creamos en usted, usted debe confiar también en nosotros. Le estoy diciendo que la historia de Simon Jordan no tiene sentido. Hay algo que no le ha contado.

—Ya lo sé —respondió el inspector tras una larga pausa.

Me volví para mirarlo y me mantuvo la mirada. No se parecía mucho al hombre que me había aleccionado en la sala de interrogatorios de la comisaría.

Observé algo en sus ojos.

—Algo ha cambiado —dijo de pronto Andy—. ¿Qué ha descubierto?

—No ha cambiado nada.

Estaba segura de que mentía. No sé por qué, pues tenía cara de póquer. No había nada en su expresión que pudiera delatarlo, y tampoco en su lenguaje corporal, pero estaba segura de que nos estaba ocultando algo. Intenté presionarlo. Se mostró educado, pero esquivó mis preguntas con destreza y, pocos minutos después, se marchó, no sin antes prometer que ayudaría con la búsqueda. Lo vi marchar y noté que mi cuerpo se había convertido en un gran y único dolor que necesitaba respuestas. Pensé que tal vez me ayudaría poder llorar, pero las lágrimas me parecían muy lejanas. La vergüenza me mantuvo sentada durante un rato a la mesa de la cocina. Aquello era culpa mía. La desaparición no había sucedido de buenas a primeras. Algo debía de estar pasando en la vida de Nina, algo que yo había pasado por alto. Me había llamado y yo no había respondido al teléfono, no me había molestado en devolverle la llamada, por la razón más estúpida de todas. Andy esperó conmigo hasta que logré recomponerme, después regresamos al salón, donde seguían progresando los planes para la búsqueda del día siguiente y para la campaña de Nina.

# 13

## Rory

El martes por la noche cenamos los tres juntos: Jamie, Simon y yo. Jamie se estaba esforzando mucho. Había preparado ñoquis con cordero asado a baja temperatura, que sabe que me gustan. Simon estaba de buen humor, al menos al principio.

—Mi vuelo sale a las diez de la mañana —anunció—. ¿Me vas a llevar al aeropuerto, mamá? No pasa nada si no puedes. Puedo reservar un coche.

Jamie me miró y yo dejé el tenedor.

—Creo que vas a tener que posponer el vuelo —le dije. Simon me miró sin entender—. Los Fraser quieren registrar la casa de Stowe. Quiero decir, la casa no, sino los senderos. Circula la teoría de que tal vez Nina saliera de excursión el sábado por la mañana, después de que tú te marcharas, y que tuviera algún tipo de problema. Creen que tal vez siga por ahí fuera.

La expresión de Simon se alteró. Pareció angustiado por un instante. Fue algo tan fugaz que, si no hubiera estado mirándolo, se me habría pasado por alto.

—No. Ni hablar. El viernes ya estaba harta de excursiones. Me dijo que no pensaba volver a salir hasta después de las nevadas. Además, tenía una lesión. Se torció el tobillo. Así que no habría podido salir de excursión aunque de repente le hubiera apetecido.

Me quedé observando su rostro.

—Pues esa es una información muy útil y nos aseguraremos de transmitirla.

—¿Crees que cancelarán la búsqueda?

—Lo dudo. Puede que se estén agarrando a un clavo ardiendo, pero creo que necesitan sentir que están haciendo algo para ayudar.

—¿Y vas a dejar que lo hagan? ¿Vas a dejarlos entrar?

—No creo que me quede otro remedio. Ahora que Leanne lo ha hecho público.

Simon apartó su silla de la mesa arrastrándola por el suelo.

—Eso es una gilipollez.

—Simon… —dijo Jamie con tono de advertencia tras dejar en el plato el cuchillo y el tenedor.

Pero él la ignoró por completo.

—Papá, no creen que Nina saliera de excursión y tuviera un accidente. Creen que yo le hice daño. Que la maté o algo así, ¿verdad?

No le respondí. No me moví.

—Sí, así es —continuó, como si le hubiera dado la razón—. ¿Y vas a dejarles rastrear nuestro terreno? Eso es como dejarles levantar un gran cartel que diga «Simon Jordan, asesino de novias». Vas a dejarles decir eso de mí, ¿vale?

—Simon… —intentó intervenir de nuevo Jamie, pero Simon le lanzó una mirada tan iracunda, tan feroz, que esta cerró la boca.

—Tienes que impedírselo. Tienes que llamar a tus abogados, o a quien sea que pueda hacer algo, y tienes que pararles los pies, joder, pide una orden de alejamiento o algo, y asegúrate de que…

—Siéntate de una vez —le dije, pronunciando cada palabra con determinación. Dejó de hablar, pero no se sentó. Así que tomé aliento—. Simon, estás diciendo idioteces. Si te parases a usar la cabeza por un segundo, te darías cuenta de que negarles el permiso supondría hacer justo lo que no quieres que hagamos: daría la impresión de que tenemos algo que ocultar. ¿Es eso lo que quieres?

Simon no dijo nada. Se quedó allí de pie, como si estuviera acorralado.

—También puedes estar seguro de que, si fuéramos tan estúpidos como para no permitir a los Fraser buscar a Nina, la policía conseguiría una orden al día siguiente.

Simon siguió sin decir nada y el silencio se prolongó demasiado.

—Tú no has hecho nada malo —le aseguré con la mayor tranquilidad que pude—. No hay nada de lo que preocuparse. Consentiremos que se lleve a cabo la búsqueda. Qué narices, iremos más allá. Los acompañaremos y ayudaremos. Seremos los anfitriones más cooperativos que la policía haya visto jamás. Y el mensaje que enviaremos al mundo es que eres del todo inocente. Que estás tan preocupado por Nina como lo están sus padres. ¿De acuerdo?

Simon asintió.

—Sí. Perdón. Creo que… no pensaba con claridad.

—Bueno, es una situación difícil. —Miré a Jamie. En circunstancias normales sería ella la que intervendría ahora, con algún comentario o chiste que aliviara la tensión de la conversación, pero no dijo nada—. Siéntate, Simon. Termínate la cena.

Simon miró su plato y torció el gesto.

—Lo siento, pero no tengo hambre.

—Estarán en Stowe a las seis de la mañana de mañana —anuncié. Simon empezaba a fastidiarme. Su negativa a comer era una actitud infantil—. Y nosotros estaremos allí para recibirlos y los ayudaremos con la búsqueda. Los tres juntos. ¿Entendido?

Me miró como si estuviera planteándose desafiarme, pero luego lo pensó mejor.

—Claro, papá. Lo que tú quieras.

Salió de la estancia y me dejó a solas con Jamie. Estaba muy callada. Se quedó mirando lo que quedaba en su plato. Tenía el ceño fruncido.

—¿Qué sucede? —le pregunté—. ¿Crees que podría haberlo gestionado mejor?

Sacudió la cabeza como si no me hubiera enterado de nada y después empezó a recoger los platos. Yo no había terminado de cenar.

\*\*\*

Fui a darme una ducha. La ducha es, según mi experiencia, un lugar fantástico para pensar, y no podía quitarme de la cabeza la expresión de Simon. Aquella fugaz mirada de angustia cuando le dije que los Fraser iban a rastrear nuestro terreno. Cuanto más lo pensaba, más me inquietaba. Simon no quería que se llevara a cabo la búsqueda, y no solo porque pensara que eso pudiera hacerle quedar mal. Le daba miedo otra cosa, algo más grave que eso.

Me sequé, me vestí y me fui al despacho de casa. La noche anterior, la policía me había llamado para pedirme las imágenes de las cámaras de seguridad que teníamos en la casa de Stowe. Yo había llamado a Ronnie Garcia. Ronnie era el director ejecutivo de la empresa de seguridad que contrataba yo para asuntos personales y profesionales. Profesa una admirable lealtad a cualquiera que le pague, y entiende lo importante que es la discreción. Cuando compré la propiedad de Stowe, le había pedido que instalase cámaras porque nuestra aseguradora nos las había exigido, pero después nunca me había molestado en comprobar que las hubieran colocado. Ronnie me había devuelto la llamada esa misma tarde para confirmar que sí, que las cámaras se habían instalado y funcionaban correctamente. Me dijo que las grabaciones estarían disponibles en el mismo enlace que utilizo para mis demás propiedades. También me dijo que había echado un vistazo rápido a las imágenes del viernes por la noche y que no se veía nada fuera de lo común. Como resultado, yo no me había dado mucha prisa en revisar las grabaciones. Había planeado echarles un vistazo en algún momento de la noche, antes de enviárselas a la policía, como me habían solicitado, pero no era capaz de quitarme de la cabeza la mirada de Simon, y ahora temía que Ronnie pudiera haber pasado algo por alto.

Pinché en el enlace del sistema de seguridad e introduje mi contraseña. El sistema era complejo, con multitud de funciones, pero ya lo había utilizado antes y no resultaba difícil de manejar.

139

Había un icono distinto para cada una de las propiedades que tenía. Pinché sobre el icono añadido recientemente que correspondía a la casa de Stowe, lo que abrió una pantalla con las imágenes en directo. Había un botón en la parte inferior de la página que abría grabaciones anteriores. Pinché en él y en la página apareció la vista de calendario. Los días para los que había disponible una grabación aparecían sombreados en verde. Los días que no tenían grabación figuraban en rojo. Las fechas de la casa de Stowe aparecían en verde todos los días a partir del dos de octubre, que era el día después de haber cerrado la propiedad. Ronnie había sido tan eficiente como de costumbre.

Pinché en la fecha del viernes. Mi pantalla se dividió de inmediato en ocho rectángulos, cada uno de ellos correspondiente a una imagen en blanco y negro de los terrenos que rodeaban la casa. Por experiencia sabía que se trataba de imágenes en blanco y negro solo porque era de noche. Durante el día, las cámaras grababan a todo color. Al parecer, solo teníamos cámaras exteriores, nada en el interior de la casa. Tenía su lógica. Era congruente con la configuración de nuestra casa de Waitsfield. La calidad de la grabación era excelente. Todas las imágenes se veían con una claridad cristalina. Una de las cámaras parecía estar ubicada al final del camino de acceso a la vivienda, apuntando hacia la entrada. Había otra situada sobre la puerta delantera. En esa se veían los escalones que conducían hasta la puerta, casi toda la zona de aparcamiento cubierta de grava y parte del camino de acceso. Las otras seis cámaras estaban dispuestas alrededor del perímetro de la casa, mirando hacia fuera, formando un círculo de seguridad sin puntos ciegos de cobertura. A medida que reproducía el vídeo, veía las imágenes de las ocho cámaras de forma simultánea. Pulsé el botón para adelantar las imágenes a toda velocidad. Todo estaba tranquilo. El primer movimiento se produjo mucho después del amanecer.

En el rectángulo central, vi a Simon y a Nina abandonar la casa. El código de tiempo sobreimpreso en el vídeo indicaba que eran poco más de las nueve de la mañana del viernes. Llevaban mochilas con cuerdas de escalada y cascos prendidos. Salieron por la puerta delantera y bordearon la propiedad hasta la parte trasera de la casa. Los vi cruzar de un encuadre al siguiente. Atravesaron el jardín. Cuando alcanzaron los árboles, desaparecieron de la imagen, descendiendo por una senda que partía de la linde y que apenas distinguía en los confines del encuadre de la cámara. Después de ese momento, no volvió a suceder nada durante horas. Avancé el vídeo de nuevo hasta que ya casi había oscurecido y volví a reproducirlo a su velocidad normal cuando vi que Simon y Nina reaparecían por la misma senda. Miré la hora. Según el vídeo, eso fue a las seis y cinco de la tarde. En esa ocasión, Simon transportaba ambas mochilas. Nina iba cojeando. Conforme se aproximaban a la casa, Simon la rodeó con el brazo. Después entraron y la imagen de las cámaras volvió a quedar inmóvil. Aceleré de nuevo la grabación. No sucedió nada. Estuve viendo las imágenes hasta la medianoche, cuando finalizaba el vídeo.

Salí de los vídeos del viernes y pinché en las grabaciones correspondientes al sábado. En mi pantalla apareció la misma cuadrícula. Una vez más, la grabación comenzaba un segundo después de medianoche, de modo que se trataba de una imagen en blanco y negro. Avancé un poco y vi a Simon salir de la casa. Según el vídeo, era la 1:36 de la madrugada. Cargaba su pequeña mochila e iba solo. Se dirigió hacia su coche, se marchó al volante y yo dejé escapar un prolongado suspiro de alivio.

En mi despacho tengo un mueble bar metido en uno de los armarios. Jamie pidió que lo instalaran, pero no va mucho conmigo. Apenas bebo, y creo que tener un mueble bar en tu despacho es un poco hortera. Aunque eso no se lo iba a decir a mi mujer. Me acerqué a él, posiblemente por primera vez desde que nos trasladamos a vivir a esa casa, busqué una cerveza y la encontré. La abrí en mi mesa, di un trago largo y después me senté y volví a repasar las imágenes. Reproduje el vídeo. Experimenté cierto placer al ver a Simon abandonar la casa, tal como decía que había hecho. Del todo inocente. Estaba deseando pasarle el vídeo a la policía. Mi *email* sería educado, conciso, pero dejaría claro que podían meterse sus sospechas por el culo. Pinché dos veces en el botón para acelerar la reproducción y pasé por las primeras horas del sábado por la mañana, hasta que salió el sol, y más allá. Los árboles se agitaban con la brisa. De vez en cuando algún pájaro o alguna ardilla se colaban en las imágenes, pero no había rastros de actividad humana. No se apreciaba movimiento en la casa. Seguí reproduciendo las imágenes, esperando ver algún coche que se acercara para recoger a Nina, pero no sucedió tal cosa. Reproduje el vídeo hasta el final, hasta la medianoche del sábado. Nada. No se produjo ningún movimiento en la casa. Ni llegadas ni salidas. Pinché en el vídeo correspondiente al domingo e hice lo mismo. Tampoco encontré nada. Pinché en el vídeo del lunes y adelanté la grabación hasta que por fin vi a alguien. Leanne Fraser. Bajé la velocidad y la vi acercarse en coche a la casa, rodear la vivienda, agarrar una piedra y romper el cristal para entrar. Estaba todo ahí y no resultaba agradable de ver. En su cara se apreciaba un gesto de pura desesperación mientras lanzaba la piedra contra la ventana. Me dejó un poso de inquietud. Vi llegar a la policía. Los vi sacarla esposada de la casa, meterla en el asiento trasero y llevársela en el coche patrulla.

Me recosté en mi silla. No lo entendía. ¿Dónde estaba Nina? No podía seguir en la casa, porque Leanne acababa de registrarla. La policía también la había registrado. Pero, si no estaba dentro de la casa, ¿cómo habría logrado salir sin que la captaran las cámaras? No tenía ningún sentido. Volví a reproducir las imágenes y no vi nada nuevo. Me terminé la cerveza, abrí otra y volví a ver el vídeo, más despacio esta vez. Tampoco encontré nada. Me quedé mirando la pantalla. Se me debía de estar escapando algo evidente.

Transcurrió otra hora más hasta que por fin lo vi.

Cada vídeo comenzaba un segundo después de medianoche, justo donde terminaba el del día anterior. Estaba empezando a ver el vídeo del sábado por cuarta o quinta vez cuando me di cuenta de que algo no encajaba. El encuadre de una de las cámaras había cambiado con respecto al día anterior. En el recuadro central de mi pantalla seguían viéndose césped y árboles, pero el comienzo de la senda que Simon y Nina habían utilizado en el vídeo del viernes no aparecía por ninguna parte. Entorné los párpados, hice zum, adelanté de nuevo las imágenes hasta que salió el sol. Pero el inicio de la senda no estaba.

Volví al vídeo del viernes por la noche y estuve alternándolos una y otra vez hasta estar seguro al cien por cien. No eran imaginaciones mías. Alguien había modificado el ángulo de la cámara justo en la medianoche del viernes. Hasta la medianoche, se veía el inicio de la senda. Pasada la medianoche, ya no se veía. Alguien había movido la cámara hacia la izquierda.

Alguien.

Solo podía haber un alguien.

El sistema no permitía mover las cámaras por control remoto. Se necesitaba un acceso físico a la cámara para ajustar su posición, y quien fuera que lo hubiera hecho lo hizo justo a medianoche, cuando el archivo cambiaba y era más probable que pasase inadvertido. Tenía que haber sido Simon. Él estaba en la casa. Debía de haberse asomado por la ventana de arriba, tal vez, haber esperado hasta medianoche y, entonces…, la movió.

Había solo una razón por la que querría hacer algo así. Algo había sucedido en esa casa y Simon había tratado de ocultarlo. Joder. Sentí que se me secaba la boca y alcancé la cerveza, pero solo quedaba un trago caliente en el culo de la botella. Me temblaba la mano cuando la dejé sobre la mesa. La lógica me decía que Simon solo podía estar ocultando una cosa, pero debía de haber algo que se me escapaba. Conocía a mi hijo y sabía que lo que estaba pensando, eso que tanto miedo me daba, no era posible.

Miré el reloj. Era casi medianoche. Debía de llevar horas revisando las grabaciones. Y en seis horas los Fraser, sus familiares y amigos, por no mencionar también algunos policías, estarían pisoteando nuestro terreno. Me puse en pie y empecé a dar vueltas

143

de un lado a otro del despacho. Tenía que estar seguro. Tal vez Simon la hubiese jodido, tal vez estuviese encubriendo a alguien, o tal vez yo estuviese sumando dos más dos y me estaba saliendo cien, pero el caso es que tenía que seguir el rastro y averiguar qué narices estaba pasando. Antes de marcharme, utilicé el sistema para desconectar todas las cámaras de la casa de Stowe.

Jamie estaba durmiendo y la casa se hallaba en silencio. Me fui a mi vestidor y me puse unos vaqueros negros y una sudadera con capucha del mismo color, después bajé al garaje. Llevado por la costumbre, puse en marcha mi coche y entonces me di cuenta de que no podía llevármelo. Teníamos rastreadores de seguridad por GPS en nuestros vehículos. Si alguien revisaba el historial, se daría cuenta de que había llevado mi coche a Stowe. Maldije para mis adentros.

Teníamos otro vehículo. Una vieja camioneta todoterreno que utilizábamos para llevar el remolque de nuestras motonieves durante el invierno. No valía gran cosa y nunca me había molestado en ponerle un rastreador. Las llaves estaban colgadas de un gancho que había debajo de un banco en la parte trasera del garaje. Las agarré y abrí la camioneta. Encontré una linterna y me monté, después vacilé y volví a por una pala, que deposité en el asiento trasero. Me saqué el móvil del bolsillo de atrás, lo silencié y lo dejé en una balda que había en el garaje.

Las carreteras estaban oscuras y en silencio. Iba nervioso y circulaba a demasiada velocidad. Me obligué a aminorar. Había luna llena y el cielo se hallaba despejado. Cuando llegué a la casa, vi el reflejo de la luna en el agua negra del lago. El pequeño bote de madera que a Jamie le había parecido de lo más pintoresco se mecía con suavidad en el agua junto al embarcadero.

Aparqué delante de la casa, me bajé de la camioneta, saqué la pala y rodeé la vivienda hacia la parte de atrás. No conocía bien el terreno. Había inspeccionado la casa antes de comprarla, por supuesto, y Jamic y yo habíamos pasado un fin de semana allí tras instalarnos. Había leído con detenimiento el informe del terreno realizado por mi agente, y había visto fotografías, pero no había recorrido los senderos ni había sacado el bote del embarcadero. No había comprado aquel sitio por placer, sino a modo de inversión. Encendí la linterna y atravesé el césped en dirección al comienzo de la senda. La hierba era alta, y no tardaron en mojárseme las deportivas y el dobladillo de los vaqueros. En dos ocasiones me detuve, invadido por las dudas. Lo que estaba pensando era una locura, ¿verdad? Debía de haber otra explicación. Salvo que no se me ocurría ninguna otra, por mucho que me esforzara.

Bajé por la senda. El suelo bajo mis pies estaba cubierto de hojas. Hacía una semana que no llovía, y hacía frío, de modo que la tierra estaba relativamente seca y dura. Anduve recorriendo la senda durante dos o tres minutos y no vi indicios de nada sospechoso. Llegué a un camino de ciervos. Salía hacia la izquierda, colina arriba, mientras que la senda principal continuaba en línea recta. Vacilé, apuntando alternativamente con la linterna hacia el camino de ciervos y la senda principal. Al final me decanté por el camino de ciervos. Si Simon había bajado hasta allí con la intención de esconder algo, habría tenido que salirse de la senda principal. El camino de ciervos era más difícil de recorrer. Se trataba de un sendero angosto y resbaladizo. Las ramas se me enganchaban en la cara y en la ropa. Pensé en darme la vuelta, pero no llevaba mucho tiempo trepando cuando llegué hasta un pequeño claro. Estaba escondido bajo las copas de los árboles y apenas se filtraba luz de luna entre las ramas, pero mi linterna cumplió su función a las mil maravillas. Iluminó una amplia franja de tierra que había sido excavada hacía poco.

Tardé algún tiempo en decidirme a dar el siguiente paso. Me quedé de pie en la oscuridad hasta que empecé a temblar. Entonces supe que tenía que armarme de valor. El tiempo seguía pasando. Mis opciones eran marcharme o seguir adelante.

Empecé a cavar. El suelo estaba casi congelado, pero lo habían removido recientemente y además yo contaba con la pala. Fui haciendo progresos. Golpeé algo suave a menos de treinta centímetros por debajo de la superficie. Retiré más tierra con las manos hasta poder ver lo que había encontrado. Una alfombra, enrollada en torno a algo. Algo que casi con total seguridad tenía forma humana. Me senté en la tierra y me apreté los ojos con las manos hasta que empecé a ver estrellas. La humedad empezó a filtrarse a través de mis pantalones.

—Para ya —me dije—. Para ya, joder.

Me obligué a abrir los ojos, a retirar la tierra y sacar del suelo el fardo envuelto en la alfombra. Lo desenvolví. Y la vi. Era Nina. Su cuerpo menudo, su carita. Vestía unos vaqueros y una camiseta de manga larga. Tenía los ojos abiertos y sin vida. Se le había amoratado la piel. El lateral izquierdo de su rostro era una mezcolanza de moratones, y en la comisura de los labios se advertía la sangre. Volví a taparla cuidadosamente con la alfombra. Apoyé la mano encima y entonces me di cuenta de que estaba acariciándola.

—Lo siento —le dije.

Lo repetí y entonces no pude dejar de decirlo. «Lo siento. Lo siento. Lo siento». Apreté los dientes y me obligué a parar. Me quedé allí sentado, en la tierra. Empecé a notar el frío y a temblar. Me incorporé y recorrí el pequeño claro de un lado a otro. ¿Qué iba a hacer? ¿Cuáles eran mis opciones?

Podía marcharme, buscar un teléfono y llamar a la policía. Podía irme a casa, hablar con Simon y decidir qué hacer en función de lo que me contara. ¿Qué hora sería? Era difícil saberlo. No tenía encima el teléfono y no llevaba reloj, y los Fraser se presentarían en la casa a las seis de la mañana. Podía volver a enterrarla, justo donde la había encontrado, pero debía de haber dejado mi ADN por todas partes. Joder. No me quedaba elección. Levanté a Nina, todavía envuelta en la alfombra, y la coloqué a un lado. Después llené de tierra la tumba, lo mejor que pude, y alisé la superficie. Sin tiempo que perder, amontoné varias hojas cercanas al camino y de los árboles que me rodeaban a fin de intentar disimular la tierra removida. Funcionó mejor de lo que había imaginado.

146

Agarré una rama caída, tan pesada que apenas podía levantarla. La dejé caer donde había estado la tumba y después amontoné más hojas y las esparcí formando un patrón lo más aleatorio posible. Si hubiera estado nevando, la nieve lo habría cubierto todo.

Dejé la tumba y regresé junto a Nina. Me dije a mí mismo que no era más que una alfombra. Coloqué la pala encima haciendo equilibrios y la levanté. La trasladé por el sendero, cosa que me resultó difícil. Envuelta en la alfombra, pesaba más, y tenía que ir cambiando el peso de un brazo al otro. Su cuerpo empezó a resbalar por la alfombra y al poco tiempo alcancé a verle el cabello, después un poco de la frente. Apreté la alfombra con más fuerza contra mi cuerpo y miré al frente. La luna llena arrojó toda su luz cuando dejé atrás el cobijo de los árboles. La llevé hasta el lago, hasta el embarcadero. Tenía que meterla en el bote, y no fue fácil. Estaba cansado y torpe. El bote se balanceaba peligrosamente, y la dejé caer. La alfombra se soltó y su cabeza quedó expuesta bajo la luz de la luna. Me oí gemir, como si aquel sonido procediese de otra persona. Estaba muerta, pero seguía siendo Nina. Llevaba los pequeños aretes dorados. Jamie los había comprado para que Simon se los regalase a Nina por su cumpleaños allá por el mes de mayo. Había ido a casa a cenar. Nina estaba muy feliz. Lo besó, le dio las gracias e insistió en ponérselos de inmediato. Jamie se había mostrado encantada, pese a que la muchacha no le caía bien. Ahora yo no podía apartar la vista de esos pendientes. Y del hematoma. Era grande e inconfundible, en torno a la mandíbula y la mejilla izquierdas. La miré con más atención y vi que tenía el labio partido.

Estiré el brazo y volví a taparle la cara con una esquina de la alfombra. En ese mismo momento ululó una lechuza y me dio un susto de muerte. Me temblaban las manos. Me obligué a moverme y regresé a la casa. Antes de entrar me quité los zapatos. En el piso de abajo había un gimnasio con mancuernas. Me llevé un juego. En la parte trasera de mi camioneta había cuerdas, de modo que me las llevé al bote junto con las mancuernas. Até las cuerdas alrededor de la alfombra por la parte superior e inferior, anudándolas con fuerza para que no se soltaran. Después até también las mancuernas. Hice un nudo tras otro, asegurándome de que quedaban todos bien apretados. Me di cuenta de que estaba revisando los nudos una y otra vez, comprobando cada uno de ellos hasta llegar al final, antes de volver a empezar desde el principio, siempre en bucle. Tenía la respiración cada vez más acelerada. A mi mente acudió la imagen del lago tal como lo había visto por primera vez, resplandeciente bajo un soleado cielo azul. Me imaginé a los niños jugando en la orilla, a los hijos de Simon, nuestros nietos. Oí sus carcajadas. Y entonces, de fondo, vi el cuerpo de Nina que emergía a la superficie y se quedaba allí flotando en el agua, como un horror esperando ser descubierto. Tuve que obligarme a apartar las manos de los nudos y terminar lo que había empezado.

Cuando estuve listo, remé hasta el centro del lago y lancé su cuerpo al agua negra. Por un momento me asusté al pensar que iba a quedarse flotando, pero las pesas hicieron su trabajo y el cuerpo se hundió deprisa al cabo de pocos segundos. Después tiré también la pala al agua. El peso del metal bastó para que se hundiera.

Remé de vuelta hasta el embarcadero. Revisé el bote para asegurarme de no haber dejado ningún rastro. Había tierra en el fondo, pero ya la había también cuando llegué. Tenía las manos, las uñas y la ropa llenas de mugre. No podía soportarlo. Entré caminando en el agua helada hasta quedar sumergido y estuve frotándome las manos, la cara y el pelo hasta que todo mi cuerpo empezó a temblar por el frío. Regresé dando tumbos hacia la camioneta. La casa de la que Jamie se había enamorado me parecía ahora la casa de los horrores, oscura y acechante bajo la luz de la luna. Jamás podríamos venderla. Tendríamos que quedarnos con ella el resto de nuestras vidas.

Por un momento pensé horrorizado que había perdido las llaves de la camioneta, que estarían enterradas en el fondo de esa tumba del bosque, o que se me habrían caído al agua junto con el cuerpo de Nina, pero entonces las palpé con los dedos en el fondo del bolsillo. Me quité la ropa mojada y la tiré al suelo del asiento del copiloto. En el asiento trasero había una vieja sudadera. Me la puse, encendí el motor y subí la calefacción. Me temblaban tanto las manos que apenas lograba conducir, pero no podía esperar a entrar en calor. Eran ya las cuatro de la madrugada, según el reloj de la camioneta. Me quedaba el tiempo justo de llegar a casa, ducharme y vestirme antes de tener que volver con mi familia y fingir que buscaba a esa chica muerta. Traté de decirme a mí mismo que ya había pasado. Que se había terminado. Quise meter en una caja el recuerdo de aquella noche, sellarla con plomo y olvidarla en los rincones más profundos de mi mente para no tener que sacarla nunca más. Lo intenté con todas mis fuerzas, pero no podía hacerlo. Mientras me alejaba conduciendo, lo único en lo que pensaba era en la cara de Nina.

Cuando llevaba menos de dos kilómetros, me eché a un lado de la carretera, abrí la puerta y me entraron arcadas. Después de vomitar, seguí conduciendo. Tenía los dedos rígidos en torno al volante. El interior del vehículo se calentó. Dejé de temblar. Conocía a mi hijo. Lo conocía bien. No era un asesino.

# 14

El miércoles por la mañana, me puse la ropa de montaña: las botas, unos viejos pantalones de senderismo y una camisa de lana de manga larga debajo del forro polar. Antes de salir de casa me pondría también el abrigo para tener una capa más. En una mochila metí agua, el chubasquero, comida y una brújula. Utilizaría el teléfono donde pudiera, pero era mejor no confiar en los teléfonos porque seguramente no habría buena cobertura, y los mapas de los senderos funcionaban sin conexión solo mientras durase la batería del móvil. Además, había buscado en Internet mapas de senderos de la zona y no había encontrado ninguno. Me preguntaba si los Jordan tendrían alguno. Me preguntaba si se reunirían con nosotros allí, tal como habían prometido.

Cuando bajé, Grace estaba esperándome. Iba vestida con unos *leggings* térmicos, unas botas y un jersey de forro polar. Su abrigo colgaba del respaldo de una silla de la cocina, y estaba recogiéndose el pelo en una coleta cuando entré. Se volvió para mirarme.

—Yo también voy —anunció.

Andy me miró con gesto de impotencia. Era evidente que ya había intentado quitarle la idea de la cabeza, mas sin conseguirlo.

—No sé, Gracey —le dije.

—No pienso quedarme en casa, o peor, ir a clase, mientras

vosotros estáis buscando a Nina. ¿Cómo podría explicarle que me quedé de brazos cruzados cuando ella me necesitaba? Y además, la parcela de los Jordan tiene mucho terreno. Vamos a tener que abarcar un área enorme. Así que cada persona cuenta.

Estaba en lo cierto. No podía llevarle la contraria, de manera que la abracé con fuerza. Andy condujo el coche, yo iba sentada a su lado, y Grace, en el asiento trasero. Íbamos callados y Andy apagó la radio. El ambiente era denso y asfixiante. Estiré el brazo, le estreché la mano y condujimos así durante un rato. Notaba su piel cálida y seca. Tenía callos en los dedos a causa del trabajo y de su afición a tocar la guitarra. Me apretó la mano.

—Creo que… es posible que no la encontremos hoy —dijo—. Es una posibilidad muy remota.

Miré por la ventanilla. Andy estaba haciendo lo mismo de siempre: adelantarse al problema. Tratar de prepararnos a Grace y a mí para una mala noticia, o para no tener ninguna noticia. No soportaba vernos tristes, lo cual no era algo malo en sí mismo, salvo que con mucha frecuencia acababa evitando el conflicto, evitando la realidad cuando esta se ponía fea. Si Nina estuviera con sus amigas en Boston, nos habría llamado.

—Papá —dijo Grace en voz baja.

—Dime.

—¿No crees que…, no crees que Nina podría haber intentado hacerse daño o algo así? Si de verdad estaba muy triste por haber roto con Simon.

—No —respondí yo. Me volví en mi asiento para poder mirarla a los ojos—. Ya conoces a tu hermana, Grace. Es una chica fuerte. Te quiere, quiere a su familia y quiere su vida. Nina nunca haría algo así. ¿De acuerdo?

—De acuerdo, mamá.

No fuimos los primeros en llegar a casa de los Jordan. Alice ya estaba allí, y también Julie Bradley y su hermano, junto con siete u ocho personas más. Alice y Julie me recibieron con abrazos. Grace se quedó un poco apartada.

—¿Te acuerdas de mi hermano? —me preguntó Julie. Parecía sentirse menos incómoda que en mi casa. Más dispuesta a mirarme a los ojos.

Saludé a Isaac Bradley, un muchacho alto, casi como Andy, de pelo oscuro y ojos marrones. La última vez que lo había visto, estaba atravesando esa etapa incómoda y llena de granos, pero había dejado eso atrás. Parecía muy joven, pero Julie y él eran gemelos, así que debía de tener veinte años, la edad de Nina. Me pregunté a mí misma por qué no podría haberse enamorado de este chico y no de Simon. Nunca me había caído bien Simon, esa es la verdad, pero, como Nina estaba loca por él y como eran tan jóvenes, me había esforzado por ignorar sus defectos. Su egocentrismo. Su arrogancia.

—Le he pedido a Isaac que grabe algunos vídeos hoy, si te parece bien —me dijo Julie—. Creo que deberíamos hacer vídeos para las redes sociales. Si la gente ve lo que estamos haciendo, si nos ven mientras buscamos y hacemos preguntas, creo que se mostrarán más propensos a implicarse.

—No estorbaré —se apresuró a disculparse Isaac, mostrándome su teléfono—. Utilizaré solo esto. Es para que nos vean en acción.

Le di las gracias. No recordaba si iba a la universidad. Cuando Julie era más joven, hablaba de él a todas horas, pero luego había dejado de venir por casa.

—Julie, quería decirte que le he dado tu número a la policía. Hay un inspector, Matthew Wright, que a lo mejor se pone en contacto contigo.

De inmediato, Julie adoptó un gesto de incomodidad.

—La verdad es que ya ha hablado conmigo —confesó, mirando al suelo.

—Han llegado los Jordan —anunció Alice.

—Y ahí está el gran inspector —agregó Andy, con un tono sarcástico que me sorprendió.

Nos volvimos todos y vimos aproximarse un BMW X7 de color negro, seguido del coche patrulla de Wright. El ambiente entre los allí congregados cambió en cuanto los Jordan se bajaron del BMW X7. Jamie acudió directa a mí.

—Leanne, ¿cómo lo llevas? —Me abrazó y yo me quedé muy rígida.

Alcanzaba a oler su perfume. Llevaba el pelo recogido y el maquillaje impecable. Parecía muy guapa. Por encima de su hombro distinguí a Simon. Me aparté de ella.

—Simon —dije.

Me sostuvo la mirada y levantó la barbilla.

—¿Cómo está, señora Fraser?

—Estaría mejor si tuviera a mi hija.

—No dejo de pensar en ello —respondió, acercándose un paso más—. No puedo dormir. Aunque eso da igual. Pero jamás debería haberla dejado sola aquella noche. Lo siento mucho. Estaba enfadada conmigo. Quería que me fuera. Pero no debería haberle hecho caso.

—Pero no tenías motivo para pensar que no estaría a salvo —le respondí, observando su rostro con atención, interpretando sus gestos.

—Eso es —me dijo, ansioso—. Si hubiera pensado que iba a ocurrirle algo, no la habría dejado allí.

Andy me pasó un brazo sobre los hombros.

—¿Qué crees tú que le ocurrió a Nina, Simon? —le preguntó al chaval.

Yo era consciente de que Jamie estaba de pie justo a nuestra derecha. También Grace, y que a mi espalda estaban Alice, Julie, Isaac y los demás. Sabía que la figura alta e imprecisa que aparecía en mi visión periférica, de pie detrás de Simon, colocada a un lado, sería Matthew Wright. Pero yo estaba centrada en el rostro de Simon Jordan. En todas sus expresiones faciales forzadas. En sus ojos muy abiertos y en la franqueza de su semblante.

—No lo sé. —Pareció reflexionarlo—. Estaba triste, y creo que es probable que no deseara regresar a casa, porque podría encontrarse conmigo en el pueblo, o algo así. Lo entiendo, porque, sinceramente, yo sentía lo mismo. Así que puede que se marchara durante un tiempo. Para poner distancia entre nosotros. Pero, claro…, es raro que no se haya puesto en contacto con ustedes. No es propio de ella.

En aquel momento me cayó fatal. Me fastidió que se creyese con derecho a decir lo que haría o no haría Nina.

—¿Crees que es posible que saliera de excursión? —preguntó Grace con mucha ingenuidad—. Me refiero a la mañana después de que te marcharas.

Simon miró por encima de nuestros hombros, hacia el bosque, y entornó los ojos, como si de verdad estuviese pensando en la pregunta de Grace.

—Lo dudo —respondió al fin. Sorprendida, me di cuenta de que tenía los ojos vidriosos. Se le acumulaban las lágrimas mientras miraba a Grace—. Lo siento mucho. Ojalá supiera lo que pasó. Y puede que sí que saliera. Confío en que así fuera y en que vayamos a encontrarla hoy, y en que esté bien. Pero habíamos hecho mucho ejercicio. El viernes ya estaba cansada. Además le había dado un tirón en la espalda, así que tenía ganas de tomarse un descanso. No creo que hubiera vuelto a salir ella sola el sábado por la mañana. —Tomó aliento y se recompuso—. Pero no puedo estar seguro.

—No pasa nada —le dijo Grace con voz temblorosa—. No es culpa tuya. Y claro que vamos a encontrarla.

Yo aparté la mirada. No quería verlo llorar y no quería ver a Grace consolándolo. Me sentía confusa. Quizá me hubiera equivocado con él. Quizá hubiera sacado conclusiones precipitadas. Sin pretenderlo, capté la mirada de Rory. Parecía saber exactamente lo que yo estaba pensando, lo que generó un momento de cierta incomodidad.

—¿Tienes mapas de los senderos? —le pregunté a Simon.

—Solo de los senderos que recorrimos Nina y yo —respondió—. Habíamos empezado a cartografiarlos con nuestros teléfonos. Puedo compartir con usted esas rutas, si quiere. Pero por ahí hay más senderos de los que recorrimos, muchos más.

—A lo mejor los dueños anteriores tienen mapas de los senderos —sugirió Jamie, con una voz clara que se trasladó por el aire quieto de la mañana. Se volvió y se dirigió a su marido—: ¿Tú qué opinas, cariño?

—Haré una llamada y lo averiguaré —respondió Rory. Iba vestido de negro de los pies a la cabeza. Abrigo y boina de lana de color negro de Canada Goose, pantalones negros, botas negras. Guantes de lana negros. Todo parecía recién estrenado. Miró su reloj—. Puede que sea un poco pronto para contactar con el agente inmobiliario, pero lo intentaré. —Se alejó unos pasos e hizo la llamada.

Había llegado más gente, y aún seguían llegando más mientras estábamos allí parados. Transcurrido un minuto, Rory se reunió con nosotros y nos dijo que le había saltado el buzón de voz, pero que había dejado un mensaje y que continuaría intentándolo.

Alice se aproximó a mí.

—¿Quieres decir unas palabras?

Dije que no con la cabeza y ella me apretó el brazo para transmitirme su comprensión.

—Bueno, entonces, si te parece bien, vamos a ponernos manos a la obra.

Si no hubiera sabido que era profesora, lo habría adivinado por su manera de llamar la atención de todos y lograr que guardaran silencio. Les explicó brevemente lo que íbamos a hacer, aunque era evidente que todos los allí reunidos ya lo sabían. Nos dijo que nos dividiríamos en grupos de mínimo dos personas y máximo cuatro o cinco, dependiendo de la experiencia y habilidad, y que a cada grupo se le asignaría una ruta. Como no todas las rutas estaban cartografiadas, nos pidieron rastrear nuestro recorrido empleando una aplicación móvil. Debíamos gritar el nombre de Nina a intervalos regulares y estar atentos a cualquier cosa fuera de lo común. Si veíamos algo, lo que fuera, no debíamos tocarlo, sino tomar una foto y lanzar un localizador en esa ubicación usando la aplicación de nuestro teléfono. Todos debían regresar antes de que oscureciera y planificar su regreso en consecuencia. Si alguno de los presentes no era un excursionista experimentado, debía asegurarse de sumarse a un grupo con alguien que sí tuviera experiencia. Alice le pidió a Simon que le enviara por *email* el archivo con las rutas que Nina y él habían cartografiado, y se lo distribuyó a los demás a través del grupo de Facebook.

Enseguida los voluntarios se dividieron en grupos y eligieron rutas. Los Jordan dejaron claro que querían ir solos. Di un paso hacia ellos y una voz me habló en el oído.

—Yo no lo haría. —Me di la vuelta y contemplé el rostro impávido de Matthew Wright—. Está a punto de sugerirles sumarse a ellos. No lo haga.

Me quedé mirándolo a los ojos.

—Quiere que vayan solos —le dije—. Para que, si encuentran algo, no se sientan… cohibidos.

No respondió.

—¿Viene usted? —le pregunté.

—Tengo trabajo que hacer aquí —me dijo.


Alice se quedó atrás para recibir y organizar a los últimos en llegar. Yo me fui con Andy, Grace y los Bradley. Planeábamos recorrer juntos los tres primeros kilómetros, hasta alejarnos un poco, y posiblemente dividirnos en subgrupos para abarcar diferentes rutas secundarias. Todos sabían desenvolverse bien en el campo, de modo que avanzamos con rapidez, aunque las sendas no estaban en buen estado. Debía de hacer años que nadie las despejaba. En cuanto nos apartamos del sendero principal, las sendas fueron deteriorándose hasta no ser mucho más que caminos para animales. Enseguida perdí la poca esperanza que había albergado de poder encontrar a Nina. La maleza era densa y no parecía haberse visto alterada. En más de una ocasión atravesamos telarañas que debían de llevar semanas sin tocar. No vimos huellas salvo las nuestras. Habíamos escogido deliberadamente una ruta que nos conduciría hasta un pequeño lago que aparecía marcado en el mapa, una ruta que Nina y Simon no habían tomado con anterioridad, pero que a ella podría resultarle atractiva. Transcurridas un par de horas, me detuve.

—¿Deberíamos volver? —pregunté—. No creo que haya venido por este camino.

Julie estudió el mapa de su teléfono y lo reflexionó.

—Es posible. Si regresamos, hay una ruta más corta y más cercana a la casa que Simon y Nina ya recorrieron antes. Si salió sola, tal vez eligiera una ruta que ya conocía. Algo que estuviera convencida de poder hacer en medio día.

—¿Ninguno de los otros grupos ha escogido esa ruta? —preguntó Andy.

Julie dijo que no con la cabeza.

—Todos han señalizado las rutas que han escogido —explicó—. En esa ruta no hay señalizador.

Empezamos a recorrer de nuevo la senda. Para la hora de comer, estábamos otra vez en el punto de partida, en el sendero principal. Volvíamos a tener cobertura en el teléfono, pero no recibimos ningún mensaje de los demás grupos. Nos sentamos en un par de troncos caídos y comimos lo que habíamos llevado preparado. Grace no comió mucho. Estaba muy pálida. Isaac intentó animarla a hablar. Le preguntó por su caballo, por las clases y por los profesores que en otra época habían sido los suyos, pero ella respondía con monosílabos y, pasado un rato, Isaac la dejó con sus pensamientos. Me di cuenta de que estaba conteniendo las lágrimas. Terminamos de comer y nos adentramos por la nueva ruta. Yo caminaba junto a Grace en la retaguardia del grupo. Le estreché la mano y se la apreté.

—Te quiero, conejito.

Ella asintió y se frotó la nariz con el reverso de la manga. Mantuvo la mirada fija en el suelo frente a ella, levantó la barbilla y aceleró el paso. En esa ocasión nos dimos cuenta de que alguien ya había recorrido esa ruta recientemente, pero, salvo la maleza revuelta y algunas ramitas rotas, no encontramos nada inusual, de modo que nos dimos la vuelta.

—Tenemos que gritar su nombre —nos recordó Grace.

Al comenzar el día, nos habíamos turnado para gritar el nombre de Nina de forma regular, pero ahora caminábamos casi en silencio. Se había instalado en nosotros un sentimiento de desesperanza. Grace gritó el nombre de su hermana. Se le quebró la voz al primer intento, pero se aclaró la garganta y volvió a hacerlo.

—¡Nina!

Andy y Grace tomaron la iniciativa. Se turnaban para gritar el nombre de Nina hacia los árboles silenciosos que nos rodeaban. Julie e Isaac Bradley se quedaron un poco rezagados. Entre las llamadas a Nina, yo alcanzaba a oír retazos de conversación. Aminoré la marcha para caminar con ellos. Isaac estaba enseñándole a Julie algo en su teléfono, pero al verme se sonrojó y volvió a guardárselo en el bolsillo trasero.

—¿Va todo bien? —pregunté.

—Sí. Claro.

Miré a Julie. No es que evitara mi mirada, pero me miró y luego bajó los ojos. Allí ocurría algo.

—¿Julie? —insistí.

—No es nada —respondió.

Miré a Isaac con una ceja levantada. Seguía sonrojado y era evidente que se sentía incómodo. Comprobó dónde se encontraba Grace y después bajó la voz.

—Perdón —dijo—. Es que la madre de mi amiga Sally Ann ha venido hoy a ayudar en la búsqueda. ¿La ha visto antes? Venía con una perra. Un pastor alemán.

Negué con la cabeza. Me había fijado en la llegada de otras personas, había reconocido algunas caras, pero en general tenía toda mi atención puesta en los Jordan.

—Bueno, pues es que la perra, que se llama Trudy, antes trabajaba en una unidad de búsqueda y rescate. La madre de Sally Ann la ha traído por si acaso podía ayudarnos.

—Qué bien —respondí—. Un perro nos vendría de maravilla.

—Sí —convino Isaac, pero no se le bajó el rubor de las mejillas.

Se me ocurrió entonces que la perra necesitaría algo con el olor de Nina si iba a intentar encontrarla, pero nadie me había pedido nada.

—¿Qué es lo que estás escondiendo, Isaac?

Él le lanzó una mirada desesperada a Julie, que fue quien me lo explicó.

—La perra, Trudy, sí que trabajaba en una unidad de búsqueda y rescate, pero era..., era un perro para cadáveres. Buscaba restos humanos, hasta que se hizo demasiado vieja. Y Sally Ann acaba de enviarle un mensaje a Isaac. Dice que hoy su madre estaba rastreando una senda y Trudy se ha puesto como loca. No han encontrado nada. Quiero decir que no han encontrado un cuerpo. Así que puede que no sea nada. Trudy ya es una perra vieja. Está retirada. Y la madre de Sally Ann no es adiestradora de perros profesional, ni nada por el estilo. Es posible que Trudy se sintiera confusa, o puede que alguien hubiera matado un ciervo o algo así.

Les hice un gesto de asentimiento a Isaac y a Julie como si estuviera bien, como si lo que Julie acababa de contarme no me hubiera producido náuseas ni me hubiera provocado un sudor frío en la frente y en la baja espalda. Seguí caminando. No podía vomitar allí, delante de todos. Delante de Grace. Me concentré en seguir caminando. Un pie delante del otro. Fui contando los pasos hasta que llegué a cien, luego volví a empezar. Traté de ignorar el miedo, porque eso no me ayudaría.

Regresamos a la casa de los Jordan justo cuando empezaba a ponerse el sol. Accedimos al jardín desde el inicio de la senda, e incluso de lejos nos dimos cuenta de que la casa era un hervidero de actividad. Había más vehículos, muchos, y más gente. Voluntarios que regresaban de su búsqueda, pero también otras personas. Nos cruzamos con dos agentes de policía mientras atravesábamos el jardín. Pensé que venían a hablar con nosotros, pero se limitaron a asentir cuando nos cruzamos y siguieron su camino. Uno de ellos llevaba un gran rollo de cinta policial.

—¿Por qué salen tan tarde? —le pregunté a Andy.

Sacudió la cabeza. Tenía los ojos entornados y fijos en la casa. Conforme nos acercamos, vi a Jamie Jordan situada a un lado, dando órdenes a los empleados del *catering*, que habían montado una barbacoa. Los del *catering* estaban preparando perritos calientes y repartiendo comida a los voluntarios que regresaban de la búsqueda.

—Madre mía —murmuró Andy—. Se comportan como si esto fuera un ejercicio de relaciones públicas. —Se me adelantó y se fue directo a la zona de la barbacoa.

—Mamá —me dijo Grace, alarmada, pero a mí me distrajeron las demás actividades de la casa.

Había dos furgonetas blancas, sin distintivos, aparcadas justo delante. Vi salir de la casa a unos hombres vestidos con monos de plástico blancos. Matthew Wright también estaba allí, de espaldas a nosotros, con los brazos cruzados. Uno de los hombres de blanco se acercó a él y, al hacerlo, se retiró la mascarilla y la capucha. Tendría sesenta y tantos años. Era delgado y estaba quedándose calvo, pero el pelo que le quedaba lo llevaba muy corto. Llevaba unas gafas redondas de montura de alambre y lucía un gesto adusto.

—Quédate aquí, Grace —le dije a mi hija. Enfilé hacia la casa y la dejé a mi espalda.

—¿Algo? —estaba diciéndole Matthew al hombre de las gafas.

Me acerqué, tratando de actuar con disimulo. Matthew se encontraba de espaldas a mí, y el otro se hallaba absorto en la conversación. Había otras personas alrededor, pero no tan cerca como yo. Saqué mi teléfono, me volví hasta quedar de espaldas a Matthew y al hombre calvo y levanté el teléfono como si me fascinara lo que fuera que estuviera viendo en mi pantalla. Al mismo tiempo, agucé el oído para escucharlos. Matthew hablaba en voz baja, pero el hombre calvo lo hacía casi gritando, como si tuviera alguna discapacidad auditiva.

—Nada. Ni sangre, ni indicios de que ocurriera nada en la casa.

—Vale. De acuerdo.

—Sí que hay un asunto. La casa entera tiene un fuerte olor a detergente.

—¿Como a lejía?

El hombre calvo negó con la cabeza.

—Más bien la clase de aroma floral de los detergentes para la ropa. Hemos hecho algunas pruebas. Han limpiado el suelo del salón con un detergente que contiene percarbonato de sodio.

—¿Qué significa eso exactamente? —preguntó Matthew.

—El percarbonato de sodio es un producto químico que algunos fabricantes han empezado a incorporar a sus detergentes para la ropa. Lo anuncian como oxígeno activo. Dicen que mata los virus y las bacterias, así que está muy demandado. El problema para nosotros es que el oxígeno activo interfiere con el luminol. Impide que nuestras pruebas funcionen. Podrías tener el suelo lleno de sangre, pero lo limpias con un detergente que contenga percarbonato de sodio y se acabó. Podríamos pasarnos el día entero rociando luminol y no encontraríamos nada.

—¿Han buscado productos de limpieza en la casa?

—Desde luego. En la casa no hay nada que contenga oxígeno activo. Puede que quien usara el producto terminara la botella. Pero, como ya le digo, por lo general no es algo que incluyan en los friegasuelos. Así que me resulta sospechoso.

Mientras los escuchaba hablar, empezó a acelerárseme la respiración. Noté la presión en los pulmones. Me di la vuelta y vi a Simon Jordan acercarse a la barbacoa con su madre. Andy también estaba allí, con los hombros hacia atrás, sacando pecho con actitud antagonista. Sentí que todo daba vueltas a mi alrededor. Grace estaba de pie ella sola, con las manos en los bolsillos y la cara todavía muy pálida. Traté de calmar mi respiración. Tomé una larga bocanada de aire, después otra. Solo era consciente del aire que entraba y salía de mis pulmones, y también una especie de zumbido en los oídos. Me di la vuelta y comencé a caminar hacia la barbacoa. A mi espalda, oí a Matthew decir mi nombre, pero había echado a correr. Simon me vio en el último momento. Abrió la boca con expresión de incredulidad, justo antes de que me lanzara sobre él y le asestara un puñetazo con todas mis fuerzas.

# 15

## Matthew

El puño de Leanne Fraser chocó con la cara de Simon Jordan como si la mujer llevara toda su vida entrenando para aquel momento. El chaval lanzó la cabeza hacia atrás y trastabilló con los pies, pero ella siguió atacando, lanzándose sobre él. Matthew había visto venir el golpe, aunque era demasiado tarde para detenerlo. Llegó a tiempo de impedir que la cosa fuera a mayores. Alcanzó a Leanne, la agarró por la cintura y tiró de ella hacia atrás mientras todos los demás se quedaban de piedra por la sorpresa. Leanne era más fuerte de lo que parecía. Tuvo que levantarla del suelo y llevarla hacia atrás, pero ella no dejaba de resistirse y de retorcerse. La llevó hacia su coche patrulla, consciente en todo momento de la cantidad de ojos que los observaban. Sería un milagro que el episodio no acabara grabado en el teléfono móvil de alguien.

Matthew consiguió meterla en el asiento trasero del coche y cerró la puerta. Leanne trató de abrirla inmediatamente, pero no podía abrirse desde dentro. Aporreó las ventanillas con los antebrazos y, al ver que eso tampoco funcionaba, se echó hacia atrás en el asiento y dio una patada al cristal con las botas. Las ventanillas estaban reforzadas, de modo que sus pies rebotaron. Empezaron a oírse más voces. La de Jamie Jordan alcanzaba a distinguirse por encima del murmullo general, amenazando entre gritos con presentar cargos. Matthew se montó en el coche y arrancó. No le quedaba otro remedio. La alternativa era quedarse allí parado mientras Leanne Fraser perdía los nervios delante de cincuenta personas y sus cámaras.

—La mató él. La mató él. Y usted lo sabe.

—Eso ha sido una estupidez —le dijo Matthew, pero ella lanzó una patada contra el respaldo de su asiento.

—¡Cállese! Cierre la puta boca.

—Tiene que calmarse.

—¡Cierre la puta boca! —le gritó ella.

Había entre ellos una rejilla de seguridad. De no haberla tenido, supuso que Leanne se habría lanzado a pegarle. Aporreó la rejilla con la mano, pero esta apenas se movió. Volvió a intentar romper la ventanilla de su izquierda, en esta ocasión con el codo, empleando toda su fuerza. El codo rebotó contra el cristal reforzado. Leanne soltó un quejido, se dobló hacia delante y se agarró el brazo con la otra mano. Respiraba profundamente, como si tratara de utilizar la respiración para resistir el dolor, o quizá las náuseas. Tal vez ambas cosas.

—Tiene que parar —le advirtió Matthew.

Pero Leanne ya no le hacía caso ni a él ni a nadie. Se sentó de costado sobre el asiento, hasta quedar medio tumbada, y empezó a dar patadas a la rejilla de separación. La pateaba sin parar mientras le gritaba que la dejara salir, que la llevase de vuelta. Matthew siguió conduciendo sin dejarse intimidar. Al final cesaron las patadas y los gritos. Leanne se incorporó en el asiento y se quedó callada. Matthew la miró por el espejo retrovisor. Se había quedado mirando por la ventanilla del coche con expresión totalmente ausente.

—¿Leanne?

No le respondió. Ni siquiera parpadeó. Era como si no le hubiera oído.

—¡Leanne! —Matthew repitió su nombre, con más fuerza esta

vez. Le hicieron falta tres intentos hasta que por fin reaccionó. Parpadeó como si acabara de despertarse y volvió el rostro hacia él—. ¿Quiere que la vea un médico?

—Estoy bien —repuso ella.

Mierda. Necesitaba ayuda y a él no iba quedarle otro remedio que acusarla. Los Jordan no iban a dejarlo correr.

La llevó hasta la comisaría. Ella se mostró calmada cuando le abrió la puerta, y no opuso resistencia cuando la acompañó al interior. La metió en una sala de interrogatorios y pidió que le llevaran una taza de café, que dejó sin tocar. Le leyó sus derechos, le tomó las huellas dactilares él mismo, con amabilidad, y le explicó los cargos. Ella se quedó sentada sin decir nada durante todo el proceso. Al final, Matthew se sentó en la silla situada frente a la suya y trató por todos los medios de hablar con ella.

—Entiendo que se trata de una situación muy difícil, pero tiene que mantener la cabeza despejada. Si quiere encontrar a Nina, no se deje llevar por sus emociones, sino por su cerebro.

Leanne por fin lo miró a los ojos. Parecía haberse roto, como si hubiera envejecido varios años desde aquella misma mañana.

—Nadie va a encontrarla. Nina se ha ido. Está muerta. Él la mató y enterró su cuerpo en algún lugar de la montaña.

—Eso no lo sabe.

—No me mienta —le espetó ella con rabia en la mirada—. He oído lo que le ha dicho el tipo de la policía forense. Alguien limpió la casa para que no pudieran encontrar restos de sangre.

—Siento mucho que haya oído eso. No es más que una teoría. Podría haber múltiples explicaciones. Es posible que alguien limpiara el suelo con una nueva marca de friegasuelos. Tenemos que formular esas preguntas y responderlas antes de empezar a intentar sacar conclusiones.

—Julie Bradley me lo ha contado todo —respondió ella mirándolo con evidente desdén—. ¿Nos lo habría contado usted si no lo hubiera hecho ella? Me parece a mí que no. Nina es nuestra hija, y sin embargo nos ocultan información como si eso no nos afectara. Como si fuéramos meros espectadores. Cuando su investigación concluya, usted seguirá con su vida, pero esta es nuestra vida. ¿Por qué le cuesta tanto entenderlo?

Maldita sea. Cuando Sarah Jane había entrevistado a Julie, había tenido la previsión de pedirle a la chica que no les contara a los padres de Nina de qué habían hablado. Bajo presión, Julie había accedido a guardar silencio, pero al parecer había roto su promesa.

—Le pedimos a Julie que no les dijera nada sobre los hematomas por muchas razones. La principal es que su teoría personal sobre lo ocurrido no constituye una prueba. Ella le preguntó directamente a Nina si Simon le había hecho daño, y Nina lo negó, de modo que su teoría no nos permite avanzar por el momento.

Leanne pareció confusa y Matthew volvió a intentarlo, hablando más despacio esta vez:

—Las pruebas lo son todo. Si Simon Jordan es el responsable de lo que le ha ocurrido a Nina, sea lo que sea, haré todo lo que esté en mi mano para demostrarlo. Pero puede que haya otra explicación. Leanne, si les oculto información es solo porque estoy intentando hacer mi trabajo de la mejor manera que sé.

Aguardó a que Leanne respondiera y, cuando lo hizo, habló despacio y de forma deliberada:

—Al decir que Julie me lo ha contado todo, me refería a lo del perro.

—Ah —dijo Matthew. Mierda.

Se quedaron mirándose el uno al otro durante varios segundos. Aguardó a que ella le preguntara por los hematomas, pero no lo hizo. Se limitó a quedarse allí sentada, atravesándolo con la mirada.

—Leanne —continuó después de tragar saliva—, solo le pido que confíe en mí para hacer mi trabajo.

Leanne no dijo nada.

—Tiene que mantenerse alejada de los Jordan. Cuando se presente el caso y tenga usted que defenderse por haber atacado a

Simon, el tribunal mostrará una gran compasión por usted, dadas las circunstancias, pero no si sigue comportándose de esta forma.

Ella siguió sin abrir la boca.

—Por favor, quiero que me escuche con atención. Cree que sabe lo que ocurrió, pero no lo sabe. Soy inspector desde hace mucho tiempo. He trabajado en muchos casos. Lo más peligroso que puede hacer es sacar conclusiones precipitadas. Si hace eso al principio del caso, deja de buscar la verdad. Empieza a fijarse solo en pruebas que respalden su teoría. No tenemos la certeza de que Simon le hiciera algo a Nina. No sabemos si ha tenido algo que ver con su desaparición. Así que manténgase alejada de él. Confíe en mí. Y concédame tiempo para llegar hasta la verdad.

Le pidió a un agente que la llevara a su casa, aunque resultó no ser necesario. Cuando la acompañó fuera, vieron que Andy y Grace estaban esperándola allí. Matthew se excusó rápidamente y volvió a entrar en la comisaría. Sarah Jane estaba esperándolo cuando regresó. Había observado el interrogatorio a través del espejo unidireccional.

—¿Cree que le hará caso? —preguntó Sarah Jane.

—Ahora mismo, dudo que haga caso a nadie.

—No me extraña, teniendo en cuenta su situación.

Matthew sacudió la cabeza. A él tampoco le extrañaba.

—La he jodido. Con Julie. —Había echado más leña a un fuego ya de por sí descontrolado. Era evidente que Sarah Jane también lo sabía. Se produjo un momento de silencio incómodo.

—Pensé que le gustaría saber que hemos recibido más llamadas —le dijo—. Otras tres personas que dicen haber visto a Nina.

Eso hacía un total de cinco, en respuesta a la rueda de prensa y a su petición de ayuda a la ciudadanía. Las dos primeras se habían producido a las pocas horas, pero las hicieron las típicas personas de siempre, de esas que aseguraban haber visto a Elvis en la cafetería de su pueblo, así que las descartaron con facilidad.

—¿Algo a lo que merezca la pena prestar atención?

—Uno de ellos dijo haber visto a Nina en California acompañada de un «tipo siniestro de aspecto sectario». No parecía muy de fiar. Pero las otras dos llamadas procedían de Boston. Uno dijo haber visto a Nina en un bar de Boylston Street el sábado por la noche. Esa persona dio su nombre y parecía creíble. La otra persona, en este caso anónima, dijo haber visto a una chica que se parecía mucho a Nina comprando droga en una esquina a una manzana de distancia de Boylston Street. También el sábado por la noche.

—Sarah Jane parecía emocionada.

—¿Puedes llamar al bar y preguntar si tienen cámaras de seguridad? Llama también al Departamento de Policía de Boston y averigua si tienen algo relativo a esa esquina y a cualquiera de las manzanas circundantes.

—Ya he llamado al bar. Tienen toda la noche grabada. Cuentan con tres cámaras que graban el bar en su totalidad, y todo se almacena en la nube. Les he pedido que me lo envíen, y lo harán sin necesidad de una orden judicial, pero no tendremos las imágenes hasta por la mañana. Sus copias de seguridad las gestiona una empresa privada, y no estará disponible hasta mañana a las nueve.

—Buen trabajo. Muy buen trabajo.

—Llamaré ahora a la Policía de Boston y le transmitiré lo que me digan. —Parecía encantada.

—Si encuentras resistencia, házmelo saber.

—Así lo haré. —Se produjo una breve pausa—. ¿Cree que podría ser ella? ¿Que puede que la encontremos?

Parecía algo seguro, dos personas que decían haberla visto en la misma ubicación en torno a la misma hora, pero Matthew no tenía muchas esperanzas. En el pasado había recibido demasiadas llamadas que no le habían conducido a nada, llamadas de ciudadanos con mal sentido de la vista o con una imaginación desbordante. Y pese a lo que le había dicho a Leanne Fraser, todo apuntaba hacia Simon Jordan. Lo de Boston le parecía una distracción.

—Hay una cosa más —dijo Sarah Jane—. Mientras estaba en las labores de búsqueda, recibimos dos llamadas de un tipo quejándose de la familia Fraser. Bueno, sobre todo se quejaba de Andrew Fraser. El hombre aseguraba llamarse Dick Cheney y ha dicho que vivía en la Casa Blanca, así que…, en fin. Ha dicho que Andrew era un pedófilo convicto y que ha asesinado a Nina para evitar que esta lo delatara. Es evidente que el tipo delira, pero luego recibimos otra llamada de una mujer preguntando si sabíamos que Andrew había abusado de chicas en el pasado. Quería confirmar que estamos investigándolo.

—Joder.

—He mirado si Andrew Fraser tiene antecedentes, y no los tiene.

—No, eso ya lo sé. Y todos los casos notorios provocan esta clase de reacciones. Teorías conspiratorias e individuos obsesionados. Es duro para la familia, pero estas cosas suceden. No obstante…, me sorprende que esté sucediendo tan deprisa.

—Quizá sea por la naturaleza de Internet en la actualidad. Todo sucede más rápido y más a lo grande.

—Supongo que será por eso —convino Matthew. Regresaron juntos a la sala de la brigada—. Quiero investigar la teoría del friegasuelos. ¿Puedes ponerte en contacto con los de la policía forense? Pídeles una lista de todos los productos de limpieza disponibles en la localidad que puedan producir ese efecto del oxígeno activo. Y vamos a preguntarles a los Jordan quiénes les limpian la casa. Hablemos con ellos.

Sarah Jane tomó nota.

—He estado documentándome un poco. Resulta que los limpiadores con oxígeno activo son algo bastante novedoso, pero en Internet se explica cómo interfieren con el luminol. Aun así, dudo que la mayoría de la gente tuviera conocimiento de dicha información a no ser que estuvieran buscándola deliberadamente.

—Si la mató Simon, podría haber buscado cómo limpiar la escena de un crimen y luego encontró el detergente adecuado en algún lugar de la casa. En el cuarto de la lavadora, por ejemplo.

—Sí, en cuyo caso la búsqueda figuraría en el historial de su teléfono, ¿no es así?

Se miraron el uno al otro.

—¿Sabemos ya algo de las órdenes judiciales? —preguntó él.

Sarah Jane negó con la cabeza.

—He llamado y enviado correos, pero podrían tardar meses en respondernos.

—A veces son lentos y a veces son rápidos. Esperemos que esta vez sean rápidos. Prueba a volver a llamarlos. Si consigues hablar con un humano y no con una voz grabada, recuérdale que el caso está en todos los medios de comunicación. —Tal vez fuese útil que el caso estuviese recibiendo tanta publicidad. A lo mejor algún analista de datos de Mountain View o de Cupertino leía algo sobre Nina Fraser y le picaba la curiosidad.

—Sí, por supuesto. Me pondré con ello de inmediato. Por cierto, Rory Jordan todavía no me ha dicho nada sobre las cámaras de seguridad.

—Ha venido a hablar conmigo durante las labores de búsqueda y me ha dicho que las cámaras todavía no estaban activadas. Las instalaron hace dos semanas, pero la empresa de seguridad estaba esperando un rúter.

—Vaya. Qué mala suerte —comentó Sarah Jane—. ¿Y nos creemos lo que dice?

—Me ha dado el número de su empresa de seguridad. Los llamaré, a ver qué me cuentan.

Matthew la dejó ir. Lo que de verdad quería en esos momentos era una orden judicial para poder registrar la casa de los Jordan en Waitsfield y buscar productos de limpieza o cualquier otra cosa que pudiera serles de ayuda. Por desgracia, no creía que fuesen a otorgarles dicha orden. Rory Jordan era un hombre poderoso, generoso con sus donaciones políticas. Los jueces no tendrían prisa por firmar una orden de registro sin tener algo en firme. Necesitaba más pruebas. La alerta del perro policía era algo interesante. Matthew se había esforzado en inspeccionar la tierra removida donde el animal había dado la alerta. Sus hombres habían estado cavando, pero no habían encontrado nada. Eso era de lo más sospechoso. Por desgracia, la alerta del perro no podía usarse como prueba. Era una perra vieja, retirada, y no iba acompañada de un adiestrador profesional cuando dio la alerta. Pero nada podía impedirles enviar a otro perro, esta vez siguiendo todos los procedimientos requeridos. Descolgó el teléfono, llamó a un amigo de la unidad de perros policía y se cobró un favor que le debía.

# 16

## Leanne

Tras nuestra pequeña charla y su advertencia en esa sala mugrienta de la comisaría, Matthew Wright se ofreció a pedirle a alguien que me llevara de vuelta a mi casa. Andy tenía el gesto serio. Matthew Wright no se entretuvo en dar ninguna explicación. Se limitó a volver a entrar en la comisaría. A lo mejor pensaba que estaba siendo discreto, o sensible, al darnos tiempo de hablar en familia.

Andy me dio un abrazo rápido y nos marchamos. Traté de darle la mano a Grace cuando caminábamos hacia el coche, pero se la metió en el bolsillo y siguió andando. Andy puso el motor en marcha, dio marcha atrás y salió del aparcamiento sin mediar palabra.

—¿Estáis bien? —les pregunté.

—Estamos bien —respondió Andy. Grace no dijo nada.

—Lo siento si estabais preocupados. —Estaba tratando de encontrar las palabras adecuadas.

No era la primera vez en nuestra vida de casados que deseaba que Andy pudiera leerme el pensamiento. Había muchas cosas que quería decirle, pero no podía hacerlo delante de Grace.

—Lo que tú digas —murmuró mi hija, con el clásico desdén adolescente.

—Grace. —Andy pronunció su nombre en tono de advertencia.

—¿Qué?

—En serio, siento que os hayáis preocupado. Matthew Wright dice que no es demasiado grave. Que, dadas las circunstancias, seguramente solo me den un toquecito de atención. —No era lo que había dicho el inspector, claro está, pero sentía la apremiante necesidad de tranquilizarlos, y estaba dispuesta a mentir con tal de lograrlo.

—¿Te han acusado? —me preguntó Andy. Parecía sorprendido de verdad; lo notaba en su voz.

—Supongo que no les quedaba otro remedio.

—Bueno, le has dado un puñetazo en la cara a Simon Jordan. Delante de unas cien personas, así que no sé qué es lo que esperabas.

—¡Grace! —El tono de advertencia de Andy había ascendido al de reprimenda.

—¿Qué, papá? Se está comportando como una loca.

Andy se puso rojo de rabia. Abrió la boca para decir algo, pero yo estiré el brazo y le apreté la mano. Me volví en mi asiento para mirar a Grace.

—Lo siento —le dije—. Era una situación difícil.

Las palabras fueron del todo inadecuadas. Grace cambió de postura en el asiento y se sumió en el silencio. Seguimos conduciendo. Cuando llegamos a casa, aparcamos en el patio y entramos a la cocina por la puerta de atrás. Rufus saludó a Grace con gran algarabía. Ella le dio una brevísima palmada en la cabeza y después lo apartó de su lado. Se volvió para mirarnos. Parecía exhausta, pálida, y muy joven.

—Lo siento, mamá.

—No pasa nada, Grace. Lo entiendo.

—Es que creo que debes recordar que Simon también la quiere. Me refiero a que puede que hayan roto, pero estuvieron juntos durante mucho tiempo. Está muy triste, de verdad. Ya lo habéis visto.

Intenté responderle, pero no encontraba las palabras. Andy se apartó y fue a la nevera.

—Voy a preparar algo de cenar —anunció.

—Tengo que salir —respondí, y ambos se quedaron mirándome—. Lo siento. Serán solo unos minutos.

—Me parece mala idea —opinó Andy.

Me miraba como si hubiera perdido la cabeza. Traté de transmitirle con la mirada que tenía muchas cosas que contarle, que tenía un buen motivo para salir de casa en aquel momento tan delicado. Intenté pedirle que confiara en mí. No creo que le llegara el mensaje. Se dio la vuelta, negando con la cabeza, y abrió la puerta del frigorífico.

—Vete —me dijo—. Si eso es lo que quieres hacer. Grace, ¿a ti qué te apetece cenar? Tenemos beicon. Puedo preparar algo con pasta.

Yo percibía la rabia que desprendía. Aquello me hizo daño. Deseé que confiara en mí más de lo que lo hacía, pero era algo con lo que tendría que lidiar cuando regresara. Sentía en mi interior una urgencia brutal e implacable. Me acerqué a Grace y le di un abrazo rápido. Ella se puso tensa y se quedó inmóvil entre mis brazos. Fui a por las llaves y el abrigo y salí de casa.

Delores, la madre de Julie Bradley, regentaba un bar en las inmediaciones de Main Street, en Waterbury. Para cuando llegué al bar, eran casi las siete de la tarde y el local estaba abarrotado. No como en la temporada de esquí, pero sí más concurrido de lo que había imaginado, habida cuenta de que los universitarios ya habían reanudado las clases. Había algunos clientes habituales, caras que reconocí, lo suficiente para que se percibiera un murmullo de conversación por encima de la música. Las mesas con bancos que bordeaban las paredes del bar estaban vacías en su mayoría. La semana anterior habrían estado a rebosar de universitarios que acudían a Vermont a pasar su semana de vacaciones, a hacer senderismo y escalada, a montar en kayak y a salir de fiesta. Los veíamos por el pueblo todos los años. Llevaban pantalones de senderismo y camisetas de manga corta, y lucían rostros sonrientes curtidos por el sol y esa energía aparentemente inagotable de los veintitantos. La energía de Nina. Se palpaba su ausencia en el bar, casi como un vacío en el aire.

De la cocina seguían saliendo alitas estilo Buffalo y palomitas de pollo, y la cerveza fluía sin cesar. El barman era Nathan Lowery. Conocía a Nathan desde hacía años. Tenía fama de ser un poco plasta, pero no era un mal tipo. Protegía a las chicas jóvenes del bar y se aseguraba de que, cuando se marchaban, se fuesen acompañadas de amigas. Nathan estaba pegando la hebra con un pequeño grupo de chavales en edad universitaria situados al otro extremo de la barra. Lo saludé con la mano. Creo que me vio, pero no me devolvió el saludo. Se quedó donde estaba y siguió charlando. Me senté en un taburete libre junto a la barra y esperé a pedir, pero él tenía toda su atención puesta en los chavales.

—Nathan —le dije, pero no me oyó. Alcé la voz y volví a intentarlo. Siguió sin hacerme caso. Estaba a punto de recorrer la barra para plantarme delante de él cuando noté una mano en el hombro.

—Señora Fraser. ¿Me estaba buscando? —Era Julie. Se había cambiado desde las labores de búsqueda. Llevaba unos vaqueros limpios y una camiseta de manga corta con el logo del bar estampado: una mula coceando. Tenía el pelo húmedo de la ducha.

—¿Llegaste bien a casa? —le pregunté.

—Se fueron todos. El señor Fraser (Andy) iba a ir a la comisaría. ¿No la encontró allí?

—Me encontró, sí —respondí. Había dos mesas vacías en un rincón oscuro al final del bar. Señalé con la cabeza en esa dirección—. ¿Podemos hablar?

Julie dijo que iría a por algo de comer. Yo fui a sentarme en una de las mesas. Volvió a salir de la cocina pocos minutos más tarde con un par de cestas de alitas de pollo y dos Coca-Colas.

—¿Le importa? Es que no he comido nada desde el mediodía y esta noche trabajo. —Me ofreció la segunda cesta y yo negué con la cabeza.

—No, gracias.

Julie asintió, agarró un trozo de pollo y se lo metió en la boca.

—¿Está por aquí tu madre?

—Esta noche no. Estaba cansada y se ha ido a casa.

—Gracias por vuestra ayuda —le dije—. Por la búsqueda de hoy y por lo de anoche. —Estaba intentando moverme despacio. No quería asustarla.

Pero Julie era lista y perceptiva. Se daba cuenta de que tenía algo que decirle y estaba esperando a que empezara. Así que tomé aliento.

—Julie, creo que Nina está muerta, y creo que Simon la ha matado. No solo por lo que ha ocurrido hoy con la perra policía.

Julie tenía los codos apoyados sobre la mesa. Cruzó los brazos por encima del pecho y apretó los labios.

—Creo que Simon ha matado a Nina —repetí—. Creo que enterró su cuerpo en algún lugar de la propiedad y después limpió todas las pruebas. Puede que sus padres lo sepan, puede que no, pero de un modo u otro van a querer protegerlo. Si no encontramos a Nina, creo que nos resultará muy difícil demostrar qué ocurrió. Y no creo que pueda vivir con eso.

—No debería perder la esperanza —me respondió ella, pero aun así se le llenaron los ojos de lágrimas.

No dije nada. Pasó un minuto. En el bar había mucho ruido, música y risas, pero todo me parecía irreal, como si se tratara de la banda sonora de una película que hubieran reproducido en la escena equivocada.

—¿Puedes contarme otra vez lo del perro? ¿Qué ocurrió exactamente?

Julie se frotó los ojos y la nariz.

—Trudy captó un olor y lo siguió por un camino de ciervos, y entonces dio la alerta. Sally Ann dice que se sienta cuando huele restos humanos.

—¿Crees que pudo confundirse? Puede que alguien hubiera disparado a un ciervo, o alguna otra criatura podría haber muerto allí.

—Isaac preguntó eso mismo después de que usted se marchara, y Sally Ann dice que no. Esos perros están entrenados solo para reaccionar a restos humanos. Y… bueno, la tierra en esa zona había sido excavada y después la habían vuelto a tapar, según dice Sally Ann.

—Pero no han encontrado a Nina.

—No.

Me quedé pensando en eso. Ninguna de las dos estaba comiendo y el pollo iba enfriándose en las cestas.

—Has dicho que debería conservar la esperanza, y entiendo por qué lo dices, pero no paro de pensar en todas esas familias que perdieron a sus hijas o hijos y esperaron durante años, esperaron toda su vida, y jamás supieron la verdad. No puedo vivir así, Julie.

—Sí. —Volvió a frotarse la nariz.

—Matthew Wright me ha dicho que tenías una teoría sobre Nina. Me ha dicho que le preguntaste directamente si Simon le había hecho daño y ella lo negó. ¿De qué estaba hablando?

Creo que Julie sabía que le iba a preguntar eso, quizá desde que me había visto entrar en el bar. Hizo girar su vaso lentamente sobre la mesa. Tenía la mano bronceada y las uñas muy cortas. Sus ojos eran azules, muy distintos a los de Nina, que eran de un marrón oscuro. Nina había sido mejor estudiante en el instituto, pero Julie había sido mejor atleta. En muchos aspectos, no tenían muchas papeletas para hacerse amigas.

—Jamás he visto a una pareja tan enamorada como lo estaban ellos —respondió—. Simon se comportaba siempre como si no pudiera creer lo afortunado que era. Porque Nina es preciosa. —Me miró a los ojos un instante, antes de desviar la mirada—. Y también es amable. Cariñosa. Todos los chicos del instituto estaban locos por ella. Mientras que Simon no era tan popular.

Aquello me sorprendió.

—Pensé que tenía muchos amigos. Parecía estar siempre rodeado de gente.

Julie frunció el ceño, extrañada.

—No es que le odiaran, pero tampoco era de los más importantes. Hacía bromas que no tenían gracia. Se le daba bien el deporte, lo suficiente para entrar en el equipo de esquí, pero tampoco destacaba. Nunca fue una estrella. Es muy listo, pero no iba a graduarse con las mejores notas de la clase, porque en nuestro año estaban Brit y Anne, que eran superlistas también y además se esforzaban más. —Hizo una pausa—. A algunas personas les gustaba Simon, lo tenían como modelo, pero esos chavales eran de los que se dejan impresionar con facilidad. O eran bastante inseguros. Un poco marginados. A los chicos más populares les daba igual. Creo que para Simon aquello suponía un problema. Como si sintiera que tenía que ser el número uno y le cabreara no serlo. —Hizo otra pausa—. Pero, cuando empezó a salir con Nina, de pronto todos se fijaban en él. Juntos, desprendían una especie de brillo.

—Has dicho que estaban enamorados.

—Desde luego.

—¿Nina también?

—Claro. Estaba loca por él. Lo digo en serio. Simon tenía detalles preciosos, como cuando le envió una docena de rosas al instituto para pedirle que fuese con él al baile de graduación. Esa clase de gestos. Que en realidad no eran muy del estilo de Nina, y a ella le daban vergüenza, pero… creo que también le hacían sentirse bien. Le hacían sentirse segura.

No respondí. No sabía qué decir. Deseaba saber por qué había necesitado mi hija esos gestos para sentirse segura de sí misma, pero no creía que Julie fuese capaz de responder a esa pregunta. Quería meterle prisa para que fuera directa al grano, pero también sentía que deseaba contarme la historia a su propio ritmo. Transcurridos varios segundos, puso una cara de pesar y continuó:

—Después del instituto, Nina y yo apenas nos veíamos. Ella tenía que trabajar en la pensión, además de estudiar, y tenía a Simon, así que no le quedaba mucho tiempo para ninguna otra cosa.

—Oh. —Aquello me dolió.

Nina se había quejado, en más de una ocasión, por no tener tiempo para su vida social, pero yo no me había tomado en serio sus quejas. Al oírlas en boca de Julie, la situación me pareció más real. Al obligar a Nina a trabajar en la pensión, había limitado su mundo. Julie agarró un trozo de pollo y lo hizo girar entre sus manos. Mantuvo la cabeza agachada, sin mirarme mientras hablaba.

—¿Nina nunca le hablaba de Simon? —me preguntó—. ¿Nunca le dijo que tuvieran problemas?

Negué con la cabeza.

Julie se humedeció los labios, un gesto nervioso que recordaba de cuando era pequeña.

—No sé nada con certeza. La policía esa, Sarah Jane Reid, vino aquí el martes por la mañana y le conté lo que le estoy contando a usted ahora. Me hizo prometer que no se lo diría a nadie, incluida usted. No debería haberle hecho caso. Lo siento mucho.

—No importa —respondí sacudiendo la cabeza—. Nada de esto es culpa tuya.

—Le dije a Sarah Jane que la última vez que Nina y yo nos vimos, me hizo algunas preguntas que me inquietaron. —Julie miró hacia el otro extremo del bar y dejó la mirada clavada en la distancia—. Cuando yo era pequeña, mi madre tenía un novio que solía pegarle cuando se emborrachaba. Nina lo sabía porque yo se lo conté. Le conté el miedo que pasaba, por mí y por mi madre. Al final mi madre lo dejó y todos seguimos con nuestra vida. Es agua pasada. Pero hace unas semanas Nina vino al bar. Tomamos algo juntas. Cuando se hizo tarde, me preguntó por aquel tipo. Quería saber qué clase de cosas le provocaban. Sé que no parece gran cosa, pero a mí me sonó raro. Hacía años que no hablábamos de ese tío, y no es que saliera a relucir de forma natural en la conversación. Además, Nina tenía moratones en la muñeca.

—¿Qué clase de moratones?

—Manchas —respondió Julie, mirándome—. Cuatro manchas ovaladas de color verde azulado en la muñeca. Tres de ellas casi en línea recta y una encima. Eran marcas de dedos. Alguien la había agarrado con fuerza.

Un dolor intenso me atravesó el cuerpo y tuve que cerrar los ojos.

—No me dijo que hubiera sido Simon.

—¿Se lo preguntaste?

—Claro que se lo pregunté. Era mi amiga. Es mi amiga.

—¿Y qué te dijo?

—Se mostró muy tranquila. Dijo que todo iba bien. Pero me asusté. Le dije que toda mujer maltratada en la historia del mundo creía poder cambiar a su hombre, o que cambiaría por sí solo. Le dije que los tíos que pegan no se detienen una vez que empiezan.

—¿Y no te hizo caso? —Me dolía el corazón. Ese chico había hecho daño a mi hija y ella no se había querido a sí misma lo suficiente como para abandonarlo. Y no había confiado en mí lo suficiente como para contármelo.

—Me dio un abrazo y me dijo que sentía haber sacado el tema, que de verdad había sido un pensamiento aleatorio y que se había hecho daño en la muñeca mientras escalaba. Se mostró tan tranquila que, en ese momento, la creí. Fue más tarde, al tener tiempo para pensar, cuando recordé todas las excusas de mierda que se inventaba mi madre cuando yo era pequeña. También se mostraba muy tranquila. Hasta que volvía a pasar.

Apreté los puños por debajo de la mesa. No veía más que la compasión estúpida y fingida de Simon durante la búsqueda. Sus lágrimas de cocodrilo. Julie parecía preocupada.

—No sabemos con certeza que él le hiciera algo. Y Nina nunca dijo que fuera Simon quien le hizo daño.

—Claro que fue Simon.

—Siento no habérselo contado antes.

Alguien subió más aún la música del bar. Yo no reconocí la canción, pero algunos de los clientes sí lo hicieron y comenzaron a cantar.

—Tengo que irme —le dije a Julie.

—Claro.

Vacilé un instante, pero al final ya no me quedaba mucho más que decir salvo «gracias».

—Gracias, Julie. Gracias por todo. —Pasé frente a Nathan

Lowery cuando iba de camino a la puerta. Estaba recogiendo unos vasos. Lo saludé con la cabeza y me dispuse a pasar junto a él, pero entonces me miró con cara de desprecio.

—Debería darte vergüenza —me dijo.

Lo miré sin entender nada.

—Sabes perfectamente de qué estoy hablando. Es asqueroso lo que estáis haciendo.

Se alejó y entró detrás de la barra. Me quedé sin saber qué hacer. Me di la vuelta y vi que Julie se levantaba y fruncía el ceño en dirección a Nathan. No me sentía capaz de lidiar con aquello, de modo que me marché. Fuera cual fuera su problema, ya me encargaría de ello en otro momento. La información que acababa de ofrecerme Julie sobre Simon seguía dándome vueltas en la cabeza, rebotando en mi cerebro, haciendo cada vez más ruido, hasta hacerme sentir que estaba a punto de perder la cordura. Salí del bar al aire de la noche, me eché a un lado y vomité. Aquello provocó las burlas de un grupo de hombres que había al otro lado del aparcamiento. Me limpié la boca y seguí caminando hacia mi coche. Me monté, apoyé la cara en el volante y empecé a llorar. Pensaba que tal vez se hubiera roto en mi interior algo que jamás volvería a sanar. Pensaba en Nina. En su cara, en su pelo, en sus manos. Pensaba en la pequeña peca que le salió en el dedo índice cuando tenía cuatro años y que aún seguía allí. En la marca de nacimiento que tenía en la rodilla izquierda. En sus ojos marrones. Estaba sola en alguna parte, y yo necesitaba estar con ella. Abrazarla y hacerle saber que la quería, que incluso en el más allá, si allí era donde estaba, yo la quería.

# 17

## ANDY

No me enfado con facilidad y no me gusta pelearme. Conozco a algunos hombres que sí, o que les gustaba cuando éramos más jóvenes, pero pelear a mí no me aporta nada. Cuando en el bar entra algún tipo con ganas de bronca, no pienso ser yo el que se cruce en su camino para provocarle. Hay un tipo que trabaja para mí y se llama Billy Pearson. Pues Billy sí que tiene un carácter temperamental. Lo conozco desde hace unos treinta años y lo he visto meterse en un problema tras otro porque no es capaz de controlarse, y hay veces en que siento pena por él, pero sí, lo juzgo por ello. Perder los estribos me parece algo más propio de adolescentes. Es algo que conviene dejar atrás cuando creces y, si no lo haces, es porque no te esfuerzas lo suficiente o porque eres débil de carácter. Viéndolo con perspectiva, me doy cuenta de que a mí me gustaba presumir de sangre fría. Dicen que no se te puede considerar valiente a no ser que hayas tenido que vencer al miedo. De un modo semejante, no creo que puedas presumir de tener sangre fría a no ser que hayas sentido una rabia suficiente para matar a un hombre y aun así lo hayas dejado correr.

Cuando vi a los Jordan repartiendo perritos calientes a los voluntarios como si estuviéramos en una puta fiesta del Cuatro de Julio, me enfadé al instante. La gente se había pasado el día entero buscando a Nina. Estaban cansados y hambrientos y, supongo, agradecieron que les ofrecieran algo de comer. Si hubiera sido cualquier otra persona la que estaba en la barbacoa, yo también lo habría agradecido, pero viniendo de los Jordan, me pareció una puta estrategia de mierda y me cabreó. Ni siquiera cocinaban ellos; habían contratado a un tío para que lo hiciera. Un tío que llevaba un gorro blanco de cocina. ¿Quién se pone un puto gorro de cocina en una barbacoa? Y ellos estaban allí al lado, con sus delantales blancos impolutos, repartiendo perritos, hamburguesas y refrescos con amplias sonrisas, dando las gracias a todos por haber ido. Dejé atrás a Leanne y a nuestro pequeño grupo y caminé hacia allá. Notaba que se me iba encendiendo la cara. Jamie Jordan fingió no verme. Rory me dirigió una sonrisa ladina. Si me hubiera ofrecido una hamburguesa, juro que se la habría metido por la garganta.

—¿Te presentas a las elecciones, Rory?

—¿Cómo dices?

—Todo este espectáculo. Está muy bien organizado. —Miré a mi alrededor—. No veo ningún bebé.

Me miró con expresión confusa. No se había afeitado. Su abrigo y sus botas parecían recién estrenados, pero no se había afeitado porque…, ¿por qué? ¿Pensaba que una barba incipiente le daba aspecto de tipo preocupado?

—Pensé que tendrías algunos bebés preparados para darles un beso. Que se publicaran algunas fotos. Rory Jordan y familia. Ciudadanos modélicos y ejemplares.

A Rory se le borró la sonrisa de la cara. Yo no me esforzaba por hablar en voz baja y la gente empezaba a prestar atención. Supongo que a él eso no le hizo gracia.

—Solo estamos intentando ayudar —respondió Jamie, agarrando a Rory del brazo con cariño. No como si intentara retenerlo. Era más bien un gesto de apoyo—. Ha sido un día duro para todos. Sobre todo para Leanne y para ti, desde luego. Nos parecía que esto era lo correcto.

—Ah, claro —dije—. Un gesto que transmita la bondad de vuestros corazones.

—Deberías irte a casa, Andrew —me sugirió Rory—. Será mejor que te centres en tu propia familia y no en la nuestra.

—¿Centrarme en mi familia? Tal vez, si hubieras pasado algo de tiempo con tu hijo, no estaríamos en esta situación.

—¿Qué narices quieres decir con eso? —me preguntó Rory.

—¿Quieres que te lo repita más despacio?

No vi cómo sucedía. Estaba tan furioso que solo alcanzaba a ver el estúpido gesto engreído de Rory Jordan. Me hallaba de espaldas a Simon, de manera que no vi cuando Leanne le dio un puñetazo en la cara. Rory Jordan sí lo vio. Tuvo su atención clavada en mí hasta el último segundo, pero entonces miró por encima de mi hombro, se quedó con la boca abierta y los ojos desorbitados, y entonces oí el golpe del puño al chocar contra la carne. Me volví justo a tiempo de ver a Simon trastabillar con los pies, llevándose la mano a la cara. Lee trató de abalanzarse de nuevo sobre él, pero Matthew Wright la sujetó y empezó a llevarla a rastras hacia el coche patrulla más cercano. Fui tras ellos, pero Rory Jordan me agarró del hombro y tiró de mí para obligarme a mirarlo, y entonces perdí los nervios. Lo agarré de las muñecas, le quité las manos de encima y le di un empujón. Se cayó y aterrizó de culo en la tierra. Retrocedió arrastrándose, tratando de levantarse, pero sus botas resbalaron en la hierba. Se puso en pie y me señaló con un dedo. Estaba asustado. No me proporcionó ningún placer ver aquello, pero tampoco me hizo sentir respeto por él.

—No os acerquéis a mi familia. Ni tú ni tu mujer. Largaos a casa. Fuera de aquí. Y dile a Leanne que, si vuelve a colarse en nuestra propiedad, si alguno de vosotros pone un pie en nuestro terreno, presentaremos cargos.

Me alejé, pero llegué demasiado tarde. Wright estaba metiendo a Leanne en el asiento trasero de su coche. Me vio venir; me miró a los ojos mientras empujaba a Lee hacia el interior del vehículo y cerraba la puerta. Empecé a correr, pero se sentó al volante, arrancó y se fue. Me detuve en seco y me quedé allí parado, en el camino de acceso a la casa, con los puños apretados. Alguien me puso una mano en el hombro. Estaba tan furioso que a punto estuve de apartarla de un manotazo, y me di la vuelta con intención de arrearle un guantazo, pero vi que era Craig, mi hermano. En una mano llevaba los restos de un perrito caliente.

—¿Qué sucede?

—Lee le ha pegado un puñetazo a Simon Jordan. Matthew Wright se la acaba de llevar.

—Joder. ¿Por qué haría una cosa así?

—¿Tú qué crees?

Craig adoptó una expresión pesarosa que me resultó de lo más molesta. Los demás estaban a nuestro alrededor formando pequeños grupos, fingiendo que no se habían quedado mirando. Detrás de Craig alcancé a ver a los Jordan, muy juntos, como una piña. Simon tenía la mano en la cara y Jamie parecía alarmada. Rory estaba hablando con un agente de policía y miraba hacia mí. Vi a Grace. Me había olvidado por completo de ella. Los Bradley estaban tratando de hablar con ella —Julie le daba palmaditas en el hombro—, pero Grace no respondía. Parecía asustada. Paralizada.

—Supongo que Wright se la llevará a la comisaría —estaba diciendo Craig—. ¿Quieres que te lleve?

—No. Gracias, Craig —respondí, alejándome ya, mientras me sacaba las llaves del bolsillo.

—Andy. —Oí que Craig me llamaba, pero no me detuve.

Ya me sentía incapaz de tolerar por más tiempo la compañía de nadie, ni siquiera la de mi hermano. Craig no es un mal tipo, pero en el mejor de los casos no resulta una persona fácil y, aunque siempre se lo he negado a Leanne, estaba bastante seguro de que ella no le caía muy bien. Me acerqué a Grace y le puse la mano en el hombro.

—No pasa nada, cielo.

—Sí que pasa. Claro que pasa.

185

Me la llevé al coche. Cuando pasamos junto a Simon y su madre, Grace se detuvo.

—Lo siento mucho —dijo.

—Joder, Grace —murmuré, tratando de arrastrarla, pero se resistió. A Simon ya se le estaba hinchando el ojo.

—No pasa nada —respondió—. No es culpa tuya.

—Mi madre está muy triste —se justificó Grace. Habría seguido hablando, pero la agarré del brazo y la empujé hacia el coche.

—Déjalo ya —le ordené.

Llegamos al coche y nos montamos. Había gente mirando. Demasiada gente. Arranqué y conduje hacia el sur en dirección a la comisaría de la policía estatal de Waterbury.

—¿Por qué lo ha hecho? —me preguntó Grace—. Ha sido una locura.

No me sentía cualificado para gestionar esa conversación.

—Está triste, Grace. Y enfadada.

—Sí. Todos lo estamos. Pero ¿por qué ha tenido que ir a por Simon? Él está tan preocupado como nosotros. Y le ha pegado. Delante de todos.

Esa misma pregunta se repetía en bucle dentro de mi cabeza.

—Papá.

—No lo sé, Grace. Pregúntaselo tú, ¿quieres?

Se quedó callada, y yo seguí conduciendo hasta llegar a Waterbury. No volvimos a hablar hasta que aparqué frente a la comisaría de la policía estatal.

—¿Dejarán que vuelva a casa con nosotros?

—Seguro que sí —respondí, con una seguridad que no sentía.

Tuvimos que esperar cuarenta minutos en la comisaría. Me parecieron horas, con Grace sentada a mi lado, mordiéndose las uñas. Cuando por fin salió Leanne, acompañada de Wright, parecía haber vivido un auténtico infierno. Se le había soltado el pelo, tenía la mirada errática y manchas de tinta en la mano y en la mejilla. Nos fuimos a casa y apenas intercambiamos palabra. Luego, en la cocina, antes de tener ocasión de hablar o de tranquilizar a Grace, Leanne dijo que tenía que salir. Estuvo fuera más de una hora. Di de comer a Rufus y cené con Grace. Limpié la cocina, me tomé una cerveza y después otra. Encendí el fuego, tomé otra cerveza, me senté y me quedé mirando las llamas, esperando. Echando humo. Estaba cabreado, hasta las narices de que Lee se creyera la más lista de todos.

Cuando la conocí, ella tenía veintitrés años y yo iba a cumplir veintisiete. Ya tenía mi empresa de paisajismo y ella estaba intentando convertir en una pensión la casa cochambrosa que acababa de adquirir. Me obnubiló la primera vez que la vi. No voy a decir que fuera amor a primera vista, pero sé que no podía dejar de mirarla. Yo vendía a mitad de precio unos adoquines de piedra caliza que me habían sobrado de una reforma. Lee se presentó en mi casa con Nina sentada en su cadera, echó un vistazo a mi mercancía con cara de no dejarse impresionar y entonces comenzó a regatear. Yo ya ofrecía la mercancía a un precio muy rebajado, pero ella utilizó ese precio como punto de partida para una negociación. Estaba muy seria. No hubo flirteo ni tonterías. Regateó conmigo como si de verdad le importara. No recuerdo qué descuento le hice al final. Sé que fue grande. Prácticamente le regalé los adoquines, y entonces me preguntó si el precio incluía la entrega a domicilio. Le dije que sí, porque quería volver a verla.

Eso fue hace casi diecisiete años. Por entonces no nos hacíamos tantas fotografías. No grabábamos nada en vídeo. Ojalá lo hubiéramos hecho. Ojalá tuviera cientos de fotografías de Lee en aquella época, con sus vaqueros cortos y una camisa, con el pelo metido por debajo del pañuelo. Trabajó como una bestia. Si alguien viera la pensión hoy en día, pensaría que siempre ha sido así de bonita, con ese aspecto antiguo, pero se equivocaría de cabo a rabo. Lo único original que queda en la casa son las paredes. Cuando conocí a Lee, ya había tirado la vieja cocina, que estaba en las últimas, y había instalado una nueva. Bueno, digo que era nueva, pero en realidad era de segunda mano; se la compró a alguien que estaba reformando una cabaña junto a la estación de esquí. Cuando Lee terminó con ella, después de pintarla y todo eso, parecía algo sacado de una revista de decoración. Algunos de los suelos son originales, pero Lee tuvo que reemplazar muchos de ellos. La chimenea de piedra de la sala de estar salió de una demolición en Waterbury. Lee la compró por una miseria, la restauró y yo la ayudé a instalarla.

No le pedí salir ni nada por el estilo. Simplemente empecé a pasarme por la pensión de vez en cuando. Le llevaba plantas y le decía que me habían sobrado de algún encargo, entonces me ofrecía a plantárselas y luego trataba de ayudarla con cualquier proyecto que estuviera llevando a cabo. A Nina le gustaba estar en el jardín, así que le llevé una pala y un rastrillo de juguete, y se entretenía haciendo agujeros en la tierra mientras yo plantaba y le hacía pasteles de barro. Pero Lee no me permitía ayudar tanto como a mí me habría gustado. No me dejaba implicarme. La pensión siempre era su proyecto, su negocio. Supongo que no quería aceptar demasiada ayuda porque no quería que hubiese ninguna confusión al respecto. Y yo lo entendía. Había peleado con uñas y dientes por buscarse la vida con Nina. Tenía sentido que quisiera ir con cuidado.

Una noche la besé. Le había llevado un árbol para el jardín. Le dije que me había sobrado de un encargo, pero se trataba de un precioso arce canadiense de tres metros de altura, y supongo que Lee adivinó que lo había pagado yo. Algo que nunca podría decirse de Lee es que sea corta de entendederas. Salió al jardín y me vio plantar el árbol. Llevaba dos cervezas: una para ella y otra, supuse, para mí, para cuando terminara. Cuando acabé, me acerqué a ella y me entregó la cerveza. Nos quedamos mirando el árbol. Se estaba poniendo el sol.

—Dentro de diez años, ese árbol será una pasada —le dije.

Me dio la mano y me la estrechó. Como si fuera lo más natural del mundo. Como si llevara haciéndolo toda la vida. Hasta yo entendí la señal. Y la besé. Ella me devolvió el beso y sentí que todo era diferente. Había estado con otras mujeres. Una vez incluso creí estar enamorado. Pero estar con Leanne me hizo darme cuenta de que aquello habían sido chiquilladas. Supe entonces que deseaba casarme con ella, pero aguardé casi un año antes de pedírselo. Pensé que me diría que no si se lo proponía demasiado pronto.

Cuando era pequeña, Lee lo pasó mal. Su padre se marchó de casa cuando era una niña, y su madre era una mujer irascible. La trataba como si fuera una competición que pudiera ganar. La presionó durante sus años de instituto. Tenía muchas expectativas para ella, pero poco amor. Su madre era una mujer religiosa, aunque cuando Lee se quedó embarazada de Nina y dejó la universidad, la respuesta de esta no fue nada cristiana. Se sintió humillada, y creyó que eso le daba derecho a ser cruel. Lee empezaba el día recibiendo insultos durante el desayuno y, cuando volvía a casa, se encontraba el mismo percal durante la cena. Su madre también le pegaba, no mucho, pero le pegaba. Yo por entonces aún no estaba en su vida. Cuando conocí a Lee, su madre ya había muerto de cáncer. Lee había utilizado su exigua herencia para pedir una hipoteca descomunal (con ayuda de un agente corrupto que mintió sobre los ingresos de Lee en el formulario de solicitud) y comprar la pensión.

Creía entender por qué Lee era como era. Estaba seguro de que, con el tiempo, confiaría en mí lo suficiente como para permitir que me implicara. Deseaba que recurriera a mí, pero han pasado diecisiete años y nunca lo ha hecho realmente. Me quiere, eso nunca lo he dudado, y no me preocupa que vaya a ponerme los cuernos ni a tontear por ahí, pero no es agradable saber que nunca ha llegado a confiar del todo en mí. No me consulta las cosas importantes. Decide lo que hay que hacer, lo hace y me lo cuenta después. Antes me enfadaba, a veces, pero sobre todo me da lástima. La veo esforzarse tanto, lanzarse contra los problemas como si fuera una abeja atrapada que se lanza contra el cristal de una ventana, y estaría bien que me pidiera que le abra la ventana. Creo que, cuando tiene un problema, Lee ni siquiera me ve.

Estuvo fuera durante casi hora y media. Volvió a entrar por la puerta de atrás y fue a buscarme al salón. Aún llevaba puestos el abrigo y las botas. No le dije nada. Esperé a que ella me lo contara.

Se sentó en la silla colocada frente a mí.

—He ido al bar. Al bar de Delores Bradley. Tenía que hablar con Julie.

No lo entendía. Acababa de pasar el día en compañía de Julie. No se me ocurría ninguna razón por la que tuviera que dejarnos a Grace y a mí para irse a verla otra vez. Pero entonces me lo contó todo. Lo del perro. Lo que había oído en casa de los Jordan. Lo de los moratones de Nina.

—¿Crees que Simon le hizo daño? —le pregunté. Me sabía la boca amarga.

—Sé que lo hizo —respondió.

Se fue arriba a ver a Grace y me dejó solo en el salón. Aplasté la lata de cerveza con la mano y algunas gotas se derramaron sobre la alfombra. Tenía ganas de pegar a alguien. Visualicé a Leanne pegando a Simon y deseé haber sido yo. Deseé tener a ese chaval delante de mí en aquel momento para poder darle una paliza con tal de averiguar la verdad, si no había más remedio. Salí a tomar el aire fresco de la noche y rodeé la casa, notando la grava del suelo bajo los pies. No había luz suficiente para ver los iris y el azafrán que habían empezado a florecer, pero me llegó el aroma de la madreselva situada en la fachada de la casa. Nina me había ayudado a plantar esa madreselva. Le encantaban las plantas aromáticas. Le encantan. Joder.

Volví a entrar, saqué un poco de sopa del congelador y la metí en el microondas para Lee. Cuando volvió a bajar, llevaba el ordenador portátil de Grace. Yo estaba abriendo una botella de vino.

—¿Crees que es buena idea? —me preguntó.

—Pucs sí —respondí. Serví dos copas y le ofrecí una—. ¿Grace está bien?

190

—No mucho. —Colocó el portátil sobre la mesa y lo abrió—. Hoy alguien le ha enviado este vídeo. —Giró la pantalla para que yo pudiera verla.

El primer minuto del vídeo eran un puñado de imágenes de las redes sociales de Nina y de Simon. Preciosas fotos de ellos besándose en un bosque. Los dos juntos de pie bajo la nieve, abrazados. Aquel vídeo en el que Nina empujaba a Simon a la piscina y se reía, el que pusieron en la rueda de prensa. El audio comenzaba con una canción que no reconocí, una melodía bonita y romántica, pero no duró mucho. La imagen de la pantalla cambió de forma abrupta y en ella apareció una foto de Leanne, sacada en la rueda de prensa. El plano estaba congelado en un fotograma poco favorecedor. Salía con la boca abierta y torcida, y la mirada algo errática. Vestía su camiseta negra de manga larga, pero en el hombro tenía una mancha que no recordaba haberle visto ese día y parecía que no se había lavado el pelo desde hacía tiempo. No parecía ella. Daba la impresión de estar un poco loca. Por si acaso aquel detalle no había quedado claro, el vídeo incidía poniendo la música de *Tiburón*, con un texto sobreimpreso en letras rojas. La imagen permanecía fija mientras se reproducía la música de *Tiburón*, pero el texto iba cambiando cada pocos segundos:

SUS HIJAS TIENEN DOS PADRES DIFERENTES

¿QUÉ FUE DEL PADRE DE NINA?

¡NADIE HA SABIDO NADA DE ÉL EN AÑOS!

Y AHORA NINA HA DESAPARECIDO

¿QUÉ OCULTA SU MADRE?

—Mira los comentarios —me dijo Leanne.

Me acerqué el ordenador y empecé a deslizar el cursor por la pantalla.

Un poco duro (y también algo misógino??). Pero... sí que noté algo raro en ella durante la rueda de prensa. Como si fuera un robot.
[674♥]

¡Totalmente!
[32♥]

Robótica. Como si le hubieran dicho lo que tenía que decir.
[521♥]

Una pareja preciosa. Es muy triste que haya desaparecido.
[1089♥]

Pero qué decís. SIEMPRE es el novio.
[387♥]

Menuda mierda. Estoy harto del #creeralasmujeres. Qué aprendimos de Amber Heard?!! ¿Sabéis qué? Las mujeres también se inventan cosas.
[69♥]

Vuelve a meterte en el sótano de tu madre, puto machista de mierda.
[22♥]

Un argumento muy sofisticado. ¿Eso es lo que te enseñan en tu clase de estudios de la mujer?

Esta historia esconde MUCHO más. ¿Qué pasa con el padrastro de Nina? He oído rumores sobre él... Nina era pequeña cuando conoció a su madre... ¿Qué atracción había ahí?
[823❤]

No soporto los cebos. Si tienes información..., ¡escupe!
[13❤]

Si quedase algún periodista AUTÉNTICO en los medios de comunicación, investigarían al padrastro, solo digo eso porque no quiero una DEMANDA.
[461❤]

¿Qué fue del padre de Nina? ¿Por qué no se investigó su desaparición? Qué mala espina.
[1041❤]

A mí me parece raro que por lo menos no se pusiera una camiseta limpia antes de ir a suplicar por la vida de su hija. Ya sé que tendrá muchas cosas en la cabeza, pero yo creo que sería lo mínimo que haría.
[21❤]

¿AHORA NOS VAMOS A PONER A FISCALIZAR A LAS MUJERES POR SU ASPECTO EN UNA RUEDA DE PRENSA POR SU HIJA DESAPARECIDA? ¿ESTÁIS DE COÑA?
[363❤]

No se trata de fiscalizar, ¿vale? Solo he hecho una pregunta.

Toda esta historia es una trola. Quieren distraernos de lo que realmente pasa y hacernos creer que ningún hombre es de fiar. Prestad atención y DOCUMENTAOS UN POCO!! Nina Fraser es una actriz. No es una persona de verdad. Preguntaos quién está detrás de esta historia. ¿Por qué se ha hecho viral en Internet? ¿Quién quiere que se sepa? [16🖤]

????

Y así seguía durante un rato. Comentarios llenos de odio, opiniones polémicas y chorradas. Apenas hablaban de Nina. Casi todo se centraba en Leanne o en mí.

—La cosa va a peor —me dijo Lee—. He estado echando un vistazo antes de bajar. Este no es más que un vídeo, pero hay más. Y la campaña de Julie Bradley en Facebook está despegando. Esa página tiene ya veintidós mil seguidores y sigue creciendo a toda velocidad, pero la mayoría de los comentarios son… poco favorables. Son así. Horribles.

Volví a mirar la pantalla.

—La gente no se irá a creer esto, ¿verdad? —Esa mierda de que Nina era una niña pequeña cuando Lee y yo nos conocimos. Me dieron náuseas.

Leanne dio un trago a su vino.

—Hoy a Grace le han enviado mensajes horribles. Le he dicho que apagara su teléfono.

—¿Qué clase de mensajes?

—Algunos eran de sus «amigas». —Utilizó los dedos para dibujar comillas en el aire—. Chicas que decían que sentían lo de Nina y que estaban preocupadas por ella. Una chica le ha preguntado directamente si se sentía a salvo en casa. Contigo.

Me quedé mirándola.

—No sé —continuó, negando con la cabeza—. La gente está fatal.

Me quedé sin palabras durante un minuto. Bebí más vino.

—A lo mejor no deberíamos haber dejado que Julie publicara todo eso en Internet. ¿Crees que ha sido un error?

Lee parecía agotada.

—Creo que no tiene nada de malo pedirle ayuda a la gente para averiguar la verdad —respondió e hizo una breve pausa—. Sabes que no podemos quedarnos de brazos cruzados, Andy. Somos sus padres. Es nuestra hija.

Estábamos hablando de todo salvo de lo que de verdad importaba. Le agarré la mano.

—Todo eso que has dicho. Sobre el perro, el friegasuelos y Simon. Me estás diciendo que crees que la ha matado él. Crees que Nina está muerta.

Leanne se quedó muy quieta durante largo rato y después negó lentamente con la cabeza.

—Hemos de conservar la esperanza —dijo.

# 18

## Rory

En cuanto Andy Fraser se marchó de Stowe, yo también quise irme. Simon seguía con la mano en la cara y forcejeaba con Jamie, que intentaba apartarle la mano para poder verlo bien.

—Nos largamos de aquí —anuncié. Jamie se volvió para mirar hacia la barbacoa—. Da lo mismo —añadí.

Ya la recogerían los del *catering*. Para eso les pagábamos. La policía seguía entrando y saliendo de la casa. Me fui a nuestro coche y puse en marcha el motor. Jamie y Simon me siguieron con gran lentitud. Me dieron ganas de bajar la ventanilla y gritarles que se dieran prisa. No podía seguir allí. No podía mirar hacia el lago, ver el bote de remos balanceándose con suavidad junto al embarcadero. Era como una puta película de terror. Por fin Jamie y Simon se montaron en el coche. Simon aún estaba cerrando su puerta cuando aceleré.

—¡Rory! —exclamó Jamie.

—Perdón —respondí, pero no aminoré.

—No me extraña que estés enfadado. Madre de Dios. Esa mujer está como una cabra. Se le ha ido la cabeza. Se le ha ido pero bien.

Yo seguí conduciendo. Quería llegar a casa y volver a ducharme. Tenía que hablar con Simon.

—Pienso llamar a Matthew Wright en cuanto lleguemos. Que no piense que vamos a dejarlo correr.

No respondí. En ese momento me importaba una mierda cualquier cosa que no fuera llegar a casa y volver a meterme en la ducha. Me había pasado el día entero oliendo a agua del lago, en las manos, en la ropa, en todo el cuerpo. Era como si el agua se me hubiese filtrado por la piel. Como si estuviera sudándola, cosa que era imposible. Había regresado de Stowe poco antes de las cinco de la mañana. Había aparcado la camioneta en el garaje. Me había desnudado allí mismo y había tirado la ropa y las botas al cubo de la basura, después había caminado desnudo hasta el cuarto de baño del gimnasio de abajo. Llevaba allí menos de cinco minutos cuando Jamie vino a buscarme. Había dado por hecho que estaría haciendo ejercicio, y no la saqué de su error. Había tenido el tiempo justo de secarme y vestirme antes de tener que volver al mismo sitio del que acababa de regresar.

—¿No crees que deberíamos llamar a Wright y asegurarnos de que la va a acusar? ¿Y si se presenta en nuestra casa? Llegado este punto, cualquier cosa me parece posible.

—Déjalo estar, Jamie.

Sentí que se ponía rígida y me lanzaba una mirada que no me gustó nada.

—Concédeme un minuto, ¿quieres? Ha sido un día muy largo y necesito tiempo para pensar.

Entonces pasó a comportarse como si todo le diese igual, aunque eso no significaba nada. A Jamie se le da muy bien disimular lo que de verdad siente. Llegamos a casa. Me fui arriba y me metí directo en la ducha. Abrí el grifo del agua caliente a máxima potencia y me lavé con champú dos veces, después con gel otras tres. Cuando salí y me sequé, solo olía a eucalipto. Me vestí y fui en busca de Simon. Lo encontré en su dormitorio, tumbado en la cama, aún con los zapatos puestos y los auriculares en las orejas, mirando el móvil. Levantó la mirada cuando me vio, se quitó los auriculares y me dirigió una sonrisa deslumbrante. Parecía un niño. Un chaval.

—Hola, papá.

—Los zapatos fuera de la cama —lo dije automáticamente. Qué estupidez.

Simon se quitó los zapatos, los dejó caer al suelo y se sentó erguido sobre la cama.

—Tenías razón con lo de la búsqueda. He hecho bien en ir. Siento haber sido un imbécil anoche. Pero estaba sobrepasado.

—Se le notaba animado. Casi pletórico. Porque pensaba que había salido impune.

En el rincón de su cuarto había un sillón en el que nunca antes había reparado. Era grande, de cuero curtido, y el cojín era firme. Era un mueble estiloso y masculino. De diseño. Solo con mirarlo imaginé que debía de costar más que mi primer coche. No lo había escogido Simon. Seguramente no lo habría pagado él. Debía de haberlo puesto allí Jamie, pero ¿cuándo? ¿Sería una adquisición reciente o llevaría allí desde que nos mudamos? No lo sabía. ¿Qué otras cosas se me habrían pasado por alto?

Me senté en él y miré a mi hijo.

—No van a encontrarla, Simon —dije, observando su expresión. Él mantuvo la sonrisa—. No van a encontrarla porque ya lo he hecho yo.

Vi la sorpresa en su rostro. La sonrisa desapareció. Se quedó con la boca abierta y tensó el cuerpo. Intentó no perder la compostura, salir al paso con disimulo.

—¿Has encontrado a Nina? Pero eso es estupendo. ¿Y está bien? ¿Dónde se había metido?

—Para. Déjalo ya.

Cerré los ojos. No podía mirarlo a la cara. No podía verlo mientras intentaba decidir cómo mentirme. Pero tampoco podía quedarme allí con los ojos cerrados. Giré la cabeza y miré hacia fuera. Había caído la noche. Se habían encendido las luces de la piscina y el agua presentaba un escalofriante tono azul en la oscuridad.

—¿Por qué lo hiciste?

Se produjo un silencio eterno. Cuando al fin habló, su respuesta fue poco más que un susurro.

—Fue un accidente.

Vi cómo empezaba a desvanecerse todo. Su futuro. La vida que habíamos llevado como familia, la vida que había querido para él, todo ello empezaba a desvanecerse. Tragué saliva.

—Cuéntamelo.

Le salieron las palabras atropelladas.

—Habíamos estado bebiendo. Y nos habíamos pasado el día haciendo senderismo. Estábamos los dos cansados. Empezamos a discutir sobre una estupidez. A quién le tocaba preparar la cena, ya sabes. Así que preparé yo la cena, pero estaba cabreado, y ella lo sabía y no quería que estuviera enfadado. O sea, quería que preparase yo la cena, pero también que dijera que me tocaba a mí y que me parecía bien, pero ni me tocaba a mí ni me parecía bien, y ahora me resulta todo una gran estupidez. —Había empezado a llorar. Seguían cayéndosele las palabras de la boca—. No me dejaba en paz. Me fui arriba y me siguió. Así que volví a bajar al salón, pero me siguió hasta allí también. No paraba de decirme que me disculpara, pero yo no quería, y ella no lo dejaba correr. Seguía insistiendo, erre que erre, tirando de mí, y yo me la quitaba de encima y ella se enfadaba cada vez más. Hasta que de pronto me agarró del brazo y... la aparté de un empujón. Y eso fue todo, papá. Te lo juro. Lo que pasa es que tropezó con sus botas, que estaban tiradas en el suelo, y se cayó sobre ellas. Se golpeó la nuca con mucha fuerza contra la chimenea de piedra. Y sin más se..., se murió.

No dije nada.

—Papá, te lo juro. Te juro que fue un accidente.

Traté de recordar la última vez que había visto a Nina con vida. ¿Habría sido en verano? Intenté visualizarlo, pero la única imagen que me vino a la cabeza fue de ella haciendo el tonto junto a nuestra piscina, empujando a Simon al agua y riéndose, pero eso era el vídeo que había mostrado la policía en la rueda de prensa. ¿Acaso había estado yo en casa cuando sucedió aquello? Nina tenía una risa dulce, alegre. Empezaba como una risita nerviosa e iba creciendo.

—Era una chica preciosa.

—Lo siento —dijo Simon con la voz ahogada.

Caminé hasta el otro lado del dormitorio y me quedé mirando a través de las puertas de cristal. Había salido la luna. Había luz suficiente para alcanzar a ver con claridad el patio de la piscina. Las sillas estaban apiladas a un lado, cubiertas para el invierno. Nina y Simon habían pasado mucho tiempo en esa piscina durante el verano. Nina había pasado mucho tiempo en esta casa. ¿Habrían sido felices juntos? Intenté recordar cuántas veces había hablado de verdad con ella, más allá de para decirle hola o adiós. Dos, tres veces a lo sumo, tal vez, e incluso entonces no había sido más que una charla insustancial. Me di la vuelta y miré a mi hijo. Estaba sentado al borde de la cama, encorvado. Medía un metro noventa. Era cinco centímetros más alto que yo, y también más fornido. Tenía el cuerpo de un hombre, pero ¿acaso no seguía siendo solo un muchacho?

—¿Por qué no pediste una ambulancia? ¿Por qué no nos llamaste a tu madre o a mí?

—Es que no lo entiendes. No sabes cómo fue. Estábamos discutiendo y, de pronto, había... muerto. La abracé... —Colocó las manos como si estuviera acunando a un bebé—. Le salía sangre de la nuca. Se extendió por todas partes. Por mi ropa. Por el suelo. Tenía los ojos abiertos, sin ver nada. Al principio ni siquiera le hice la reanimación cardiopulmonar. Debería haberlo hecho, pero no sé cuánto tiempo pasó hasta que se me ocurrió intentarlo. Y entonces fue como si... —Compungió el gesto y empezó a llorar de nuevo—. Fue como si estuviera mancillándola. Zarandeando su cuerpo sin vida. Sabía que estaba muerta. Murió nada más golpearse la cabeza contra la piedra.

—¡Simon, tú no eres médico, joder!

—¡No hace falta ser médico para saber cuándo una persona está muerta! No respiraba. No tenía pulso. Tenía los ojos abiertos y miraba al vacío. Lo supe, ¿vale?

—¿Así que te la llevaste al bosque y la enterraste de mala manera?

—Estaba en *shock*. Debía de estarlo, porque pasó el tiempo y de pronto fue como si acabara de despertarme. Si hubieras estado allí, papá… Había sangre por todas partes. En la alfombra, en mi ropa. Si hubiera llamado a la policía, nadie se habría creído que fue un accidente. Tienes que entenderlo. Todo el mundo está con el *me too* y con eso de «creer a las mujeres», y me parece genial, ¿vale? Lo apoyo totalmente, en principio. Pero la gente se ha vuelto loca con ese asunto. Siempre somos los malos, siempre, aun cuando no lo somos. —Estiró una mano hacia mí con gesto suplicante—. Papá, si hubiera llamado a la poli, ¿cómo iba a explicárselo? Aquí está mi novia muerta. Sí, estábamos discutiendo, pero resulta que se cayó, yo no hice nada. Aunque haya sangre por todas partes y yo parezca un puto asesino psicópata.

—Así que decidiste no intentarlo siquiera. Decidiste enterrarla. —Le odiaba por ello. Por lo que me había obligado a hacer. Pero ya no podía dar marcha atrás. Si acudía a la policía, ¿cómo les explicaría mi decisión de desenterrar a esa chica y tirarla al agua?

Simon se puso en pie y apretó los puños.

—¡Sí, vale! La enterré, joder. La metí bajo tierra. La dejé ahí tirada. Sí, lo admito.

Me quedé mirando al suelo. Me sentía consumido por la culpa y habían empezado a temblarme las manos de nuevo. Antes de lo de Nina, nunca me habían temblado las manos, sin importar cuál fuera el problema. En una ocasión quise abarcar demasiado en la empresa. Me gasté millones en la patente de una herramienta que quedó obsoleta seis semanas después de cerrar el trato. En las seis semanas previas a que la patente fuera sustituida, me gasté más millones en una instalación y en suministros, los cuales de pronto no servían para nada. Adquirí una deuda que no seríamos capaces de saldar con los ingresos. Durante meses corrí el riesgo de perderlo todo, y en todo ese tiempo no me temblaron las manos ni una vez. Me mostré frío como el hielo.

—Papá —dijo Simon. Tenía la voz rasgada. Dio un paso hacia

mí, pero yo no me moví. Dio otro paso, después otro más, hasta quedar tan cerca de mí que casi nos tocábamos—. Por favor, papá.
—Se le quebró la voz.

Y entonces estiré el brazo derecho y lo atraje hacia mí. Me rodeó con los brazos y me apretó con fuerza, como si así yo fuera a poder salvarlo.

—Mi vida se ha acabado —me dijo—. Mi vida se ha acabado. Lo siento. Lo siento mucho.

Nos quedamos así, de pie, largo rato. Parecía que aquel momento debiera ser el final de todo, pero no era así. El tiempo pasaba y nosotros debíamos gestionar qué hacer a continuación. Me aparté de mi hijo, me senté en la cama y él se sentó a mi lado. Tarde o temprano, Jamie acudiría a buscarnos.

—No quiero ir a la cárcel —me dijo Simon—. ¿De qué serviría? Toda mi vida en una celda de hormigón. Mamá insistiría en venir a visitarme, ¿verdad? Y eso la alteraría más. Tener que venir a visitarme a un sitio de mala muerte y fingir que todo va a salir bien. Estaríamos todos mejor si agarrara tu pistola y acabara con esto.

—No vas a ir a la cárcel.

Las palabras quedaron suspendidas entre nosotros. Simon no me miraba. Mantuvo la cabeza agachada y habló con una voz que fue poco más que un susurro:

—Papá, ¿qué hiciste cuando la encontraste?

Tragué saliva y respondí:

—La trasladé. A un lugar donde nadie la encontrará jamás.

Asintió lentamente. A mí no me quedaba mucha capacidad de elección para decidir qué hacer después. Si me hubiera llamado cuando Nina se cayó, habríamos tenido opciones, pero, en cuanto decidió meterla bajo tierra, esas opciones quedaron reducidas a dos. Podía elegir ayudar a mi hijo o enviarlo a prisión el resto de su vida. Porque nadie se creería que no había sido un homicidio.

—Nada de lo que hagamos ahora podrá devolvernos a Nina. Lo que sucedió fue un accidente. La cagaste. No pretendías hacerle daño y vas a tener que cargar con ello el resto de tu vida. Pero

202

no pretendías hacerle daño. Y ahora mismo hemos de centrarnos en mantenerte a salvo. Escúchame, Simon. En cuanto salgamos de esta habitación, no volveremos a hablar de esto jamás. No se lo puedes contar a tu madre. Ni a nadie. Y, si alguien viene a por ti, acabaremos con él.

Me miró con los ojos muy abiertos y llenos de lágrimas.

—No puedes hacer eso. No puedo arrastrarte conmigo, papá.

Como si yo no estuviera ya metido hasta el fondo. Como si no hubiera hundido su cuerpo en mitad de nuestro puto lago. Me vi sentado en el banquillo del juzgado, tratando de explicar mis actos. Vi la cara de Jamie cuando descubriera lo que había hecho su hijo. Lo que había hecho yo.

—No vas a arrastrarme a nada, porque Nina no murió en esa casa —respondí con firmeza—. ¿Entendido? Lo que acabas de contarme esta noche se quedará entre nosotros. Jamás le contarás a nadie más lo que sucedió entre vosotros. Cíñete a tu versión de la historia, pase lo que pase. Incluso entre nosotros, Simon, no diremos nada, ¿vale? Porque nunca se sabe quién podría estar escuchando.

Asintió muy despacio. Se le habían secado las lágrimas y a sus ojos se asomó la esperanza. Lo agarré entonces por los hombros.

—Fue un accidente, Simon. Un accidente terrible. La cagaste, y tendrás que cargar con ello el resto de tu vida. Pero no pretendías hacerle daño.

Se puso en pie y nos abrazamos por segunda vez, y entonces traté de recordar la última vez que había tocado a mi hijo antes de esa noche. Hacía meses, de eso seguro. ¿Tal vez años? Quizá, si hubiera sido otro tipo de padre, su primer impulso habría sido pedirme ayuda en vez de esforzarse por ocultar la verdad. Desterré esa idea. Simon no era un asesino. Era tan responsable de la muerte de Nina como si esta hubiera fallecido en un accidente de tráfico conduciendo él de forma temeraria. En esa situación lo amonestarían, y habría quienes lo culparan, pero también quienes sintieran lástima por él. Querrían que tuviera una segunda oportunidad.

Simon no era un asesino. Era un chaval que había cometido un error. Sin más. Me dije a mí mismo que me lo creía. Claro que lo creía. Pero no podía dejar de pensar en ese moratón que tenía Nina en el lado izquierdo de la cara. Los pensamientos me daban vueltas en la cabeza sin parar. Andy Fraser había dicho que, si hubiera pasado más tiempo con mi hijo, nada de eso habría ocurrido, pero era mentira. Por muy buen padre que uno fuera, los accidentes ocurrían igual. Y eso es lo que era aquello. Un accidente. Un accidente. Un accidente.

# 19

## Jamie

Después de estar buscando a Nina en Stowe, nos fuimos a casa. Esa noche, en la cama, no podía dormir. Me rendí y me puse a dar vueltas por la casa. Fui al salón, me senté en la oscuridad y me quedé mirando los árboles de fuera. Habíamos instalado un sistema de iluminación en el jardín de atrás, haces de luz blanca que apuntaban hacia el cielo desde la base de algunos de los árboles más grandes. La luz incidía en las ramas cuando estas se agitaban con el viento, e iluminaba los remolinos de lluvia que se formaban con las ráfagas. La iluminación quedaba fantástica en las fiestas, muy teatral, pero para mí, que no podía dormir, era más bien el escenario perfecto para una película de terror, y no pude evitar preguntarme en qué estaríamos pensando cuando las instalamos. Fui al cuarto de baño, me lavé las manos y me quedé mirándome en el espejo. Estaba hecha un desastre, con pronunciadas ojeras, el pelo lacio y una espinilla que me estaba saliendo en la frente. Tenía que recomponerme. Si me venía abajo, no sería de ayuda para nadie.

A las seis de la mañana me metí en la ducha. Utilicé el secador y me entretuve en secarme el pelo para darle mucho volumen, después me lo recogí en una coleta alta e informal, que siempre me hace parecer cinco años más joven. Me enfundé mis nuevos *leggins* y mi camiseta de tirantes de Alo Yoga, después me puse la cazadora deportiva roja, la que tiene dibujado un relámpago en la manga derecha. Luego me maquillé, aplicándome más base de la habitual en un intento por cubrir los peores estragos del insomnio. A las siete de la mañana me miré al espejo y vi que seguía teniendo una pinta horrible. La espinilla estaba en pie de guerra y eso no iba a cambiar por mucho corrector que usara. Las ojeras se habían convertido en bolsas y el maquillaje se veía artificial. Cerré los ojos, tomé aliento y fui a por las gafas de sol y una gorra de béisbol.

Fui a ver a Simon antes de salir de casa. Abrí la puerta de su dormitorio sin hacer ruido y la empujé lo suficiente para poder asomarme. Estaba hecha una pocilga. Había ropa tirada por el suelo, también libros y algunos platos sucios. Olía a sudor. Aquello no era normal en Simon, a quien le gustaba que todo estuviera limpio. Estaba dormido boca abajo, con la cabeza vuelta hacia el otro lado y el cuerpo retorcido como si hubiera estado peleándose con las sábanas mientras dormía. Me dieron ganas de acercarme a él, de recolocarle las extremidades y arroparlo, pero ya era demasiado mayor para eso, así que en su lugar cerré la puerta con cuidado y salí de casa.

El día anterior había habido prensa frente a la casa. No mucha. Tan solo un par de tipos de aspecto sospechoso sentados con sus cámaras en el capó de los coches aparcados al otro lado de la calle. Pero la historia de Nina no debía de ser tan importante como para justificar el madrugón, porque, cuando crucé la verja con el coche, allí no había nadie. Fui la primera en llegar a yoga. Misha, nuestra monitora, ya estaba allí preparándolo todo, pero no le gusta hablar antes de clase, lo cual a mí me venía de perlas. Dejé las deportivas y la cazadora en un casillero, extendí mi esterilla e hice algunas respiraciones profundas mientras esperaba. A las siete y veinticinco empezó a llegar gente. El primero en llegar fue David Armstrong. David tiene sesenta y dos años. Empezó a hacer yoga con cuarenta y tantos, después de una lesión de espalda.

206

A veces viene a tomar café con nosotras, pero es un poco soso. No se suma al chismorreo, se queda allí sentado escuchando con un gesto arrogante que parece decir «qué mujeres tan tontas». Lo cual ya sería molesto en el mejor de los casos, pero resulta más molesto aún porque es evidente que no quiere perderse ni una sola palabra. Como era de esperar, en cuanto me vio esa mañana, trató de esforzarse en no reaccionar, en aparentar que no tenía ni idea de que me hubiera ocurrido algo fuera de lo corriente. Georgia White adoptó la estrategia opuesta. Debía de haber visto mi coche en el aparcamiento, lo que le concedió tiempo de sobra para ensayar el grito ahogado de sorpresa que lanzó con una entonación perfecta nada más me vio en clase. Corrió hacia mí con los brazos estirados como si fuera a abrazarme, o a empujarme.

—Dios mío, Jamie. Qué valiente has sido. Eres una mujer asombrosa. ¿En qué puedo ayudarte? Claro que has hecho bien en venir. No hagas caso a nadie que te diga lo contrario. Aquí estás entre amigas. Pero pareces muy cansada. ¿Estás durmiendo bien?

Le dediqué mi mejor sonrisa de «no me toques las narices» y me la quité de encima antes de avanzar hacia el frente de la clase.

—Vamos a empezar, Mish.

A mi espalda, Georgia se volvió para hablar con Anne Wellington en un susurro teatral.

—Tenemos que ser amables. Debe de ser horrible para ella. Lo que está diciendo la gente de Simon. Si es que pinta fatal.

Mantuve la espalda erguida y fingí no haberla oído, aunque me estaban mirando todas con gesto compasivo, incluida Misha, a la que nunca le he caído muy bien. Misha dio comienzo a la clase y yo me esforcé por concentrarme, pero perdí el equilibrio con el Vasisthasana y no aguanté el Astavakrasana, y por el rabillo del ojo veía la cabeza oscilante de Georgia, que intentaba por todos los medios no demostrar su triunfo. Podría haberme marchado, pero así les habría dado más tema de conversación. Superé la clase, me entretuve haciendo el Savasana y luego, mientras me ponía las deportivas, charlé un rato con Misha sobre un nuevo libro del que había oído hablar y que pensaba que podría gustarle. Después me fui con mi esterilla de yoga bajo el brazo, como si tal cosa, como si no me hubiera percatado de que las demás ya se habían marchado a tomar el café sin esperarme.

Debió de ser difícil para ellas tomar la decisión. Sin mí allí, tenían la libertad de decir auténticas crueldades, desde luego, pero, si hubiera ido con ellas, habrían mostrado hacia mí esa compasión fingida y tal vez hubieran logrado sacarme algún detalle confidencial o, mejor aún, algunas lágrimas. Supuse que habrían decidido que no era una buena candidata para sacarme lágrimas ni confesiones. Me dije a mí misma que aquello debería hacerme sentir mejor, y me monté en el coche, pero no me apetecía irme a casa. Todavía no. Me di la vuelta y conduje hasta la pastelería de Bridge Street, donde me compré un capuchino con dos sobres de azúcar, tres *muffins* de chocolate, dos *brioches* de canela y pasas y un cruasán de chocolate gigante que quise convencerme de que era para Simon, pero que devoré en el coche. Cuando por fin enfilé la carretera de vuelta hacia nuestra casa a las ocho y media, ya me sentía casi persona. Salvo que no podía parar de pensar en la cara de Leanne cuando había pegado a Simon —en la furia de su rostro y en el miedo de sus ojos— y en el hecho de que Nina llevaba ya cinco días desaparecida. Fue entonces cuando vi el gentío plantado frente a nuestra verja.

Al principio no le encontré sentido. En lugar de los dos tipos turbios con cámaras, había allí, ¿cuántas?… ¿Catorce? ¿Dieciséis personas? Y, en mitad del grupo, un equipo de cámaras de televisión. Estaban todos arremolinados en torno a la verja, como si esperasen algo. Me acerqué despacio por detrás y abrí la verja eléctrica con el mando. Se echaron a un lado para dejarme pasar y los *flashes* se dispararon a mi paso. La puerta del garaje se abrió de forma automática, entré y aparqué junto al coche de Rory. Volví a pulsar el botón para cerrar la puerta del garaje y la verja de fuera, aunque apenas habían comenzado a cerrarse cuando se detuvieron de nuevo. Me bajé del coche y vi a Rory esperándome junto a la puerta de casa, con las llaves del coche en su mano derecha. Había utilizado su propio mando para evitar que se cerrara la verja. Me sonrió, como queriendo transmitirme que todo estaba bajo control, como hacía siempre, pero tenía muy mal aspecto. Parecía no haber pegado ojo en toda la noche. Iba bien vestido con unos elegantes pantalones y una camisa remangada, pero se le notaba nervioso. Desbordado de energía.

—¿Vas a salir? —le pregunté.

Era muy consciente de los *flashes* de las cámaras y de las preguntas que nos gritaban desde la verja. Intenté aparentar naturalidad, como si aquello fuese lo más normal del mundo. Como si estuviese manteniendo una distendida charla matutina con mi marido.

—Creo que tarde o temprano tendremos que hablar con ellos. Vamos a quitárnoslo de encima.

Antes de darme la oportunidad de responderle, Rory me estrechó la mano y me giró de nuevo hacia la prensa. Estuve a punto de tropezar al darme la vuelta, trastabillando con mis propios pies. No estaba preparada para aquello. Llegaba sudada después de yoga y seguramente estaría llena de migas de cruasán. Quería ponerme la gorra de béisbol para taparme la espinilla de la frente. Quería tirar de Rory hacia la seguridad de nuestro hogar. La verja estaba abierta, pero era como si hubiese allí una barrera invisible que contenía a la prensa. Los periodistas permanecían al otro lado de ella, pero las preguntas se sucedieron de inmediato, a gritos. Era igual que las cosas que se ven por televisión, pero en la vida real me parecía muy diferente. Mucho más agresivo. Y traté de retroceder.

—¿Cómo está Simon?

—¿Saben dónde está Nina?

—¿Por qué Simon la dejó sola?

Rory levantó una mano para mandarlos callar. Me atrajo hacia sí hasta que quedé justo a su lado.

—Gracias a todos —declaró—. A mi mujer y a mí nos gustaría decir unas breves palabras. Se trata de un momento muy delicado para nuestra familia, de modo que no responderemos a ninguna pregunta por ahora. Esperamos que nos comprendan. —Tomó aliento y continuó—: Simon y Nina han estado juntos desde que tenían dieciséis años. Han estado muy enamorados, pero son muy jóvenes. El viernes por la noche rompieron y Simon volvió a casa. No era su primera ruptura. Ya habían roto alguna vez en el pasado. Como digo, son muy jóvenes. Nina le dijo a Simon que se quedaría en nuestra residencia vacacional, puesto que había estado bebiendo. Le pidió a Simon que se marchara. Dijo que una amiga iría a recogerla al día siguiente. Simon no ha vuelto a saber nada de ella desde que se marchó de la casa. Está tremendamente preocupado por ella, como cabría esperar.

Nos llegó una pregunta desde el fondo del grupo de prensa, algo relacionado con el teléfono de Nina, pero no alcancé a distinguirla. Rory la ignoró.

—Como familia, queremos mucho a Nina y estamos todos muy preocupados por ella. —Rory se volvió hacia la cámara de televisión—. Nina, si oyes esto, te pedimos por favor que nos llames, o que llames a tu madre, y nos hagas saber que estás bien. Mejor aún, vuelve a casa. Todos te echamos de menos y queremos verte. —Rory me apretó con fuerza el brazo y dio medio paso hacia delante. Entonces alzó la barbilla y la voz—. Queremos decir una cosa más. Hemos visto los vídeos, las cosas terribles que se están diciendo de Leanne, la madre de Nina, y de Andrew, su padrastro. No estamos de acuerdo con esos vídeos y pedimos a la gente que deje de inventarse esas historias. Es acoso. La verdad es que casi nadie ha tenido una vida completamente intachable capaz de soportar el escrutinio de Internet. Pero cometer errores en la vida no significa que seas un..., que merezcas eso. Rogamos a todos esos sabuesos de Internet que se inventan teorías sobre los Fraser, o sobre Simon, les rogamos que paren, por favor, y que dejen a la policía hacer su trabajo. Muchas gracias por su tiempo.

Rory tiró de mí y pulsó el botón de su mando. La verja empezó a cerrarse y los periodistas se lanzaron a hacer preguntas, aunque ninguno trató de cruzar los límites de la propiedad. Nos dimos la vuelta y enseguida nos retiramos hacia la casa.

—Rory, ¿a qué ha venido eso? —murmuré.

—Espera a que estemos dentro —respondió con calma.

Lo seguí hasta el interior de la casa y cerré la puerta a mi espalda. Le vi apoyarse contra la pared. Parecía exhausto.

—En algún momento íbamos a tener que hablar con ellos —me dijo.

—¿Por qué has dicho lo que has dicho sobre Leanne y Andrew? No queremos que la gente deje de hacer preguntas, ¿verdad? —No me respondió, pero no hacía falta, porque por fin lo había entendido.

Había negado la historia con el fin de alimentar la historia. Los vídeos con extractos de su declaración se reproducirían en todos los canales de noticias, en Internet. Claro que la gente no dejaría de hablar de los Fraser, de debatir y de especular, solo porque Rory hubiera salido por televisión pidiéndoles que parasen. Al contrario, hablarían más.

—La gente se va a dar cuenta —le advertí—. No son estúpidos. No se van a creer que hayas salido ahí fuera para intentar echar una mano a los Fraser.

—Puede que haya personas que pongan en duda mis motivos —admitió Rory con gesto afirmativo—. Pero eso en realidad no importa. Lo que importa es que sigamos removiendo las aguas. La gente va a hablar de un modo u otro. Lo que queremos es generar mucha confusión, que piensen que aquí hay más cosas de las que se ven a simple vista. Como si hubiera secretos que desconocen, información que les están ocultando.

—¿Y quién se la estaría ocultando?

—Eso da igual, Jamie.

Se apartó de la pared y se fue al despacho. Yo lo seguí. Se sentó en el sofá y yo a su lado. La casa estaba muy silenciosa y la luz del despacho atenuada. Costaba creer que acabase de estar ahí fuera, recibiendo las preguntas de la prensa. Que siguiesen ahí fuera, montando guardia frente a nuestra verja.

—Mira, para generar una teoría de la conspiración, hay que saciar dos apetitos. Uno es el apetito de esas personas que quieren sentir que están enteradas de todo. Como si fueran más listas que los demás. Quieren tener el último cotilleo, la información más reciente, para poder echar mano de eso cuando el sabelotodo de su amigo, de su cuñado o de su compañero de trabajo empiece a hablar. Vaya por delante que no importa que esa información sea veraz o no. Ya nadie confía en los hechos; da igual que la fuente de la información sea un experto en la materia o un carroñero oportunista que vive en el sótano de su madre. En Internet se les dará el mismo peso. —Hizo entonces una pausa—. De hecho, es probable que el carroñero llame más la atención sobre su contenido porque será más interesante y generará más polémica.

»El segundo apetito que hay que saciar es el de las personas que quieren sentirse seguras. Nadie quiere creer que Leanne y Andy Fraser son buenos padres. Nadie quiere creer que son inocentes. Porque, si lo son, y si Nina es igualmente inocente, eso significará que su desaparición ha sido totalmente aleatoria. Y la gente no quiere creer eso. Porque, si a las buenas personas les suceden cosas malas, si todo es impredecible, ¿qué impedirá que les suceda a ellos también? La gente prefiere pensar que los Fraser han hecho algo para merecer esto.

—Pero no lo han hecho. —Apenas conocía a Andy, y Leanne no me caía bien, pero era una buena madre. O al menos lo había sido, hasta que se le fue la cabeza.

—No lo han hecho, no. —Percibí un gesto fugaz en su rostro. Un gesto oscuro—. Y me importa una mierda. Esto es la guerra, Jamie. Nosotros no pedimos que sucediera esto en nuestras vidas, pero ha sucedido. Algo así podría destrozarnos la vida, y no pienso permitir que eso ocurra. Voy a proteger a esta familia cueste lo que cueste. Si eso significa acabar con los Fraser... —Se encogió de hombros—. Ya viste cómo se comportaron en Stowe. Ellos no piensan en ser justos o no, no piensan en intentar entendernos a los demás. Solo piensan en Nina, y no me extraña, porque yo haría lo mismo. Pero no pienso jugar limpio cuando ellos van detrás de nuestro hijo.

Estiró el brazo con cautela y me estrechó la mano. Esperó, creo que para ver si yo la apartaba, y al ver que no lo hacía, me pasó el brazo por los hombros y me atrajo hacia sí. Apoyé la cabeza en su pecho. Me sentía incómoda. Estaba apoyada contra él en un ángulo antinatural, y además no era así como hacíamos las cosas en nuestra familia. ¿Qué quería de mí exactamente? No era sexo, porque no me daba esa vibración. Pero sí que buscaba algo. Deslicé el brazo derecho en torno a su cintura hasta llegar a su espalda. Dejó escapar un largo suspiro y se recostó en el sofá. Apretó el brazo en torno a mí. Consuelo. Buscaba consuelo. Vale, eso podía dárselo. Cambié de postura para estar más cómoda y me relajé junto a él. Si alguien hubiera entrado en la habitación en ese instante, habría visto la estampa de una pareja cariñosa, consolándose el uno al otro después de un día difícil. No era más que una fachada, pero por alguna razón noté el escozor de las lágrimas en los ojos. Parpadeé para contenerlas.

—Los chicos de relaciones públicas han organizado una entrevista en uno de los programas matutinos. Quieren venir a casa. No te preocupes por ello, ya está todo acordado. La entrevistadora será amable.

—¿Cuándo? —pregunté.

—Hoy mismo, si es posible. Si no, mañana.

—De acuerdo —respondí. Me salió la voz ronca, así que me aclaré la garganta. Traté de pensar en qué ropa me pondría, en dónde deberíamos sentarnos, pero me sentía incapaz de concentrarme.

—Sé que tienes miedo —me dijo Rory—, pero todo saldrá bien.

Sentí de pronto un cariño inesperado hacia él.

—Cada vez que me voy a dormir, sueño que Simon está en la cárcel —confesé.

—Eso no va a pasar. No permitiremos que pase.

—Vale. Es verdad.

Me quedé allí un rato, todo lo que pude, luego me incorporé y solté una risita.

—Pero la próxima vez avísame antes de arrastrarme hacia la prensa. Tengo un aspecto horrible.

—Estás fantástica —respondió él—. Siempre lo estás. —Lo dijo casi como si quisiera decirme otra cosa.

—Debería ir a ver a Simon —anuncié poniéndome en pie—. Para ver si ha desayunado.

Rory asintió. Si le entristecía que me fuera, desde luego no se le notó.

—No le presiones para hablar ahora mismo —me pidió—. Créeme cuando te digo que no está preparado. Tan solo muéstrale tu apoyo. Que sepa que su madre está a su lado.

—Eso puedo hacerlo —aseguré.

Me fui a la cocina, todavía sintiéndome algo inestable. Encendí la cafetera y fui a buscar a Simon. Lo encontré en el salón. Estaba sentado en el sofá de espaldas a mí. Llevaba puestos los auriculares, así que no me oyó acercarme. Me incliné. Iba a darle un abrazo, pero tenía el teléfono entre las manos, con la pantalla orientada hacia arriba, y no pude evitar fijarme en el mensaje que estaba enviando. Lo leí sin pretenderlo. El mensaje decía así:

*Mándame una foto.*

Una parte de mí se quedó paralizada. Decidí mirar hacia otro lado, darle intimidad. Era un adulto. Sus relaciones no eran asunto mío. Pensé todo eso, pero aun así no me moví. Tenía los ojos pegados a la pantalla cuando recibió la fotografía. Pinchó en ella para ampliarla, hasta que la imagen ocupó toda la pantalla. La foto… no era lo que me esperaba. Era un selfi, de una chica joven. Posaba sonriendo con timidez para la cámara que sujetaba. Pero estaba totalmente vestida. De hecho, llevaba una chaqueta y un casco de equitación, e iba montada a caballo. Solté un suspiro involuntario, Simon se volvió deprisa y nuestras miradas se encontraron. Dio la vuelta al teléfono, pero lo hizo con tanta rapidez y naturalidad que se me encendieron todas las alarmas.

—Hola —me dijo con una sonrisa cariñosa.

—¿Quién era esa?

—¿Quién?

—La de la foto. En el teléfono. ¿Quién era la chica?

Me miró con gesto confuso, la viva imagen de la inocencia. Algo se me revolvió en la boca del estómago.

—La conozco. Era la hermana de Nina, ¿verdad? Era Grace. —Noté el tono agudo de mi voz.

Simon vaciló un instante. No fue más que una fracción de segundo. Utilizó ese tiempo para pensar si debía o no debía mentirme. Le vi hacerlo. Decidió que no y, en su lugar, adoptó un gesto de inocencia mancillada.

—Claro —respondió—. Hemos estado hablando.

—¿Y de verdad te parece apropiado? —Las palabras «mándame una foto» se quedaron dando vueltas por mi cabeza, como un regusto amargo.

—¿Por qué no? —preguntó a su vez—. Está triste, se siente sola y sus padres se comportan como unos descerebrados.

Me quedé mirándolo. Suspiró como si estuviese haciéndome la tonta.

—Mamá, me ha escrito ella, ¿vale? Ha sido ella. Se sentía muy mal por la manera de comportarse de sus padres. Sabe que Nina y yo estábamos locos el uno por el otro. Sabe que no soy la clase de tío que haría… lo que dicen que hice. Quería decírmelo y luego nos pusimos a hablar y… Es que no tiene nadie con quien hablar.

«Mándame una foto. Mándame una foto». Tragué saliva.

—Simon, tiene quince años.

Puso los ojos en blanco y se mostró totalmente impasible.

—Me parece que ya lo sé. Solo estoy mostrándole mi apoyo. Nina no querría que ignorase a su hermana pequeña.

Me quedé muy quieta. La parte de mí que era su madre decía que lo creía. Claro que lo creía. Porque ¿cuál era la alternativa? ¿Que estuviese flirteando con Grace? ¿Tonteando con la hermana quinceañera de su novia desaparecida? Intenté no pensar en eso. Traté de sonreírle. Pero había otra parte de mí. Era la parte que sentía náuseas cuando, a los catorce años, el amigo de mi padre se quedaba mirándome durante demasiado tiempo. Era la parte que supo evitar al tipo sospechoso que buscaba compañera de piso por un precio demasiado bueno para ser verdad. La parte de mí que lo vio venir demasiado tarde cuando el encargado del bar de mi antiguo trabajo me acorraló en el sótano. Esa parte de mí me decía que algo no iba bien.

—Prométeme ahora mismo que borrarás su número.

—¿Estás de coña?

—Prométemelo, Simon. De hecho, quiero ver cómo lo haces. Ahora mismo. Delante de mí.

Me miró con los ojos muy abiertos, como si me hubiera vuelto loca.

—Lo digo en serio.

—¿Por qué?

—Porque si la gente supiera que estáis en contacto, si lo supieran sus padres, se volverían todos locos. Te puedo asegurar que no dudarán en acudir a los medios de comunicación para dejarte como un pervertido. —Me dije a mí misma que esa era la única razón.

—No digas tonterías —me respondió con una mueca de incredulidad—. La gente se da cuenta de lo que está pasando.

—Simon. —Alcé la voz y di medio paso hacia delante.

—Ay, Dios. Vale. Si tanto significa para ti. —Levantó el teléfono, abrió los contactos y borró el número de Grace.

—Los mensajes también —le ordené.

—Vale. Lo que tú digas. —Los borró también.

Vacilé un instante. Podría volver a conseguir su número sin dificultad. Probablemente le escribiría ella. O le escribiría él por redes sociales. No podía controlarlo. No podía quitarle el teléfono.

—Deberías bloquear su número —le sugerí.

—Lo haría, mamá —respondió con suficiencia—, pero me acabas de obligar a borrarlo. No lo tengo, así que no puedo bloquearlo.

—Bueno, pues bloquéala si vuelve a escribirte.

—Si eso te hace feliz. —Hablaba como un adulto dándole la razón a una anciana senil.

—Y no quedarás con ella en persona.

—Ay, Dios mío.

—Simon, prométemelo.

Se quedó mirándome con los ojos entornados.

—Joder, sí que hablas en serio, ¿verdad? —Esperó a que asintiera y entonces meneó la cabeza—. Mira, no tengo intención de quedar con Grace. Entiendo que eso sería raro, para determinado tipo de personas. No estoy buscando más líos.

—De acuerdo.

Se puso en pie y se guardó el teléfono en el bolsillo de atrás. Rodeó el sofá y me dio un abrazo. Era mucho más alto que yo. Y más ancho.

—Gracias por preocuparte, mamá. Eres la mejor. —Me dio un beso en la mejilla y salió de la habitación.

Yo me senté en el sofá y empecé a llorar.

# 20

## ANDY

Cuando me desperté el jueves por la mañana, Leanne no estaba en la cama. Antes solía despertarme yo primero, pero para el jueves creo que Lee ya era incapaz de pegar ojo. Yo tampoco es que durmiera mucho, pero siempre que me despertaba la veía sentada en la cama, o en la silla que hay al lado de la ventana, contemplando la oscuridad, como si esperase que Nina fuese a aparecer en el camino de la entrada de un momento a otro.

Me vestí y bajé las escaleras. Lee estaba en la cocina. Debía de llevar horas levantada, porque la estancia estaba reluciente. La chimenea del salón estaba encendida. Olí el beicon y el café recién hecho.

—¿Cuánto tiempo llevas levantada? —le pregunté.

Me miró y parpadeó como si no hubiese entendido la pregunta. Grace entró entonces en la habitación y Leanne la miró un instante como si no la reconociera.

—¿Mamá? —dijo Grace. Parecía asustada.

Lee sacudió entonces la cabeza.

—He preparado beicon y tortitas —anunció.

—Gracias. —Grace se sentó a la mesa y Lee le puso un plato delante—. Hoy no pienso ir a clase —dijo mientras agarraba el tenedor. Lo dijo como si fuera una declaración de intenciones, pero su cuerpo se tensó, como esperando a ver cómo recibíamos la noticia.

—Claro que vas a ir —le respondí—. Tienes que ir. No tiene sentido quedarte metida en casa. Iremos a buscarte si sabemos algo nuevo.

Grace dejó caer el tenedor y se quedó mirándome.

—No hablarás en serio.

—Ya sé que es difícil —respondí—. Pero estarás mejor en clase, con tus profesores y tus amigos, y todas las cosas normales del instituto. Si estás en casa con nosotros, no pararás de mirar el reloj. —Miré a Lee en busca de apoyo y ella tardó en responder.

—Tu padre tiene razón —dijo al fin.

—No lo entiendes.

—¿Qué es lo que no entiendo?

Grace sacudió la cabeza y adoptó un gesto de frustración.

—No puedo concentrarme. Voy a estar sentada en clase y seguiré mirando el reloj igualmente, solo que estaré en el instituto y todos me mirarán y hablarán.

—A la gente le encanta hablar, Grace —le recordé—. Ya sabes lo que pienso de eso. Hay gente que habla y hay gente que hace cosas. Si hablan de ti, déjalos que hablen.

Grace puso los ojos en blanco.

—No hablan de mí porque haga cosas, papá. Hablan de mí porque soy la hermana de Nina. Y es horrible.

Lee estiró el brazo y le estrechó la mano. Mi mirada y la suya se encontraron por encima del hombro de Grace.

—Ya sé que es difícil. Papá también lo sabe. Es muy difícil para todos. Pero ahora mismo el instituto es el mejor sitio donde puedes estar. Cualquier día de estos, Nina volverá a casa, o la encontraremos, y podremos dejar todo atrás. Mientras tanto, tengo que pedirte que intentes aguantar. ¿Podrás hacerlo?

Grace no nos miró. Apartó la mano de la de Lee y se puso en pie.

—No tengo hambre. —Salió de la cocina y cerró la puerta con cuidado a su espalda.

Lee se levantó, fue al fregadero y empezó a lavar. Yo la observé y esperé a que se diera la vuelta y me mirase, pero no lo hizo. Sus movimientos eran espasmódicos. Algo no iba bien.

—¿Te vas a trabajar? —me preguntó, aún sin mirarme.

—No hasta dentro de una media hora. Han cancelado mi primer encargo. Puedo llevar a Grace a clase. —No quería que Leanne condujera sin haber dormido—. O… puedo quedarme en casa hoy, Lee, si te parece mejor. —Me sentí estúpido y poco ágil. Tal vez debería haber planeado ya quedarme en casa aquel día. No podía seguir yendo a trabajar como si nada hubiera ocurrido.

—No. Vete. Con la pensión cerrada, necesitaremos el dinero.

Pensé que Grace se resistiría más a ir a clase, pero media hora más tarde se presentó en la cocina ya vestida, peinada y con la mochila. Cuando se despidió de Rufus y metió la mochila en el coche, parecía casi un día normal. En el coche empezó a quejarse de su profesor de matemáticas. No vimos a la multitud de periodistas esperando al final del camino de acceso hasta que casi estuvimos encima de ellos; un puñado de periodistas y fotógrafos, vestidos con gorros y abrigos de invierno, con vasos de café, de pie al final del camino. Vimos los coches aparcados en la carretera, reduciéndola a un solo carril. Me dieron ganas de darme la vuelta y volver a casa, pero mi instinto me dijo que sería mejor fingir ante Grace que todo iba bien. Que sabía manejar la situación.

—Mantén la cabeza agachada —le pedí.

Tuve que aminorar la velocidad al aproximarme al final del camino. Los *flashes* de las cámaras se dispararon y entonces empezaron los gritos. Era todo una confusión de ruido, luces y movimiento. Seguí avanzando con el coche, pero aun así alcanzaba a oír las preguntas que nos gritaban.

—¿Cómo lo llevan?

—¡Grace! ¡Grace! ¿Cómo te sientes con la desaparición de Nina?

—¿Quién es el verdadero padre de Nina?

Una persona se plantó delante del coche y tuve que pisar el freno, pero entonces alguien empezó a gritar el nombre de Grace una y otra vez y volví a pisar el acelerador. Avancé lo suficientemente despacio como para dar tiempo a que cualquiera que quisiera pudiera apartarse, pero tampoco me detuve a esperarlos.

—Papá… —dijo Grace. Su voz sonó lejana y asustada.

Los *flashes* de las cámaras seguían disparándose a ambos lados del vehículo.

—Mantén la cabeza agachada, Gracey. No los mires.

Los últimos integrantes del grupo se apartaron al fin.

—Todo saldrá bien —le dije, aunque no sabía si estaba intentando calmarla a ella o a mí mismo—. Supongo que la historia de la desaparición de Nina está generando mucha expectativa ahora mismo. Haz lo posible por ignorarlo.

—Joder, papá. —Por norma general, Grace no decía tacos, pero supongo que la idea le pareció una idiotez.

No se equivocaba. Nos quedamos los dos callados durante largo rato. Yo miraba por el espejo retrovisor. Teníamos un coche detrás, un Range Rover negro, a unos cincuenta metros. Me daba la impresión de que nos estaba siguiendo.

—No estarán en el instituto, ¿verdad? —preguntó Grace.

—Desde luego que no —respondí. Joder.

¿Y si nos seguían hasta el instituto, seguían a Grace y empezaban a hacer fotos delante de todos los chavales? Si sucedía eso, volvería a meterse en el coche y no querría volver a clase nunca más. Pisé el acelerador. Grace se movió en su asiento y no dijo nada. Pero el Range Rover se mantuvo detrás de nosotros y, cuando llegamos al instituto, lo teníamos pegado. El carril para dejar a los estudiantes estaba lleno. Las normas del carril son estrictas: puedes detener el vehículo el tiempo justo para dejar a tu hijo con su mochila, te despides y te largas. No se puede aparcar y, si cometes el error de quedarte demasiado tiempo, más de uno tocará el claxon para meterte prisa. La hilera de coches avanzaba despacio. No podría meterme allí. Seríamos presa fácil. De modo que seguí conduciendo.

—¿Papá?

—Todo irá bien, Gracey.

Conduje hasta la parte delantera del carril y la rebasé. Seguí avanzando hasta atravesar la verja y llegar al pequeño aparcamiento situado junto al edificio de administración.

—Papá, no puedes. Esto es para los profesores. —Grace se encogió en su asiento como si le diera miedo que alguien pudiera verla.

Yo di marcha atrás rápidamente para aparcar en un hueco.

—Creo que hoy nos dejarán pasar, ¿no te parece?

Sacudió la cabeza sin decir palabra.

—Bueno, pues ya estamos aquí. Cuanto antes salgas y te vayas a clase, menos probabilidades habrá de que alguien te vea y empiece a hacerte preguntas.

Al oír eso, salió del coche. Sacó su mochila, se guardó el dinero del almuerzo, me dio un abrazo de medio lado y murmuró un «te quiero» antes de desaparecer. Me fui directo al edificio de administración, pedí hablar con la directora y esperé veinte minutos hasta que apareció, con una expresión mezcla de agotamiento, fastidio y una ligera compasión.

—Señor Fraser, hola. Me alegra que haya venido a verme. Pase, por favor. Pase.

La seguí hasta su despacho. Cally Gabriel ya era directora cuando Nina estudiaba allí. Por entonces apenas había tenido razones para hablar con ella. Nina no era la clase de cría que ganara premios a final de año. Jamás había sido capitana de ningún equipo ni había quedado en primer lugar en una carretera. Tampoco se metía en peleas, ni enviaba *emails* haciendo *bullying*, ni vapeaba detrás del cobertizo de la bicis, ni copiaba en los exámenes. Era una buena chica que no llamaba la atención.

—Siento mucho lo de Nina —me dijo Cally. Cruzó el despacho hasta situarse detrás de su mesa y con la mano me indicó que ocupara el asiento dispuesto frente a ella. Me senté y ella se quedó de pie unos segundos, lo cual me puso nervioso—. Todos aquí guardamos un estupendo recuerdo del tiempo que Nina pasó con nosotros. Rezo a Dios para que regrese a casa cuanto antes.

—Sí. Gracias —respondí.

No soy creyente. Mi madre me llevaba a la iglesia y eso, pero la cosa no cuajó. La religión me da igual. He conocido a gente buena que ponía a Dios en el centro de sus vidas, y me parece bien. Pero cuando la gente hace alarde de sus oraciones, me da por desconfiar. Puede que sea porque la gente que he conocido que más hablaba de Dios siempre ha sido la que menos humanidad tenía.

—Soy consciente de que ha habido muchas habladurías —continuó—. Por desgracia, es inevitable. Pero haré lo posible por sofocar los rumores dentro de nuestras instalaciones. Y también soy consciente de que algunos padres se han quedado remoloneando esta mañana en el carril para dejar a los estudiantes, supongo que para cotillear. Deje que le asegure que también he puesto freno a eso. —Parecía muy satisfecha consigo misma.

—Gracias —repetí, porque me parecía que era lo que esperaba de mí.

Asintió sucintamente con la cabeza.

—No hay de qué —respondió con una sonrisa—. Si hay algo más que podamos hacer por ustedes, por favor, no duden en pedírnoslo.

—Bueno, ahora que lo menciona, sí que necesitaría su ayuda con un asunto.

Entonces su sonrisa desapareció.

—Esta mañana había periodistas y fotógrafos esperándonos en la puerta de casa. Creo que es posible que alguno nos haya seguido hasta aquí. Los demás no tardarán en averiguar que Grace estudia aquí. Me preocupa que puedan acceder a las instalaciones del centro. Tendrán mucho interés en sacarle fotos, al menos de momento.

—Entiendo —repuso Cally Gabriel. Tenía el ceño ligeramente fruncido. Su frente no se movía mucho, pero creo que se debía a que se la había dejado paralizada con tantas inyecciones. Me di cuenta de que quería fruncir el ceño al advertir la tensión de sus ojos y sus labios.

—Así que pensaba que quizá podrían… poner seguridad o algo, para evitar que accedan a las instalaciones del instituto.

—Bueno, tenemos a Jem, por supuesto.

—Claro. —Jem era Jeremiah Lambe, el guardia de seguridad del centro. Era un policía retirado alcohólico, ludópata y poco interesado en hacer su trabajo—. Estaba pensando en alguien que…, en fin…, que ayudase a Jem. Solo hasta que se pase el revuelo.

—Desde luego, desde luego.

—Sería fantástico. —Sentí que se aliviaba un poco la preocupación que me consumía.

—Ay, perdón, no. Me refería a que entiendo que piense de ese modo, pero por desgracia el presupuesto del instituto no nos alcanza para poner seguridad extra. Cada dólar que invertimos en seguridad es un dólar que le quitamos al campamento de música, o al decatlón académico, o al equipo deportivo. Seguro que lo comprende.

—Bueno, señora Gabriel, la verdad es que no sé si lo comprendo. Me refiero a que seguramente no accedan a la propiedad del centro, pero ¿y si lo hicieran? Me refiero a los fotógrafos.

—Estoy segura de que no lo harán. —Me sonrió para tranquilizarme, pero no me tranquilizó—. Tenemos cámaras, por supuesto, y estaremos muy atentos a Grace. Le llamaremos si observamos el más mínimo problema.

—De acuerdo —respondí despacio—. En fin, gracias.

—No hay de qué. —Movió su silla como para dejar claro que esperaba que me levantara, pero yo me quedé donde estaba.

—Señora Gabriel, quería preguntarle por Nina y Simon. Estuvieron juntos los últimos años que pasaron aquí, en el instituto. Quería preguntarle si alguna vez oyó algo, o vio algo, que fuera motivo de preocupación.

De inmediato su rostro adoptó una expresión grave.

—Oh, no. Nada de eso. Nos tomamos muy en serio nuestro deber para con los estudiantes. Si alguno de mis empleados hubiera observado algo preocupante, habríamos tomado medidas. Por lo que yo vi, eran una pareja adorable.

A juzgar por su cara, no supe decir si me estaba mintiendo o no. Desde luego no estaba pensando en Nina cuando respondió a mi pregunta. Estaba pensando en asegurarse de que nadie pudiera culpar al centro si hubiera ocurrido algo malo. Yo no tenía razón para pensar que supiera algo. La directora carecía de motivos para prestar atención especial a una pareja y no a otra. Pero, de haber visto u oído algo que sugiriese que la relación era turbia, sin duda lo admitiría en aquel momento.

—Gracias por su tiempo, señora Gabriel. —Me puse en pie—. Si…, si se trata de dinero, lo de la seguridad extra, digo… Mi mujer y yo podríamos hacer un donativo al centro para cubrir los gastos.

La había sorprendido. Por un instante pareció perpleja, pero luego volvió adoptar su gesto impávido.

—Gracias. Agradezco su oferta, pero tendría que consultarlo con la junta escolar antes de aceptar ningún dinero. Y deberíamos evaluar el impacto que generaría en los estudiantes la presencia de seguridad. Algunos padres podrían presentar quejas.

Apreté con los dedos el respaldo de la silla sobre la que había estado sentado hacía un momento.

—Grace es una de sus estudiantes. ¿No se merece sentirse a salvo? ¿Estar a salvo? ¿Cómo va a venir a clase si está sufriendo acoso?

—Confiemos en que la situación no llegue a eso —me respondió, de nuevo con ese tono tranquilizador.

—¿Y si llega?

—Si eso sucede, yo sugeriría que Grace estudiara en casa durante un breve periodo de tiempo, solo hasta que se pase toda esta publicidad.

—¿Me está hablando en serio?

—Señor Fraser, por favor, no alce la voz.

—No estoy alzando la voz. —Aunque sí que lo estaba haciendo. Traté como pude de mantener la calma—. ¿Me está diciendo que la solución para que esa gente deje de acosar a mi hija es sacarla del instituto? Su hermana ha desaparecido. ¿Cree que debería tener que esconderse en casa como si fuera una especie de fugitiva?

Si le molestó mi salida de tono, lo disimuló muy bien.

—Lo que digo es que debería plantearse si le resulta sensato tener que atravesar una horda de periodistas y fotógrafos todas las mañanas solo para traer a Grace a clase. Es una chica lista. No le pasará nada si está unas semanas sin venir. Sus profesores pueden darle tarea. Mejor eso que la alternativa.

Pese a mi enfado, me di cuenta de que lo que decía no carecía enteramente de sentido. Pero también me di cuenta de que Cally Gabriel solo pensaba en sí misma, lo que hacía que me resultara difícil hacerle caso. Quería deshacerse de Grace para librarse también del escándalo, de los cotilleos y de los molestos periodistas y fotógrafos.

La dejé en su despacho y volví al aparcamiento, donde la señora Fortescue, una profesora de casi setenta años que debería haberse jubilado hacía tiempo, me empezó a gritar por haber estacionado en el aparcamiento destinado al claustro. De haber sido cualquier otro día, habría bromeado con ella, habría tratado de animarla y calmarla, pero no tenía paciencia para ello. Me monté en el coche. El instituto estaba ahora mucho más tranquilo. Había sonado el timbre y todos los estudiantes ya habían entrado. Salvo la señora Fortescue, que seguía allí de pie lanzándome puñales con la mirada mientras daba marcha atrás, no había nadie por allí. El Range Rover había desaparecido. Pero junto a la verja del centro había un hombre vestido con pantalón vaquero, botas, un grueso abrigo y una boina de lana verde que merodeaba por allí mientras miraba su móvil. Levantó la mirada cuando me acerqué y me hizo un gesto para que me detuviera. Pensé que querría pedirme indicaciones, de modo que detuve el coche y bajé la ventanilla.

—¿Puedo ayudarle?

Se acercó mucho a mí, se inclinó y apoyó ambas manos en el

marco de la puerta, de modo que no podía volver a subir la ventanilla. De cerca, saltaba a la vista que algo le ocurría. Físicamente era normal. Tenía una barba pelirroja y unos ojos azul claro un poco separados. Pero su mirada era la de un loco, recordaba a uno de esos evangelistas de la televisión.

—Sé lo que es usted —me dijo—. Es un pervertido. Pedazo de mierda. —Tenía la boca húmeda. Escupía gotitas de saliva cada vez que pronunciaba una «p». Pervertido. Pedazo. Retrocedí, pero él se inclinó hacia delante y metió la cabeza en el interior del vehículo—. Deberían detenerlo. Encerrarlo.

—Fuera de mi coche. —Empecé a subir la ventanilla.

Él metió el brazo en el coche y trató de apartarme la mano de la palanca. Pisé el acelerador con demasiado ímpetu y el coche avanzó a trompicones. El hombre se echó hacia atrás, pero no lo suficientemente deprisa como para evitar golpearse la cabeza con fuerza contra el lateral del marco de la ventana. El coche dio otro respingo y se detuvo en cuanto levanté el pie del acelerador. Lo vi por el espejo lateral, allí de pie, con la mano en la cabeza, mirándome. Estaba enfadado. Más que antes. Volví a pisar el acelerador y me alejé de allí a toda velocidad, hasta llegar a casa, donde me aguardaban los periodistas.

# 21

## Leanne

Cuando Andy llegó a casa después de dejar a Grace en el instituto, yo seguía sentada a la mesa de la cocina. Me sobresalté al oír abrirse la puerta de atrás. No me había movido desde que se marchó, ni siquiera me había dado cuenta de que estaba mirando la pared sin ver nada, sin pensar en nada. Me puse en pie cuando entró y empecé a recoger de la mesa los platos del desayuno.

—Lee.

Algo en su voz me hizo volverme hacia él de inmediato. Se quitó la gorra de béisbol y se pasó la mano por el pelo.

—¿Qué sucede?

—¿Has salido?

Negué con la cabeza.

—Al final del camino de la entrada hay periodistas y fotógrafos. Algunos nos han seguido hasta el instituto.

Tardé unos segundos en entender lo que me estaba diciendo. Me fui al salón y miré por la ventana.

—¿Siguen ahí fuera? —No alcanzaba a ver la verja con claridad desde la ventana. Andy había plantado un seto de madreselva en primavera y había crecido tanto que obstaculizaba la vista.

—Siguen ahí.

—¿Deberíamos salir a hablar con ellos?

La expresión de Andy me indicó que no me estaba enterando de nada.

—No son gente amable, Lee. Cuando he vuelto, algunos me han gritado preguntas. Cosas desagradables.

—¿Qué clase de cosas desagradables?

Andy meneó la cabeza y apartó la mirada.

—He intentado hablar con el instituto para mantener a salvo a Grace —dijo transcurrido un minuto—. Para asegurar que nadie se cuele en el recinto. Le he ofrecido dinero a Cally Gabriel para pagar la seguridad temporal. Pero me ha dicho que no.

Fruncí el ceño. Los Jordan daban mucho dinero al instituto. ¿Cally estaría tomando partido?

—Nadie sabe a qué clases va —le dije—. Y no hay razón para que alguien intente hablar con ella. Además, está rodeada de sus compañeros, y en el instituto sí cuentan con algo de seguridad.

—No puede quedarse allí, Lee. Tenemos que sacarla y llevarla a un lugar seguro.

—Traerla a casa, querrás decir.

—Lee...

—¿Qué?

Se me acercó y me rodeó con los brazos. Me atrajo hacia sí y apoyó la barbilla en mi cabeza.

—Cariño, no creo que Grace pueda estar en casa ahora mismo. Creo que deberíamos llevarla a casa de Craig. A la granja.

Me quedé quieta. No quería hacer eso. Quería tenerla en casa.

—Podrá estar con sus primos. Estudiar en casa durante una semana o dos. Quizá sea divertido.

Lo que no dijo fue que la granja estaba a tres kilómetros de la carretera principal, ni que Craig y Sofia tenían un perro guardián, un enorme *bullmastiff* que resultaba adorable en casa, pero que se ponía hecho una fiera si llegabas sin que te hubieran invitado. Tenía sentido. Era lo correcto, pero no soportaba la idea.

—No sé.

—Puedo ir a buscarla ahora mismo. Estará en casa de Craig

antes de la hora de la comida. Podrás hablar con ella por videollamada.

Me aparté de él y lo miré a la cara.

—¿Qué es lo que me estás ocultando? No puede ser sólo por los periodistas. Hace una hora te parecía bien que Grace estuviera en casa.

—Había un tío en el instituto —confesó tras vacilar unos segundos—. Un bicho raro. No sé, creo que con toda esta publicidad es posible que atraigamos a algunos chiflados.

Me di la vuelta para poder verlo correctamente.

—¿Qué te ha dicho?

—Que soy un pervertido —respondió sin mirarme—. Que deberían encerrarme. —Parecía a punto de vomitar. No soportaba verlo así.

—Llévatela —le dije, apoyando la cabeza sobre su pecho—. Llévatela donde Craig y Sofia.


Era la decisión correcta, pero en cuanto Andy se marchó me sentí perdida. Fui a buscar mi portátil y lo llevé a la mesa de la cocina. Me preparé un café y le agregué azúcar, leche y un chorrito de *whisky*. Me senté y abrí el ordenador. Sé manejarme con las redes sociales. Gestiono la página de Facebook y el perfil de Instagram de la pensión, animo a los huéspedes a dejar comentarios en Tripadvisor y Google, y me conecto cada pocos días para publicar y gestionar los comentarios. En Instagram me gusta ver contenido de repostería y sigo algunas cuentas muy buenas sobre bricolaje y restauración. Es la clase de cosas que a Nina y a Grace les parecen aburridísimas, pero a mí me gustan. No tengo Twitter, ni Reddit, ni TikTok, pero sé en qué mundo vivo, y habría tenido que estar totalmente aislada para no ser consciente de lo tóxicos que se habían vuelto algunos contenidos de Internet. Aun así, lo que encontré aquel día me pareció que estaba a otro nivel.

Empecé con la página de Facebook de la campaña iniciada por

Julie Bradley y desde ahí fui expandiéndome. No me resultó difícil encontrar contenido. La gente había empezado a usar el nombre de nuestra campaña. Lo único que tuve que hacer fue escribir «#Qué-LeHaOcurridoANina» y encontré miles de vídeos, comentarios, *reels*, *shorts* y opiniones polémicas. Cuantos más vídeos y comentarios veía, más evidente me resultaba que la amplia mayoría de esa gente, incluso aquellas personas que publicaban comentarios tristes o empáticos, contemplaban la desaparición de Nina como un entretenimiento más. Ni siquiera trataban de disimularlo. Algunos directamente hacían chistes o memes. Los comentarios tristes solo buscaban llamar la atención. La clase de publicación que decía: «Qué historia tan trágica, esa pobre chica y la situación me afectan personalmente debido a mi ansiedad/tept/depresión y hoy he pasado un mal día por eso, pero he salido a pasear y me he preparado mi *smoothie* favorito de té matcha!! Echa un vistazo a mi receta y sígueme en (nombre de la plataforma de turno) si quieres más contenido sobre mi lucha con la salud mental. ¡No olvides suscribirte!». Me daba asco. Para ellos no éramos seres humanos, sino personajes de una historia que pudieran usar para vender, vender y vender. Y eso..., eso era lo menos tóxico de todo.

Según Internet, yo era una puta que cobraba por sus servicios, había tenido dos hijas con dos hombres diferentes y no tenía ni idea de quiénes eran los padres. O, por el contrario, era una cabrona frígida, lesbiana y liberal que odiaba a todos los hombres y que había intentado encerrar a sus dos hermosas hijas. Odiaba a mis hijas y abusaba de ellas, o las quería demasiado y trataba por todos los medios de mantenerlas a salvo de peligros que no existían. Una usuaria anónima que aseguraba ser la mejor amiga de Nina decía que mi hija le había contado que yo les hacía pasar hambre porque quería que estuvieran delgadas. Otro usuario comentaba que en Waitsfield era bien sabido que era adoradora del diablo. Otro decía que corría el rumor de que el padre de Nina había sido envenenado. Ese comentario, que había sido publicado bajo un vídeo editado de YouTube con la rueda de prensa, tenía 2563 *likes*.

Seguí buscando y leyendo. Una vez había empezado, me era imposible parar. Vi un vídeo de tres minutos en el que una chica se maquillaba frente a cámara. Iba dando consejos de maquillaje mientras explicaba a sus seguidores todas las teorías conspiratorias en torno a la desaparición de Nina, y concluía criticando el maquillaje de mi hija en sus fotos de Instagram, señalando cómo podría maquillarse mejor.

Volví a la página de #QuéLeHaOcurridoANina que había abierto Julie y volví a rastrear los comentarios. Había miles. Algunos eran positivos, pero la mayoría no lo eran. Me topé con uno que contenía un enlace a otra página, gestionada por alguien que se hacía llamar BobCuentaLaVerdad. Esa página había vuelto a publicar todos los vídeos tóxicos de YouTube que me acusaban. Había también una publicación en la que «Bob» aseguraba saber de primera mano que Andy había sido profesor en Nueva Jersey y que lo habían detenido por abuso de menores allí dos años antes de trasladarse a Vermont y casarse conmigo. Según «Bob», Andy no había sido procesado porque la víctima se había suicidado. Eran todo mentiras. Andy jamás había vivido en Nueva Jersey, no había ido a la universidad ni había sido profesor. Había vivido en Vermont toda su vida.

Andy y yo nos conocimos cuando le compré unos adoquines para el camino de la pensión. Los vendía muy rebajados porque le habían sobrado de algún trabajo. Y entonces empezó a venir por casa y me traía otras cosas que le iban sobrando. Nunca me pidió salir, jamás pareció estar interesado en mí salvo como amigo. Me pregunté si sería gay. Luego pensé que tal vez no lo fuera, porque era un hombre grandote que no tenía nada de refinado. Aunque después me sentí estúpida, porque evidentemente había hombres gais de todos los tamaños y niveles de sofisticación en el vestir. Pensaba mucho en Andy. Lo amaba antes de darme cuenta de ello. Siempre estaba allí, tan amable, tranquilo y servicial. Era el hombre más tierno que había conocido jamás.

El padre de Nina y yo nos conocimos en la universidad y estuvimos juntos exactamente cuatro meses y medio. Cuando descubrí que estaba embarazada, llamó a su madre, que tomó un avión desde Nueva York. Se mostró simpática conmigo. Me llevó a comer a un restaurante fino y me ofreció dinero para abortar, pero cuando le dije que no quería eso, regresó en avión a Nueva York y se llevó a su hijo consigo. Supe después que mi ex estaba en el programa de intercambio de una universidad de París. Traté de llamarle en una ocasión, pero su número aparecía fuera de servicio. No hemos vuelto a hablar desde entonces, pero un viejo amigo me contó que se había casado y que vive en Connecticut con su mujer y sus tres hijos. Siempre he dado por hecho que, del mismo modo que yo sé cosas de su vida, él sabrá cosas mías y de Nina. Mi hija sabe cómo se llama y dónde vive, y le dejé muy claro que, si deseaba ponerse en contacto con él, yo la ayudaría. Pero nunca mostró interés en contactar con él. Decía que ya tenía un padre y no necesitaba otro.

Andy y yo nos conocimos cuando Nina tenía tres años y nos casamos cuando tenía cuatro. Quiso a Andy desde el principio. Cuando nos casamos, se alegró mucho. Me preguntó si podía llamarle papá y eso es lo que ha sido siempre para ella, amable, comprensivo y... no sé. Me cuesta encontrar las palabras adecuadas que describan su relación, lo especial que fue para ella en aquellos primeros años, la manera en que la ayudó a crecer con su cariño y su amor. Desde el principio, Andy siempre se comportó como si le cayera bien Nina. Incluso antes de quererla. Le parecía una niña divertida. Le preguntaba qué tal le había ido el día y le construyó una pequeña pista de obstáculos con troncos y restos de madera, y después la animaba cuando los superaba todos. La llenó de confianza en sí misma. Las cosas sobre Andy fueron lo peor de todo lo que había leído. Estaban envenenando algo puro y hermoso, y eso me provocaba náuseas. BobCuentaLaVerdad había encontrado el tono adecuado. Serio, preocupado, y con cada «hecho» que dejaba caer, parecía comedido. Todo lo que decía iba precedido por un «supuestamente» y el tipo daba la impresión de ser alguien en quien se podía confiar. Las personas que no conocieran a Andy, incluso algunas que sí lo conocían, podrían llegar a creerse sus palabras. Y, con un rumor así de feo circulando por ahí, ¿podríamos dejar las cosas claras algún día? ¿O aquello nos perseguiría el resto de nuestras vidas? Me llevé las manos a la cabeza. Odiaba a Bob, fuera quien fuera. Los odiaba a todos. A los venales y a los estúpidos. A todo aquel que alimentaba aquella maquinaria de mierda con sus clics, su atención y sus publicaciones.

Me quedé mirándome las manos. Tenía las uñas mordidas y cuarteadas. La única joya que llevaba era el anillo de boda. Esas manos habían construido algo. Un hogar, un negocio y una familia. Íbamos a perder la pensión. Mis reseñas en Tripadvisor y Google se habían convertido en una cloaca llena de críticas con una estrella y enlaces a páginas de pornografía. Nuestras hijas eran nuestra vida, pero la pensión era nuestro hogar. Nuestro lugar seguro. Y aquellos cabrones, aquellos desgraciados patéticos y carroñeros con sus teorías conspirativas y su desesperada necesidad de atención iban a destruirlo todo. Pero era peor que eso. Mucho peor. ¿Cómo le afectaría aquello a Andy? Grace ya había visto algunos de los contenidos. ¿Cómo le afectarían a ella?

Me levanté y empecé a dar vueltas por la cocina. Notaba un hormigueo por todo el cuerpo, como si estuviera a punto de explotar en mil pedazos. Se me había secado la lengua. Me serví un trago de *whisky*, después otro. Bebía porque tenía ganas de destruir algo, y lo único disponible era yo misma. Rufus me observaba. Al mirarlo, gimoteó. No fue un quejido agudo para llamar la atención, sino un lloriqueo de preocupación.

Me sonó el móvil. Era Andy, así que descolgué de inmediato.

—Hola.

—No está aquí. No está en el instituto. —Parecía aterrorizado.

—¿Cómo?

—Me han tenido aquí sentado, frente al puto despacho de la directora, y sabían que había desaparecido, pero no me lo han dicho porque esperaban poder encontrarla por arte de magia, aunque sabían que no lo conseguirían. Lee, ni siquiera ha ido a primera clase.

—¿Grace? —El mundo empezó a dar vueltas a mi alrededor.

—Sí, Grace. Por supuesto. No sé qué hacer. ¿Qué debería hacer?

—Grace —repetí.

Creo que se me cayó el teléfono. Creo que yo también debí de caerme al suelo, o sentarme, porque allí fue donde me encontró Andy poco más tarde. Pero no lo sé con certeza porque no lo recuerdo. Todo se volvió negro.

# 22

## MATTHEW

A las nueve de la mañana del jueves, el amigo que Matthew tenía en la unidad de perros policías ya había cumplido con su palabra. Llamó a Matthew al móvil. Este respondió a la llamada mientras hacía cola en la cafetería de al lado de la comisaría.

—Damien. ¿Cómo ha ido?

—Como era de esperar. Trudy no se equivocó. He llevado a Drake al bosque y ha dado la alerta en el mismo lugar. No cabe duda de que alguien enterró un cuerpo en ese sitio y después lo desenterró.

—Mierda.

—Sí. Supongo que debió de ser la chica que estáis buscando.

—Cuesta creer que se trate de otra persona.

—¿Vas a volver a enviar a los de la policía forense?

—Así es.

—Te advierto que es posible que no encuentren nada de utilidad —le dijo Damien—. La tierra está muy removida y además está lloviendo allí ahora mismo. ¿Sabes que los perros pueden captar rastros que a los forenses se les escapan?

—Ya lo sé. Gracias, tío. Te debo una.

—Bueno, en realidad no —respondió Damien con tono divertido—. Pero, si quieres pensar que sí, entonces háblale bien de mí a tu hermana.

Lucia, la hermana de Matthew, era policía en el Departamento de Policía de Burlington. Era dura y lista y, en lo tocante a los hombres, sabía bien lo que deseaba y lo que no. Lo que no parecía desear era una relación que durase más de un par de meses. Y lo que parecía dársele muy bien era romper con los hombres de manera rápida y sencilla, sin dejar rencores a su paso. Por desgracia para Damien, Lucia nunca regresaba.

—Puedo intentarlo.

—Qué va, tío. Estaba de broma. Pero salúdala de mi parte, ¿quieres?

Terminaron la llamada. Matthew recogió los cafés que había pedido y volvió apresuradamente a la comisaría. Cuando llegó, Sarah Jane no estaba en su mesa. Kim Allen miró el vaso extra de café que llevaba en la mano.

—¿Buscas a tu chica? Está en una de las salas de interrogatorios de abajo.

Matthew se quedó desconcertado. Sarah Jane había hecho un buen trabajo al entrevistar a Julie Bradley. Un trabajo excelente, de hecho. Pero eso no significaba que estuviera preparada para interrogar a los testigos ella sola. Desde luego no significaba que pudiera elegir hacerlo sin su conocimiento o permiso. Debió de notársele el fastidio en la cara.

—Cálmate, que te veo venir —le dijo Kim—. No se trata de un testigo. O al menos, uno de verdad. Es una loca que ha estado tocándoles las narices a los chicos de recepción y se negaba a marcharse hasta no haber hablado con alguien que estuviera trabajando en tu caso. Nos llamaron, y S. J. dijo que se encargaría de ello. Les está haciendo un favor, y a ti también.

Matthew dejó el café en su mesa y se fue a la planta de abajo. Solo una de las salas de interrogatorios estaba ocupada. Pensó en entrar y, en su lugar, decidió observar la entrevista desde la sala de al lado, a través del espejo unidireccional. Sarah Jane estaba sentada frente a una mujer bien vestida de unos cuarenta y tantos años. La desconocida tenía el cabello oscuro cortado por encima de los hombros, unos grandes ojos marrones y la barbilla pequeña y puntiaguda. Parecía agitada. Sarah Jane, por el contrario, estaba tranquila.

—Lo que intento decirle, si me hace caso de una vez, es que ese hombre estuvo a solas con mis hijas. ¿De acuerdo? ¿Se entera usted?

—Claro que me entero, señora Sugarman. —Sarah Jane sostenía un bolígrafo en la mano y tenía su libreta abierta sobre la mesa.

—Entonces, ¿qué van a hacer al respecto?

—Usted dio su permiso para que sus hijas se quedaran en casa de los Fraser. Y, según sus hijas, no sucedió nada inapropiado —respondió Sarah Jane, empleando el tono propio de alguien que se está repitiendo.

—Esa no es la cuestión.

—Estamos hablando de una fiesta de pijamas que tuvo lugar hace más de dos años.

—Le he contado lo de la fiesta de pijamas solo para que entendiera que tengo una conexión personal con el asunto y que, como madre, estoy preocupada, ¿de acuerdo? Es evidente que he sobrestimado su capacidad para empatizar. Imagino que no tendrá usted hijos. Pero olvídese de eso. Le estoy preguntando, como ciudadana, qué van a hacer con ese hombre. —En su voz se apreciaba un cierto tono triunfal.

—Como ya le he explicado dos veces, el señor Fraser no ha hecho nada malo.

—Eso son chorradas —le espetó la señora Sugarman señalándola con un dedo—. Y usted lo sabe. Violó a esa niña en Nueva Jersey. Y ahora su hijastra ha desaparecido y ustedes no hacen nada al respecto.

—Eso no es cierto.

—¿Por qué lo protegen? Es asqueroso. Antes se podía confiar en la policía para que encerrara a gente así. El mundo se va a la mierda, eso es lo que pasa. Quieren pasarse el día de brazos cruzados bebiendo café y comiendo bollos, dándoselas de importantes, y mientras tanto los violadores y los pedófilos andan campando a sus anchas. No me extraña que la gente se tome la justicia por su mano. No les queda otra opción. Será mejor que Andrew Fraser se ande con ojo.

Sarah Jane cerró su libreta con cautela y dejó el bolígrafo sobre la mesa.

—Señora Sugarman, Andrew Fraser no ha quebrantado ninguna ley. No violó a ninguna niña en Nueva Jersey. Se está usted refiriendo a una mentira que ha sembrado un trol de Internet, alguien que se divierte provocando a gente como usted.

—¡Gente como yo! —exclamó la señora Sugarman, arrebolada, levantando su puntiaguda barbilla.

—Gente como usted, sí. —Sarah Jane se mostraba tranquila, controlada y muy fría—. Ahora mismo el señor Fraser se enfrenta a un verdadero horror. Su hija ha desaparecido. Debería contar con el apoyo de su comunidad en vez de tener que lidiar con acusaciones y desconfianzas. Y desde ya mismo le advierto que, si algún miembro de la comunidad emprende acciones contra el señor Fraser, será castigado con todo el peso de la ley. —Se puso en pie y recogió la libreta y el bolígrafo—. Puede marcharse.

Sugarman se levantó también, roja de rabia. El discurso de Sarah Jane no había tenido el efecto buscado.

—Espere y verá. Cuando la verdad salga a la luz, perderá usted su trabajo. O puede que también vaya a la cárcel, por protegerlo. Ya veremos quién se ríe entonces cuando eso pase.

Salieron de la sala de interrogatorios y Matthew concedió a Sarah Jane el tiempo suficiente para acompañar a la señora Sugarman de vuelta hasta la zona de recepción. La esperó en el pasillo. Cuando regresó, Sarah Jane empujó con fuerza las puertas abatibles y recorrió enérgicamente el pasillo hasta que lo vio y se detuvo en seco. Lo miró a la cara y después se fijó en la puerta situada a su espalda, que conducía a la sala de interrogatorios.

—¿Lo ha visto?

—Así es.

—Mis disculpas si me he excedido —se excusó tras aclararse la garganta—. Le he dicho tres veces que la historia de Nueva Jersey es inventada. Pero no quería hacerme caso.

—Has hecho bien —respondió Matthew mientras empezaba a subir las escaleras—. Es difícil tratar con gente así. Todo lo que les dices lo interpretan como una prueba de una conspiración mayor. No creo que pudieras haberle dicho nada que le hiciera cambiar de opinión.

Sarah Jane lo siguió y él le contó lo que le había dicho Damien sobre el perro policía.

—Joder —dijo ella.

—Pues sí.

—Debía de ser Nina, ¿verdad?

—Eso me parece a mí.

—Así que la trasladó. Descubrió que los Fraser iban a buscarla el miércoles y regresó y la trasladó.

—Y tendría que haberla trasladado el martes por la noche —confirmó Matthew con gesto afirmativo—. La decisión de rastrear la finca se tomó después de la rueda de prensa del martes. Eso le concedería muy poco tiempo para llevarlo a cabo.

—Tenemos que rastrear sus movimientos del martes. Descubrir dónde estuvo. Dónde fue.

—¿Sabemos algo ya de las órdenes judiciales para examinar los datos del teléfono móvil?

—Nada —admitió Sarah Jane negando con la cabeza—. Esta mañana me he dado cuenta de que solo han pasado dos días desde que las solicitamos. Pero, por algún motivo, parece que hace más tiempo.

—He estado pensando que debería llamar al abogado de Simon y pedirle que ofrezca su teléfono de forma voluntaria.

—¿Cree que lo haría?

—Lo dudo mucho, pero eso le pondrá bajo presión.

—Fantástico. —Sarah Jane se quedó pensativa—. ¿Sabe? Si la trasladó, fue un error.

—¿Por qué?

—Porque, si la hubiera dejado donde estaba y la hubiéramos encontrado, habría podido decir que la mató otra persona después de que él abandonara la casa. Habían pasado juntos una semana. Habían dormido juntos. Aunque encontráramos su ADN en el cuerpo de la chica, eso no demostraría que la mató. Pero, para trasladarla, habría tenido que regresar. Habría tenido que conducir desde Waitsfield hasta Stowe. Alguien podría haber visto su coche. Podría haber quedado registrado en alguna cámara de seguridad. Al final conseguiremos revisar los datos de su teléfono y podremos comprobar su historial de ubicaciones. Podemos rastrear los datos del GPS de su coche.

—Siempre dando por hecho que fue tan estúpido como para llevarse el teléfono consigo. Y para ir en su propio coche.

—Los asesinos no son famosos por tener un intelecto apabullante.

—Estoy de acuerdo —convino Matthew—. Aunque Simon estudia en Northwestern, así que no es ningún tontaina.

—El miedo lleva a la gente a cometer estupideces —le recordó Sarah Jane.

—También es verdad. Pero es la casa de sus padres. Si podemos demostrar que volvió allí, ¿qué importa? No era la escena de un crimen, que nosotros supiéramos. No estaba restringida. Tenía todo el derecho a ir allí.

—Está dando por hecho que lo admitirá si se lo preguntamos. Pero puede que mienta.

Se quedaron callados unos instantes.

—Necesitamos un cuerpo, ¿no es así? —preguntó Sarah Jane con voz queda—. Va a ser imposible demostrar que la mató si no la encontramos.

—Imposible puede que no, pero sí muy difícil —admitió Matthew con un suspiro.

Habían alcanzado la puerta de la sala de la brigada. Se detuvieron al mismo tiempo, sintiendo ambos, tal vez, que la conversación no había terminado.

—¿Siempre quisiste ser policía? —le preguntó Matthew.

Ella lo miró a los ojos brevemente antes de apartar la mirada.

—¿Por qué lo pregunta?

—Por ninguna razón en particular. Salvo que estás haciendo un buen trabajo, y me lo estaba preguntando. —No habría sabido decir si el tono rosado de sus mejillas era una reacción a su cumplido o si se debía al efecto del frío. Por un segundo pensó que no iba a responderle.

—Mi hermano era el que deseaba ser policía. Hablaba de ello cuando estaba en el instituto. —Sarah Jane estiró el brazo y empujó la puerta para abrirla. Él la siguió. Allí se encontraban Kim, Dave y algunos más. Estaban ocupados trabajando, al teléfono, o hablando entre ellos. Se percibía el murmullo tranquilo de la conversación—. Le encantaba el trabajo —prosiguió Sarah Jane—. Murió en un accidente de tráfico hace dieciocho meses.

—Lo siento mucho —le dijo Matthew.

Ella asintió.

—¿Y fue entonces cuando solicitaste el trabajo?

Ella se encogió de hombros, asintió levemente y quedó claro que no deseaba continuar con la conversación. Matthew no iba a presionarla. Entonces, Sarah Jane cambió de tema.

—Lo que no entiendo es cómo el perro pudo oler algo que los de la policía forense no lograron encontrar. Me refiero a que, si el perro olió algo, ¿no debería haber también rastros de sangre o de tejido para que los encontraran los investigadores forenses?

—Yo tampoco voy a fingir que lo entiendo, pero me aseguran que a veces es así.

A Matthew le sonó el móvil, era una llamada de un número que no reconoció. Se despidió de Sarah Jane con un gesto de cabeza y respondió a la llamada de camino a su mesa.

—¿Inspector Wright? Soy Ronnie Garcia. Me ha dejado usted un mensaje.

—Señor Garcia. Sí. Le dejé varios mensajes urgentes. Ayer, y también esta mañana.

—Estaba de viaje, inspector. —No se percibía tono de disculpa en la voz de Garcia—. ¿En qué puedo ayudarle?

—Según tengo entendido, su compañía gestiona la seguridad de Rory Jordan y de sus empresas. Le llamo para confirmar que…

—Si se trata de las cámaras de seguridad instaladas en Stowe, en casa del señor Jordan, como ya le ha informado él mismo, esas cámaras aún no han sido activadas. Mandaremos a alguien esta semana para que lo haga. Es una desgracia que no lo hiciéramos antes, desde luego, pero no podemos retroceder en el tiempo.

Garcia hablaba en voz alta, con descaro y seguridad en sí mismo.

—¿Lo ha comprobado usted mismo, señor Garcia?

—Así es.

—¿Y si emitiéramos una orden judicial a su empresa, pidiendo los datos relativos a las cámaras de la casa de Stowe? Y, ya puestos, de las cámaras de la casa de los Jordan en Waitsfield.

—Puede hacerlo si lo desea, inspector, aunque no creo que le sirva de mucho. La empresa para la que trabajo tiene su sede en Panamá, que es también donde están ubicados los servidores. No almacenamos datos en Estados Unidos. Supongo que podría emitir su orden en Panamá. No sé cómo funciona el derecho internacional, así que tal vez sea posible —dijo aquello con el tono de alguien que conocía hasta el más mínimo detalle cómo funcionaba el derecho internacional—. Lo que sí sé es que las leyes de retención de datos en Panamá son diferentes a las que tenemos aquí. La empresa para la que trabajo borra todos los datos de los clientes de forma regular, como parte de nuestra política. Pero, como ya le he dicho, en el caso de la casa de Stowe, no habría ningún dato que borrar, dado que las cámaras no habían sido activadas aún.

Matthew terminó la llamada. Estaba cabreado. Garcia era un chanchullero, y Rory Jordan estaba dando rodeos. Iba por delante de ellos y les limitaba las vías de investigación. No era la primera vez que Matthew se enfrentaba a un sospechoso con dinero. La última vez había sido un violador con un fondo fiduciario. En esa ocasión, Matthew se había llevado el gato al agua, principalmente porque el sospechoso era tonto de remate. Simon Jordan no era estúpido, y tampoco lo era su padre. Matthew sentía que estaba ante una montaña cada vez más difícil de escalar. No podían permitirse perder tiempo. Tenían que acceder al hogar de los Jordan en Waitsfield e incautar todos los ordenadores, *tablets* y teléfonos antes de que pudieran borrar o destruir los datos. Sin duda la alerta del perro policía siguiendo todos los protocolos serviría para convencer a un juez de que tenían motivos de sobra para registrar la casa. Matthew sacó su teléfono. Estaba a punto de hacerle una llamada a un amigo fiscal para que le aconsejara cómo formular la solicitud cuando algo llamó su atención. Sarah Jane se había puesto en pie frente a su mesa, con el teléfono pegado a la oreja. Se volvió para mirar en su dirección, y la angustia fue visible en su cara. Matthew se levantó también. Ella se le acercó y, de camino, terminó la llamada.

—Era Andy Fraser —le comunicó—. Está en el instituto. Grace Fraser ha desaparecido.

# 23

## ANDY

Llamé al instituto de camino hacia allí y les dije que iba a llevarme a Grace. Ese es el procedimiento. Se lo comunicas y ellos preparan al alumno para que esté esperándote en el despacho cuando parezcas. Salvo que, cuando llegué, Grace no estaba allí esperándome. La ayudante de Cally Gabriel me pidió que tomara asiento y, como un tonto, así lo hice. Me pasé media hora allí sentado como un niño obediente, hasta que por fin Cally salió de su despacho con gesto defensivo.

—¿Dónde está Grace? —le pregunté.

—Grace no estaba en clase —respondió ella—. No ha asistido a ninguna de sus clases esta mañana.

—¿Y dónde está?

—No lo sé —admitió—. Pero me atrevería a pensar que una buena forma de averiguarlo sería llamarla al móvil.

Nunca en la vida he pegado a una mujer, y jamás había querido hacerlo antes de aquel momento. Me dije a mí mismo que lo único importante era encontrar a Grace, que no tenía tiempo para placar a Cally ni decirle lo que pensaba de ella. Pese a todo eso, noté que apretaba el puño de la mano izquierda y el dedo índice de la derecha apuntó a su cara.

—Ya se lo dije. Me planté aquí y se lo advertí. Le supliqué que ayudara y usted me soltó una gilipollez. Y ahora mire cómo estamos.

Ella apretó los labios con gesto de rabia.

—Señor Fraser…

—No —la interrumpí—. No quiero oír una palabra más. —Me alejé, sacando ya mi teléfono móvil.

Por encima del hombro, le dije a Cally Gabriel que tendría noticias de nuestro abogado. No tenemos abogado, pero tal vez ya fuera hora de contratar uno. Llamé cuatro veces al móvil de Grace mientras regresaba hacia mi coche, pero me saltaba el buzón de voz. Estaba a punto de montarme en el coche, a punto de llamar a Leanne, cuando me volví y miré de nuevo hacia el instituto. Había sonado el timbre y los estudiantes estaban saliendo de las clases.

Caminé decidido hacia los compañeros de Grace. Vi a chavales que reconocí. Todos me miraron como si fuera una amenaza. Un tipo siniestro. Eso me hizo aminorar el paso. Aquellos chavales se habían criado sabiendo que el instituto no era un lugar seguro. No podía asustarlos. No podía. Me detuve. Iba a darme la vuelta, pero entonces vi a Molly. La llamé y se acercó a mí arrastrando los pies.

—Hola, Molly.

—Hola, señor Fraser —respondió sin mirarme.

—¿Sabes adónde ha ido?

Negó con la cabeza.

—Molly, debes saber lo serio que es esto. Nina ha desaparecido. Ahora Grace también. Esta mañana no quería venir a clase. Si se ha escapado a algún sitio y tú lo sabes, tienes que decírmelo ahora mismo, porque mi siguiente llamada será a la policía.

Volvió a sacudir la cabeza, pero esta vez me miró a los ojos.

—Pensé que iba a venir a clase, pero no ha aparecido. No la he visto en todo el día. La habría llamado, pero aún no he tenido oportunidad.

—Vale. Gracias. ¿Y podrías llamarme, o pedirles a tus padres que me llamen, si te enteras de algo?

—Sí. Claro.

Me di la vuelta y me alejé. Había muchos ojos mirándome. Un chaval que rondaría la edad de Grace me gritó: «¡Pervertido!», disimulándolo con una tos fingida. Dejé de caminar y lo miré, desafiándolo a repetirlo. No se sonrojó ni se dejó amedrentar. Parecía querer enfrentarse a mí. Seguí caminando y llamé a Lee. Le dije que Grace había desaparecido. Ahora me doy cuenta de que fue una estupidez. Debería haber sabido que se alteraría al enterarse de la noticia de ese modo. Debería habérselo dicho en persona. Debería haberla abrazado al decírselo, para poder tranquilizarla. Pero me entró el pánico. No sabía qué narices hacer, y Lee es la clase de persona a la que recurres.

La llamé. Se lo dije. Oí que dejaba caer el teléfono. Para entonces me encontraba delante del instituto. Notaba como si tuviera cien pares de ojos fijos en mí, y ninguno me miraba con benevolencia. Sentía que estaba a punto de explotar. Me fui al coche y llamé a Matthew Wright. Saltó el buzón de voz. Llamé al número principal de la comisaría y me pasaron con Sarah Jane Reid.

—¿Señor Fraser?

—Grace ha desaparecido. Esta mañana la he dejado en clase y la he visto entrar por la puerta. Pero no ha llegado a ir a clase. Ahora mismo estoy en el instituto. No saben dónde está. He hablado con su mejor amiga y me ha dicho que no sabe nada de ella. La creo.

—¿Grace tiene acceso a un coche? ¿Sabe conducir?

—No. No tiene coche.

—¿Esta mañana ha preparado una mochila? ¿Ha metido algo de ropa?

Intenté pensar.

—Llevaba la mochila del instituto. No creo que metiera nada de ropa.

—¿Qué llevaba puesto hoy?

Me quedé con la mente en blanco. Era incapaz de recordar.

—No lo sé. Vaqueros, creo. Su abrigo es verde, así que supongo que un abrigo verde. —Parecía que me lo estaba inventando, y creo que ella se dio cuenta.

—Ahora voy a colgar el teléfono, Andrew —me dijo—. Voy a movilizar a los agentes. Enviaremos coches a buscarla ahora mismo y preguntaremos en la estación de autobuses. Váyase a casa. Le veremos allí.

—Hoy había un tipo en la verja del instituto. Un puto loco. Decía cosas descabelladas, asegurando que yo era un peligro para las chicas. ¿Podría habérsela llevado él?

—¿Dice que vio a Grace entrar por la puerta en el instituto?

—Sí.

—Entonces no me parece probable, pero lo investigaremos.

Le di una descripción del tipo y luego me fui a casa. Pasé frente a los periodistas apostados en la verja y aparqué en el patio de atrás. Encontré a Lee en el suelo de la cocina. Estaba sentada con la espalda apoyada en el armario. En el suelo reposaba su teléfono junto a ella, con la pantalla partida. Rufus se había acurrucado a su lado, todo lo cerca que podía. Tenía la cabeza apretada contra su regazo, pero era como si ella no lo viera. Como si no me viera a mí. La tomé en brazos y la llevé al salón. Me senté con ella en el sofá y la abracé. Apoyó la cabeza contra mi pecho, pero no dijo una sola palabra.

—Todo saldrá bien, cariño. Te lo prometo, todo saldrá bien. La encontraremos. Las encontraremos a las dos.

Le di un beso en la cabeza, la abracé con fuerza y lloré. Eso fue lo que hice. Dos hijas desaparecidas. Una esposa destrozada. Y yo me senté en el sofá y lo único que hice fue llorar.

# 24

## Matthew

El instituto se hallaba a treinta y cuatro kilómetros de la comisaría. Matthew le pidió a Sarah Jane que condujese. Necesitaba tener libres las manos y la atención, con el fin de poder hacer varias llamadas y dar la descripción que Andy les había dado del desconocido que lo había asaltado esa mañana a las puertas del instituto. Sarah Jane era buena conductora. Conducía deprisa, un requisito en esas circunstancias, pero no corría riesgos innecesarios. Matthew logró localizar a la doctora Karen Sears, psiquiatra del Centro Médico de la Universidad de Vermont especializada en medicina forense. Sears formaba parte de un cuerpo especial que regularmente evaluaba a individuos de alto riesgo pertenecientes al sistema de Vermont, y ya habían trabajado juntos en un caso anterior. Matthew le explicó brevemente las circunstancias y le brindó la descripción que había proporcionado Andy Fraser.

—No puedo estar segura, pero parece que podría ser James Mannion. Debe de estar en vuestro sistema. Trastorno límite de la personalidad. Tiene antecedentes de obsesionarse con individuos de perfil alto.

—¿Lo has tratado?

—Personalmente, no.

—¿Crees que podría habérsela llevado él?

—No puedo responder a esa pregunta con ninguna certeza. Creo que en el pasado ha sido acusado de acoso, pero no tiene antecedentes por violencia, que yo sepa. Figura en el sistema porque le envió una serie de cartas amenazantes a Hillary Clinton. Creía que formaba parte de una red de pedofilia. Amenazó con matarla. Pero nunca llegó a actuar. Era todo una fantasía.

—Clinton debía de ser un objetivo bastante difícil, pero los Fraser son de la zona. Es fácil acceder a ellos. ¿Crees que podría haber dado un siguiente paso?

—No lo sé —respondió ella tras una pausa—. Como te he dicho, no lo he tratado. Deja que contacte con su equipo médico. Te volveré a llamar.

Terminaron la llamada. Sarah Jane le dirigió a Matthew una rápida mirada inquisitiva y este negó con la cabeza.

—No lo tiene claro —contestó.

Llegaron al instituto. Sarah Jane se detuvo frente al edificio de administración y aparcó. Entraron. Las puertas se abrían a una oficina externa, con un largo mostrador de recepción y una hilera de cuatro sillas dispuestas enfrente. Había un tablón de anuncios con carteles que publicitaban diversas actividades extracurriculares; los más visibles eran unas hojas de inscripción para el equipo de esquí, una producción de *Guys and Dolls* y un grupo de estudio para después de clase. Tras el mostrador de recepción había una joven mujer rubia. Parecía estar esperándolos. Señaló nerviosa hacia una puerta cerrada con el letrero de DIRECTORA. Dicha puerta se abrió antes de que pudieran llegar hasta ella y de dentro salió una mujer. Vestía una falda azul marino a la altura de las rodillas conjuntada con un jersey rosa pálido. Llevaba el pelo corto y ensortijado, pintalabios rosa intenso y gafas de carey. Le tendió la mano a Matthew.

—Soy Cally Gabriel, la directora del centro.

—Inspector Matthew Wright. Esta es la agente Reid. ¿El señor Fraser sigue aquí?

—Me temo que no. Creo que se marchó.

—¿Está buscando a Grace?

—No sabría decírselo.

Matthew empezaba a captar una actitud concreta.

—¿A qué hora llegó Grace a clase esta mañana?

—Su padre la dejó a las ocho y media.

—¿Cuándo se dieron cuenta de que había desaparecido?

—Debe usted entender que tenemos cientos de estudiantes en este centro. No podemos tener controlado a cada estudiante en particular. —Gabriel no parecía ser consciente de que había alzado la voz. No le gustaba que la interrogaran—. Tenemos un sistema. Los estudiantes van a clase. El profesor pasa lista en su *tablet* y los resultados nos llegan aquí, a la oficina. Si un estudiante no ha venido y el padre no ha llamado con antelación para comunicárnoslo, ni ha registrado su ausencia mediante nuestro sistema *online,* entonces se alerta de la discrepancia. Es entonces cuando avisamos a los padres.

—Entiendo. ¿Y a qué clase faltó Grace?

Se produjo otra pausa.

—Hoy Grace no ha asistido a ninguna de sus clases.

Matthew miró su reloj de pulsera. Eran casi las once y media de la mañana. Andy Fraser había llamado a la comisaría poco después de las once. El sistema del instituto no parecía haber funcionado.

—No sé si lo he entendido. La primera clase de Grace habría sido a las… ¿ocho y media? ¿Nueve menos cuarto?

—Ha sido culpa mía —intervino la mujer rubia que estaba sentada detrás del mostrador—. No comprobé las alertas. Normalmente no lo hacemos antes del recreo, porque muchos de los alumnos llegan tarde. Normalmente compruebo las alertas en torno a las once y media y entonces llamo a todos los padres de una vez, ¿entiende?

—Gracias, Becky —repuso Gabriel con sequedad. Con un gesto indicó a Matthew y a Sarah Jane que la siguieran al interior de su despacho y cerró la puerta con firmeza a sus espaldas—. Evidentemente es una lástima que no comprobáramos las alertas antes, pero, como ya he intentado explicarle al señor Fraser esta mañana, no tenemos la capacidad para ofrecer seguridad o supervisión extra para un estudiante en concreto. Se trata de un instituto público. Debemos considerar por igual las necesidades de todos nuestros estudiantes.

—Entiendo. —Matthew no iba a tomarse el tiempo de explicarle que, en su opinión, tardar tres horas en comunicar a los padres que su hija no había acudido a clase distaba mucho de ser una supervisión adecuada para nadie—. ¿Tiene idea de adónde podría haber ido Grace Fraser?

—Me temo que no.

—Tienen cámaras —observó Sarah Jane—. He visto algunas en la fachada. ¿Las imágenes están grabadas?

—Pues… no lo sé —admitió Gabriel—. Tendrían que hablar con nuestro encargado de seguridad, el señor Lambe. Si son tan amables de seguirme, los acompañaré a su despacho.

La siguieron mientras salía del edificio de administración, atravesaba un patio y bajaba un tramo de escaleras hasta alcanzar un largo pasillo mal iluminado.

—La situación es una verdadera tragedia, por supuesto, pero no puedo evitar pensar que los Fraser deberían responsabilizarse un poco —comentó la directora con tono agraviado.

—No sé bien a qué se refiere —respondió Matthew.

—Pues, bueno, teniendo en cuenta que ambas hijas se han escapado, cabe preguntarse qué es lo que sucede en esa casa, ¿no le parece? Es evidente que algo no marcha bien. No es que yo otorgue credibilidad alguna a los rumores más descabellados que circulan por ahí… —Dejó la frase inacabada e hizo la pausa justa para lanzarle a Matthew una mirada que indicaba que otorgaba credibilidad a diestro y siniestro—. Y entiendo que busquen a alguien a quien culpar, pero me parece bastante irresponsable que señalen al joven Simon Jordan, que sin duda es lo que están intentando hacer. Se trata de un joven adorable. Y además muy enamorado de su hija, lo cual hace que sea todo mucho más triste.

Se detuvo frente a una puerta que, en otro tiempo, había estado pintada de un alegre color azul, pero que ahora presentaba la desvaída pátina de años de porquería y grasa. Llamó enérgicamente con los nudillos, como la clásica maestra, y abrió la puerta.

—¿Señor Lambe? Estos agentes de policía querrían hablar con usted sobre las imágenes de las cámaras de seguridad que pueda tener de esta mañana.

La estancia situada al otro lado de la puerta era lúgubre. La única ventana que había era pequeña. El suelo era de linóleo gris, desgastado y un poco mugriento. Había baldas con viejos suministros de limpieza y, hacia el final de la habitación, un escritorio con un ordenador que debía de haberse quedado obsoleto diez años atrás. Un pequeño calefactor eléctrico situado en el rincón escupía calor en vaharadas. El hombre sentado tras el escritorio tenía sobrepeso y estaba sin afeitar. Bajo las axilas se apreciaban oscuros cercos de sudor y la estancia tenía un fuerte olor a alcohol rancio y a sudor. Lambe los evaluó con la mirada desde detrás de su mesa.

—Puedo ayudarlos. ¿Hay algo en particular que deseen? —Movió el ratón e hizo clic. La pantalla no estaba orientada hacia la puerta, de modo que no era posible ver el contenido a no ser que uno cruzara la sala y mirase por encima de su hombro.

—Grace Fraser —anunció Matthew—. Ha desaparecido. Su padre la dejó en el centro a las ocho y media de la mañana y no llegó a acudir ni a la primera clase.

—Puedo buscarla en las cámaras, claro, pero, si ha hecho pellas, seguramente habrá salido por la puerta de atrás. Allí no hay cámaras. El presupuesto no nos llega.

Matthew miró a Cally Gabriel, pero esta no se esforzó en aclarar el fortuito comentario de Lambe. Se había llevado la mano a la boca y tenía la nariz arrugada.

—Si me disculpa, inspector, tengo una mañana ajetreada. Si necesitan algo más, estaré en mi despacho. —Se retiró con un audible suspiro de alivio.

En otras circunstancias, Matthew habría mostrado algo de compasión —el olor combinado con el calor hacía que la habitación fuese un lugar bastante desagradable—, pero le daba la impresión de que Gabriel no había sido capaz de entender la seriedad de la situación.

Lambe le sonreía con suficiencia, como si supiera exactamente lo que estaba pensando.

—Soy policía retirado del Departamento de Burlington —le explicó—. Grace es la hermana de Nina Fraser, ¿correcto? Entiendo su preocupación, pero probablemente haya hecho novillos. Todos los chavales los hacen, y supongo que ella tiene más motivos que la mayoría. —Les hizo un gesto para que se acercaran y señaló su pantalla—. El sistema que tenemos es bastante bueno. Puedo reproducir las imágenes de esta mañana. A ver si podemos localizarla.

Hizo eso mismo con rapidez y competencia. Vieron la reproducción de las imágenes de esa mañana, los coches que llegaban, los estudiantes que se bajaban. Lambe avanzó la grabación hasta las ocho y veintisiete de la mañana y luego bajó la velocidad. Fue el primero en distinguir el coche de Andy Fraser.

—Ahí está —anunció, señalando la pantalla con un dedo manchado de amarillo por el humo del tabaco—. Esa es Grace, ¿verdad?

La vieron desaparecer en el interior del instituto hasta salir del encuadre de las cámaras. Vieron a Andy entrar en el edificio de administración y volver a salir veinte minutos más tarde. Lambe dejó avanzar la grabación. Vieron cómo se despejaba el instituto. No había rastro de Grace Fraser abandonando las instalaciones.

—Esta mañana había un hombre en la verja —le informó Matthew—. Acosó a Andrew Fraser. ¿Tienen una cámara en la verja?

—Me temo que no —respondió Lambe meneando la cabeza—. Pero, si estaba ahí fuera, aquí no ha entrado. —Señaló las pantallas, como si ellas corroborasen sus palabras—. Lo habrían captado las cámaras.

—¿Ha dicho que es probable que Grace hiciera novillos y saliera por la puerta de atrás, donde no hay cámaras?

—Eso es.

—¿Y todos los estudiantes saben que esa es la manera de escabullirse si no quieren ser vistos?

—En efecto.

—Entonces, presumiblemente, cualquiera que estudiara aquí en el pasado también sabrá que esa es la manera de entrar sin ser visto.

Lambe apuntó a Matthew con un dedo y chasqueó la lengua, como diciendo: «Ahí me ha pillado».

—De acuerdo. Muchas gracias por su tiempo. —Matthew se volvió para irse. Deseaba largarse de allí cuanto antes.

—Creo que lo hizo él, si sirve de algo —comentó Lambe.

—¿Cómo dice? —Matthew estaba en la puerta y se giró. Sarah Jane ya había salido.

—Simon Jordan. Ella... —Lambe señaló con el pulgar en la dirección del despacho de Cally Gabriel—... lo tiene entre algodones. Al chaval se le da bien eso de encandilar a las mujeres.

—A usted no le cae bien Simon —conjeturó Matthew.

Lambe se recostó en su silla. La hizo girar de un lado a otro y se rascó la barriga.

—Pues no. Le voy a contar una historia sobre Simon Jordan. En su último año de instituto, no logró entrar en el equipo de esquí, ¿vale? Formó parte del equipo los años anteriores, pero el último no. Teníamos un chaval nuevo. No recuerdo su nombre. Paulo no sé qué. Un esquiador de la leche. Consiguió plaza y Jordan se quedó fuera. Así que Jordan se deshizo en sonrisas y felicitaciones. Fue el primero en darle la enhorabuena con una palmadita en la espalda. Un tipo modélico, encantador. Pero tres semanas después de empezar el trimestre, comenzamos a recibir avisos de hurtos. Cosas aquí y allá. El móvil de alguien, o el dinero del almuerzo, o un jersey nuevo, o un carísimo libro de texto. Esa clase de cosas. Y Jordan les dice a sus amigos que piensa llegar al fondo del asunto. Le pide al encargado de seguridad de su padre que le consiga unos rastreadores. Eso fue antes de que se pusieran de moda los dispositivos de localización AirTags, ¿vale? Pero eran algo así. Chismes de plástico tan pequeños que podían introducirse discretamente en los objetos personales. Y Jordan pegó esos localizadores a diferentes cosas. A unas deportivas que dejó en el vestuario. A un libro de matemáticas. A una billetera. Y adivinen dónde apareció todo.

—En la taquilla de Paulo —conjeturó Sarah Jane desde detrás de Matthew. Esta vez fue ella la que agitó el dedo.

—Así es. Eso mismo pasó. Y, claro, Jordan se quedó devastado al descubrir que el ladrón era su buen amigo Paulo. Fue todo una patraña. A Paulo lo echaron del instituto, Jordan recuperó su puesto en el equipo de esquí y quedó como un verdadero héroe.

—Y cree que Simon le tendió una trampa. ¿Cómo es que usted se dio cuenta y los demás no? —le preguntó Matthew.

Lambe sonrió y se tomó su tiempo para responder.

—Por dos razones —respondió al cabo—. En primer lugar, porque yo era policía y he visto de todo. En segundo lugar, porque Jordan nunca se molestó en disimular ante mí. Yo no tenía nada que él deseara. Le veía manipular a todos a su alrededor, y él sabía que le veía, pero le importaba una mierda. Porque ¿qué podía hacer yo? No podía tocarle ni un pelo, y él lo sabía.

Matthew y Sarah Jane dejaron a Lambe en su pequeño despacho y regresaron hacia el edificio de administración.

—¿Le cree? —preguntó Sarah Jane.

—Me parece que cree en lo que dice. Sea la verdad o no lo sea, quién sabe. Podría ser cierto. Si Simon Jordan mató a su novia, desde luego sería capaz de hacerle una jugarreta a otro compañero con tal de recuperar su puesto en un equipo. Pero no me inclino a creer que… Quiero decir que Lambe lleva aquí de brazos cruzados, ¿cuántos años? Sabe que la seguridad de este lugar es de traca. Sabía que Jordan hizo que expulsaran del instituto a otro alumno, al que probablemente acusaron por robo. ¿Y qué es lo que hace? No hace nada. Se queda sentado de brazos cruzados creyéndose superior al resto. —Matthew apretó el paso y después se detuvo en seco—. Mira a ver si puedes hablar con algunas de las amigas de Grace. Averigua si saben algo. Yo vuelvo a la comisaría. Rastrearé el móvil de Grace y empezaremos desde ahí.

Le resultaba todo terriblemente familiar. Se preguntó cómo llevarían la situación Leanne y Andy. Bien no, eso seguro. No podían estar bien en una situación como aquella.

# 25

## GRACE

No me quedé en el instituto. Dejé a mi padre en el coche, abrí las puertas de un empujón y seguí caminando por el pasillo antes de bajar las escaleras hacia el gimnasio. Aquella sala estaba desierta porque las clases no empezarían hasta pasados otros quince minutos. Fui al baño de las chicas y me metí en el último cubículo de la derecha. Bajé la tapa del asiento del váter, me encaramé a ella y abrí la pequeña ventana situada en lo alto de la pared. Todas las demás ventanas del baño tienen una barra de seguridad, lo que significa que no pueden abrirse mucho, pero hace años un chaval con un destornillador amañó esta para que la barra de seguridad pueda quitarse y volver a ponerse. Desenganché la barra y empujé la ventana para abrirla del todo. Primero saqué mi mochila y esperé a oír su golpe contra el suelo al otro lado. Después me encaramé a la ventana y me dejé caer. La parte trasera del gimnasio da a la linde de los terrenos del instituto. Hay allí una valla —con un agujero practicado convenientemente— y, más allá, árboles. Agarré mi mochila, me abrí paso por el agujero y me encontré metida entre los árboles, donde nadie podría verme.

Me sentí mal por haber dejado la ventana abierta detrás de mí y no haber vuelto a colocar la barra de seguridad en su lugar. Por lo general, cuando los estudiantes utilizan la vía del gimnasio para fumarse las clases, le piden a algún compañero que vaya con ellos para poder borrar sus huellas. Supongo que podría haber escrito a alguna amiga para pedirle que cerrara la ventana cuando me fuera, pero no quise hacerlo. No quería que nadie supiera dónde estaba y tampoco tener que dar explicaciones. Todo el mundo deseaba hablar conmigo en aquellos momentos y yo no tenía ganas de hablar con nadie, porque nadie me entendía. Estaban todos superemocionados, hasta mis amigas. Como si la desaparición de Nina no fuese más que otro escándalo. Un chismorreo muy jugoso que aliviaba el aburrimiento de la Introducción al Cálculo.

Y los que no eran amigos míos se portaban mucho peor.

Me adentré en el bosquecillo. No hay mucho que hacer en Waitsfield. Tenemos una calle principal con las tiendas y la fábrica de productos lácteos, y si te acercas por allí, en menos de cinco minutos te habrán visto ya unos veinte padres diferentes. Así que no era una opción. No tenemos centro comercial en el que poder desaparecer. La mayoría de los alumnos que hacen pellas acaban pasando el día entero sentados en algún claro del bosque, lo cual resulta bastante aburrido, razón por la cual fumarse las clases en nuestra escuela no supone un gran problema. Pero yo no pensaba pasarme el día entero deambulando por el bosque. Tenía un plan. La casa de mi amiga Molly se hallaba a tan solo dos kilómetros del instituto. Sus padres trabajaban los dos en Burlington, de modo que no estarían en casa. Allí tenemos a Charlie, mi caballo, porque tienen establos y nosotros no. Tenía planeado caminar hasta casa de Molly, sacar a Charlie y pasarme el día entero con él.

La verdad es que hacía buen día. No llovía, y supongo que hacía frío, pero llevaba el abrigo e iba caminando, de manera que no me costaba conservar el calor. Saqué el teléfono y miré los mensajes, pero no había nada nuevo. Todos aquellos a quienes conocía estarían ya en clase. O casi todos. Había estado mensajeándome con Simon desde la noche anterior. No tenía pensado ponerme en contacto con él, pero se me fue de las manos. Estaba en la cama, con el teléfono, revisando las redes sociales de Nina, mirando sus fotos y abrigando la esperanza de poder descubrir de pronto alguna novedad. Tras haber revisado todas sus publicaciones, pasé al perfil de Simon y empecé a mirar sus fotos, en la mayoría de las cuales aparecía también Nina. Supongo que le di un *like* a una de ellas y, pocos minutos después, él le dio *like* a una de las mías, una foto muy tonta en la que aparecemos Molly y yo en una fiesta en la piscina el verano anterior. Supuse que ese *like* era su manera de decirme que no estaba enfadado conmigo, así que le escribí por privado. Me daba mucha vergüenza lo que había hecho mi madre. No estoy enfadada con ella. Creo que ahora mismo se está volviendo loca y lo entiendo, de verdad que sí, porque desde que Nina desapareció el mundo entero parece haberse vuelto loco. No entiendo por qué mi madre culpa a Simon, salvo que tal vez necesite alguien a quien echarle la culpa. Le pase lo que le pase, no debería haberle pegado. No puede pensar en serio que él tuvo algo que ver con la desaparición de Nina. Si Simon está loco por mi hermana. Todo el mundo lo sabe.

El caso es que le escribí diciendo que lo sentía y él me respondió con una foto de su cara diciendo que creía que su carrera como modelo estaba en el aire. Ya se le ha puesto morado el ojo izquierdo; tiene muy mala pinta. En la foto sonreía, pero yo me sentí fatal. Volví a escribirle. Ni siquiera recuerdo qué le dije exactamente. Pero entonces me respondió y me dijo que estaba de broma al enviarme la foto, que era demasiado feo para ser modelo, me preguntó si yo estaba bien y me dijo que Nina no querría que me preocupara. Sinceramente, eso me hizo llorar un poco. Es que echo mucho de menos a Nina y estoy asustada por ella, y el hecho de que Simon me dijera que ella no querría que me preocupara me hizo sentir que estaba cerca de mí. El caso es que anoche estuvimos mensajeándonos como una hora, y la verdad, creo que Simon es el único que entiende ahora mismo cómo me siento.

He estado intentando no meterme en Internet. Mi madre me deja tener el teléfono solo porque le prometí que no miraría nada de lo que publican *online* sobre Nina. Se lo prometí, pero no hablaba en serio. Sinceramente, es poco realista esperar que no vea todas esas cosas. La gente me las envía de todos modos, enlaces a vídeos, fotos y publicaciones. Si cumpliera mi promesa y no me metiera en Internet, eso no me protegería de nada. Estaría colocándome en una posición en la que solo vería lo que otras personas creen que debería ver. ¿Me explico? Y ni por un segundo creo que la gente vaya a enviarme solo cosas «agradables», si acaso hay cosas agradables en una situación así. Es increíble la cantidad de mierdas que me ha enviado la gente. Cosas sobre mi padre que me dieron ganas de vomitar. No puedo hablar de eso con mis padres, pero creo que ya lo saben. No entiendo cómo esperan que vaya a clase cuando está pasando todo esto, cuando el chaval que me envió algunos de esos vídeos está sentado a dos mesas de distancia. Es como si pensaran que no puede hacerme daño si nos limitamos a no hablar de ello.

Me puse los auriculares mientras caminaba y fui escuchando un pódcast sobre la teoría del caos, lo cual podría parecer aburrido, pero resulta que es muy interesante. Escucho muchos pódcast. Antes escuchaba algunos de crímenes reales, como *Serial* y esas cosas, pero ya no puedo. Y tampoco puedo escuchar música porque todas mis canciones favoritas me hacen llorar.

Llegué a casa de Molly y trepé por la valla de atrás. Allí estaba Simba, el perro de Molly, pero me conoce, y de todas formas es viejo y está allí más para darte la bienvenida que para expulsarte de la propiedad. Le hice algunos cariños y me fui a buscar a Charlie. Estaba en el establo, no en el prado, porque últimamente lo monto mucho. Se alegró un montón de verme. Busqué un cepillo y le di un buen cepillado, luego me cambié de ropa antes de montarlo. Puedo montar en vaqueros, pero los días que hace frío acabas con rozaduras si pasas mucho tiempo a caballo. Los pantalones de montar son más cómodos. A Whisper, la yegua de Molly, no le hizo mucha gracia que saliéramos sin ella. La cepillé y le dije que lo sentía, luego recorrí el prado con Charlie hacia la verja trasera. La cerré a nuestra espalda antes de subirme a su lomo, luego empezamos a trotar un poco para que pudiera entrar en calor antes de pasar al medio galope.

Me encanta montar, de verdad que sí. Cuando salgo a pasear con Charlie, siento que soy yo misma. Me siento…, no quiero que esto suene cursi, como una cita motivadora de Instagram…, pero me siento fuerte, y libre también. Por lo general, cuando monto a caballo todo lo que me preocupa en la vida real me parece más pequeño y trivial. O por lo menos no tan importante. Buscaba desesperadamente esa sensación, pero no la encontré. La desaparición de Nina es demasiado importante. Ni siquiera Charlie puede borrar ese problema.

Volvimos a caminar lentamente y entonces saqué otra vez mi teléfono. Tenía un nuevo mensaje de Simon, preguntándome qué estaba haciendo. Le dije la verdad. Que me había fumado las clases, que estaba con Charlie y que no conseguía hacer que me sintiera mejor. Me preguntó si Charlie era mi novio y le envié un emoji de carcajadas y se lo expliqué. Y entonces me pidió una foto y se la envié. Después de eso, se quedó callado durante un tiempo, lo cual me hizo sentir más sola y deprimida. Llevé a Charlie por una senda que tenía algunos saltos intermedios. Los salvamos, y luego supongo que estuve montando sin rumbo durante un rato antes de empezar a dar la vuelta. Era ya casi la hora de comer cuando me vibró de nuevo el teléfono. Otro mensaje de Simon, diciendo que sentía haber desaparecido, y que si quería quedar. Eso me hizo sonreír. De verdad que sí. Me dijo que podría acercarse con el coche a donde yo estaba, y le indiqué qué sendero tomar, y acordamos encontrarnos para comer en un claro situado entre dos senderos, donde sabía que hay un arroyo de agua limpia del que Charlie podría beber.

Llegué yo primero. Le aflojé la cincha a Charlie para que estuviera más cómodo. Le di de beber y colgué las riendas de la rama de un árbol, dejándolas algo sueltas para que pudiera olisquear y morder la hierba si le apetecía. Tampoco es que hubiera mucha disponible, pero le gusta explorar. Después me senté en un árbol caído y desenvolví mi comida, compuesta por algunas cosas que había logrado llevarme de la cocina sin que mis padres se dieran cuenta. Un panecillo, un paquetito de queso con galletas saladas, una manzana y una bolsa de patatas. De pronto me sentí algo infantil y no quise que Simon lo viera. Pero también es verdad que me moría de hambre, así que en vez de volver a guardarlo me puse a comer muy deprisa. Ya me había terminado el panecillo y la manzana cuando él llegó.

—Hola —me dijo con una sonrisa.

Le devolví la sonrisa y me arrepentí de inmediato porque estaba bastante segura de que tenía algún trozo de pan entre los dientes.

—Perdón —le dije, y cerré la boca.

Simon me miró interrogativamente y se acercó a ver a Charlie. Vestía vaqueros negros y botas a juego, además de un abrigo negro que tiene una franja naranja estampada en uno de los brazos. Era bastante chulo. De hecho es un tío muy guapo, lo cual no me sorprende, porque si uno conociera a mi hermana se daría cuenta de que es preciosa.

—¿Así que este es tu chico? —preguntó. Le puso una mano a Charlie en el cuello y este se escabulló hacia un lado. No siempre le gustan los desconocidos.

—Así es.

—Es precioso.

—¿Tú montas? —Estuve a punto de preguntarle si quería montarlo, aunque a Charlie no le gusta que lo monte nadie que no sea yo, pero Simon negó con la cabeza.

—No es mi rollo —dijo. Se acercó a sentarse junto a mí en el árbol caído—. ¿Cómo lo llevas?

Era muy amable. Me encogí de hombros, pero entonces me dio miedo ponerme a llorar, porque noté que me querían brotar las lágrimas. Le ofrecí el queso y las galletas para distraerme.

—¿Quieres un poco?

Aceptó el paquete y lo abrió, luego elaboró una especie de sándwich con las galletitas y el queso y se lo comió en dos bocados. Se sacudió las migas de las manos.

—Muy bueno —comentó, se hurgó con la uña del pulgar en uno de los dientes, supongo que para sacarse un trozo de galleta. Si yo hiciera eso, parecería un trol, pero él lo hizo con elegancia. Después se quedó mirándome con seriedad—. De verdad, Grace, lo digo en serio. ¿Cómo lo llevas?

Me quedé mirando la tierra y la removí con la puntera de la bota.

—Estoy bien, supongo.

—Me parece que eso no es cierto.

—Siento lo que hizo mi madre —le dije. Seguramente sería la décima vez que le pedía perdón, pero me resultaba más fácil que hablar de mis sentimientos. Pensé que Simon iba a limitarse a volver a decirme que no era culpa mía, pero en su lugar suspiró.

—Mis padres van a presentar cargos.

Me dio un vuelco el estómago.

—Pero... Pero no pueden hacer eso.

—Los padres están locos —respondió encogiéndose de hombros—. Les dije que lo dejaran correr, pero mi madre está bastante cabreada. Y cree que..., perdona, Grace..., pero cree que tu madre está perdiendo la cabeza y podría ser peligrosa.

—Eso no es verdad. No es verdad para nada. —Salvo que me daba miedo que tal vez sí lo fuera. Había pegado a Simon. Y a veces se quedaba como en blanco. No es que desconectara como hace uno a veces, cuando se distrae durante unos minutos. Era como si ella desapareciese en otro mundo.

—Bueno...

—Mi madre no está loca. Solo está asustada y triste. No debería haber hecho lo que hizo, pero tú lo entiendes, ¿verdad? —Deseaba por todos los medios que estuviese de acuerdo conmigo.

—Te entiendo. Pero se coló en la casa y luego me pegó... —Dejó la frase inacabada.

—¿Se coló en vuestra casa? —Era la primera noticia que tenía de aquello. Noté frío y calor al mismo tiempo.

Simon me miró con tristeza, lo que me hizo sentirme como una niña pequeña. No soporto esa sensación. A lo mejor se dio cuenta, porque se inclinó hacia mí y me dio un abrazo rápido.

—Podría hablar con mi madre, si quieres. Pedirle otra vez que lo deje correr.

—Sería fantástico. Por favor, hazlo si puedes.

Asintió y miró hacia el otro lado del claro.

—Supongo que no hay nadie más en el mundo que sepa exactamente cómo nos sentimos. Nadie quería a Nina de la misma manera.

Su manera de decirlo me hizo sentir incómoda. «Quería a Nina». Como si ya no estuviera. Como si no fuese a regresar. Pero entendí lo que quería decir. Nadie más lo entendía, no de la misma manera. Mis padres querían a Nina tanto como yo, pero ellos eran adultos y digamos que controlaban la situación, en la medida de lo posible. Hacían todo lo que estaba en su poder para encontrarla y solucionar la situación, pero me ocultaban muchas cosas y solo me las contaban cuando no les quedaba más remedio. Eran un equipo, y yo estaba sola. Y supongo que Simon también lo estaba.

—Sí —convine.

—Tenemos que apoyarnos el uno al otro, Grace. Hasta que descubramos la verdad de este asunto.

—Sí —repetí, con una sonrisa. Fue una sonrisa leve e incómoda, pero oírle decir aquello me hizo sentir muy bien.

Tendría a alguien con quien hablar. Mi propio equipo. E iba a hablar con su madre para que dejara en paz a la mía, y tal vez juntos pudiéramos descubrir dónde se había metido Nina. Nadie la conocía tan bien como nosotros. Estaba a punto de decirle eso mismo cuando me estrechó la mano. La mantuvo entre la suya y se volvió para mirarme.

—¿Sabías que te pareces un poco a ella? No eres igual, porque eres rubia, y más alta y un poco más grande. Pero tienes unos ojos muy parecidos. Y la boca también.

Se quedó mirando mis labios. Y entonces me acarició el dorso de la mano con el pulgar. Pero aquello no me hizo sentir bien en absoluto.

Aparté la mano con brusquedad y me metí ambas manos entre los muslos. Encorvé los hombros. Él me puso la mano en la nuca y la mantuvo ahí, con ternura.

—No pasa nada, Grace.

Sacudí la cabeza, sin saber qué hacer.

—No te sientas culpable. Es natural sentirse así. Echas de menos a Nina y yo también. Es natural que nos atraigamos.

Seguía con la mano en mi nuca. Me frotó el cuello, como si fuera un masaje, pero más despacio. Todo lo que decía era justo lo que yo había pensado, pero de forma retorcida.

—Nina querría que te sintieras bien.

Me puse en pie y se me cayó la bolsa de patatas al suelo. La recogió y me sonrió como si acabara de hacer algo gracioso.

—Tengo que irme —le dije. Recogí mi mochila del suelo y me la colgué del hombro.

—Quédate y termínate la comida.

—Tengo que devolver a Charlie —insistí negando con la cabeza.

—Me has pedido que viniera aquí a verte, ¿sabes? He venido conduciendo hasta aquí y es lo peor que ahora desaparezcas sin más.

¿Era eso cierto? ¿Le había pedido yo que viniera a verme? ¿No había sido una sugerencia suya?

—Lo siento —le dije—. Es que… no me encuentro bien.

—¿He hecho algo mal? —me preguntó con el ceño fruncido—. Creí que éramos amigos. —Parpadeó y se frotó los ojos. Vi entonces las lágrimas, lágrimas auténticas—. Mira, Grace, he tenido una semana de mierda. Primero Nina me deja, luego desaparece y la mitad del país, o por lo menos la mitad de la gente en Internet, parece pensar que yo he tenido algo que ver. ¿Sabes lo que se siente? Tu hermana ha desaparecido, pero al menos nadie piensa que tú hayas tenido algo que ver.

—Lo siento —repetí.

Me sentía muy mal por él. Debía de haber malinterpretado la

situación. Di un paso hacia él, y entonces se puso en pie y me abrazó. Le devolví el abrazo. Me pareció que tal vez fuese a ponerse a llorar, pero no lloró, sino que se aferró a mí como si me necesitara para mantenerse en pie.

—La echo mucho de menos.

—Lo sé —respondí—. Yo también. —Y entonces fui yo la que rompió a llorar.

Él me frotó la espalda y después la nuca.

—No pasa nada, Gracey.

Solo mis padres y Nina me llamaban Gracey. Eso me hizo llorar aún más fuerte.

—Shhh —me dijo—. Shhh. Todo saldrá bien. Lo arreglaremos. —Deslizó la mano derecha hacia un lado de mi cara hasta rodeármela.

Me besó en el cuello. Me besó en la mejilla. Me ladeó la cabeza y me besó en la comisura de los labios. Trató de besarme con la boca abierta, pero yo lo aparté con fuerza de un empujón, caí hacia atrás y aterricé de culo. Me tendió una mano para ayudarme a levantarme.

—Grace… —Me miró con la cabeza ladeada y una expresión de tristeza en el rostro, como si yo acabara de malinterpretar las cosas y lo hubiera decepcionado.

Levanté una mano para impedirle acercarse.

—No —le dije—. No. —Retrocedí a rastras, me puse en pie y seguí retrocediendo hasta que me choqué con Charlie.

Simon frunció el ceño. Vino tras de mí hasta quedar demasiado cerca. Yo me agaché por debajo del cuello de Charlie y vi que Simon se enfadaba.

—¿Qué es lo que te pasa? No puedes darme falsas esperanzas y luego marcharte.

Estaba asustada. Tan asustada que me temblaban las manos. Pero que se fuera a la mierda. Yo no le había dado falsas esperanzas. No había hecho nada. Pasé las riendas de Charlie por encima de su cabeza, apoyé la mano en su cruz y lo empujé para que se girase con rapidez. Simon tuvo que dar un paso atrás para quitarse de en medio, y yo puse el pie en el estribo y me monté en el caballo antes de que pudiera hacer nada. Solo entonces, cuando me encaramaba a Charlie, recordé que su cincha seguía floja, y la silla se ladeó sobre su lomo. Sin embargo, aguantó, y entonces me puse en marcha.

—Joder, Grace. Estás loca. A lo mejor te viene de familia.

Dio un paso hacia atrás y se plantó en mitad del claro con los brazos extendidos, cortándome el acceso al sendero. Nos quedamos mirándonos. Me di cuenta de que no pensaba moverse, así que le dije la única cosa que me vino a la mente.

—No eres un buen tío. Pensé que lo eras, pero no lo eres.

Sacudió la cabeza, medio riéndose.

—Tu madre me ataca. Tú me pides que nos encontremos aquí, me das esperanzas, luego te comportas como si fuera una especie de pervertido, y el malo soy yo.

—¿Te puedes apartar de mi camino, por favor?

Me miró y ladeó la cabeza como si estuviera sopesándolo, después negó lentamente con la cabeza, como si lamentara la situación pero no le quedara más remedio.

—Primero tendrás que disculparte. Di: «Simon, perdón por lo de la loca de mi madre. Y perdón por ser una zorra». Entonces me apartaré y podrás irte, y puede que algún día, cuando crezcas un poco más, podamos ser amigos.

Empecé a enfadarme. Y la rabia hizo que el miedo fuese mucho más pequeño. Apreté las piernas y Charlie comenzó a avanzar. Noté que quería rodear a Simon, pero con las piernas y las manos le indiqué que siguiera en línea recta. Simon no se apartó. Parecía pensar que podía jugar a ver quién aguantaba más con un caballo de setecientos kilos de peso. Así que decidí demostrarle que a ese juego no podía ganar. Apreté las piernas con firmeza y arreé a Charlie con una pequeña patada. Dio un salto hacia delante y Simon cayó al suelo soltando un taco. Animé a Charlie a continuar y este echó a correr. Dejamos a ese capullo tirado en el suelo.

# 26

## ANDY

Grace volvió a casa. Así sin más, volvió a casa. Yo estaba sentado en el sofá con Lee cuando oí el sonido de los cascos del caballo sobre la grava de la entrada. Rufus levantó la cabeza y gimoteó. No eran imaginaciones mías.

—¿Lee? ¿Has oído eso? —No me respondió.

La moví hacia un lado para que quedase sentada sobre el sofá y no encima de mí. Se acurrucó formando un ovillo y hundió la cabeza en el cojín. Salí a ver. Y allí estaba, nuestra preciosa hija, con Charlie. Grace ya se había bajado del caballo. Estaba de pie con los brazos en torno al animal y la frente apoyada en su cuello.

—¿Grace?

Se volvió hacia mí, vio mi gesto y compungió el rostro.

—Lo siento, papá. Lo siento mucho.

Me acerqué a ella, la levanté y la abracé con fuerza. Seguía agarrada a las riendas de Charlie. Este resopló y movió las patas con desconcierto.

Estiré el brazo y lo acaricié.

—Buen chico —le dije—. Buen chico.

—Sí que lo es —respondió Grace, medio llorando, medio riéndose.

—¿Dónde estabas? —Meneó la cabeza, como si no estuviese

preparada para hablar de ello—. Siento haberte obligado a ir a clase hoy, cariño. Volví a buscarte.

Amarramos a Charlie a la puerta de atrás. Yo le estreché la mano a Grace cuando entramos. No sabía cómo advertirla sobre el estado en el que se encontraba su madre. Cuando llegamos al salón, Grace se quedó paralizada en la puerta. Lee seguía hecha un ovillo en el sofá, con el rostro pétreo.

—¿Mamá? —Parecía asustada, y más pequeña de lo que era. Lee no reaccionó, no se movió un centímetro. Grace se acercó a su madre y hundió las rodillas junto al sofá. Le agarró los brazos a Lee y tiró de ellos hasta que la rodearon formando una especie de abrazo laxo—. Estoy aquí, mamá. Estoy aquí, ¿vale?

Algo se activó. Lee apretó los puños y agarró a Grace por la espalda del abrigo. La apretó con fuerza, levantó la cabeza y la atrajo hacia sí. Dijo el nombre de Grace, una vez, después otra, y otra más, hasta que pareció una especie de mantra.

—Estoy bien. Estoy aquí. Estoy bien.

Lee llevó las manos al rostro de Grace y le echó la cabeza hacia atrás, mirándola como si necesitara verla de verdad. Yo noté las lágrimas en los ojos y me alejé. Llamé a Matthew Wright y le conté que Grace estaba bien. Después salí y llevé a Charlie al granero. Grace lleva meses pidiéndome que le construya un establo, y todavía no lo he hecho. No podía dejarlo suelto en el granero. No sería un sitio seguro para él con todas las herramientas de paisajismo, de modo que tuve que atarlo, pero le dejé la rienda holgada y le puse agua. No tenía heno. Tendría que bastar hasta que pudieran pasar a recogerlo. Llamé a la madre de Molly y le dije que Charlie estaba con nosotros. Es una mujer amable. No hizo muchas preguntas, pero sí que se ofreció a pasar esa tarde con su remolque a llevárselo. Le quité los arreos a Charlie y lo cepillé bien. Al principio pensé que eran imaginaciones mías cuando oí el motor de un coche al ponerse en marcha. Luego pensé que tal vez uno de los periodistas hubiera subido en coche hasta la casa, o quizá hubiera venido Craig. Pero, cuando salí del granero, vi alejarse por el camino de acceso el coche de Lee. Volví a entrar en la casa y vi a Grace sentada sola en el sofá, muy pálida.

—¿Grace?

—Le he dicho a mamá que ha sido Simon. Me pidió que me reuniera con él en el bosque, lo he hecho y luego me ha entrado miedo. Pensé que era un buen tío, pero no lo es.

Llevé la mano a la jamba de la puerta y la agarré con fuerza.

—¿Te ha hecho daño?

Negó con la cabeza. Tragó saliva y adoptó un gesto avergonzado.

—Ha intentado besarme. Charlie me ha ayudado a escapar.

—¿Dónde está tu madre?

—No lo sé. Le he contado lo de Simon, entonces ha agarrado sus llaves y se ha marchado.

Joder. Me di la vuelta y corrí hacia la cocina. Me siguió la voz de Grace.

—¿Papá?

—Quédate aquí. Quédate en casa —le grité, y salí corriendo.

Llegué hasta mi camioneta. Toqué el claxon a medida que avanzaba por el camino de acceso y los periodistas y fotógrafos se apartaron apresuradamente de mi camino. Solo había un sitio al que podría haber ido. ¿Cuánto tiempo de ventaja me llevaba? ¿Cinco minutos? ¿Diez?

En casa de los Jordan también había periodistas. No muchos. Dos hombres, de pie junto a un coche, vasos de café en mano. Uno de ellos estaba fumando. Había otro coche aparcado a un lado, con una mujer sentada al volante, hablando por teléfono. Tal vez fuera así como Lee los convenció para que abrieran la verja. Tal vez amenazara con montar una escena si no le permitían entrar. O tal vez la verja estuviera abierta cuando llegó. Fuera como fuera, su pequeño Hyundai estaba aparcado casi en la puerta de la casa. Detuve mi camioneta justo detrás de ella y salí corriendo. Lee estaba en la puerta de entrada, hablando con Rory.

—Dile que no se acerque a nuestra hija —estaba diciendo—.

¿Entendido? No puede acercarse a ella. —No paraba de pasarse la mano izquierda por el pelo, una y otra vez.

Rory me miró a los ojos. Tenía muy mal aspecto. No se había afeitado y presentaba unas pronunciadas ojeras.

—Andrew —dijo al verme.

Me reuní con Lee en la puerta. Le estreché la mano, pero ella no me miró.

—Dile que venga —le dijo a Rory—. Tengo que hablar con él.

Rory estiró el brazo y agarró el marco de la puerta, cortándonos el paso.

—No puedo permitirlo. Pareces alterada. No creo que sea el momento adecuado.

—No estoy alterada —respondió Lee. Abrió mucho los ojos en un intento poco convincente de parecer sincera—. En absoluto. —No estaba bien. Tenía que llevarla a que la viera un médico. Necesitábamos ayuda.

—Cariño —le dije—. Venga, cariño. Vámonos a casa. Tenemos que volver a casa con Grace. —Traté de apartarla de la puerta, pero no se movió.

Rory apretó la mandíbula y se agarró con más fuerza al marco de la puerta. Jamie salió del pasillo detrás de él. Iba descalza y caminaba como si estuviera interpretando. Llevaba las uñas de los pies pintadas de escarlata. Leanne levantó los hombros al tomar aliento.

—Jamie. Por favor. Por favor, tengo que hablar con Simon. Él podría saber algo que nos ayude a encontrar a Nina, aunque no se dé cuenta. Si pudiera hablar con él tan solo cinco minutos.

Jamie se acercó. Se agachó por debajo del brazo de Rory y después se inclinó hacia atrás, de modo que el brazo que antes sujetaba el marco de la puerta reposaba ahora sobre sus hombros. Le pasó el brazo derecho a su marido por la cintura. Ambos se quedaron allí plantados, cortando el paso, como si estuvieran defendiendo un fuerte.

—No deberíais haber venido —comentó Jamie secamente—. Tenéis que marcharos ahora mismo, o llamaré a la policía.

Coloqué la mano sobre el hombro de Leanne. Quería llevármela de allí. En modo alguno iban a permitirnos hablar con Simon. No íbamos a llegar a ningún lado con ellos. Pero Lee dio un paso al frente y le agarró la mano a Jamie, quien pareció horrorizada.

—Te lo suplico —le dijo—. De madre a madre. Sé que entiendes que no puedo…, que no podemos sobrevivir salvo que sepamos qué le ha ocurrido a Nina. Tu hijo sabe la verdad. No…, no sobreviviremos. Por favor, Jamie. Por favor. Por favor. Por favor.

Lee se tambaleó y, por un momento, pensé que iba a arrodillarse. Una mirada fugaz mudó el semblante de Rory Jordan. Fue una mezcla de desprecio y pena. Jamie se quitó de encima la mano de Lee y retrocedió hacia el interior de la vivienda. Lee intentó seguirla.

—De madre a madre. Te lo suplico.

Jamie endureció el gesto hasta mostrarse hostil.

—Tenéis que dejarnos en paz. Esto es acoso. Voy a llamar a la policía. Presentaré más cargos contra ti.

Lee se balanceó de un lado a otro. Yo la rodeé con el brazo y tiré de ella.

—Vamos, cariño.

Pero no se movía. Plegó el cuerpo sobre sí mismo y empezó a llorar.

—Llévatela a casa —me pidió Rory. Advertí la lástima en su voz y lo odié por ello.

Lee estaba apoyada contra mí, llorando. La estreché contra mi cuerpo, los miré a ambos y me dieron asco.

—Simon pegaba a Nina. ¿Lo sabíais? Le dejaba moratones por el cuerpo. Esa es la clase de chico que habéis criado. Espero que estéis orgullosos. Hace dos horas le pidió a Grace que se reuniera con él en el bosque. Ha intentado besarla. Y ella ha tenido que quitárselo de encima. Tiene solo quince años.

Rory no reaccionó, o no mucho, pero Jamie se estremeció. A mí me daba igual. Me importaba una mierda lo que pensaran o sintieran.

—Si ha matado él a Nina, pagará por ello —le aseguré.

No sabía si eso era cierto o no. Deseaba creerme mis palabras, aunque no vivíamos en un mundo donde las malas personas pagaran por lo que hacían. Tenía que llevarme a Lee a casa. Traté de apartarla de allí, pero era un peso muerto. Al final me limité a levantarla en brazos y llevármela hacia mi camioneta. Los periodistas y los fotógrafos habían irrumpido en la propiedad. Los *flashes* de las cámaras se dispararon cuando senté a Lee en el asiento del copiloto. Una periodista me preguntó si estaba bien. No le respondí. Le puse el cinturón de seguridad a Lee y ella se llevó las manos a la cara. Nos fuimos a casa. Aparqué la camioneta en el granero y nos quedamos allí sentados largo rato. Lee dejó de llorar. Se recostó en su asiento y me miró a los ojos por primera vez desde que Grace había desaparecido.

—No puedo vivir sin saberlo nunca —me dijo—. Me va a matar.

# 27

## Matthew

Matthew había vuelto a la comisaría cuando Andy Fraser le llamó para decirle que Grace estaba a salvo. Quería detalles, pero Andy colgó enseguida. Tenía que estar con su familia. Presumiblemente, Grace había hecho justo lo que había predicho Jeremiah Lambe: saltarse las clases durante unas horas para escapar de la presión. Matthew sintió un profundo alivio sabiendo que Grace Fraser estaba sana y salva en casa con su familia, donde debía estar. Sarah Jane seguía en el instituto. La llamó y le pidió que regresara. Después llamó a su amigo fiscal para hablarle de una posible solicitud de orden de registro para la casa de los Jordan en Waitsfield.

—No tenéis suficientes pruebas —le respondió su amigo sin rodeos—. Rory Jordan tiene contactos. Tiene contratado al mejor bufete de abogados del estado. La alerta del perro policía es un comienzo, pero necesitáis algo más.

Matthew se fue a comprarse un sándwich. Necesitaba tiempo para aclarar sus ideas y pensar las cosas con calma tras el caos de aquel día. Además, no había comido nada desde el desayuno. Se topó con Kim Allen en la cafetería y regresaron juntos caminando.

—¿Cómo está Naomi? —le preguntó ella.

—Bien, gracias —respondió.

—Tienes a la chica de John Reid corriendo de un lado a otro trabajando en tu caso. ¿Cómo lo lleva?

—Hasta ahora ha hecho un buen trabajo. Es lista y tiene ganas. No se queja.

Kim asintió y siguieron caminando. Se estaba haciendo tarde e iba bajando la temperatura. El sol se ponía pronto en esa época del año.

—¿Has trabajado con ella? —le preguntó Matthew.

—Algo —respondió Kim, mirándolo de reojo—. Es una chica guapa, pero no piensa más que en el trabajo. Josh Heard, Dave Beecham y Anna Arlidge le pidieron salir y los rechazó a todos.

—¿Beecham le pidió salir? —Matthew meneó la cabeza. Qué cabronazo. Sarah Jane no debía de tener más de veintitrés o veinticuatro años, mientras que Beecham tenía cuarenta y tantos, además de estar casado y con tres hijos.

—No debería sorprenderte. Ese hombre es un perro.

Sarah Jane estaba esperándolo dentro. Levantó la cabeza en cuanto entró, le concedió el tiempo justo para ponerse cómodo y se acercó a su mesa.

—Acaban de llegar las cintas de seguridad del bar de Boston.

Vieron las grabaciones en una sala de interrogatorios. El ciudadano que había asegurado haber visto a Nina en el bar había sido muy claro con la hora. Dijo que la había visto a las diez y cuarto exactas, y lo sabía porque la había visto justo antes de marcharse del bar, y después de eso había pedido un taxi y tenía registrada en su teléfono la hora de la llamada. Matthew y Sarah Jane avanzaron hasta las diez y visionaron cada minuto hasta las diez y media. Matthew pausó la grabación y se recostó en la silla.

—No la veo.

No cabía duda. Tampoco es que el bar estuviese abarrotado. Solo cabía una posibilidad. Una chica sentada en el rincón acompañada de amigos. Se había acercado a la barra a pedir bebidas justo antes de las diez, y encajaba con la descripción general de Nina —alta, de cabello largo y oscuro—, pero solo en términos muy generales. La cámara la captó con mucha claridad al acercarse a la barra. Tenía los ojos más pequeños y la nariz más larga, por no mencionar un enorme tatuaje en el hombro que asomaba por debajo de su camiseta de tirantes. Nina no tenía tatuajes.

—¿Cree que el hombre se equivocó de hora? —preguntó Sarah Jane.

—Es posible.

Rebobinaron la grabación y la vieron a triple velocidad desde las nueve de la noche y hasta la hora del cierre.

—No está ahí —concluyó Sarah Jane.

—No —convino él.

—Pero ¿y qué hay de la otra persona? La mujer que dijo haber visto a Nina comprando drogas a la vuelta de la esquina del bar.

—Tenemos que comprobar eso.

—Me parece una coincidencia muy rara.

—Puede que no sea coincidencia.

Sarah Jane se volvió para dirigirle una mirada inquisitiva.

—¿El tipo que nos llamó diciendo que había visto a Nina en el bar también lo publicó *online*? Una vez trabajé en un caso en el que recibimos cuatro llamadas que aseguraban haber visto a una chica desaparecida, todas eran de gente distinta y se referían a la misma manzana en Burlington. Estábamos seguros de tener algo. Pero resultó que la primera persona había cometido un error. De verdad creía haber visto a nuestra chica. Pero después de llamarnos para contárnoslo, se metió en Internet para contárselo al mundo. Y eso hizo que surgieran varios locos de la nada. Los otros tres individuos eran imitadores. Buscaban atención.

—Mierda —murmuró Sarah Jane.

—Eso es —convino él poniéndose en pie—. Esperaremos para ver si la policía de Boston nos ofrece algo.

Ella asintió, pero Matthew percibió su decepción.

—Aun así, es un gran trabajo, Sarah Jane. Esto es lo que hacemos. Vamos comprobando posibilidades y descartándolas, y así es como obtenemos respuestas.

Regresó a su mesa, se sentó y estuvo pensando. Sujetó el bolígrafo con los dos primeros dedos de la mano derecha y estuvo golpeándolo contra la mesa. Hasta el momento no había logrado averiguar quién era el responsable de la limpieza de casa de los Jordan. Al llamar al abogado de Rory Jordan para preguntar por la limpieza, este le había respondido con un mensaje diciendo que los Jordan no sabían nada al respecto. Aseguraban que debía de haber sido obra de los antiguos dueños o de sus agentes inmobiliarios, cuando estaban preparando la propiedad para sacarla a la venta. Dado que el anterior dueño era un productor de cine que jamás había visitado Vermont, aquello estaba resultando difícil de confirmar. El agente inmobiliario del productor había contratado los servicios de una agencia de limpieza que empleaban a trabajadores por horas, y no tenían registro de quién se había encargado de la propiedad de Stowe. Parecía que el asunto de la limpieza era un callejón sin salida. No serían capaces de demostrar quién la había limpiado ni cuándo.

Matthew buscó la propiedad en Internet y encontró el anuncio de venta original. Fue pinchando en las fotografías una a una. ¿Parecía más limpia que la casa en la que había estado el miércoles? ¿Más sucia? Había una fotografía de la cocina y otra del cuarto de la lavadora, pero en la imagen no se apreciaba ningún producto de limpieza. Todas las superficies estaban despejadas. En las fotografías, las encimeras aparecían relucientes. ¿Hasta qué punto se debería a una buena iluminación y no a la posproducción? En la realidad, la casa era preciosa, de eso no cabía duda, pero las fotografías de las inmobiliarias siempre parecían mostrar otro mundo, donde las habitaciones eran amplias, con abundante luz natural y toques discretos de colores sutiles. Matthew frunció el ceño y retrocedió un par de imágenes. Algo había llamado su atención, pero no tenía claro de qué se trataba. Se encontró mirando una fotografía del salón. Había algo en la estancia que estaba diferente. Entornó los ojos y se inclinó hacia delante. ¿Qué era?

Claro. Resultaba tan evidente que a punto estuvo de pasarlo

por alto. Frente a la chimenea había una alfombra de color crema. Pero esa alfombra no estaba ahí cuando visitó la casa esa semana.

—¿Sarah Jane?

—¿Sí, señor?

—Llama a los agentes inmobiliarios. Pregúntales si se llevaron algo de la casa después de la venta. En el salón hay una alfombra en una de las fotografías. Delante de la chimenea. Pregúntales si se la llevaron.

—Ahora mismo.

Descolgó el teléfono. Se encontraba al otro extremo de la habitación y hablaba en voz baja. A esa distancia, Matthew no alcanzaba a distinguir lo que decía, pero la llamada no duró mucho.

—En la inmobiliaria dicen que no se llevaron nada —le informó—. El contrato de venta incluía todo: la casa y todos los muebles, incluyendo la iluminación y los textiles. No movieron la alfombra.

—De acuerdo.

Mathew hizo algunas llamadas más. Descubrió que Simon Jordan había cambiado de abogado, o más bien había sido obra de su padre. Rory había prescindido de Alistair Reynolds, que a fin de cuentas era abogado mercantilista. En su lugar había metido en nómina a Arnie Waugh para que representara a su hijo. Waugh era abogado defensor de causas penales, un especialista. Matthew lo llamó y Waugh atendió la llamada directamente.

—Inspector.

—Señor Waugh. Según tengo entendido, representa usted a Simon Jordan.

—Así es. Un buen chico.

—De acuerdo —contestó Matthew tras una pausa—. Le llamo para preguntarle si Simon estaría dispuesto a entregar su teléfono móvil para que lo examinemos. De forma voluntaria.

—Es una idea interesante. Por desgracia, no podemos hacer eso. —El tono de Waugh era relajado e informal.

—Sí que es una desgracia.

—Evidentemente le transmitiré la petición a mi cliente, veremos qué dice, pero yo le aconsejaré que no lo haga, y espero que siga mi consejo. Hoy en día, los teléfonos guardan demasiados datos. No se ofenda, inspector, pero no pienso facilitar una búsqueda exhaustiva de información.

—No se trata de eso. De hecho, si así se siente mejor, ¿por qué no escogemos un laboratorio privado? Un laboratorio neutral. Simon puede entregarles a ellos su teléfono y nosotros les pediremos que respondan a unas pocas preguntas muy específicas. Preguntas que acordaremos con usted de antemano.

—¿Como cuáles?

—El historial de ubicación y búsquedas del viernes y del sábado pasados. —Hizo una breve pausa y añadió—: También del martes.

Se produjo un silencio al otro lado de la línea. Matthew se imaginó a Arnie, sentado en su carísimo despacho con su carísimo traje y con el ceño fruncido.

—Le volveré a llamar —respondió Arnie antes de colgar el teléfono.

—De acuerdo —convino Matthew, hablando solo.

Se fue a casa y se dio una ducha. Naomi tenía el turno de tarde, así que la casa estaba en silencio. Encendió el horno y sacó del congelador una *pizza*. Se abrió una cerveza. En la casa hacía frío, pero no le pareció que tuviera mucho sentido encender la chimenea solo para él. Se llevó la *pizza* y la cerveza al salón y encendió la tele. Necesitaba distraerse. Pensar durante un par de horas en algo que no fuera Nina Fraser y Simon Jordan.

Estaba en la cocina, tirando a la basura los restos de la *pizza*, cuando le llamó Andy Fraser. Eran más de las diez de la noche, y Andy sonaba como si hubiera estado bebiendo.

—Dígame que lo van a atrapar —le dijo.

Matthew no se molestó en fingir que no sabía de qué estaba hablando. El padre de Nina se merecía algo más que eso. Además, no podía mentirle.

—Haré todo lo que esté en mi mano, se lo prometo.

Se hizo el silencio al otro lado de la línea. Y entonces...

—Se ha insinuado a Grace. Le pidió que se reuniera con él a solas en el bosque, y entonces se le insinuó. Intentó besarla. Grace tiene quince años. ¿Entiende lo que le estoy diciendo? Simon no es ningún chaval inocente. Es un puto depredador.

Joder. Matthew cerró los ojos durante un segundo.

—¿Grace estaría dispuesta a hablar conmigo? ¿A prestar declaración?

—Si así fuera, ¿eso cambiaría algo?

Matthew hizo una pausa. No tenía ninguna gana de decir lo que iba a decir a continuación.

—¿Lo ha visto alguien más?

Andy no dijo nada.

—Porque el riesgo es que...

Andy lo interrumpió entonces:

—Ya sé cuál es el puto riesgo. Dirán que se lo está inventando. Que le dijimos a Grace que se lo inventara para hacer quedar mal a Simon, porque lo culpamos de la desaparición de Nina.

Matthew contempló la oscuridad a través de la ventana de la cocina. Las luces brillantes de la estancia hacían que le resultara imposible distinguir nada más allá de la dudosa protección de sus cuatro paredes. La seguridad era una ilusión. En el mundo había demasiados Simon Jordan. Naomi y él estaban intentando tener un bebé. Llevaban intentándolo mucho tiempo, y ahora ella deseaba hablar de la posibilidad de adoptar. Tal vez debieran olvidarse del tema por completo. Depositas toda tu ilusión en tu hijo. Tu amor, tus esperanzas y tus sueños de futuro. Y entonces llega un depredador y destruye no solo a tu retoño, sino todo aquello que te hacía ser tú.

—Tengo que pedirle que confíe en mí. Le prometo que se me da bien mi trabajo y esto me importa. Me importa Nina. No tengo intención de rendirme.

—Eso no me basta. Dígame que lo van a atrapar. Tiene que prometerme que lo meterán entre rejas.

Matthew no era una persona inquieta. Por lo general se esforzaba por educar su cuerpo para mantener la compostura, porque consideraba que la calma exterior era un precursor necesario para tener una mente disciplinada. Pero aquel caso empezaba a afectarle. Se frotó la barbilla y notó el tacto áspero de la barba de dos días.

—No puedo prometerle eso —admitió. Pensó de nuevo en lo que le había dicho a Sarah Jane. Que sin un cuerpo sería una batalla contra viento y marea—. Solo puedo decirle que haré todo lo posible.

Se produjo otro largo silencio, y entonces Andy repitió:

—Eso no me basta. —Y colgó el teléfono.

Matthew se fue a la cama. Durmió mal, soñó con chicas desaparecidas que pedían ayuda. El viernes por la mañana se fue a trabajar medio grogui y de mal humor. El descubrimiento, cuando se produjo, le pilló de improviso. Estaba sentado a su mesa cuando le llegó una llamada del mostrador de recepción.

—Aquí hay una mujer llamada Rita Gallo que quiere verle. Dice que desea hablar con usted sobre el caso Fraser.

Estuvo a punto de delegar la entrevista en Sarah Jane. Después, no sabría qué le había llevado a ponerse en pie y bajar a hablar con la mujer él mismo. Tal vez fuera porque estaba frustrado y necesitaba un cambio de escenario. La mujer que lo esperaba en el piso de abajo era mayor. Sesenta y tantos años, quizá. Vestía unos vaqueros, unas deportivas y un viejo abrigo de Patagonia.

—Señora Gallo, ¿en qué puedo ayudarla?

—No lo sé —respondió la mujer estrechándole la mano—. Tal vez pueda ayudarle yo a usted.

La condujo hasta una sala de interrogatorios y le ofreció un café.

—No, gracias. Intento no beber cafeína. Me quita el sueño.

Se sentaron uno frente al otro, con la mesa entre medias. La mujer miró brevemente a su alrededor. No era una estancia acogedora. No estaba diseñada para serlo. Matthew se dio cuenta de que el entorno la intimidaba, pero se esforzó más que la mayoría en disimularlo.

—Antes trabajaba para Jamie Jordan —le dijo de manera abrupta—. Bueno, para toda la familia Jordan. Era su limpiadora, hasta hace unos días.

—Entiendo —respondió Matthew—. ¿En la casa de Stowe? —¿Sería una emisaria de Rory Jordan? ¿La enviaría él a verlo, para ofrecerle una explicación convincente a la cuestión de la limpieza del suelo?

—Oh, no. Nunca he ido a esa casa. Qué va. Trabajaba para los Jordan en su casa de Waitsfield. Durante casi doce años, hasta esta semana, de hecho.

—¿Y qué ha ocurrido esta semana?

Rita apretó los labios.

—Nada en absoluto, según se mire. Se lo conté a mi hija y me dijo que estaba haciendo una montaña de un grano de arena.

—Pero usted no comparte esa opinión.

Ella sacudió la cabeza en gesto de negación.

—¿Por qué no me cuenta con sus propias palabras lo que ha ocurrido?

Rita se acomodó en su silla y se cruzó de brazos. El ritmo de su parlamento cambió. Parecía que, a su modo de ver, habían alcanzado la parte formal de la entrevista. La parte importante.

—El pasado sábado fui a casa de los Jordan a las diez de la mañana. Entré por las puertas del piso de abajo y fui directa al cuarto de la lavadora, como hago siempre. En la lavadora había ropa. —Se inclinó hacia delante y le sostuvo la mirada a Matthew. Deseaba que entendiera que aquello era importante—. Nunca dejo ropa húmeda en una lavadora de un día para otro, y mucho menos durante dos días seguidos. La ropa que se deja húmeda en la lavadora huele mal, aunque la airee. Es una muy mala idea. Cuando abandoné la casa el jueves, la lavadora estaba vacía. ¿Lo comprende?

—Desde luego —repuso Mattew asintiendo.

—La ropa que encontré en la lavadora era de Simon. Unos vaqueros, una camiseta azul de manga corta y un jersey de lana color crema. También unos calcetines. —Se detuvo de nuevo para asegurarse de que él estuviera prestando atención—. Prácticamente estaba todo hervido. Simon había puesto un programa con el agua muy caliente, y el jersey había encogido muchísimo.

—¿Suele hacerse Simon la colada?

—¡No! —exclamó triunfal—. Eso es lo que intenté decirle a mi hija. He trabajado en esa casa durante doce años, y nunca nadie que no fuera yo ha metido siquiera unos calzoncillos en esa lavadora. Y le dije a mi hija, ¿no te parece demasiada casualidad que la única vez en doce años que a ese muchacho le da por lavarse su propia ropa sea la mañana después de la desaparición de su novia? Cuando él fue el último que la vio con vida.

Tomó aire y lo dejó escapar, satisfecha de haberse explicado con claridad y de que él la tomase en serio.

—Verá, nunca me ha gustado ese muchacho. El marido tampoco. Jamie sí me caía bien. Es una mujer de armas tomar. Con ese marido, más le vale. El hombre te ignora, te mira como si no fueras una persona.

—¿Por qué no le gustaba Simon?

—No porque siempre me hubiera parecido un asesino —respondió ella tras pensarlo unos instantes—. Mentiría si dijera eso. Pero sí que me parecía peligroso. Miraba a su padre, todas las cosas que tenía su padre, y pensaba «eso es mío». Rory Jordan no me cae bien, pero no negaré que ese hombre se ha esforzado por conseguir todo lo que tiene. Simon cree que debe tener todo lo que tiene su padre sin levantar un solo dedo. Y además tiene mal genio. —Rita resopló—. Desde luego que sí.

—Señora Gallo…

—Rita, por favor.

—Pues Rita. ¿Aquella mañana observó usted alguna otra diferencia en el cuarto de la lavadora?

Rita se quedó mirándolo confusa durante unos segundos.

—Nada —respondió al cabo—. Me refiero a que no había restos de sangre ni nada de eso, si se está refiriendo a eso.

—De acuerdo. Muchas gracias.

—Todo estaba igual que siempre. —Asintió y, como si se le acabara de ocurrir, agregó—: Había un bote de detergente que yo no había comprado. No era mi marca habitual. Pero imagino que eso a usted no le interesará.

# 28

## JAMIE

El viernes, Rory se fue a trabajar. Lo envidié por tener esa opción. Siempre me he arrepentido de no tener un trabajo propio, pero cuando nos casamos lo único para lo que estaba cualificada era atender mesas, y a Rory le habría parecido indigno que su mujer trabajase sirviendo a la gente. Y además a mí no me importó en absoluto dejar atrás el trabajo de camarera. Si hubiese sido otro tipo de persona, tal vez hubiera vuelto a intentarlo cuando Simon empezó a ir al colegio. Pero nunca he sido estudiosa. Para mí, ir a la universidad nunca fue una opción. Lo que de verdad me gustaría ahora sería tener mi propio negocio. Podría ser estilista, o asistente de compras. Puede que haga justo eso cuando todo esto termine, Simon siga con su vida y Rory decida por fin separarse de mí.

Rory envió a dos ayudantes a recoger el coche de Leanne Fraser, que seguía aparcado en nuestra entrada, para llevárselo a su casa. Me sentí mejor cuando se lo llevaron. Leanne estaba perdiendo la cabeza. Andrew había tenido que venir a buscarla y se la había llevado en brazos al coche. ¿Hasta qué punto sería el resultado de nuestra decisión de lanzar a los troles de Internet sobre su familia? Sé que fue ella quien empezó, y sé que no nos quedaba otro remedio si de verdad queríamos proteger a Simon, pero me reconcomía la culpa. Necesitaba distraerme. Pensé en meterme en Internet —tenía que responder a algunas ofertas que me habían hecho por mi ropa—, pero no tenía muchas ganas. Si me metía en Internet, probablemente sentiría la necesidad de mirar las redes sociales, y no me apetecía ver esas cosas. Además, no quería dedicarme a mi negocio clandestino mientras Simon estuviera bajo sospecha. La mayor parte del tiempo, engañar a Rory para vender mis prendas de ropa no solo me parecía que estaba justificado, sino que además creía que, de un modo retorcido, era algo bueno para nuestro matrimonio. La existencia de mis ahorros secretos me hacía sentir segura de mí misma. No me ponía pesada ni le pedía cosas. No intentaba convencer a Rory para que pusiera una casa a mi nombre, ni para que me regalara joyas caras, cosas ambas que, en mi opinión, constituyen errores fatales. Además, mi negocio secreto mantenía vivo mi interés por la ropa y el cuidado personal, lo que implicaba que tuviera buen aspecto, cosa que a él le gustaba. En términos generales, me sentía bien con lo que estaba haciendo. Pero, desde la desaparición de Nina, ya no tenía ganas. Me parecía todo insignificante y banal, a la vista de lo que nos esperaba. Además, Rory estaba totalmente entregado a proteger a Simon. Me habría parecido feo por mi parte no estar a su misma altura.

Suspender temporalmente mi actividad suponía que no tuviera nada que hacer. Fui al gimnasio a hacer ejercicio, pero eso solo me ocupó una hora. Me duché y estuve limpiando habitaciones que no lo necesitaban, y aun así los minutos se me hacían eternos. Simon estaba encerrado en su dormitorio. No me apetecía hablar con él. Andy Fraser decía que mi hijo había intentado besar a Grace. Eso me daba miedo. No quería pensar que pudiera ser cierto, pero sí creía que Simon había ido a ver a Grace cuando yo le había suplicado que no lo hiciera. Nunca le ha gustado que le dijeran lo que tenía que hacer, y sería propio de él hacer justo lo contrario de lo que le había pedido.

Pero ¿intentar besar a Grace? De ser cierto, iba mucho más

allá de una mera demostración de independencia. Era algo más grave y turbio. Tal vez Grace hubiera malinterpretado un abrazo o algún otro intento de consuelo, cosa que no habría sucedido si él se hubiera mantenido alejado de ella como le pedí.

Justo antes de la hora de comer, me telefoneó Rory.

—¿Puedes traer a Simon a Burlington? Su abogado quiere verlo. A las dos en punto.

—¿Va todo bien? —Me pareció una pregunta estúpida. Claro que no iba todo bien. Al hacerle esa pregunta, estaba pidiéndole que me tratara como a una niña. Que me tranquilizara. Que me hiciera sentir mejor—. Da lo mismo —agregué.

—He contratado a un abogado defensor de causas penales para que lo represente. Se llama Arnie Waugh. Se supone que es el mejor. El bufete se llama Dexter, Split & Waugh. Están en St. Paul Street.

—Vale, de acuerdo. ¿Simon tiene que arreglarse o...?

—Lo que lleve puesto está bien.

—De acuerdo.

Por un instante suavizó el tono.

—Gracias, Jamie.

—De nada.

—Nos vemos a las dos.

Fui abajo y se lo dije a Simon. Estaba sentado en su cama, con las piernas debajo de la colcha, los auriculares puestos y el ordenador portátil delante. Levantó la mirada, molesto por la interrupción.

—Ha llamado tu padre. Tu abogado quiere verte.

Le obligué a cambiarse de ropa y a ponerse unos pantalones de vestir, una camisa y un jersey. Yo me puse un vestido negro hasta las rodillas, combinado con una chaqueta de punto verde joya con mangas de campana para no parecer demasiado tétrica, y zapatos de tacón. Las fotografías de Andrew llevando a Leanne en brazos al coche el día anterior ya habían salido en los periódicos. La historia volvía a estar en boca de todos, y como resultado teníamos más fotógrafos y periodistas apostados en nuestra verja.

Cuando pasamos frente a ellos con el coche, Simon se irguió en su asiento. Parecía seguro de sí mismo y relajado, lejos de ser alguien acusado del peor crimen de todos. Yo estaba enfadada con él por haberme desobedecido al ir a reunirse con Grace, pero también me enorgullecía su actitud. Hay que tener pelotas para mantener el tipo bajo tanta presión.

—No tardarán en aburrirse y pasar a otra cosa —le dije para intentar tranquilizarlo.

Él me miró de reojo.

—No lo harán si me acusan.

—Eso no va a pasar.

—No lo sabemos con certeza, mamá.

Me quedé sin palabras durante unos segundos. Mi hijo tenía razón, claro. No había manera de saber hacia dónde iría el asunto a partir de ahí.

—Sé que no hiciste nada malo —le dije con firmeza.

¿Daba la impresión de creerme mis palabras, o de querer creérmelas? Andrew había dicho que Simon pegaba a Nina. Lo había dicho como si fuera un hecho irrefutable, como si tuviera pruebas, pero era todo mentira, ¿verdad? Lo decía solo porque estaba triste y preocupado. De pronto me invadió el nerviosismo. Simon cambió de postura en su asiento y se volvió para mirar por la ventanilla. Me pregunté por qué me habría pedido Rory que lo llevase al abogado, cuando podría haber ido conduciendo él mismo. Tal vez el abogado deseara hablar también conmigo. O tal vez a Rory le preocupara que Simon saliese solo, asustado y sin supervisión. Estiré el brazo y le estreché la mano.

—Tu padre es un hombre muy listo, con muchos recursos. Te quiere más que a nada en el mundo y haría cualquier cosa por protegerte. Cualquier cosa, Simon. Que te quede claro.

En lugar de apartarse, Simon dejó su mano en la mía durante largo rato antes de apretármela brevemente y soltarse.

—Gracias, mamá —me dijo, pero lo dijo con gesto ausente, como si no estuviese centrado en nuestra conversación. Como si yo fuese una niña a la que estuviera dándole una palmadita en la cabeza, una niña que no entendía lo que de verdad estaba pasando. Me dio miedo, como si se avecinara algo, pero intenté quitarme de encima esa sensación.

Las oficinas del bufete eran tan elegantes que supuse que cobrarían una fortuna. El edificio en sí mismo era nuevo, pero los suelos eran de parqué en espina de pez, y presentaban el brillo apagado de un suelo antiguo. Restaurado, probablemente. El vestíbulo era muy amplio, pero contaba solo con dos juegos de sillas, tapizadas con un estiloso *bouclé* en color *greige*, situadas muy lejos las unas de las otras. De la pared colgaba una única obra de arte abstracto bastante grande. Era una mezcla de colores chillones, más llamativa aún por estar instalada en una estancia tan apagada. Había un largo escritorio de nogal y la recepcionista era una mujer joven y atractiva impecablemente vestida. Tenía el pelo oscuro y lo llevaba recogido a la altura de la nuca, sus cejas se veían perfectas y llevaba las uñas cortas y tan oscuras que parecían negras. Me reconoció nada más verme, aunque nunca antes habíamos coincidido.

—Señora Jordan, señor Jordan —dijo poniéndose en pie para saludarnos—. Su marido está esperándolos arriba. Por favor, acompáñenme.

La seguimos hasta el ascensor, que nos llevó enseguida hasta la cuarta planta. Salimos a un espacio mucho más concurrido que aquel que acabábamos de abandonar. Mientras nos guiaba por el pasillo, pasamos frente a diferentes espacios abiertos ocupados por elegantes jóvenes vestidos de traje y despachos con paredes de cristal. Encontramos a Rory sentado en un amplio despacho esquinero con vistas a la ciudad y el río al fondo. Se levantó y me dio un abrazo rápido y un beso en la mejilla. Me miró un instante a los ojos cuando me aparté, y en ese momento parecimos decirnos algo con la mirada. Como si ambos entendiésemos lo difícil que era esa situación. Como si ambos nos comprometiésemos a superarla juntos. O quizá yo estuviese malinterpretando su expresión.

—Jamie, Simon, os presento a Arnold Waugh. Arnie ha accedido a representarte, Simon.

Arnie Waugh nos tendió la mano, y Simon y yo se la estrechamos por turnos. Waugh tenía el pelo rubio, un poco largo, pero bien peinado hacia atrás. De rasgos muy marcados, era un hombre esbelto. Llevaba las uñas bien cortadas. Parecía la clase de hombre que empezaba el día remando en el río a las seis de la mañana. La clase de hombre que pasaba el verano en casa de su abuela en Cabo Cod. ¿Cómo habría terminado en Burlington?

—Es un placer conocerlos a ambos —nos dijo—. Por favor, tomen asiento, pónganse cómodos.

Nos sentamos todos, salvo Waugh. Se apoyó contra su escritorio y nos miró.

Se produjo un incómodo silencio.

—Arnie me estaba contando que la policía se ha puesto en contacto con él —nos explicó Rory—. Le han preguntado si Simon estaría dispuesto a entregar su teléfono voluntariamente, para que puedan revisar su historial de búsqueda y de ubicaciones.

Los tres nos volvimos para mirar a Simon. Él se movió en su asiento.

—¿Eso no…, no es una invasión de la intimidad? Me refiero a que yo quiero ayudar, pero eso me parece un poco exagerado. Mi vida entera está en el teléfono.

Se produjo una pausa incómoda y entonces Arnie dio una súbita palmada.

—Eso es justo lo que opino yo, Simon. Pero enseguida hablaremos de eso. Rory, señora Jordan, si no les importa, Simon y yo nos retiraremos a otra sala para nuestra consulta. —Se volvió hacia mí—: Señora Jordan, ya le he explicado a su marido que mis reuniones con Simon han de ser privadas, con el fin de que disfrute del máximo beneficio del privilegio abogado-cliente. —Se puso en pie y con un gesto de la mano le indicó a Simon que abandonase el despacho—. Enseguida vendrá alguien a traerles un café.

La puerta se cerró tras ellos con un leve silbido. A través de la pared acristalada vi a Simon alejarse por el pasillo. Tenía los hombros encorvados en actitud defensiva.

—No pasa nada, Jamie. Arnie Waugh es el mejor. Me lo han recomendado.

—Bien —respondí, aunque mi voz sonó lejana. Me aclaré la garganta. En ese momento volvió a abrirse la puerta y entró un joven, nos tomó nota del café y desapareció de nuevo—. ¿Simon debería darles su teléfono? Tal vez sea mejor cooperar. A lo mejor así lo absuelven antes.

—Están pidiendo demasiado —respondió Rory apartando la mirada de mí—. Sus mensajes y sus llamadas. Su historial de búsqueda y sus datos de ubicación.

—Cierto. —Seguía sin mirarme—. Pero entonces probablemente debería entregárselo, ¿no? Porque en el teléfono no encontrarán nada que le pueda traer problemas, porque no ha hecho nada malo. Y puede que, cuando lo vean, lo descarten como sospechoso y sigan investigando sobre lo que realmente sucedió.

—Eso sería fantástico —respondió Rory, apesadumbrado—. Pero no siempre funciona así. A veces, si un inspector está convencido de saber lo que ha ocurrido, deja de investigar y empieza a buscar pruebas que respalden sus teorías. Podrían rastrear el teléfono de Simon y extraer cosas que le hagan quedar mal. ¿Y si un día Nina y él tuvieron una pelea por mensajes de texto, por ejemplo? Hasta la más feliz de las parejas discute. Las discusiones son síntoma de una relación sana. Pero, sacado de contexto, es muy fácil que algo parezca una cosa que no es.

Rory y yo nunca discutíamos. Cualquiera que examinara nuestros mensajes de móvil pensaría que éramos compañeros de trabajo que apenas se conocían.

—Sí. Pero ¿no podría darles solo sus datos de ubicación, o algo así? De ese modo verían que estaba justo donde dice que estaba. ¿No sería de utilidad?

—No funciona así —respondió Rory negando con la cabeza.

Le sostuve la mirada y vi que me estaba mintiendo. Los dos me estaban mintiendo.

Volvió a abrirse la puerta y ambos dimos un respingo. Nos sirvieron el café. Dimos las gracias con una sonrisa forzada y aguardamos en tenso silencio a que la puerta se cerrara otra vez. Rory se inclinó hacia delante en su silla.

—El problema es que, si les damos solo los datos de ubicación y nos guardamos los mensajes, puede que empleen eso para insinuar que Simon está ocultando algo. Se trata de la manipulación de la percepción. Mejor no darles nada. Cuanto menos tengan para trabajar, mejor.

—Rory, ¿qué es lo que está pasando realmente?

—No sé a qué te refieres —respondió apartando la mirada.

—¿Qué cree Simon que encontrarán si se hacen con su teléfono?

Rory volvió a mirarme a los ojos. Creí ver en los suyos una respuesta, y el estómago me dio un vuelco. Ambos dimos de nuevo un respingo cuando la puerta se abrió de nuevo. Otro ayudante, esta vez con una fuente de pastelitos. Tuvimos que esperar a que se marchara antes de poder seguir hablando, y entonces Rory zanjó la conversación.

—Este no es lugar para hablar del tema —me dijo.

Así que tuve que quedarme allí sentada en silencio, dándole vueltas a la cabeza sin parar y esperando a que regresaran Simon y Waugh. Cuando lo hicieron, Simon parecía atormentado y Waugh muy motivado. Le dio una palmada en el hombro a nuestro hijo cuando entraron en el despacho. Simon se quitó la mano de encima con un movimiento de hombro.

—Bueno, pues ha sido un gran comienzo —anunció Waugh—. Ha sido genial pasar un rato hablando con Simon. Hemos acordado que sería mejor que se mantuviera cerca de casa las próximas dos semanas. Es un momento delicado y resulta de vital importancia que cualquier comunicación pase por mi despacho. ¿De acuerdo? —Nos miró alternativamente a Rory y a mí.

Yo murmuré que estaba de acuerdo, aunque en realidad no sabía a qué se estaba refiriendo.

—Rory, ¿tienes unos minutos? —le preguntó a mi marido.

—Desde luego.

—Excelente. Si pudieras quedarte un poco, a lo mejor podríamos aclarar el resto de nuestros asuntos. Y, señora Jordan, usted puede llevarse a Simon a casa.

Y así, sin más, se deshizo de nosotros. Rory me dio otro beso en la mejilla y me dijo que me vería en casa. Yo no quería marcharme sin hablar con él, pero en realidad no tenía elección. Simon y yo bajamos callados en el ascensor y volvimos a enfrentarnos a un día que parecía frío y gris.

# 29

## Jamie

Llevé a Simon a casa. Estaba tensa y nerviosa, pero algo había cambiado desde su reunión privada con Arnie Waugh, porque él también lo estaba.

—¿Te encuentras bien? —le pregunté.

—Sí.

—¿Seguro?

—Venga, mamá.

—¿De qué habéis hablado?

—Arnie dice que no debo repetir nada de lo que hablamos fuera de esa habitación. Dice que es importante. Lo siento.

—Claro, no hay problema. —Seguí conduciendo. Transcurridos unos minutos me di cuenta de que estaba mordiéndome la uña del dedo pulgar y me obligué a colocar la mano de nuevo sobre el volante y dejarla ahí—. ¿Vas a darle tu teléfono a la policía?

Simon estaba pellizcándose la raya del pantalón. La pellizcaba y la soltaba. La pellizcaba y la soltaba.

—De momento, no. Al menos, no de forma voluntaria. Pero Arnie dice que al final se harán con él. —Se quedó callado, y yo también. Tenía la cabeza vuelta hacia el otro lado, y tardé unos minutos en darme cuenta de que estaba llorando.

—¿Simon?

—Estoy bien. De verdad. Es que resulta todo abrumador, ¿sabes?

Se me encogió el corazón. Mi miedo se intensificó un poco más. Seguimos conduciendo en silencio durante largo rato. Yo no paraba de pensar en lo que había dicho Andrew Fraser de que Simon había pegado a Nina. Pensé en el hecho de que Simon fuera la última persona en ver a Nina con vida. En la expresión de Rory cuando le había preguntado qué estaba sucediendo en realidad. En Simon tratando de ocultar lo que fuera que hubiera en su teléfono. Podía seguir intentando fingir que todo aquello no significaba nada. Podía intentarlo.

Estiré el brazo derecho y le estreché la mano a Simon.

—Cariño —le dije—. Ya sabes que los padres de Nina vinieron a casa anoche. Andrew dijo que habías pegado a Nina, que le habías hecho daño. Antes de que desapareciera. —Simon no me miró—. Quería que lo supieras. No quiero ocultarte nada.

El silencio se prolongó durante demasiado tiempo. Entonces Simon respondió:

—No sabe nada.

—De acuerdo.

Se apartó de mí.

—Y mi relación con Nina era privada. No era asunto de nadie.

—Claro. —Seguía sin mirarme. El lado de su cara que alcanzaba a ver se estaba enrojeciendo.

—Todo el mundo se comporta como si ella fuera un ángel, solo porque ha desaparecido. El hecho de que fuera mujer no hace que fuera perfecta. La cagaba, mucho.

—Ya lo sé. —«Fuera». «De que fuera mujer». Las palabras se repetían en bucle dentro de mi cabeza. No significaban nada, más allá de que todos empezábamos a aceptar el hecho de que Nina no iba a volver. Había transcurrido ya demasiado tiempo.

—El padre de Nina dijo que te reuniste con Grace en el bosque —dije al cabo de un rato.

—Joder. —Simon sacudió la cabeza—. Fue ella la que me suplicó que nos viéramos. Sus padres no quieren contarle nada. La tratan como a una niña y eso le da más miedo. No quería hablar con sus amigas porque se creen todo lo que leen en Internet y no se fía de ellas. Así que me pidió que nos viéramos para hablar. ¿Y ahora qué? ¿Están intentando transformarlo en otra cosa?

—Dice que… Creo que les dijo que habías intentado besarla.

Simon se volvió y me miró como si lo hubiera abofeteado.

—Tiene quince años, mamá.

—Ya lo sé. Lo sé. —La sorpresa de su rostro era auténtica, y me sentí fatal por haber permitido que las dudas se colaran en mi mente. Estiré el brazo y volví a apretarle la mano. Deseaba que supiera que no estaba acusándolo de nada. Que estaba de su lado.

Él apartó la mano con brusquedad y siguió mirando por la ventanilla.

—Simon. Por favor, Simon, háblame. Por favor, cariño.

Siguió con la cara girada hacia el cristal. Se secó las lágrimas con un gesto furioso empleando el dorso de la mano, después tomó aliento, pero las lágrimas seguían brotando.

—Cuéntame qué ocurrió. Por favor, cuéntamelo.

—Ya te lo he contado todo. Supongo que no me crees. Supongo que piensas que soy un asesino, ¿verdad? Dices que estás de mi lado, pero eres mucho peor que todos los demás. Porque tú eres mi madre.

—Estoy de tu lado, Simon. Siempre estoy de tu lado. —Estiré de nuevo el brazo, pero él apartó la mano.

—¿Así que crees que asesiné a Nina y estás de mi lado? Y una mierda, mamá. Y una mierda.

Seguí conduciendo en silencio. No podía irme a casa. Si lo llevaba allí, se encerraría en su dormitorio con el pestillo echado y no podría hablar con él. Tomé la salida hacia Stowe. No tenía ningún motivo para hacer algo así, pero el instinto me decía que allí encontraría respuestas.

—¿Adónde vamos? —me preguntó Simon con brusquedad.

—Creo que ya lo sabes.

—Da la vuelta. No quiero ir a Stowe, mamá. Joder.

Seguí conduciendo.

—Mamá, lo digo en serio. —Alzó la voz. Estaba enfadado, pero más allá de su enfado percibía el pánico. Al ver que no respondía ni daba la vuelta al coche, sacó su teléfono—. Voy a llamar a papá, ¿vale? Si no das la vuelta.

Seguí conduciendo. Llamó al número de Rory, pero saltó el buzón de voz.

—¡Joder! —Dio una fuerte patada al suelo del asiento del copiloto. Después giró el cuerpo hacia el otro lado y se comportó como si le diera igual lo que hiciéramos. Se quedó mirando por la ventanilla y seguimos en dirección a la casa. Una vez allí, aparqué.

—Vamos —le dije. Me bajé del coche y me quedé allí de pie, esperándolo.

Transcurrido un minuto, se reunió conmigo. Frente a la puerta aleteaba una cinta policial amarilla. No podíamos entrar, pero tal vez no hiciera falta. Hacía frío, así que hundí las manos en los bolsillos. Había previsión de nieve, y se anticipaba en el viento. Tomé aliento y traté de contener todas mis emociones. Si quería conseguir que se abriera, tendría que mostrarme tranquila y serena. Ya cuando era niño, a Simon nunca le había gustado que lo presionaran para hacer nada.

—Tienes que contarme qué ocurrió realmente esa noche con Nina. No puedes guardártelo dentro el resto de tu vida. Será como un veneno para ti. Tienes que contárselo a alguien, y ese alguien soy yo. Lo que me cuentes hoy se quedará aquí. Jamás volveremos a hablar de ello. Pero, por lo menos, a partir de ahora sabrás que lo sé y que te quiero, y eso hará que todo sea un poquito más fácil.

Me dio la espalda y se alejó de mí. Se acercó a la orilla del lago, justo en el borde del embarcadero. Y yo lo seguí.

—¿Simon?

No reaccionó. No me respondió, y entonces lo supe. Fue como si una maldición cayera sobre mí, despojándome de todo lo que me hacía ser yo misma. Yo no era nada en absoluto, salvo la madre de un chico que había matado a una chica. Di vueltas a esa idea en mi cabeza. ¿Qué significaba? ¿Lo había hecho yo así? ¿No le había dado suficiente amor? ¿O le había dado demasiado? En contra de mi voluntad, vino a mi mente una imagen de la cara sonriente de Nina. Sacudí la cabeza para intentar borrarla. Apreté las manos contra las sienes. Simon se volvió hacia mí. No lo vi acercarse y, de pronto, estaba allí, justo delante de mí.

—Fue un accidente —me dijo, en voz tan queda que apenas alcancé a oírlo. Tanto que, si quería, podía fingir no haberlo oído. Me rodeó con los brazos y me atrajo hacia sí. Me abrazó con mucha ternura.

Apoyé la cabeza en su hombro y lloré. Nos quedamos así largo rato, hasta que empezó a caer la nieve silenciosa a nuestro alrededor y él empezó a tiritar. Podríamos habernos ido a casa, pero no creo que ninguno de los dos estuviera listo para volver a meterse en el coche.

—No tienes que contarme nada más si no te apetece —le aseguré—. Pero, si quieres, estoy dispuesta a escucharte.

Lo que fuera que hubiese ocurrido había sido un accidente. Claro que había sido un accidente. Si no, carecería de sentido. Simon la quería muchísimo y no era un asesino. Me daba cuenta de sus defectos. Sabía que podía ser egoísta. Que a veces se creía con derecho a todo. Quizá fuese culpa mía. Lo habíamos criado con muchas cosas, Rory y yo, y él me había visto construir mi vida alrededor de las necesidades y de los deseos de Rory. Tal vez mi hijo nunca hubiera llegado a ver mi verdadero yo dentro de mi yo de mentira. De modo que quizá le hubiéramos transmitido los mensajes equivocados sobre cómo debería ser una relación, pero no habíamos criado a un asesino. Había visto crecer a mi hijo. Lo había visto sacar de casa una polilla o una araña que se habían desorientado, antes de que Rory o yo alcanzáramos a matarla con una revista enrollada. En primaria le habían concedido un premio en el colegio por defender a otro crío frente a un abusón.

Vi que Simon vacilaba.

—Si te preocupa que se lo vaya a contar a tu padre, no tengo intención de hacerlo. —Aunque, a juzgar por la expresión de Rory en el despacho del abogado, ya debía de sospechar la verdad.

—Ya lo sabe —me dijo entonces Simon.

No creí haberle oído correctamente. Las palabras no tenían sentido. Salvo que sí que lo tenían. Lo había visto en la mirada de Rory, en el despacho del abogado.

—Tu padre ya lo sabe. ¿Habéis hablado de ello?

Simon asintió. Me miraba a la cara, preocupado. Intenté sacudirme los sentimientos de traición.

—De acuerdo. —Tomé aliento—. Sé que ahora mismo todo da miedo, pero tu padre se encargará del asunto. Todo saldrá bien.

—Me parece que no —respondió Simon con el semblante tenso. Se sacó el teléfono del bolsillo e hizo un gesto con él—. La policía quiere mi historial de búsqueda. Arnie dice que al final lo conseguirán, sin importar que yo acceda a entregar mi teléfono o no.

—¿Y qué hay en tu historial de búsqueda?

—Fui un auténtico idiota. Supongo que…, que estaba en *shock*. Cuando Nina murió, busqué algunas cosas. Sobre cómo limpiar la sangre. —Me miró nervioso—. Se golpeó en la cabeza, mamá, contra la chimenea. Fue un accidente. Se cayó, pero a mí me entró el pánico.

—De acuerdo.

—Y busqué cómo limpiar la sangre para que la policía no la encontrara. Utilicé la pestaña de incógnito, porque pensé que así estaría a salvo, pero es una puta estupidez. Arnie dice que la policía puede descubrirlo igual. El modo incógnito lo único que hace es bloquear las *cookies*. Pensé que hacía que las búsquedas fueran anónimas. —Parecía angustiado—. Tengo mucho miedo, mamá. No sé qué me va a pasar.

Ambos nos quedamos mirando el teléfono, que sostenía en la mano. Un aparato tan pequeño, capaz de condenarlo. Estiré la mano y se lo quité, luego le di la vuelta y lo lancé todo lo lejos que pude hacia el centro del lago.

Simon se quedó mirándome con la boca abierta. Intenté sonreír.

—Si lo quieren, que vayan nadando a buscarlo.

—La policía…

—Les diré que he sido yo —lo interrumpí—. Les diré que se me cayó al lago. Pasaré la prueba del polígrafo, si quieren. Se me da bien mentir, Simon. Mejor que a ti.

—Está todo en la nube —respondió Simon, desanimado—. Por eso Arnie dice que lo del teléfono da igual, porque al final lo encontrarán. Enviarán órdenes judiciales a Apple y a Google, si no lo han hecho ya, y conseguirán mi historial de búsqueda y casi cualquier otra cosa que quieran.

El corazón me dio un vuelco. Claro. Claro que estaba todo en la nube. Ya lo sabía. No era idiota.

—Que les jodan. Al menos de esta forma tendrán que esforzarse un poco.

Empezamos a caminar de vuelta hacia el coche.

—Te quiero, cariño.

—Yo también te quiero, mamá.

Le di la mano.

—¿Mamá? Si tengo que huir, ¿me ayudarás?

—Hasta el fin del mundo, si es preciso.

# 30

## ANDY

Craig vino el jueves por la noche y se llevó a Grace a su casa con él. Lo llamé el viernes por la mañana para hablar con ella. Quiso hablar con Leanne, pero Lee no estaba en condiciones. Había empeorado, no salía de la cama, no comía. Era como si deseara aislarse del mundo, como si no le quedara energía para enfrentarse a él. Mentí a Grace. Le dije que su madre había tenido que ir al supermercado y que la llamaría más tarde. Traté de no pensar en lo que ocurriría cuando ese «más tarde» no llegara. Habíamos obligado a Grace a dejar su teléfono móvil en casa, a fin de que no pudiera llamar a Lee directamente. Tal vez yo lograra tener las cosas bajo control durante unos días, lo suficiente para buscarle ayuda a Lee.

Después de hablar con Grace, estuve charlando con Craig un rato más. Le conté lo que le estaba pasando a Leanne.

—He estado pensando que a lo mejor debería ir a buscar a Grace y traerla de vuelta —le sugerí—. Si estuviera aquí, creo que Lee se encontraría mejor. Se obligaría a ello, por el bien de Grace.

—Es mucha presión para una adolescente —respondió mi hermano—. ¿No crees que quizá Lee debería ir al médico? Buscar ayuda. Cuando esté un poco mejor y las cosas se hayan calmado, quizá sea mejor idea.

—Cree que Nina ha muerto, Craig. Harán falta más de un par de días para que supere esto.

—Sí —convino Craig con un suspiro.

Noté que se me encogía el estómago. Quería que mi hermano lo negara. Que me dijera que era una locura. Que claro que Nina no estaba muerta.

—Mira, Andy, hay algo que tienes que saber. A lo mejor ya lo sabes, pero Sofia me dijo que tenía que comentártelo, y creo que tiene razón. —Craig hizo una pausa—. Sé que no te metes mucho en Internet, pero debes saber que se están diciendo algunas cosas muy desagradables. Sobre ti. Sobre Nina.

No le respondí. No había nada que pudiera decirle a eso, salvo lo evidente. Craig tomó aliento.

—Dicen que eres un pedófilo.

—Sí. Vale. Lo entiendo. Ya lo sabía.

Craig pareció aliviado. Como si, ahora que ya lo había dicho, lo peor hubiera pasado.

—Grace me ha dicho que habéis cerrado la pensión.

—No podíamos tener gente en casa.

—¿Estáis bien de dinero? Sof y yo podemos echaros una mano.

Eso me impactó.

—Gracias. Estamos bien. Tengo varios proyectos de trabajo. Y ahorros. Suficiente para no tener que preocuparnos durante un tiempo.

—¿No crees que…, que los comentarios de Internet podrían perjudicar el negocio?

Por un instante pensé que se refería a la pensión, pero luego entendí que estaba hablando de mi empresa de paisajismo.

—No. Me cuesta creer que eso suceda.

Pero, menos de media hora después de terminar esa llamada, todo empezó a irse al traste. Unos tipos de la empresa de Rory Jordan vinieron a traer el coche de Leanne. No dijeron gran cosa, solo llamaron a la puerta y me entregaron las llaves, pero mientras hablaba con ellos se me pasó una llamada de Don Roberts. Me dejó un mensaje de voz. Don y su mujer estaban construyendo una casa de fin de semana cerca de Sugarbush. Había tenido una reunión con ellos y, tan solo una semana antes, les había enviado mi presupuesto para la obra. Después de aquello me habían llamado para decirme que estaban muy emocionados. Habíamos estado hablando casi una hora. Pero el Don que me dejó el mensaje en el contestador parecía un tipo diferente. Parecía enfadado. El mensaje era breve; se limitó a decirme que habían decidido ir en otra dirección, después colgó el teléfono. Traté de llamarlo, dos veces, pero no me respondió. Una hora después del mensaje de Don, recibí un *email* de la agencia estatal de construcción y servicios generales. Tenía un contrato firmado para encargarme del mantenimiento de los jardines de todas las escuelas públicas de las zonas de Waitsfield y Waterbury durante seis años. El contrato debía renovarse dentro de ocho semanas, pero la agencia me escribió para decirme que no iban a hacerlo, que iban a sacar el trabajo a concurso. Tal vez podría haberlo catalogado como una mera coincidencia, pero la última línea del *email* decía así: *Por favor, tenga en cuenta que su contrato queda rescindido con fecha de hoy. Se le pagará lo correspondiente al resto del contrato. Por favor, no acuda a ninguna de las instalaciones escolares. Cualquier licencia o permiso que le hubiera sido otorgado durante su contrato de servicios queda revocado por la presente.* Miré el resto de *emails* y vi otras dos cancelaciones.

Y entonces lo supe. Craig, mi hermano pequeño y excéntrico, lo había visto venir, y yo había estado engañándome. La gente de verdad, la gente que me conocía, ahora creía que era una especie de animal. ¿Y basado en qué? ¿En publicaciones anónimas de Internet? Dejé el móvil en la mesa de la cocina y salí de casa. Rufus me siguió. Rodeé el jardín tomando bocanadas de aire, pensando en lo que había dicho Lee de que nuestras vidas cambiarían para siempre. Pensé en los tipos con los que trabajaba. En mis proveedores y subcontratas. Si no habían oído ya los rumores, no tardarían. Joder.

Sentía que no me llegaba el aire a los pulmones. Me había dejado el abrigo en casa y ese día hacía frío. Me fui al granero y empecé a partir leña. Tenía que hacer algo. No podía quedarme parado pensando en todo. Estuve partiendo leña hasta que me quedé sin troncos. Luego empecé a ordenar el granero. Estuve moviendo sacos de cemento y organizando los restos de madera. Perdí la noción del tiempo. Cuando volví a entrar en casa, eran las dos en punto, pero Lee seguía en la cama.

—¿No tienes hambre, cariño?

—La verdad es que no. —Su voz sonaba apática, no me miró cuando habló.

Bajé las escaleras y encontré algo de sopa en el congelador. La descongelé, la calenté y le llevé un tazón. Tuve que ayudarla a incorporarse en la cama, y entonces miró la sopa como si ni siquiera la viera. Agarré la cuchara, la llené y se la acerqué a los labios. Me miró entonces a los ojos y pareció reaccionar un poco. Tragó la sopa y me quitó la cuchara.

—Gracias —dijo.

—De nada.

Volví a la planta de abajo más esperanzado. Pero, cuando volví a ver cómo seguía, el tazón de sopa estaba en la mesilla, lleno hasta más de la mitad, y ella estaba otra vez durmiendo. No sabía qué hacer. Le di un beso y me llevé el tazón abajo. Fui a por una cerveza, pero en el frigorífico no quedaban. Tampoco vino. Me serví un *whisky* y me llevé la botella al salón. Encendí la televisión. Buscaba algo de deportes, pero encontré un programa especial sobre Nina y Simon. La tele estaba sin sonido, pero no me hacía falta oírlo para entender lo que estaba pasando. El canal reproducía un vídeo de Nina y Simon, editado a partir de imágenes de las redes sociales de ambos. Pero entonces la imagen cambió y vi a Simon, en el jardín de casa de sus padres, caminando cabizbajo, con gesto triste y pensativo. La imagen dio paso a Rory y a Jamie, sentados lado a lado en el sofá de su salón. Él llevaba una camisa azul marino con los primeros botones desabrochados. Ella vestía una camiseta de seda blanca de manga corta. Parecían buena gente. Parecían preocupados. Rory le estrechó la mano a Jamie al inclinarse hacia delante para decirle algo a la entrevistadora.

Puse el sonido, pero el reportaje siguió. Esta vez la entrevistadora estaba hablando con Cally Gabriel, la directora. Se había arreglado el pelo para la entrevista, y además iba maquillada. Se notaba por las ondulaciones perfectas de su cabello y por sus labios rojísimos.

—Claro que conozco bien a Simon y a Nina. Simon era uno de nuestros alumnos estrella. Un chico brillante, con una familia cariñosa. Estuvo a punto de graduarse con las mejores notas de su clase en el último año. Era muy popular en el instituto.

—¿Y Nina? —preguntó la entrevistadora.

Cally Gabriel hizo una pausa. Fue un lapso brevísimo, de menos de un segundo, pero fue más que suficiente.

—Nina también gozaba de las simpatías de todos.

Dejé el vaso sobre la mesa. Tenía ganas de apretar los puños, pero me obligué a relajar las manos. Pusieron entonces el vídeo en el que Nina empujaba a Simon a la piscina. El puto vídeo de los cojones. Esa manera de reírse. Ahora la oía a todas horas, en mi cabeza. La entrevistadora siguió con el reportaje. Ahora estaba hablando con una joven en una residencia universitaria. Jamás en mi vida había visto a esa chica, pero aseguraba ser la mejor amiga de Nina.

—Seguramente hayas visto los rumores que circulan abiertamente por las redes sociales —comentó la entrevistadora, inclinándose hacia delante y adoptando un tono confidencial y distendido.

—Ay, Dios mío, ¿que puede que Simon haya matado a Nina? Todo el mundo está hablando de eso.

—Claro, esos rumores no son más que suposiciones —aclaró la entrevistadora con dulzura—. No tenemos pruebas que sugieran que podría ser cierto.

—Bueno, yo puedo asegurarle que no es cierto. Conozco a Simon. Los he visto juntos. La quería mucho. Y además no es de esos. Es un chico muy tierno. Eso fue lo que le dije a la policía.

—Gracias, Olivia —respondió la entrevistadora—. ¿Y es cierto que recibiste un mensaje de Nina la noche que desapareció, diciéndote que iba de camino a Boston para verte?

—Así es —confirmó Olivia con premura—. Pero nunca llegó. Creo que le sucedió algo de camino.

La entrevistadora se volvió hacia la cámara.

—Hemos hablado con muchas personas de Waitsfield, el pueblo de Simon y Nina. Todos aquellos que los conocían como pareja confirman que parecían muy felices juntos. —Frunció entonces el ceño—. Pero hoy hay rumores más turbios circulando por Waitsfield.

La imagen volvió a cambiar. Esta vez la entrevistadora se encontraba frente al supermercado Mehuron's. Iba bien abrigada y le acercaba el micrófono a Arlene Sugarman. Arlene tenía gemelas de la misma edad que Grace. Antes eran más amigas, pero con los años se habían distanciado. Arlene parecía nerviosa y alterada.

—Mis hijas se quedaban en esa casa muchas veces. Cuando me enteré, me quedé horrorizada, por supuesto. ¿Y si hubiera tocado a mis niñas? Podría haber sucedido fácilmente.

—Esa es una alegación muy seria.

—No estoy alegando nada, estoy segura. No quiero que me demanden. Solo digo lo que he oído. No digo que sea cierto porque no lo sé. Pero, cuando una lee algo así *online*, si es una madre responsable, tomará medidas, ¿no es así?

La reportera empezó a girarse como si fuese a dar la entrevista por terminada, pero Arlene no había acabado aún.

—Si no hubiera algo de cierto en ello, la hija pequeña no se habría escapado también, ¿verdad?

—¿Cómo dice?

—La hija pequeña. Grace. Hoy se escapó de clase. Todo el mundo estaba hablando de ello en el instituto.

La reportera se volvió hacia la cámara y enarcó una ceja, como diciendo: «Ahí lo tienen ustedes. Una exclusiva».

Terminaron el reportaje con una breve entrevista a Simon. Hablaba con alguien que estaba fuera de plano, diciéndole que Nina era una excelente escaladora. Que habían sido los mejores amigos el uno del otro. Que no podía dormir por las noches. Que no había dejado de pensar en ella.

Apagué la tele. No podía soportarlo más. Lee tenía razón. Fuera lo que fuera lo que sucedió entre Simon y Nina en Stowe, nunca le obligarían a contar la verdad. Nunca tendría que rendir cuentas por lo que hizo. Toda la basura que se decía en Internet no era inocua. Puede que yo no sea muy culto, pero tampoco soy tonto. Los padres de Simon estaban protegiendo a su niño con abogados y dinero, y cuando todo hubiera terminado, él seguiría con su vida. Apuré el *whisky* y me serví otro. Volví a encender la tele y anduve cambiando de canal hasta encontrar un viejo partido de baloncesto. Entonces me quedé mirando la pantalla. Era igual que Lee: mirando algo sin fijarme en nada. ¿Sería ese nuestro futuro? Los dos destrozados, como zombis, mientras Grace… ¿Qué? ¿Qué sería de Grace? Si no solucionábamos aquello, estaría mejor viviendo con Craig y con Sofia. Al menos de ese modo tendría alguna oportunidad en la vida. Fue pasando el día. Pensé en preparar la cena, pero decidí que no tenía mucho sentido. Pensé en todo y en nada. Estuve sintiendo pena de mí mismo hasta casi darme asco.

Era tarde cuando empecé a salir de mi ensimismamiento. Me había servido otra copa. ¿Era la tercera o la cuarta? Había perdido la cuenta, y tampoco sabía el tiempo que había transcurrido. Me levanté, fui a la cocina y tiré la copa por el fregadero, también el contenido de la botella. Fui arriba a ver a Lee. Estaba durmiendo. Casi antes de que el plan hubiera cobrado forma en mi cabeza, empecé a prepararme. Me puse unos viejos pantalones negros de trabajo, una camiseta térmica azul marino y un jersey. Saqué la pistola de la caja fuerte que teníamos en el dormitorio. Sujeté la caja de balas en la mano y sentí su peso. Podía dejarlas en la caja fuerte. No tenía intención de disparar a nadie esa noche y, si dejaba las balas donde estaban, me aseguraría de ello. Por otra parte…, si quería sacarle respuestas al chaval, tal vez tuviera que asustarlo un poco para que hablara. Tal vez tuviera que hacer una demostración de fuerza. Deslicé el cargador en el interior del arma, comprobé que tuviera puesto el seguro y me la guardé en el bolsillo.

Tenía el abrigo colgado en el ropero que había junto a la cocina. Le acaricié la cabeza a Rufus de camino, me puse el abrigo y abrí la puerta. La noche era fría y oscura. Se olía la nieve en el aire. La sentía. Habían previsto una capa de diez centímetros de grosor, y otros diez para el día siguiente. Fui al granero y, sin encender las luces, saqué la mochila de Lee y guardé en ella la linterna para la cabeza, los prismáticos, una capa de abrigo extra y mi botella de agua. Traspasé la pistola al bolsillo del abrigo y cerré la cremallera, después me dirigí hacia la parte trasera de nuestra casa y el sendero que partía desde allí. No sabía con certeza si la prensa seguiría en nuestra verja, esperando. Hacía frío, no había luz, y tal vez se hubieran ido a casa o a la pensión donde se alojaran, pero no podía arriesgarme a utilizar el coche. Tardaría dos horas en llegar caminando hasta casa de los Jordan, según mis cálculos. Llegaría allí poco después de medianoche, una hora tan buena como cualquier otra para tratar de localizar el dormitorio de Simon y sacarlo de allí a punta de pistola.

No pensaba hacerle daño. Me lo había prometido a mí mismo, y tenía pensado cumplir esa promesa. Tal vez nuestra hija hubiera muerto. Me destrozaba tener que admitir esa posibilidad, pero llevaba una semana desaparecida y no podía seguir fingiendo que estaba bien. De modo que traté de aceptar la posibilidad de que se hubiera ido. Sabía que Lee estaba convencida de que Simon la había matado. Y Julie Bradley era una chica lista y buena. Julie creía que Simon pegaba a Nina, y yo la creía, y si el chaval era capaz de levantarle la mano a Nina, entonces tenía que creer que podría llegar a matarla. Pero la idea se me clavaba como un cuchillo en la tripa. Si Simon la había matado, entonces yo había pasado por alto las señales. Todas esas veces en las que Simon había acudido a casa para recogerla. Todas esas veces en las que me había despedido de ellos con una sonrisa, como un puto idiota. Debió de haber señales, y a mí se me escaparon.

Deseaba creer que él no era el responsable, porque soy débil, y no quería aceptar que fuese culpa mía que mi hija hubiera muerto. Pero no podía seguir engañándome, porque tenía la certeza de que Simon estaba mintiendo. Durante las labores de búsqueda, cuando había dicho aquella chorrada de que Nina y él habían roto y que tal vez ella no quisiera volver a casa de inmediato por miedo a encontrárselo, yo había visto la mentira en sus ojos. Y no pensaba permitirlo. Fuera como fuera, iba a obligarle a decir la verdad.

No tardaría mucho en recorrer la distancia. Una vez metido entre los árboles, empecé a correr. Había recorrido aquellos senderos en un momento u otro, con Leanne y con Rufus. El terreno se volvió un poco más irregular a medida que me acercaba a casa de los Jordan. El sendero se desviaba hacia el norte y tuve que correr campo a través. Seguí un camino de ciervos, pero el paisaje descendía hacia un profundo barranco con un arroyo al fondo. Tardé un tiempo en encontrar un punto seguro por el que cruzar, y trepar por el otro lado me resultó difícil a oscuras. Incluso con la linterna de la cabeza, era todo un desafío asegurarse de no perder el equilibrio y caer hacia atrás contra las rocas de abajo. De modo que avancé más despacio. En un momento dado, comenzó a nevar, pero no era gran cosa, solo alguna ráfaga ligera que salpicó los árboles. Al otro lado, la cosa mejoró. Una trocha de caza circulaba en la dirección correcta, así que anduve siguiéndola un rato y después solo tuve que atravesar una pequeña pradera hasta alcanzar la parte de atrás de la casa de los Jordan. Para entonces estaba cansado. Me entretuve comiendo una barrita energética y luego me puse la otra capa de abrigo y el gorro de lana. Me enfriaría deprisa en cuanto dejara de moverme.

Alcancé la línea de árboles de detrás de la casa de los Jordan. Encontré una ubicación que me gustó, con vistas despejadas de la casa, y saqué los prismáticos. Escondido entre los árboles, podía vigilar la casa y esperar el momento adecuado. Tenían unos ventanales enormes y se veía el interior. Era casi la una de la madrugada; el trayecto me había llevado más de lo esperado. Deberían estar ya todos dormidos, pero esperaría y vigilaría para estar seguro, y entonces actuaría. En una ocasión había oído a Nina hablando con una amiga, diciéndole que la habitación de Simon se abría directamente al jardín de la piscina. Deslicé los prismáticos a lo largo de la parte trasera de la casa y encontré unas puertas dobles situadas junto a la piscina. Debía de ser ese su cuarto. ¿Cerraría con pestillo por la noche, o dejaría las puertas abiertas? Si estaban abiertas, podría colarme y apuntarle con la pistola a la cabeza antes de que pudiera reaccionar.

Me lo estaban poniendo fácil. Esa casa enorme, con tantas ventanas, y todas las cortinas y persianas abiertas. Había luces encendidas dentro, no a toda potencia, y tampoco en todas las habitaciones, pero las suficientes para permitirme ver. Me centré en lo que parecía ser el salón principal, una estancia amplia con ventanas del suelo al techo. Hice zum con los prismáticos y distinguí una figura tendida en el sofá. La habitación estaba demasiado oscura como para alcanzar a ver los rasgos con claridad, pero creí que debía de tratarse de Jamie Jordan. Sobre la mesita de centro, frente a ella, reposaba una botella de vino. Pensé en su semblante impávido, en la forma en que había tratado a mi mujer, y aparté la mirada.

Me fijé en la segunda planta de la casa. Las cortinas estaban echadas solo en una de las ventanas. Supuse que aquel sería el dormitorio principal. Rory debía de estar allí dormido. Volví a enfocar a Jamie con los prismáticos. Si al menos hubiera un poco más de luz. Deseaba estar cien por cien seguro de que se trataba de ella.

Estaba tan absorto en Jamie que a punto estuve de perderme el momento en el que Simon Jordan salió a hurtadillas de la casa. Moví los prismáticos justo a tiempo de verlo cerrar la puerta de su dormitorio y atravesar el jardín. Iba vestido con ropa de abrigo y llevaba una mochila llena a la espalda. Se movía con rapidez y sigilo por el jardín de sus padres. Avanzaba hacia mí. Si seguía caminando y no cambiaba de dirección, pasaría a escasos diez metros de mi escondite. Su súbita aparición me desconcertó. Me agaché y me adentré más entre los árboles. Me escondí en el sotobosque y lo vi pasar junto a mí y seguir avanzando hacia la montaña. Advertí su semblante pálido a la luz de la luna. Parecía muy joven, desesperado y decidido.

Estaba huyendo. Era lo único que tenía sentido. Y yo podría detenerlo. Llevaba la pistola. Podría atraparlo ahora, apuntarle a la frente y asustarle para que me dijera la verdad. Pero no hice nada. De pronto todo me pareció demasiado real. Al ver la cara de Simon, me sentí como un loco. ¿Qué estaba haciendo, allí escondido en medio del bosque con una pistola en el bolsillo? Eso me convertía en un tipo concreto de hombre. Pensé en el tipo que había estado merodeando frente al instituto de Grace y sentí náuseas. Claro que... Nina había desaparecido. Eso era un hecho. Y Simon estaba huyendo. Huyendo de verdad, y yo se lo estaba permitiendo. Dios bendito.

Fui tras él, pero no alcanzaba a verlo, y tampoco lo oía. Había esperado demasiado. Llevaba la linterna para la cabeza en la mochila, y no podía arriesgarme a sacarla y encenderla. Se habían dispersado un poco las nubes y había algo de luz de luna, pero no la suficiente, de modo que iba tropezándome por el suelo, pero seguí avanzando todo lo rápido que pude, aguzando el oído. Simon era un chico joven y estaba en forma, y no acababa de pasarse casi tres horas corriendo campo a través. Avanzaba mucho más rápido que yo. Iba a perder su rastro. Llegaría hasta algún coche que tendría escondido en alguna parte y entonces escaparía para siempre, llevándose consigo las respuestas que tuviera. ¿Adónde podría ir desde allí? Ni hacia el norte ni hacia el este. Conocía el campo lo suficiente para saber que era muy trabajoso avanzar desde donde nos encontrábamos, y no había una ruta rápida y sencilla. El sendero en el que nos hallábamos descendía hacia el oeste. Si seguíamos por ese camino, ¿dónde acabaríamos? Debía de tener un coche escondido en alguna parte, esperándolo. Eso era lo único que tenía sentido.

Empecé a correr. Tenía que alcanzarlo antes de que llegara al comienzo de la senda. Pero estaba haciendo demasiado ruido. Sin duda me oiría acercarme. A cada giro que hacía imaginaba que iba a encontrármelo esperando con la rama de un árbol en la mano, pero casi sin darme cuenta dejé atrás el refugio de los árboles, llegué a un claro y después a un camino de tierra. Me encontraba en el inicio de una senda. Al otro lado del camino había una señal que indicaba el comienzo de una ruta. Giré la cabeza y miré en todas direcciones para intentar ver a Simon. No había coches aparcados por ninguna parte, y tampoco había oído ningún motor. En una noche tan fría y silenciosa, habría podido oírlo incluso a un kilómetro de distancia. Saqué la linterna de la mochila, me la puse en la cabeza y la encendí. Advertí pisadas en la nieve. Las mías, procedentes del cobijo de los árboles, pero también otras que atravesaban el camino y rebasaban la señal de madera que indicaba el acceso a la senda. HEDGEHOG BROOK TRAIL, decía el letrero. Conocía esa senda. Era una ruta inclinada de tres horas de duración hasta alcanzar la cima desde allí. Seguí las pisadas, moviéndome más despacio y con más cautela que antes. Alcancé a oír el murmullo del agua. Era el arroyo, más adelante. ¿Lo habría cruzado? Las pisadas daban a entender que sí.

Después de cruzar el arroyo, si Simon continuaba por el sendero, sería todo cuesta arriba desde allí. Y, más allá de ese punto, no había más que vegetación salvaje. Mis botas eran resistentes al agua, pero los pantalones no. Daba igual. Las pisadas me indicaban el camino, y yo las seguí, entré en el agua, que me caló los pantalones y se me metió por dentro de las botas. Estaba muy fría; no como en pleno invierno, pero casi. Avancé deprisa, salí por el otro lado del arroyo y retomé la marcha, en esta ocasión colina arriba. Pensé en apagar la linterna, pero decidí no hacerlo. Estaba arriesgándome. Simon podría ver la luz y darse cuenta de que alguien lo seguía, pero recorrer ese sendero sin luz sería demasiado peligroso; estaba muy inclinado y el terreno del camino se componía de un amasijo de raíces resbaladizas. La luna se había escondido detrás de una enorme nube densa, estaba todo muy oscuro. Mientras ascendía por la colina, me preguntaba hacia dónde estaría yendo Simon y por qué. El Hedgehog Brook Trail conectaba con el Long Trail, que podía seguirse a pie hasta llegar a Canadá, si uno quería. Desde aquel punto, había ciento cincuenta kilómetros hasta la frontera, como mínimo una caminata de una semana. Probablemente más, incluso para un senderista experimentado como Simon. ¿Llevaría en la mochila comida suficiente para una semana? Tal vez sí. Pero ¿por qué haría algo así? Sin duda había rutas más sencillas que aquel sendero para escapar, aunque tal vez por eso lo hubiera escogido. Porque no era la ruta más evidente.

Dejé de preocuparme por dónde estaría yendo y empecé a pensar en dónde se detendría. Estaba claro que me sacaba bastante ventaja. Todavía alcanzaba a ver las pisadas en la nieve recién caída, pero no había oído nada. Necesitaba que se detuviera. Puede que él llevase suministros de sobra, pero yo no. Podría caminar durante una noche entera sin descansar y sin comer, probablemente, pero ¿qué conseguiría con eso? Saldría el sol y me encontraría en mitad del campo, quizá perdido, y sin suministros.

Llegué a lo alto del sendero. Se apreciaba el granito expuesto bajo la nieve removida, que era más densa allí arriba. Se notaba con claridad que Simon había pasado por allí. Me quedé unos instantes detenido en la cima. Se separaron las nubes y salieron las estrellas. El viento levantaba pequeños remolinos de nieve y el frío me arañaba las mejillas. Estaba todo en completo silencio. Me volví para mirar hacia el valle. Se alcanzaban a ver luces allí abajo, un puñado de ellas, casas dispersas entre los árboles, pero en lo alto de la montaña me hallaba en un mundo distinto. El Long Trail conducía hacia el norte y hacia el sur desde donde me encontraba, pero las pisadas de Simon se dirigían rumbo al sur, lo cual no tenía mucho sentido si su intención era llegar a Canadá. Partí tras él. Seguí el sendero durante cinco minutos en dirección sur y entonces me llegó el olor a humo de leña. Me detuve, levanté la cabeza y traté de distinguir de dónde venía. Y entonces me acordé:

en aquella ruta había un refugio de senderistas. Más que un refugio era una cabaña. La amplia mayoría de los refugios de senderistas del Long Trail consistían en cobertizos de leños de tres paredes. Dentro podías montar tu lona y sacar un saco de dormir, y la estructura te resguardaba de la lluvia, a veces incluso había una letrina, pero hasta ahí llegaban las comodidades disponibles. La cabaña que había más adelante era distinta. Jamás había tenido motivo para detenerme y hacer uso de ella, pero la había visto un par de veces. Tenía cuatro paredes, un tejado de zinc, una ventana de cristal y una pequeña cocina de leña. Incluso había bidones de agua que los guardabosques intentaban mantener llenos. Se trataba de un buen lugar donde pasar la noche o entrar en calor durante unas horas.

Apagué la linterna y aminoré el paso conforme me aproximaba a la cabaña. Estaba ubicada en un pequeño claro. Tenía la puerta cerrada y por la ventana se percibía un destello; de la chimenea metálica ascendía el humo. Me acuclillé y me debatí entre entrar directamente por la puerta o arriesgarme a mirar primero por la ventana. Elegí la ventana, me acerqué con sigilo y me asomé. La cabaña era tal y como la recordaba. El suelo de madera desnuda, la cocinilla, una estructura de cama de madera. Y allí estaba Simon. Encorvado sobre la cocina, echando leña al fuego, de espaldas a la ventana. Ya había desenrollado su saco de dormir sobre la estructura de la cama. Estaba calentando agua en una pequeña cacerola sobre la cocina.

Volví a acuclillarme, abrí la cremallera del bolsillo y saqué la pistola. Tenía miedo. Miedo a cagarla. A acobardarme. A decepcionar a Leanne. A decepcionar a Nina. A Grace. Aquella era la ocasión perfecta, la única oportunidad que se me iba a presentar. Simon sabía la verdad y yo iba detrás de ella. De mí dependía lograr sacársela.

# 31

## ANDY

No esperé. Esperar solo me serviría para disuadirme de lo que había que hacer. Me dirigí directamente a la puerta y la abrí de golpe, entré con dos zancadas rápidas y lo apunté con la pistola. Simon estaba acuclillado frente al fuego. Se volvió deprisa al oír el ruido y se quedó paralizado al ver la pistola. La cocinilla seguía abierta y él aún tenía un leño en la mano.

—Ciérrala —le ordené, haciendo el gesto con la pistola—. Y apártate. —De la cazuela que tenía al fuego salía vapor. No quería que me la tirase a la cara. Mantuve la distancia, pero no se movió—. Ciérrala —repetí.

Dejó el leño en el suelo, cerró lentamente la puerta de la cocina y empezó a incorporarse.

—No. Quédate donde estás.

Se había quitado el gorro y lo había dejado sobre su mochila, y aún se le veía la marca de la lana en la frente. Tenía el pelo revuelto. Le hacía parecer más joven. Hizo lo que le ordené. Se sentó en el suelo y se apartó de la cocina.

—Señor Fraser —dijo. Parecía nervioso, no asustado.

Me vinieron recuerdos a la cabeza, uno detrás de otro y detrás de otro. Recuerdos de Nina cuando era pequeña, y de Simon justo a su lado. Por cada foto que tuviéramos en casa de Nina en obras escolares, en bailes y graduaciones, los Jordan tendrían otra igual. Simon formaba parte de nosotros. Era parte de nuestra comunidad, parte de lo que nos convertía en lo que éramos. Todo eso era cierto. Pero... también era el tipo que se había visto con Grace en el bosque. Y creía lo que decía Julie de los moratones. Lo creía de verdad.

—¿Llevas encima una pistola, Simon?

Negó con la cabeza.

—No me mientas.

—Creo que..., que llevo un cuchillo en la mochila. Pero no es un arma. Es solo para..., bueno, cosas, ya sabe.

—Ponte en pie. Levántate el abrigo y la camisa y date la vuelta. —Hizo lo que le pedí, pero se movía despacio, como si tuviera setenta años en lugar de veinte. No llevaba pistola. Y tenía los pantalones demasiado ajustados para poder esconder algo allí—. Siéntate —le ordené—. Vamos a hablar. —Me quité la mochila, saqué mi botella de agua y di un trago largo, pero en ningún momento aparté la mirada de él, y tampoco bajé el arma.

Volvió a sentarse en el suelo, con demasiada cautela, y cruzó las piernas como si estuviese a punto de empezar una clase de yoga. Salvo el gorro y los guantes, aún llevaba puestas todas sus capas de ropa.

—Quiero que me cuentes exactamente qué sucedió entre Nina y tú el viernes por la noche en Stowe. Hasta el último detalle. Todo lo que dijiste tú y todo lo que dijo ella.

—Pero... ya se lo dijeron mis padres. Yo se lo conté a ellos y ellos a usted. Juro que les conté todo lo que sé.

—No me mientas.

—Estoy tan preocupado por ella como cualquier otro. Más, probablemente. —Se inclinó hacia delante. Estaba pálido y tenía los ojos muy abiertos, con una mirada sincera. Se cruzaron con los míos sin parpadear—. Yo quería a Nina. Usted sabe que la quería. Que la quiero. Siempre la he querido. No importa que tuviéramos una estúpida pelea. Eso solo duró cinco minutos. Perdimos los nervios. Eso no cambia en absoluto lo mucho que nos queremos el uno al otro.

Me quedé mirándolo sin decir nada. Parecía creer que me estaba convenciendo.

—Sueño con ella todos los días. Cuando duermo, cuando estoy despierto. Sueño que esto no ha sido más que una pesadilla y que, cuando me despierte, estará a mi lado, y nuestra vida seguirá como estaba previsto. —Era palabra por palabra lo que había dicho en la entrevista por televisión. No creo que se diera cuenta. O puede que sí lo hiciera, pero me dio igual.

—Estoy seguro de ello —le dije, muy despacio. Casi con cariño. Como si fuéramos amigos, sentados en una cafetería tomando café y charlando de la chica que se le escapó.

Simon compungió el rostro, como si quisiera echarse a llorar. Aunque no había lágrimas. Tenía los ojos secos.

—Cuéntamelo de una vez —le pedí—. Ya lo sé casi todo. No tiene sentido mentir. Eso no te ayudará en nada.

Simon negó con la cabeza.

—No sé qué es lo que cree que sucedió, pero le he dicho la verdad. Nina y yo tuvimos una estúpida pelea. Ella había estado bebiendo. Tan solo unas copas de vino, pero ya sabe cómo se pone. No suele beber y no tiene mucha tolerancia. Se pone sensible. Decidí que debería marcharme para darle espacio para calmarse. Para que pudiera ver las cosas con claridad. Eso es todo.

—Creía que habías dicho que rompisteis.

—Así fue. Quiero decir que… sí, rompimos, pero no creo que ninguno de los dos hablara en serio.

—De modo que te fuiste para darle espacio. ¿Y qué crees que sucedió después?

Apartó la mirada y agachó la cabeza.

—No me gusta pensar en ello. Y podría estar equivocado.

—Tú dilo.

Volvió a mirarme, con los ojos aún muy abiertos, aún llenos de esa falsa sinceridad, y sentí una oleada negra de desprecio que empezaba a crecerme por dentro, amenazando con ahogarme. No conocía a aquel chaval. Cierto, lo había visto cientos de veces en la escuela o en los entrenamientos de deportes infantiles, cuando eran todos pequeños, y cuando Nina creció y empezaron a salir juntos. Lo había visto por nuestra casa, pero nunca lo había visto de verdad. Nunca había sentido la necesidad de hacerlo. Porque lo conocía desde que era pequeño. Pensé que eso lo convertía en una persona de confianza. Pensé que era un chico majo que estaba enamorado de mi hija. Aún le quedaba madurar un poco, desde luego, y quizá estuviese un poco malcriado, pero en el fondo era un buen chico. Qué lejos había estado de la verdad. Estaba viendo el armazón de una persona. Simon entendía a la gente lo suficientemente bien para interpretar su papel cuando era necesario hacerlo, pero eso era todo. Un papel. Una fina capa de decencia que escondía ¿qué? Escondía un puto animal.

—Creo que alguien se la llevó —conjeturó Simon, con un susurro ahogado—. Quizá dejó abierta una ventana. O puede que yo…, puede que yo no cerrara la puerta con llave cuando me fui. Dios mío. Debió de ser eso. Estaba disgustado. No pensaba con claridad. Y alguien vino y entró. Quizá con intención de robar. La gente hace eso. Vigilan las segundas residencias, se aseguran de que están vacías y entonces vuelven por la noche, se cuelan y se llevan todo lo que pueden. Alguien podría haber pasado por allí esa misma mañana. Nina y yo estuvimos fuera todo el día, de excursión. Tal vez pensaron que la casa estaba vacía. Y entonces regresaron y se encontraron a Nina sola. —Había empezado a hablar más rápido, entusiasmándose cada vez más con su historia.

—¿Y entonces qué?

—Pues… supongo que la secuestraron. Se la llevaron a alguna parte.

—¿Así que crees que sigue viva?

Vi la certeza en sus ojos. Vi el no dibujado en su mirada, era evidente. Incluso estuvo a punto de ponerse a negar con la cabeza antes de detenerse. Fue un movimiento muy sutil, casi imperceptible, pero yo lo vi.

—Creo que sí. Creo que… Eso espero. Incluso aunque quien

se la llevara… Es decir… Quiero que esté viva. Quiero que sobreviva y que vuelva con nosotros.

Me incliné hacia delante.

—Estás mintiendo, Simon. Tú mataste a Nina aquella noche. Escondiste su cuerpo en el bosque. Por eso aquel perro se volvió loco. Y de algún modo conseguiste volver y la trasladaste cuando te enteraste de que íbamos a ir a buscarla. No sé cómo lo hiciste, puede que la policía esté a punto de averiguarlo. Algo te ha asustado, ¿verdad? Y por esa razón estás huyendo.

Simon respiraba con dificultad, se le había puesto la cara roja. Tenía los puños apretados y apoyados sobre las rodillas.

—No estoy huyendo.

—¿Ah, no? Entonces, ¿vas a quedar con un amigo? —Miré a mi alrededor y abarqué la cabaña con las manos y con un gesto inquisitivo.

—Es que… necesitaba largarme de allí. Mi abogado…

—¿Tu abogado qué?

—Nada. —Sacudió la cabeza—. No es asunto suyo.

El problema era que no me tenía miedo. Me veía como al padre de Nina. El hombre sonriente que los recogía de las fiestas antes de tener edad suficiente para conducir. El hombre que preparaba tortitas el domingo y echaba más beicon a la sartén cuando Simon se presentaba sin avisar.

Me levanté y le golpeé con todas mis fuerzas en la frente con la culata de la pistola. Soltó un grito de dolor. Se le abrió un corte en la frente y la sangre empezó a resbalarle hasta metérsele en el ojo derecho. Se llevó las manos a la herida y yo retrocedí de nuevo, manteniendo la distancia entre ambos.

—Dime qué ocurrió.

—Me ha pegado. —Se retiró las manos de la cara, vio la sangre y entonces se quedó mirándome.

—Sí —le dije. Mi voz sonaba firme—. Y pienso matarte, Simon. Te disparará y dejaré aquí tu cuerpo para que lo encuentre el próximo excursionista. —No lo decía en serio. No eran más que palabras, pero tenía que encontrar una manera de meterle miedo. Seguí hablando, en voz baja y firme—: Quién sabe, a lo mejor me suicido yo. Ahora mismo, no me queda mucho por lo que vivir. No sé si te has enterado, pero mi vida es un desastre. La gente cree que soy un pedófilo. Estoy perdiendo mi negocio. Mi familia está destrozada. Si te mato, a lo mejor podría quedarme con tus provisiones e irme andando hasta Canadá, y allí empezar una nueva vida, ¿no crees? Es una opción. Solo tienes una oportunidad. Si me cuentas toda la verdad, si yo te creo cuando hayas acabado, entonces te dejaré vivir.

—Está loco —me espetó—. Ha perdido la cabeza.

—Puede que tengas razón —contesté con gesto afirmativo—. Pero a ti no debería importarte que esté loco o cuerdo. Lo único que te hace falta saber es que solo tienes una oportunidad de salir de esta montaña por tu propio pie. Vas a contarme qué le ocurrió a Nina. Vas a contarme dónde está enterrado su cuerpo. Grabaré tu confesión con mi teléfono y se la enviaré a la policía, y puede que vayas a la cárcel durante mucho tiempo. Pero vivirás. Supongo que debes decidir si quieres morir aquí esta noche, o no. Eso depende de ti.

—Yo no maté a Nina —insistió—. No la maté, ¿de acuerdo? Pero, si lo hubiera hecho, y se lo contara, sin duda me mataría.

—Sigues mintiendo. —Di un paso atrás y me senté sobre la estructura de la cama. Me notaba las piernas cansadas. Parte de la energía empezaba a drenarse de mi cuerpo. Creía saber cómo iba a terminar aquello. Simon nunca admitiría haberla matado. No quería dejarlo marchar. Era como un cáncer. Maligno.

—No estoy mintiendo. No la toqué, ¿vale?

—Dime la verdad, todo lo que sucedió, y te dejaré marchar. He venido en busca de la verdad, para mi esposa y para mí. Si ella sabe lo que ocurrió, tendrá la oportunidad de curarse. Sobre todo si sabe que vas a ir a prisión. La cárcel no será divertida, aunque tu padre utilizará sus contactos y acabarás en un club de campo. Pero saldrás, con el tiempo saldrás. Tendrás tu vida. Eso será mejor que dejar que te dispare aquí mismo, en esta cabaña de mierda. ¿Y quién sabe? A lo mejor tu abogado te salva. Confesármelo a mí cuando te estoy apuntando con una pistola no creo que sirva como prueba admisible. Así que esas son tus opciones. Morir ahora, aquí mismo. O decirme la verdad y, a lo mejor, salir airoso. Elige.

Vi que pensaba en ello. Le vi reflexionarlo, pero entonces decidió no hacerlo, no contarme la verdad, y en ese momento supe, sin asomo de duda, que Nina había muerto. La certeza me aplastó como una losa.

—Ay, Simon —dije.

Lo oyó en mi voz y lo vio en mis ojos. Creo que supo lo que iba a hacer antes incluso que yo mismo. Me puse en pie y levanté la pistola.

—¡Ella me provocó! Sabía lo que estaba haciendo, joder. Lo único que yo deseaba hacer era quererla. ¿Qué tiene eso de malo? Nada. ¿Por qué no podía dejar las cosas como estaban?

No bajé la pistola.

—Se estaba acostando con otros hombres —se defendió, frenético—. Con muchos hombres. Imagine que su vida fuera así. ¿Qué haría entonces? ¡Y fue un accidente!

—Nina fue lo mejor que te ha sucedido en la vida —le respondí, y quité el seguro al arma—. No fue un accidente. No te dejaste llevar. Lo único en lo que se equivocó, a tu juicio, fue en no querer seguir estando contigo. Y la mataste por ello.

Apunté con cuidado y determinación. Y apreté el gatillo.

# 32

## Jamie

El viernes por la noche me quedé dormida en el sofá y me desperté sola, a oscuras. Me dolía la cabeza y tenía un asqueroso sabor de boca. Fui a la cocina y llené un vaso de agua en el fregadero. Me lo bebí entero, pero el agua me revolvió el estómago. La casa estaba muy silenciosa. El reloj de la cocina indicaba que eran las cinco de la mañana, y fuera aún era de noche. Hacía frío en la cocina. Rory debía de haber vuelto tarde. ¿Habría pensado en despertarme o se habría ido directo a la cama? Me dije a mí misma que daba igual. Pensé que a lo mejor tenía hambre. En el frigorífico había pollo frío, fruta, yogur y ensalada. Aunque lo que de verdad me apetecía era una porción de tarta de chocolate, pero en casa no tenía nada por el estilo. Me comí una uva y cerré la puerta. Deambulé por la casa como un fantasma, flotando de una habitación a otra. Había muchas, y muchas de ellas sin usar. ¿Por qué teníamos esa casa tan enorme solo para nosotros dos y un hijo que estaba a punto de irse?

Bajé las escaleras hasta el cuarto de Simon. La puerta estaba cerrada. Apoyé la frente contra la hoja de madera y cerré los ojos. Deseaba entrar, sentarme en la cama y ponerle la mano en la mejilla, retirarle el pelo de la frente. Deseaba tener una varita mágica y que volviera a ser un niño pequeño, para poder empezar desde el principio y, esta vez, hacerlo todo bien. Ser una madre mejor. Abrí la puerta. Su habitación estaba a oscuras, pero alcancé a distinguir la silueta de su cama, sus mesillas de noche, su baúl. La cama estaba vacía.

—¿Simon? —susurré su nombre en la oscuridad. Me aclaré la garganta y volví a intentarlo, con más fuerza—. ¿Simon? —Alcancé el interruptor de la luz y lo prendí.

La habitación estaba vacía. La cama estaba sin hacer. Fui al cuarto de baño y encendí la luz de allí. Vacío. Acababa de recorrer la casa entera, pero volví a recorrerla, dejándome llevar cada vez más por el pánico, hasta acabar corriendo de una habitación a otra. Empecé a repetir su nombre, cada vez con más fuerza, hasta que acabé gritando. Rory salió de nuestro dormitorio, medio dormido e irritable.

—Por amor de Dios, Jamie.

—Simon se ha ido. Ha desaparecido.

—No se ha ido.

Corrí escaleras abajo hasta el sótano. Miré en el cuarto de la lavadora, en el de juegos y en el gimnasio. Nada. Volví a subir. Rory seguía allí de pie.

—¿Has mirado si está su coche? —Incluso medio dormido, era más listo que yo.

—No.

Fuimos juntos al garaje. El Jeep de Simon seguía allí. Me dio un vuelco el estómago. De pronto imaginé la horrible estampa del cuerpo de Simon, colgado a oscuras de uno de los árboles de nuestro jardín, iluminado por nuestras carísimas luces exteriores de diseño. Me volví y corrí hacia el salón. Rory me agarró y trató de retenerme. Lo aparté de un empujón y le di un manotazo para soltarme. Perdí el equilibrio al zafarme de él y caí al suelo de rodillas, después me incorporé y volví a salir corriendo. Las luces del salón estaban encendidas. Las había encendido yo misma. No alcanzaba a ver bien el exterior. Corrí hacia las puertas correderas, las abrí y salí al jardín. El viento me revolvió el pelo, y noté que la

hierba estaba húmeda bajo mis pies. Los árboles estaban ilumina-
dos y se agitaban con el viento. Volví a correr, sin parar de buscar.
La mente me jugaba malas pasadas. Cada sombra que veía se parecía a mi hijo, colgado de un nudo corredizo. La nieve se agitaba
en remolinos bajo las luces de los focos. Simon no estaba allí. No
había nadie.

Rory me observaba desde la puerta abierta. Me dirigí hacia él,
pero me detuve para marcar la distancia entre ambos.

—Pensé que se había suicidado.

—Simon no haría algo así —respondió Rory. Llevaba puesto
el pijama. Uno con botones y cuello de pico. Un pijama de viejo—. Simon no haría algo así —repitió—. No es de esos. —Advertí algo desagradable en su voz.

Levantó entonces la mano y me la tendió, como una ofrenda
de paz. Yo me quedé mirándola.

—¿Qué significa eso? —pregunté.

Meneó la cabeza. Deseaba hablarle de la certeza que él y yo
compartíamos, pero era demasiado peligroso. Podría oírnos alguien. No estaba fuera de toda posibilidad que hubieran colocado
micrófonos en nuestra casa. Le estreché la mano y lo abracé. Apoyé la cabeza en su pecho y entonces susurré:

—Lo sé.

Tensó el cuerpo. Sabía que debería parar, que debía dejarlo
ahí, pero no podía.

—Me dijo que tú lo sabes. Que lo sabías.

—Sí —admitió con cierta reticencia.

Bajé la voz hasta convertirla en poco más que un susurro. Un
mero aliento.

—¿Lo ayudaste en modo alguno? Lo hiciste, ¿verdad? ¿Por qué?
Lo miré a la cara y él me miró a los ojos.

—Porque lo quiero. Y porque te quiero a ti.

Estaba diciéndome la verdad. Lo veía en sus ojos. ¿Cómo no
me había dado cuenta antes? A lo mejor antes no era así. Quizá
hubiera sido necesario aquel horror para hacer que se diera cuenta

de lo que sentía por nosotros. Pero ya era demasiado tarde. La parte de mí que quizá hubiera sido capaz de responderle, de devolverle algo, esa parte se había roto. Así que retrocedí.

—¿Qué vamos a hacer? —respondí.

—Lo que sea necesario.

—Primero tenemos que encontrarlo. Y luego tendremos que llevárnoslo de aquí. A Nueva York. O a Hawái. Algún lugar donde no pasara mucho tiempo con ella. Algún lugar donde no tenga que estar pensando en el asunto todos los días. —¿Sabía ya entonces que ese refugio no era más que una fantasía?

—Sí. Suena bien.

—¿Rory?

—Sí, Jamie.

—Nunca se perdonará a sí mismo, ¿verdad?

—Bueno, también tendremos que ayudarle con eso.

# 33

## LEANNE

Me desperté sola, a oscuras. Tardé unos instantes en orientarme y en entender qué era lo que me había despertado. Mi teléfono reposaba sobre la mesilla de noche. Me sentí borracha y estúpida. Estuve un rato escuchando el tono de la llamada, luego agarré el teléfono y miré la pantalla. Se trataba de un número de la zona, pero no lo reconocí. Me planteé no responder, pero pulsé el botón verde.

—¿Diga?

Oí que alguien resoplaba al otro lado de la línea.

—La he cagado, Lee. Lo siento, cariño. La he cagado mucho.

Tardé un instante en entender quién era.

—Andy.

—Sí. Soy yo, sí.

Parpadeé despacio, después me quité de encima las mantas y salí de la cama. Me acerqué a las ventanas y miré hacia fuera. Estaba nevando. Estaba todo en silencio.

—¿Dónde estás? —pregunté.

—En la casa de los Barrett. La vieja que hay cerca de Lover's Lane.

—No lo entiendo.

—Le he disparado, Lee. He matado a Simon Jordan. No era mi intención, pero lo he hecho.

Agarré el teléfono con fuerza y enseguida el mundo recuperó su nitidez.

—Dime qué ha ocurrido. —La voz de Andy, que parecía proceder de un lugar muy lejano, de pronto sonó alta y clara.

—Mató a Nina. Mató a nuestra chica. Y no podía dejar que se escapara.

Cerré los ojos. Mantuve el teléfono pegado a mi oreja con la mano izquierda, mientras con la derecha me acariciaba la mejilla, como si de ese modo pudiera mantener la compostura. Andy seguía hablando.

—Voy a tener que dejaros a Grace y a ti. Pasaré mucho tiempo en la cárcel. No podré acompañaros. Joder, Lee. La he jodido pero bien.

Yo ya sabía que Nina había muerto, pero me resultó diferente oírselo decir a Andy. Fue como si, hasta ese momento, hubiera albergado un mínimo resquicio de esperanza, muy dentro de mí, y al oír sus palabras esa esperanza se esfumó. Abrí los ojos. Esperé que me invadiera un torrente de dolor, pero no fue así. Me parecía todo demasiado urgente. Reparé en la mesita de centro y vi allí el móvil de Andy, con la pantalla apagada.

—¿Te ha visto alguien?

—Aquí no hay nadie. La casa está vacía.

—¿Y cómo..., cómo has..., has ido con el coche? ¿Te ha visto la prensa salir de aquí? —Volví a acercarme a la ventana, retiré las cortinas y me asomé. No distinguía ninguna luz al final del camino de la entrada. Seguramente se habrían marchado todos, habrían encontrado algún sitio cálido donde pasar la noche.

—Fui caminando hasta casa de los Jordan. Simon iba a escaparse. Lo seguí por el sendero. Después volví a bajarlo. Tardé..., joder..., no sé cuánto tiempo. Pero no me ha visto nadie.

Me invadió entonces una sensación de alivio.

—De acuerdo. Entonces, escúchame, Andy. Nadie sabrá nunca lo que ha pasado salvo tú y yo. ¿Qué hora es? —Me aparté el teléfono de la oreja lo justo para mirar la hora. Ya eran las siete de la mañana. ¿Cómo había dormido tanto?—. Nadie sabe que saliste de casa. Tu teléfono está aquí. Has pasado aquí conmigo la noche entera, ¿de acuerdo? Voy a ir a buscarte y te traeré a casa, y te vas a duchar y quemaremos tu ropa en el cubo grande y no volveremos a hablar de esto nunca, ¿vale?

—No saldrá bien. —Ahora estaba más tranquilo, menos frenético—. He bajado a Simon por la montaña. He tirado su mochila en el bosque. Limpié la sangre del suelo de la cabaña, pero no es suficiente. Pensé en tirar su cuerpo por alguna grieta, como hice con sus cosas, pero lo encontrarían los perros. He estado transportándolo a hombros, y estoy... manchado con su sangre. A estas alturas, mi ADN debe de estar por todo su cuerpo. Dentro de poco saldrá el sol. Es imposible que pueda llegar a casa sin que alguien me vea. Y, cuando encuentren su cuerpo, lo revisarán todo. Yo seré el sospechoso más evidente. Los dos lo somos. Nos pedirán a ambos una prueba de ADN. Sabes que lo harán. Nuestra mejor opción es que tú te mantengas alejada. Ni siquiera debería haberte llamado. Solo quería que lo supieras. Que te enterases por mí. —Hablaba en un tono que daba a entender que todo se había acabado. Como si estuviese ya todo decidido. Como si fuese a alejarse de mí.

—¡No! —Fue casi un grito—. Andy, no. Escúchame, ¿quieres? No vas a dejarme, y no vas a dejar a Grace. No sin luchar. No sin luchar hasta el final, ¿de acuerdo?

—No sé qué...

—Tenemos que pensar —le dije, interrumpiéndolo—. Tenemos que pararnos a pensar un minuto. —Nos quedamos un rato callados.

Pasó el tiempo. Mis pensamientos eran inconexos. Me pasaban por la cabeza a gran velocidad y no alcanzaba a encontrarles sentido. Cerré otra vez los ojos y me obligué a concentrarme.

—Vale, esto es lo que vamos a hacer. Te vas a quedar justo donde estás. Salvo que..., no. Quiero que registres la casa de los Barrett en busca de bolsas de basura que sean de plástico. Tienes que envolver el cuerpo de Simon, y tienes que limpiar todo lo que hayas ensuciado ahí. No queremos que nadie sepa que has estado en la casa. Cuando hayas acabado, quédate escondido hasta que yo llegue.

—No, Lee. Si vienes aquí, entonces formarás parte de esto. No podemos ir los dos a la cárcel. Hemos de pensar en Grace.

—Nadie va a ir a la cárcel, Andy. Simon mató a nuestra hija. No pienso dejar que destruya a nuestra familia por completo. No vamos a permitirlo. Mehuron's abre en menos de una hora. Iré allí primero y compraré algo de comida para asegurarme de que la gente me vea. Y, en el camino de vuelta, pasaré a buscarte. Tú haz todo lo que te he dicho, y estate preparado. —Colgué el teléfono.

No quería que Andy me discutiera, y la conversación ya había durado demasiado. Si alguien revisaba mi historial de llamadas, ¿no resultaría sospechosa una llamada telefónica desde una casa privada de Waitsfield? Tendría que pensar en una explicación plausible, por si alguna vez me preguntaban. Uno no se pasa cinco minutos hablando con un número equivocado.

Me guardé el teléfono en el bolsillo y agarré el de Andy. Me lo llevé a nuestro dormitorio y me senté en la cama. No podía marcharme aún. El supermercado no abriría hasta dentro de cuarenta minutos. Enchufé el móvil de Andy en su mesilla de noche, encendí la lámpara y activé su pantalla. Introduje su contraseña —utiliza la misma para todo— y empecé a revisar su correo electrónico. Tenía dos mensajes de Craig; palabras de ánimo y fotos de Grace. Respondí a Craig dándole las gracias y diciéndole que iríamos ese mismo día a ver a Grace. Luego revisé los *emails* de trabajo de Andy. Había otras tres cancelaciones y una factura de un proveedor. Respondí a las cancelaciones en nombre de Andy, con un simple *No hay problema, lo entiendo. Y, si sus circunstancias cambian, por favor, póngase en contacto conmigo.* Envié la factura desde el correo de Andy a mi cuenta, porque eso es lo que haría él. Yo pago sus facturas y le llevo las cuentas. Después, me pasé veinte minutos viendo en YouTube vídeos de deportes y de distintos gurús del paisajismo que mostraban sus últimas obras; básicamente lo que fuera que me ofreciera el algoritmo. Luego dejé el móvil de Andy y encendí nuestra tele. Desconocía si la policía podía averiguar si en la pantalla de la tele se había reproducido un contenido concreto, pero supuse que era posible, al menos con las televisiones inteligentes. Encontré un partido y lo dejé puesto. Me cambié de ropa, me lavé la cara y volví a la planta de abajo, donde dejé mi teléfono en la mesa de la cocina.

Me llevé mi coche. La camioneta de Andy habría sido una opción mejor, pero nunca la conducía, y tenía que hacerlo todo como lo haría normalmente. Antes de salir de casa, saqué una vieja lona del granero y la extendí en mi maletero. Había un coche en la verja y, para cuando me marchaba, había llegado un segundo. Conduje hacia Mehuron's y, por el espejo retrovisor, vi que me seguía uno de los vehículos, un Jeep Renegade rojo. Ni siquiera se molestaba en intentar disimular el hecho de que me estaba siguiendo. Estaba tan cerca que alcanzaba a distinguir los rasgos del conductor. Tendría cuarenta y tantos años, un poco de sobrepeso, una barba desaliñada, y llevaba un gorro y una cazadora naranja chillón. Seguí conduciendo como si no lo hubiera visto, pero cuando llegué al aparcamiento de Mehuron's, estacioné en el extremo izquierdo del edificio. Actué con normalidad cuando me bajé del coche. Al entrar en el establecimiento, me hice con un carrito y empecé a recorrer el primer pasillo. Allí había gente que me conocía. Sarah Butler, de la oficina de correos, y Billy Ware, que da clases en el instituto. Billy se me acercó para saludarme. Me apretó la mano y me dijo lo mucho que lo sentía. Sarah se puso roja y murmuró algo en voz baja, antes de escabullirse por el pasillo. Supongo que es más aficionada a Facebook que Billy, o a lo mejor es más crédula. Llené el carro con todo tipo de productos. Un cartón de agua con gas. Tres cajas grandes de cereales. Añadí tres tipos distintos de mermelada y un melón. Por el rabillo del ojo veía al de la cazadora naranja allí parado, pero en ningún momento lo miré directamente. Llené el carro deprisa y luego lo dejé en un lugar, como si me resultara demasiado incómodo de mover. Recorrí el pasillo, tratando en todo momento de mantener un lenguaje corporal distendido, ojeando productos como si tuviera todo el tiempo del mundo. Agarré dos latas de garbanzos y un bote de pesto. Volví hasta mi carro y apilé las latas y el pesto encima del resto de la comida. Después me alejé de nuevo. Seleccioné un bote de alcaparras, llegué hasta el final del pasillo y seguí avanzando. Nada más doblar la esquina del pasillo, apreté el paso. Atravesé la cortina de plástico que separaba el supermercado del almacén del fondo, y entonces empecé a correr. En la parte trasera del almacén, estuve a punto de chocarme contra Paul Thomas, que estaba firmando un pedido. Conocía a Paul. Llevaba diez años trabajando en Mehuron's.

—Perdón —musité.

—No pasa nada, Leanne —respondió él.

Me miró con gesto de curiosidad, pero no hizo ningún otro comentario al verme pasar apresurada y salir después. Corrí por el lateral del edificio, me monté en el coche y arranqué. No había rastro del hombre de la cazadora naranja. Conduje deprisa, di un giro, después otro y otro, luego me detuve a un lado de la carretera para asegurarme de que realmente le había dado esquinazo. Pasó un minuto. Seguí conduciendo en dirección a Lover's Lane. Conocía la casa, más o menos. Se trataba de una vivienda antigua, propiedad de una pareja mayor a la que le costaba mantenerla. En una ocasión habían contratado a Andy para que hiciera una reforma en el jardín, pero eso había sido años atrás. Seguía nevando, y la carretera ya estaba cubierta por una capa de varios centímetros, pero llevaba neumáticos de invierno y estaba acostumbrada a esas condiciones climatológicas. La casa de los Barrett estaba alejada de la carretera, al final de un camino serpenteante. Respiré aliviada cuando doblé la primera curva de ese camino y mi coche quedó oculto tras los árboles. La casa era tal y como la recordaba. Una granja de hacía cien años, con chimeneas de piedra a cada lado. El jardín se hallaba cubierto de maleza enmarañada y la pintura de las paredes se había descascarillado un poco. A la luz plomiza del día, el lugar parecía descuidado. ¿Cuánto haría que los Barrett no iban de visita? ¿Y cuánto faltaría para que volvieran a pasar por allí?

Me bajé del coche y rodeé la casa hasta la parte de atrás. Allí estaba Andy, de pie bajo el porche techado. Parecía un desconocido. Mayor, exhausto, roto. Tenía una mancha de barro en la cara, o tal vez… había poca luz. Tal vez fuera sangre seca. Me vio venir y no se movió. No advertí alivio en su mirada. Lo único que vi fue pánico y desesperación.

Me acerqué a él y lo rodeé con los brazos. No se movió. Lo abracé con más fuerza aún, atrayéndolo hacia mí, y pegué mi mejilla caliente a la suya, helada.

—Te quiero. Te quiero, ¿vale? Vamos a salir de esto.

Tardó un tiempo, quizá un minuto entero, pero al final pareció relajarse, abandonó la rigidez de su postura y por fin me rodeó con los brazos y me devolvió el abrazo. Aguanté así todo lo que pude. Cuando nos separamos, ambos nos volvimos para mirar el cuerpo envuelto en plástico que yacía en el suelo de piedra del porche detrás de él. Me estremecí. La realidad fue como una bofetada. Andy había encontrado cinta de carrocero y bolsas de plástico en algún lado, y había hecho un buen trabajo con el cuerpo. Me resultó más fácil no tener que verle la cara a Simon, ni siquiera la ropa. Me dije a mí misma que lo que había allí tirado, delante de mí, no era más que un paquete. Un paquete del que había que deshacerse.

—¿Hay cámaras? —pregunté—. Me refiero a cámaras de seguridad.

—He estado dando vueltas y no he visto ninguna. Tampoco dentro.

—¿Cómo has entrado? ¿Has roto una ventana?

Andy negó con la cabeza.

—Solían dejar una llave extra en el hueco de un árbol que hay al fondo de la propiedad. Lo he mirado y seguía allí. He vuelto a dejarla en su sitio.

—De acuerdo. ¿Has limpiado la llave?

—Sí.

—Bien. —Me dispuse a agarrar un extremo del cuerpo de Simon, lo que parecían ser los pies, pero Andy estiró una mano para detenerme.

—No.

—Estás agotado. Puedo ayudarte.

—No —insistió, casi con vehemencia—. No quiero que lo toques.

No discutí, me limité a echarme atrás y esperé mientras él levantaba el cuerpo en brazos. Le costó, torpe como estaba por el cansancio, pero no volví a intentar ayudarlo. Abrí el maletero de mi coche y Andy depositó dentro el cuerpo. Tuvo que doblarle las piernas para que cupiera. Se doblaron con facilidad. A mí me entraron náuseas. ¿Sería demasiado pronto para el *rigor mortis*? Seguramente. Se me ocurrió entonces una idea.

—¿Seguro que está muerto? —le pregunté.

Andy no me miró. Se quedó contemplando el maletero, mirando el cuerpo envuelto en plástico.

—Seguro.

Asentí. Metí el brazo en el maletero y cubrí el cuerpo con la lona que había dispuesto a tal efecto, después le di la mano a Andy y se la apreté.

—Cariño, vas a tener que meterte ahí.

Apartó la mano de golpe y me miró como si no supiera quién era.

—Es la única manera de que puedas volver a casa sin que te vean. Si te tumbaras en el asiento trasero, los periodistas de nuestra casa te podrían ver. Y todo el mundo debe pensar que estuviste en casa toda la noche. Que los dos estuvimos en casa toda la noche. Todo depende de eso.

—¿Y en el asiento trasero debajo de una manta o algo así?

—No tengo manta, y aunque la tuviera sería demasiado arriesgado.

—¿Y si...? —Señaló con la cabeza el cuerpo de Simon—. Tenemos que enterrarlo. ¿Has traído palas?

Sacudí la cabeza.

—Lo llevaremos a casa.

—¿Cómo?

—Tenemos que volver a casa cuanto antes. ¿Lo entiendes? No tenemos tiempo de irnos por ahí a cavar un hoyo durante una hora y luego..., lo que sea. Tienes que volver a casa ahora mismo, hacer algunas llamadas telefónicas desde la casa o salir para que te vea la prensa, o las dos cosas. Y yo también tengo que hacer algunas llamadas. ¿De acuerdo? Mira, tengo un plan, pero no me da tiempo a explicártelo ahora. Por favor, métete en el maletero. Por favor, Andy.

Se giró y volvió a mirar el cuerpo. El maletero de mi coche era lo suficientemente amplio para los dos, pero no mucho más. Andy apretó los puños y entonces lo hizo. Se metió en el maletero. Casi tuvo que abrazarse al cuerpo de Simon para poder caber.

Al verme vacilar, me dijo:

—Ciérralo, Lee. Ahora mismo. Y vámonos a casa. No podré aguantar así mucho tiempo.

Hice lo que me pedía. Cerré el maletero, me monté en el coche y arranqué. Antes de llegar al final del camino de acceso a la casa, detuve el coche, apagué el motor y bajé la ventanilla. Agucé el oído, me aseguré de no oír ningún otro motor que se acercara, después volví a girar la llave en el contacto y arranqué de nuevo; esta vez conduje deprisa, pero no demasiado. Nevaba copiosamente, y los neumáticos de invierno no hacen milagros. Si me salía de la carretera, no podríamos recuperarnos. Pero no cometí ningún error. Conduje hasta casa, deprisa, pero con cuidado. Cuando me aproximé al camino de acceso a nuestra vivienda, vi solo dos coches aparcados fuera, y no había rastro del *jeep* rojo. No aminoré la marcha al pasar frente a ellos.

Llevé el coche hasta nuestro granero, cerré las puertas y eché el cerrojo antes de volver corriendo al maletero y abrirlo. Andy salió de allí, medio cayéndose y asustado. Estiré los brazos hacia él.

—¿Había suficiente aire? ¿Podías respirar?

Estaba jadeando. Cerró los ojos con fuerza y volvió a abrirlos, dos veces, tres, como si tratara de aclararse la vista. Tardó un minuto en poder hablar.

—Había suficiente aire —confirmó—. Es que... estar ahí metido... con él... Joder. —Lo abracé y, en esa ocasión, fue él quien me apartó con los brazos y me miró—. ¿Cuál es el plan, Lee? ¿Qué vamos a hacer con él?

Pasé junto a él y cerré el maletero.

—Lo primero que vamos a hacer es entrar en casa. Te vas a quitar esa ropa y la meterás en una bolsa de plástico. Te vas a duchar y a cambiar, después harás esas llamadas o videollamadas. Me da igual a quién llames, pero que sea lo más normal que puedas, ¿vale? Yo voy a preparar el desayuno y vamos a seguir nuestra rutina con la mayor normalidad posible durante la próxima hora. Después..., después nos encargaremos de él.

Andy hizo lo que le pedí. Llamó a dos proveedores y canceló unos pedidos que había hecho para encargos que acababan de cancelarse. Envió otro mensaje de texto a Craig. Yo puse mi móvil a cargar y respondí a un mensaje que me había enviado Julie Bradley, preguntándome cómo estaba. Llamé a Matthew Wright. No respondió al teléfono, de manera que le dejé un mensaje. Recibí algunos mensajes de periodistas, que ignoré. Y una hora después de volver a casa, regresamos al granero y enterramos a Simon. Levantamos haciendo palanca los ladrillos que conformaban el suelo del granero y los apilamos ordenadamente a un lado; debajo había una gruesa capa de piedras y arena, y barro más abajo, pero la miniexcavadora de Andy estaba aparcada en el granero, así que la usamos para cavar una tumba de dos metros y medio de profundidad. Andy deslizó el cuerpo en su interior, pero antes de soltarlo practicó agujeros alargados en las bolsas de plástico, a cada lado.

—¿Utilizamos cal viva, o algo así? —pregunté. Había oído decir que la cal tenía un efecto sobre los restos y hacía que se descompusieran con mayor rapidez.

—No tengo cal —respondió Andy—. Suelo utilizar hormigón ya preparado. Además, no serviría de nada. Secaría el cuerpo y lo preservaría. Lo que queremos es que se descomponga. No tenemos que preocuparnos por el olor, porque va a estar muy profundo.

Regresó a la excavadora y empezó a tapar el agujero con tierra. Yo me acerqué a la ventana del granero, sobresaltada. Me asomé para asegurarme de que no se acercaba nadie. Hasta el momento, la prensa había tenido el detalle de no colarse en nuestra propiedad, pero eso siempre podía cambiar. Y Matthew Wright podía escoger pasarse por allí. Pero no había nadie. Tuvimos suerte de que Andy tuviera todo lo necesario para volver a cubrir el suelo: sacos de arena y polvo de piedra. Nos pusimos manos a la obra. Para la hora de comer, Andy estaba retirando la tierra de encima de los ladrillos con un cepillo, dejando el suelo como si nadie lo hubiera tocado. Nos apartamos, cansados y sucios, y contemplamos el resultado. El granero estaba igual que siempre.

Entramos en casa y nos metimos juntos en la ducha. Nos abrazamos el uno al otro como si hubiésemos pasado años separados. Nos lavamos y nos vestimos. Yo fui la primera en bajar. Llamé al supermercado, me disculpé por haber abandonado el carro de la compra esa mañana y les expliqué que había visto a un periodista que me estaba siguiendo y me entró el pánico. En la tienda me dijeron que podrían enviarme la compra ese mismo día, así que acepté su amable ofrecimiento. Luego preparé café. Entonces entró Andy. Tenía la mirada perdida y cansada.

—Lo siento mucho —me dijo.

—No —respondí, meneando la cabeza—. No vamos a empezar con esto. —Le estreché la mano—. No volveremos a hablar de esto nunca más. ¿Entendido? Lo de anoche nunca pasó.

Me miró entonces a los ojos.

—Nos fuimos a la cama a las diez de la noche. Tú no dormiste bien. Tuviste pesadillas. Por la mañana, te quedaste dormido. Para cuando te despertaste, yo ya había bajado. Te quedaste en la cama. Miraste tu teléfono, enviaste unos *emails* y viste el baloncesto en ESPN. Me oíste marcharme al supermercado y saliste de la cama cuando me oíste regresar. Desayunamos juntos, aunque ya tarde. Eso fue lo que pasó, Andy.

Sirvió dos tazas de café.

—Eso fue lo que pasó —repitió. No parecía él mismo, aún no, pero volvería a la normalidad, con el paso del tiempo—. Tengo que salir y cavar una zanja de drenaje, o algo así. Puede que alguien haya oído la excavadora. Deberíamos contar con una explicación que resulte evidente. —Me alegraba que pensara de ese modo. Que mirase hacia delante. Me sostuvo la mirada—. Y mañana iremos a buscar a Grace. Me dan igual los periodistas, la directora y el mundo entero. Vamos a luchar por esta familia. Y vamos a permanecer unidos.

—Sí.

Se giró y arrastró mi silla hacia la suya, hasta que quedó tan cerca que pudo rodearme la cara con las manos y apoyar la frente contra la mía. Entonces se quedó así, mirándome.

—Te quiero —le dije.

—Podemos hacerlo —respondió.

—Sí.

# 34

## Matthew

El sábado por la mañana, Matthew condujo hasta la comisaría. Estaba casi vacía. Los fines de semana siempre eran más tranquilos. Allí estaba Sarah Jane. No se sorprendió al verlo.

—¿Has sabido algo sobre los datos de los móviles?

Ella negó con la cabeza.

—He hablado con un hombre que dice que nos han puesto en una lista prioritaria, y que deberíamos tener algo la semana que viene, posiblemente la siguiente. La única manera de que pudieran darse más prisa es que demostrásemos que existe un peligro de muerte inminente. Me dicen que con una chica desaparecida no basta.

—Que les jodan —respondió Matthew—. Vamos a atrapar a ese cabrón sin su ayuda.

Su amigo el fiscal le había dicho que creía que la declaración de Rita Gallo bastaría para justificar un registro de la residencia de los Jordan en Waitsfield. Habían decidido esperar hasta por la mañana para presentar la solicitud de la orden de registro, pues el juez de guardia del fin de semana era un poco más amable con la policía. Pero Matthew contaba con tener la orden judicial sobre su mesa a las diez de la mañana como muy tarde, y entonces ya verían.

—Los Jordan han accedido a entregar los datos del GPS de

sus coches —le informó Sarah Jane—. Ha llamado su abogado y ha dicho que, si queremos enviar a un técnico para que descargue los datos, no hay problema.

Matthew hizo una mueca.

—Si van a entregarnos los datos, entonces allí no habrá nada que nos sea de utilidad.

—Eso pensaba —convino Sarah Jane—. Pero lo he comprobado. La verdad es que tienen cuatro vehículos. Rory Jordan conduce un BMW X7, y Jamie tiene un X5. Simon conduce un Jeep Wrangler. Pero hay un cuarto vehículo, registrado a nombre de Rory: una Dodge Ram de hace quince años. Supongo que esa no tendrá GPS. Seguramente nos entreguen los datos de los BMW y del Jeep. Y me imagino que estarán impolutos. Pero, si Simon regresó a Stowe para trasladar el cuerpo, se llevaría la Dodge Ram. No es idiota.

Matthew asintió. Aquella teoría tenía sentido.

—La cuestión es que estoy bastante segura de que no lo hizo. Me refiero a que no la trasladó. —Sarah Jane le hizo un gesto para que se acercara. Giró la pantalla de su ordenador para que pudiera verla—. El martes por la noche, Simon Jordan se conectó a Internet. Publicó un vídeo en directo en el que sale jugando a un videojuego. Iba respondiendo a los comentarios a medida que le llegaban, así que no creo que pudiera haber sido una grabación. Cuando terminó la transmisión en directo, siguió comentando, y además vio y comentó otras publicaciones. Fue bastante visible.

Matthew vio cómo Sarah Jane iba mostrándole un vídeo tras otro. Para él, el contenido era inútil. No tenía sentido. Simon no mencionaba a Nina ni el hecho de que esta hubiera desaparecido. Hablaba del videojuego al que estaba jugando y se quejaba de la cantidad de asignaturas que cursaba en Northwestern. Parecía algo nervioso, un poco agitado, pero uno veía el vídeo y daba por hecho que se trataba de un universitario normal al que no le había sucedido nada extraordinario. Su actividad *online* iba disminuyendo hasta cesar en torno a las dos de la madrugada.

—Si la gente empezó a llegar a la casa a las seis de la mañana y él se desconectó a las dos, eso le concede un margen de cuatro horas. Podría conducir hasta Stowe y estar de vuelta en menos de dos. ¿Creemos que podría haber trasladado el cuerpo en ese tiempo?

—Yo también he estado pensando en eso —le dijo Sarah Jane con gesto afirmativo—. Y creo que sin duda habría podido hacerlo, pero habría tenido un tiempo limitado para trasladarla a cualquier otro sitio, ¿verdad? De modo que eso tal vez nos ayude a averiguar adónde la llevó después.

Matthew seguía mirando el monitor del ordenador. Sarah Jane había pausado el vídeo, y el rostro de Simon aparecía congelado en una especie de sonrisa de suficiencia. Matthew señaló la pantalla.

—Si Simon hizo todo esto para asegurarse una especie de coartada digital, no fue muy eficaz. Se dejó cuatro horas sin justificar, lo que significa que no podemos absolverlo.

»Supongamos que le lleva cincuenta minutos ir con el coche hasta Stowe. Una hora desenterrar el cuerpo, volver a tapar el hoyo, ocultar su rastro en la zona y meterla en el coche. Le quedan dos horas y diez minutos, incluida la hora que tardaría en volver a casa. Creo que debió de elegir una ubicación entre Stowe y Waitsfield. Algún sitio que conozca bien. Lo ideal sería algún edificio, ¿no? Para no tener que volver a cavar. En el peor de los casos, algún sitio donde pudiera esconder su cuerpo durante unos días hasta poder encontrar una manera permanente de deshacerse de ella.

—Tiene sentido —contestó Sarah Jane con gesto sombrío—. Empezaré a buscar posibles ubicaciones.

—Podría resultar de utilidad revisar las publicaciones anteriores en sus redes sociales. Buscar rutas locales de escalada o de senderismo donde hubiera estado a lo largo del último año. A ver si encuentras algún edificio abandonado por la zona. O casas de fin de semana, tal vez. Aunque eso supondría un riesgo más elevado.

Sería como buscar una aguja en un pajar, pero, sin un cuerpo, aquel caso iba a ser casi imposible de resolver.

—Creo que voy a acabar con una lista bastante larga —admitió Sarah Jane.

—Sí. Pero hoy vamos a ir a recorrer con el coche las rutas que parten de la casa de Stowe, y buscaremos cámaras. Muchas propiedades de fin de semana tienen cámaras de seguridad en la verja, o en la puerta de entrada. Con un poco de suerte, si localizamos el coche de Simon en las imágenes, tal vez podamos empezar a acotar la búsqueda. Sé que es mucho trabajo, Sarah Jane, y que las probabilidades de éxito son escasas, pero hay casos que se han resuelto con menos.

—Desde luego —respondió Sarah Jane estirando la espalda. Colocó las manos sobre el teclado, vaciló un instante y agregó—: Mis amigos me llaman S. J. Usted también puede, si quiere. No es que seamos amigos. —Se sonrojó y mantuvo la mirada fija en la pantalla.

—S. J. —repitió Matthew—. Suena bien.

De vuelta en su mesa, descolgó el teléfono y llamó a Arnie Waugh. Estaba convencido de que Waugh respondería, sin importar que fuese sábado, y no se equivocaba.

—Señor Waugh…

—Llámeme Arnie, por favor.

—Desde luego —dijo Matthew, aunque no tenía ninguna intención de hacerlo—. Le llamo por lo que le pedí ayer, sobre el teléfono de Simon. Si está dispuesto a cedérnoslo, puedo enviar a alguien a recogerlo en la próxima media hora. No tenemos inconveniente en proporcionarle uno de sustitución en caso de necesitarlo.

—Me temo que no vamos a poder ayudarlos con eso.

—Señor Waugh, confío en que haya informado a su cliente de que este retraso no le lleva a ningún lado. Conseguiremos los datos de un modo u otro. Probablemente la semana que viene.

—El caso, inspector, es que tenemos un problemilla con el teléfono.

—Un problemilla.

—Anoche llamé a mi cliente. Me explicó…, y debo decir que parecía muy avergonzado, me explicó que su madre le había pedido prestado el móvil, creo que para hacer una foto, y entonces se le cayó al lago. Por accidente, desde luego.

Matthew miró hacia el otro extremo de la sala de la brigada, donde estaba Sarah Jane. Deseaba poder establecer contacto visual con alguien, comunicarle la magnitud de la mentira que estaba oyendo en esos momentos, pero Sarah Jane —S. J.— tenía la cabeza agachada sobre su trabajo.

—¿Qué lago? —preguntó Matthew.

—¿Cómo dice?

—¿Qué lago, señor Waugh?

—Creo que se trata de un pequeño lago que hay en su propiedad. Fue un percance inocente.

—Ya. Entonces, ¿su cliente nos permitirá rastrear el lago para buscarlo?

—¿Cómo dice?

—Buzos. Podemos enviar buzos con un equipo especializado. En una pequeña masa de agua como esa, no debería resultar muy difícil localizar el teléfono. Podemos obtener una orden judicial, o puede usted pedirles el permiso a los padres de su cliente. ¿Qué prefiere?

Arnie Waugh suspiró y dijo:

—No creo que vayamos a concederles permiso para nada, inspector Wright. Pero le deseo mucha suerte en sus investigaciones.

Matthew colgó el teléfono y acudió a la mesa de Sarah Jane para informarla. Ella tenía el móvil sobre el escritorio, con la pantalla hacia arriba y encendida. El salvapantallas era una fotografía de ella con su familia. Estaban de pie en un muelle, formando una hilera de cuatro, con los brazos entrelazados mientras sonreían para la cámara. Allí estaban Sarah Jane, una pareja mayor que seguramente serían sus padres, y un hombre de veintitantos años. Debía de ser su hermano, el que había fallecido. Tenía el pelo oscuro muy corto, y barba. Su rostro se asemejaba al que le devolvía el espejo a Matthew cada vez que se miraba. Así que era eso. Él se parecía a su hermano. ¿Sería esa la razón por la que aparentaba mostrarse incómoda en su presencia?

Sarah Jane se dio cuenta de que estaba allí, y de que llevaba callado mucho tiempo. Matthew se aclaró la garganta y la puso al corriente de su conversación con Waugh.

—Pediremos una orden judicial y enviaremos a los buzos —le dijo—. Ese lago es más bien una laguna. Ya lo he visto. No puede tener más de cinco o seis metros de profundidad.

—Una vez leí sobre un caso en el que consiguieron datos de un teléfono que se había caído al váter —explicó Sarah Jane, deslizando las manos sobre el teclado—. Pero la laguna será más profunda. ¿Cuándo se le cayó? ¿Ayer? ¿Cuándo se considera que ha pasado demasiado tiempo?

—No lo sé —admitió Matthew con el ceño fruncido—. Pero hablaré con Foley. Veré qué me dice. —Regresó a su mesa e hizo la llamada.

Era la hora de la comida de un sábado. Era muy probable que no respondiera al teléfono. Christopher Foley era el jefe de la policía forense, un hombre al que le gustaba mantener una estricta barrera entre su vida familiar y laboral.

Le había dicho a Matthew que, salvo que estuviese de guardia, su teléfono móvil permanecía apagado y guardado en un cajón de la cocina.

Respondió al teléfono al quinto tono.

—¿Diga?

—No sabía si contestarías. Pensé que estaría apagado.

—Se me olvidó —dijo Christopher.

—¿Te puedo consultar una cosa?

—Sin problema.

Matthew le contó lo del teléfono y la laguna.

—Puede que lleve allí veinticuatro horas, quizá un poco más. Calculo que la profundidad máxima será de unos seis metros. Y unos ciento cincuenta metros de ancho. Lo que quiero saber es qué probabilidades tenemos de encontrarlo y, en caso de conseguirlo, si lograremos sacar algo de allí.

—Encontrarlo no debería suponer un problema. Los muchachos pueden sumergirse con detectores de metales. Si sabemos la zona por la que cayó, resultará más fácil, pero incluso sin esa información, en esa clase de área, deberíamos poder localizarlo.

—¿Y los datos?

—¿Qué tipo de teléfono era?

—No lo sé, pero, teniendo en cuenta cómo es el chaval, diría que algo nuevo. Un iPhone o Samsung último modelo.

Christopher adoptó el tono de alguien que estuviera intentando resolver un problema matemático.

—Algunos de esos teléfonos han sido probados en condiciones de laboratorio y son resistentes al agua como mínimo media hora a entre tres y cinco metros de profundidad. En esta situación concreta, ha pasado más tiempo y probablemente la profundidad sea mayor. Pongamos por caso que el agua ha penetrado en el interior de la carcasa. No sería el fin del mundo. Podemos desmontarlo y secarlo. Si se trata de un Android, podemos hackearlo. Si hablamos de un iPhone, será más difícil de hackear, pero deberíamos poder obtener alguna información. La mayoría de los datos de un iPhone están encriptados, pero no todos.

—Entonces, ¿crees que merece la pena?

—Sí.

—Voy a solicitar la orden judicial.

—Yo avisaré a los buzos.

# 35

## JAMIE

Fui a la habitación de Simon y empecé a rebuscar entre sus cosas. No tardé en confirmar que faltaban sus botas y su abrigo, además de algunas otras prendas de ropa. Fui al ropero, al cuarto de la lavadora y, por último, al garaje, pero allí no estaban. Guardamos las mochilas de excursionismo en el garaje, colgadas de ganchos. Mi mochila estaba allí, pero la de Simon había desaparecido.

Me dirigí al despacho de Rory y llamé a la puerta. Estaba hablando por teléfono, pero colgó al verme la cara.

—¿Qué sucede? —me preguntó.

Le conté que la ropa y la mochila habían desaparecido, y le cambió la cara.

—Es que no sé adónde puede haber ido. Hace muy mal tiempo, y va a empeorar. No podrá acampar fuera. ¿Dónde va a quedarse? ¿Llevará dinero? ¿Tendrá efectivo?

—No creo —respondió Rory—. No mucho. He cambiado el código de la caja fuerte.

—¿Por qué? —le pregunté. Qué estupidez. Y qué mal momento para hacer algo así.

Rory sacudió la cabeza, pero no me respondió.

—Ha sido un error. Si lo atrapan…, lo acusarán seguro y no podremos sacarlo bajo fianza.

Me senté en la silla situada frente al escritorio.

—¿Crees que ha ido hacia Canadá? Si va caminando, a lo mejor piensa tomar el Long Trail en dirección norte.

—Quizá. Es probable. —Rory se irguió en su silla y estiró el brazo para darme la mano.

—Pero ¿estará a salvo? El tiempo… Nadie va hacia el norte por esos caminos en esta época del año.

—Simon sabe moverse por el campo. Si tiene planeado irse al norte, seguro que llegará. Cuando se sienta a salvo, estoy seguro de que nos llamará.

Me quedé un rato en silencio, allí sentada, reflexionando.

—Puede que sea lo mejor —dije al cabo—. En Canadá sí que estará a salvo, ¿verdad? Y nadie puede acusarnos de estar ocultándolo si ni siquiera sabíamos que iba a marcharse.

—Le hace parecer culpable. Hará que sea más difícil defenderlo. Y Canadá tiene un tratado de extradición con Estados Unidos. Si lo acusan aquí, podrán detenerlo allí y traerlo de vuelta. Así que, salvo que tenga planeado marcharse a otro lugar desde Canadá… ¿Se ha llevado el pasaporte?

—Están ahí —respondí, mirando el escritorio de Rory—. En el cajón de arriba.

Rory abrió el cajón. Dentro había dos pasaportes, no tres.

—Quizá deberíamos tratar de adelantarnos a los acontecimientos. ¿Crees que podríamos alquilarle algo, y enviarle dinero, pero…, no sé, a través de una empresa o algo? De manera que no puedan rastrear los movimientos hasta nosotros.

—Podríamos intentarlo —respondió Rory tras meditarlo unos instantes—, pero cualquier cosa que hagamos para tratar de tapar nuestro rastro nos hará parecer culpables también a nosotros. Ahora mismo no lo han acusado de nada. Probablemente lo mejor que podamos hacer sea comportarnos con total normalidad.

—Podríamos decir que queríamos apartar a Simon de la prensa y de toda esta publicidad. Siempre ha querido recorrer el Long

Trail. Este es el momento perfecto. No está en clase. Necesita alejarse de la gente.

—Pero no podemos decirle a nadie dónde creemos que ha ido, o irán a buscarlo y lo alcanzarán antes de que cruce la frontera.

—Pues fingiremos durante unos días. De momento no diremos que Simon se ha ido. Esperaremos. ¿Cuánto tiempo crees que le llevará cruzar la frontera? —Empecé a notarme esperanzada.

—Está a unos ciento treinta kilómetros de aquí. Creo que… Simon está en forma. Puede que cinco días. Quizá lo consiga en cuatro si se esfuerza.

—De acuerdo. —Intenté sonar segura de mí misma—. Entonces, solo tenemos que evitar hablar con la policía durante cinco o seis días. Si quieren ver a Simon, les diremos que está enfermo. Con COVID, tal vez. Y luego, cuando se agote el tiempo, diremos que se ha ido de excursión a Canadá para tomarse un respiro, y llegado ese punto, podrán buscarlo todo lo que quieran. Para entonces, Simon ya se habrá puesto en contacto, así que habremos elaborado un plan. En serio, Rory, creo que no nos lo dijo porque quería protegernos. Eso no es malo.

—Seguro que tienes razón —convino Rory, pero era un comentario tópico. A juzgar por su tono de voz, resultaba evidente que estaba pensando en otra cosa.

—Entonces te dejo con tus cosas. —Pero no me marché. Me quedé allí sentada, mirándolo—. Me dijo que fue un accidente.

Rory se estremeció, pero parecía haber abandonado cualquier esfuerzo por cuidarse de lo que decíamos, y yo necesitaba hablar del tema.

—¿Te lo crees? —le pregunté.

Mi marido tardó unos segundos en responder. Pero me miró directamente a los ojos cuando dijo:

—Sí. Lo creo.

Estaba mintiendo, estaba mintiendo, estaba mintiendo y lo vi con una claridad meridiana. ¿Siempre había podido interpretar sus gestos con tanta facilidad? El dolor se me alojó en el corazón como una esquirla de cristal.

—De acuerdo —respondí.

Salí de su despacho y deambulé por la casa. No tenía ningún sitio al que ir ni nadie a quien poder llamar. No tenía nada que hacer. No había subido nada de ropa a Internet desde hacía una semana y tampoco había respondido a los mensajes de ofertas anteriores. No lograba encontrar la energía para hacerlo. Seguramente eso se habría acabado, para siempre. Tendría que encontrar otra manera de ganar dinero. Volví al cuarto de la lavadora. Las cestas de la ropa estaban llenas. Intenté recordar la última vez que Rita había estado en casa. ¿Había pasado una semana? No había llamado ni me había escrito para decirme que hubiera algún problema. Supongo que eso significaba que no quería seguir trabajando para nosotros. Llené la lavadora y la puse en marcha, después tuve que contener la necesidad de sentarme en el suelo a esperar a que terminara. Seguí deambulando por la casa. Echaba de menos a Simon. La añoranza era un dolor físico que me inundaba por dentro. Lo quería, lo quería, lo quería.

Pero sabía lo que era.

¿Y en qué me convertía eso?

Cuando Simon era pequeño, a los once o doce años, empezó a ir a fiestas de pijamas en casas de amigos, y yo no lo soportaba. Su ausencia dejaba un tremendo vacío en la casa. Y a los demás padres parecía que les diese igual. Solía dejarlo en la puerta de casa del amigo que lo hubiera invitado, y él desaparecía de inmediato dentro de la vivienda. Con un poco de suerte, me recompensaba con una media sonrisa por encima del hombro. Y yo me quedaba allí parada, frente a la puerta, y charlaba de cosas triviales durante un minuto o dos. Fingía una sonrisa y respondía a las bromitas sobre lo fantástico que era poder descansar de él por una noche. «Tiempo para los adultos..., claro, claro», decía. Pero en todo momento debía contener el ridículo impulso de decirles a los demás padres que no soportaba separarme de él, que para mí era mucho más valioso de lo que imaginaban, y que por favor tuvieran cuidado.

Sigo sin saber si los demás padres sienten lo mismo. No parece que lo hagan, aunque, claro, la mayoría de los padres mienten cuando hablan de sus hijos. Existen claras normas sociales. Si tu hijo es alumno de sobresaliente, puedes reconocerlo en público, pero solo si lo acompañas de un comentario sobre lo mal que se le da el *softball*. Si tu hijo es una estrella del atletismo, has de comentar que la desventaja de dicha afición es el infierno de tener que empezar el día a las seis de la mañana para llevarlo al entrenamiento. Básicamente, la norma consiste en hablar de tu hijo como si fuera un impedimento entre serio y moderado para llevar la vida que de verdad deseas llevar. Lo que no se te permite decir es que tu hijo es lo que da sentido a tu vida. A no ser que lo pierdas. Entonces puedes decir lo que se te antoje. Puedes decir la verdad.

¿Cuáles son las normas sociales cuando tu hijo es un asesino?

A las cinco en punto empecé a beber. A las nueve, Rory vino a buscarme y nos fuimos a la cama. No hablamos, pero se palpaba entre nosotros una ternura que no había estado presente antes. Seguíamos en la cama el domingo por la mañana cuando nos llamó Arnie Waugh. Rory puso el teléfono en altavoz.

—Acaba de llamarme la policía —anunció Arnie—. Lo han disimulado como llamada de cortesía. Tienen una orden judicial para buscar el teléfono de Simon. Según parece, van a enviar buzos para que rastreen el lago. Es probable que ya estén allí. Estoy seguro de que han esperado a llamarme hasta que sus chicos hubieran salido hacia la propiedad.

—¿Qué propiedad? —preguntó Rory, visiblemente confuso.

—Vuestra propiedad —explicó Arnie—. La casa de Stowe.

Rory se volvió para mirarme. Parecía que le costaba entender lo que pasaba.

—Gracias, Arnie —dije al teléfono—. Supongo que no cambia gran cosa, ¿no? Según me ha contado Simon, casi todo lo que está en el teléfono podrían conseguirlo en la nube.

—Eso es. Supongo que han decidido que no quieren esperar a que les lleguen los datos.

Rory seguía mirándome.

—E imagino que no tiene sentido que intentemos hacer nada por impedírselo —continué.

—Llegado este punto, no hay nada que podáis hacer. Será mejor cooperar. Eso respaldará tu declaración de que se te cayó por accidente.

—Cosa que es cierta.

—Desde luego.

Arnie colgó el teléfono.

—Jamie… —dijo Rory. Estaba pálido. Repitió entonces mi nombre, como si yo hubiera hecho algo terrible—. Jamie.

Traté de explicarle lo del teléfono. Pareció tardar largo rato en entenderlo. Luego agarró su teléfono y volvió a llamar a Arnie. Empezó a dar vueltas de un lado a otro de la habitación, agarrándose el pelo con la mano derecha, mientras con la izquierda se pegaba el teléfono a la oreja.

—Me da igual lo que tengas que hacer, pero tienes que detener la búsqueda.

Se hizo un silencio mientras Arnie respondía. Encontré la camisa de Rory y me la puse antes de salir de la cama.

—Cariño —le dije, pero me ignoró.

—¡Me importa una mierda, joder! Llama al juez. Envía a alguien allí. Envía a tus hombres. Haz algo para ganarte tus putos honorarios. Y llámame cuanto antes.

Rory colgó el teléfono. Se dirigió a nuestro vestidor y sacó unos vaqueros y una camiseta de manga corta.

—¿Qué está pasando? —le pregunté, pero no me respondió. Salió del dormitorio y oí sus pasos en la escalera. Me puse la ropa interior y unos vaqueros, agarré mis deportivas y corrí tras él. Cuando quise llegar abajo, ya estaba abriendo la puerta del garaje. Se había puesto las botas y había agarrado su abrigo—. Rory —dije.

Ni siquiera se detuvo, se limitó a pulsar el botón del mando de la puerta del garaje y se montó en el coche. Eché a correr. Tuve el tiempo justo de montarme a su lado en el asiento del copiloto. Sacó el coche y enfiló a toda velocidad en dirección a Stowe.

—Cuéntamelo, Rory. Por favor, por favor, dime qué está pasando.

—No puedo —dijo sacudiendo la cabeza—. Lo haría si pudiera, pero no puedo.

Dejé de hablar. Me agarré al marco de la puerta y al lateral del asiento, y me sujeté con fuerza mientras Rory tomaba las curvas como si fuera un piloto de carreras. Cuando llegamos a Stowe, temía que fuésemos a encontrarnos la propiedad precintada con cinta policial, o un agente en la puerta, algo o alguien que nos impidiese entrar, pero no fue así. Pudimos llegar con el coche hasta la casa. Había allí otros tres vehículos: una camioneta blanca, un coche patrulla y otro vehículo. De pie en el embarcadero había tres personas. Una de ellas era Matthew Wright, los otros dos eran policías de uniforme. Nuestro pequeño bote se hallaba situado en mitad del lago. Montada en él iba una mujer. Llevaba un traje de neopreno y estaba inclinada hacia delante, mirando al agua.

Rory se bajó del coche y corrió hacia el embarcadero. Yo lo seguí, temblorosa. No llevaba abrigo. Ni siquiera me había puesto sujetador. Me crucé de brazos y vi a Rory gesticular vehementemente con los brazos.

—¡Vuelva! —gritó—. Salga de ahí.

Matthew Wright acudió a su encuentro. Los dos agentes de policía lo siguieron, pero él les hizo un gesto para que retrocedieran. Caminó hacia Rory, hasta que mi marido tuvo que frenar en seco para evitar chocarse con él.

—No pueden estar aquí —le dijo Rory. Respiraba con dificultad—. No hemos dado nuestro permiso. Nuestro abogado llegará en cualquier momento.

—Tenemos una orden, señor Jordan. No tengo ningún problema en mostrársela.

—Me da igual la puta orden. Deberían habernos llamado primero. Se ha pasado de la raya, Wright. Saque a su gente del agua y fuera de mi propiedad, o habrá consecuencias. ¿Me ha entendido? Ese de ahí es mi bote. ¿Su orden le da permiso para utilizar objetos de mi propiedad?

Wright no se inmutó. Mostraba un semblante impasible. La voz de Rory no denotaba poder, tan solo pánico. Un escalofrío me recorrió la espalda. Aquello no tenía que ver con el teléfono. Los ojos de Wright se cruzaron con los míos. Creo que percibió mi miedo. Entornó la mirada y se volvió de nuevo hacia Rory. Abrió la boca para hablar, pero fue interrumpido por un grito procedente de detrás. Un hombre con gafas de buceo había salido del agua junto al bote. Volvió a gritar, algo que no alcancé a distinguir, pero evidentemente la mujer del bote sí lo oyó, y su lenguaje corporal cambió por completo. Se puso rígida y giró la cabeza para mirarnos. Se incorporó y el bote se balanceó bajo sus pies hasta que logró estabilizarse. Pensé que iba a gritarle a Wright, o a hacerle un gesto para que regresara al embarcadero. En su lugar, se quedó allí de pie, mirándonos. Cuando Wright se volvió para mirarnos también, parecía haberse hecho más alto.

—¿Por qué no esperan aquí, señor y señora Jordan? Como han dicho, su abogado llegará en cualquier momento. —No esperó a que respondiéramos.

Regresó al embarcadero y cruzó unas palabras con uno de los agentes, quien se acercó para colocarse a nuestro lado. No estábamos detenidos. Quizá pudiéramos habernos marchado, habernos montado en el coche sin más. Tal vez incluso irnos a Canadá. Pero no lo hicimos. Nos quedamos allí aquella mañana y vimos cómo sacaban del agua el cuerpo de Nina Fraser. Rory estaba temblando. Estiré el brazo y le estreché la mano. Me miró como si me estuviera viendo por primera vez. Se quitó el abrigo y me lo ofreció. Me apoyé contra él y me rodeó con el brazo.

—La tiraste tú ahí, ¿verdad? —conjeturé, en voz baja, a fin de que el agente de policía no me oyera—. Lo ayudaste. Intentaste esconderla. ¿Por qué?

Se quedó callado tanto rato que pensé que no iba a responder. Y entonces dijo:

—Quería que no fuese verdad. Quería que no hubiese pasado.

Cerré los ojos para protegerme del dolor.

—Te quiero —le dije.

—Lo siento —respondió él.

# 36

LEANNE

El domingo a las tres y media de la tarde, transcurrida una semana desde el día en que fui a buscar a Andy al granero para decirle lo enfadada que estaba porque Nina no me hubiese devuelto las llamadas, Matthew Wright vino a la pensión. Ha pasado ya mucho tiempo, y todo lo que sucedió a continuación lo recuerdo como una serie de imágenes, casi como fotogramas de una película. Los colores aparecen muy brillantes, y los detalles, muy precisos e insignificantes.

Recuerdo que Matthew parecía agotado. Había empezado a salirle una barba incipiente. Tenía los hombros del abrigo húmedos por la nieve derretida.

—¿Puedo pasar? Tenemos que hablar.

Supe de inmediato que la habían encontrado. Su mirada distante había desaparecido. Por primera vez desde que lo conociera, había abandonado su distancia profesional y, en sus ojos, advertí auténtica compasión. Le hice un gesto para que me siguiera y le hice pasar a la casa. Mantuve la mirada agachada y me fijé en que había polvo en los rodapiés. No había estado muy pendiente de la limpieza. Grace y Andy estaban en el salón. Grace estaba haciendo los deberes que le había enviado su profesor de matemáticas, y Andy trataba de ayudarla, sin conseguirlo. Antes de abandonar la estancia para ir a abrir la puerta, los había visto reírse. Cuando regresé seguida de Matthew, la risa cesó.

—Eh…, quizá sea mejor que hable con ustedes a solas, por ahora —nos aconsejó Matthew.

—No —respondí—. Lo que tenga que decirnos, Grace también va a tener que oírlo. Mejor oírlo juntos.

No había forma de proteger a Grace de aquello. Tarde o temprano, todo se haría público. Ya sabíamos cómo funcionaba aquello. Diseccionarían y analizarían hasta el último detalle, lo comentarían como si fuera un mero espectáculo. Me senté en el sofá de modo que Grace quedó situada entre Andy y yo. Le estreché la mano. Transcurrido un minuto, Matthew se sentó en el sillón que teníamos delante. Se le notaba incómodo. Parecía haber perdido la compostura que lucía en todos nuestros encuentros anteriores. Se sentó con los pies separados, se inclinó hacia delante y apoyó los antebrazos en los muslos. Se quitó los guantes y me fijé en la piel enrojecida de sus manos. Debía de llevar mucho tiempo a la intemperie.

—Siento tener que decirles esto. Nina ha fallecido. Esta mañana hemos encontrado su cuerpo.

Pese a todo, las palabras me dolieron. Noté un cosquilleo ardiente en la piel y se me nubló la vista por los laterales. Grace me apretó con fuerza la mano y eso me trajo de vuelta a la realidad. El fuego estaba encendido y en la habitación hacía calor, pero recuerdo que su mano me pareció fría al tacto.

—¿Dónde? —preguntó Andy.

—Su cuerpo estaba envuelto y sumergido con pesos en la laguna de casa de los Jordan en Stowe.

Grace estaba sentada entre nosotros, y Andy y yo no nos tocábamos, pero todavía creo haber sentido el escalofrío que recorrió su cuerpo en aquel momento.

—Simon la mató —murmuré.

—Eso pensamos, pero aún nos queda trabajo por hacer. Comprendo que…, que se trata de un momento muy difícil, pero, con el fin de poder construir una buena acusación para el caso, nos ayudaría enormemente que evitaran hacer declaraciones por el momento.

—No se preocupe por eso —respondió Andy—. Nunca más volveremos a hacer declaraciones públicas sobre Nina ni sobre todo este asunto.

Grace me sujetaba la mano con mucha fuerza, pero no lloraba. Ninguno de los tres lloraba.

—Queremos recuperar su cuerpo —declaré.

—Sí, por supuesto —accedió Matthew con una inclinación de cabeza—. Podría llevar un poco de tiempo. Hay procedimientos que… Podré decirles algo más cuando estén preparados. Y entonces se la devolveremos.

Al oír eso sí lloré. Las palabras me produjeron un dolor tremendo. Devolvérmela. Había soñado con eso, con que me devolvieran a mi niña. Mi niña. No su cuerpo. No sus restos fríos sin vida. Pero nuestra Nina se había marchado para siempre.

—Lo siento muchísimo —repitió Matthew. Pensé que entonces se marcharía, pero no lo hizo. Esperó. Pasó un minuto hasta que volvió a hablar—. Hay otra cosa que debo decirles. Y quiero que lo sepan por mí. —No podía mirarme a los ojos—. Hemos ido a casa de los Jordan para hablar con Simon. Su coche estaba allí, pero él no. Hemos intentado localizarlo, pero hasta ahora no lo hemos logrado. No sabemos con certeza cuánto tiempo hace que se fue.

Matthew nos miró expectante. A mí me costaba pensar con claridad, pero obligué a mi cerebro a cooperar. ¿Cómo deberíamos reaccionar? ¿Con rabia? ¿Con indignación? Me sentía incapaz de proyectar ninguna de esas dos emociones, ni siquiera una versión artificial de las mismas.

—¿Sus padres le han ayudado a huir? —pregunté al cabo.

—No lo sabemos. Cabe esa posibilidad. Les repito que ya sé lo difícil que es esto, pero debo pedirles que confíen en nosotros. Haremos nuestro trabajo. Descubriremos la verdad y nos aseguraremos de que castiguen a los culpables.

Andy y yo nos miramos el uno al otro. Grace tenía la cabeza pegada a mi hombro.

—Nina nos ha dejado —dijo Andy, con una voz que denotaba tensión y lágrimas acumuladas—. Eso es lo único que importa. Después del funeral nos iremos durante un tiempo. No queremos hablar con la prensa ni con nadie más. Cuando la situación se haya apaciguado, volveremos a casa. —Me miró a los ojos y yo asentí.

Y eso fue lo que hicimos. Recuperamos el cuerpo de Nina una semana después de su descubrimiento. Celebramos un funeral y acudió demasiada gente. Sus amigos y los nuestros, la familia, pero también demasiados desconocidos. La misa fue un acto privado, pero en el cementerio llegaron los buitres, se quedaron a cierta distancia, observándonos en nuestro dolor y haciendo fotos como si fuéramos un desfile organizado para entretenerlos. Al día siguiente nos fuimos de Waitsfield. Viajamos a la ciudad de Nueva York. Andy tenía la teoría de que debíamos mantenernos ocupados. Unas vacaciones en la playa no nos harían ningún bien. Dispondríamos de demasiado tiempo sin hacer nada para darle vueltas a la cabeza. De modo que nos fuimos a la ciudad y llenamos la agenda de cosas que hacer y lugares que visitar. Por primera vez en mi vida, no me importaba el dinero. Teníamos ahorros y, si bien no sabíamos con certeza lo que nos depararía el futuro, me parecía banal preocuparme por el dinero. Alquilamos un Airbnb durante tres semanas y nos esforzamos por olvidarnos de todo. No de Nina. Pero sí de todo lo demás.

Como es natural, no pudimos aislarnos por completo. Nos enteramos cuando Rory Jordan fue detenido y acusado de cómplice en el asesinato de Nina. Resultó que el cuerpo de Nina había sido trasladado desde su tumba en el bosque hasta el lago, y la única persona que pudo haberlo hecho fue Rory. Aún lo niega, pero todo el mundo dice que las pruebas contra él son bastante sólidas. Simon la mató. La policía está segura de ello. Nina presentaba hematomas en el cuerpo, antiguos y recientes, y tenía la mandíbula fracturada. También el cráneo. La policía cree que Simon le pegó un puñetazo, con tanta fuerza que ella cayó de espaldas y se golpeó la cabeza contra la chimenea del salón de aquella casa. Hay pruebas forenses que respaldan la teoría, según tengo entendido, pero no he hecho demasiadas preguntas. Sé lo suficiente. Demasiado, a decir verdad.

No han podido preguntarle a Simon, porque no han podido encontrarlo. Hay una orden de búsqueda para su detención, y a veces hay quien dice «haberlo visto». Matthew Wright nos llama de vez en cuando para asegurarnos que están haciendo todo lo posible por encontrarlo. Nosotros lo escuchamos siempre con atención, le damos las gracias y colgamos. Nunca hablamos de lo que ocurrió realmente.

Volvimos a Waitsfield el uno de diciembre. Habríamos vendido la pensión y nos habríamos mudado, de haber podido, pero ya nunca podremos hacerlo. Viviremos aquí el resto de nuestras vidas. Hemos decidido mantener la pensión cerrada hasta enero, fecha en la que volveremos a relanzarla con un nuevo nombre y una nueva página web. Nos reinventaremos y dejaremos atrás todo el embrollo asociado al Black Friar. El negocio de Andy va remontando. Recibió algunas llamadas y correos cuando detuvieron a Rory. Hubo una o dos disculpas, pero en líneas generales la gente que lo contrató parecía querer fingir que no había ocurrido nada. Andy lo dejó estar. Para él fue duro, pero no tenía elección. Habíamos estado al borde de la ruina, y él agradecía demasiado tener ingresos como para desear castigar a aquellos que habían pensado lo peor de él.

De modo que la vida recuperó una cierta normalidad. Echábamos de menos a Nina cada día que pasaba, pero estábamos juntos, e íbamos reconstruyéndonos.

El veinte de diciembre, Jamie Jordan vino a nuestra casa. Fue Andy quien abrió la puerta, pero Jamie solicitó hablar conmigo. Estaba igual que siempre, o casi. Iba vestida con unos pantalones de cuero marrón claro y un jersey negro con una chaqueta de lana a juego y un gorro. Seguía teniendo el cabello rubio y perfecto, y se había pintado los ojos con maestría. Pero no presentaba buen aspecto. Tenía los labios tan secos que se le habían cuarteado y se veía la sangre en las grietas. Llevaba el esmalte de uñas descascarillado y lucía unas pronunciadas ojeras incapaces de cubrir con maquillaje.

—Lo siento —dijo—. Estoy segura de que no querrás verme. No he venido para fastidiaros a Andy ni a ti. Ni tampoco a Grace, por supuesto.

Mantuve la puerta sujeta para que permaneciera casi cerrada. No quería que Jamie alcanzase a ver el interior de la casa. No quería que se acercara a mi familia.

—¿Por qué has venido?

—Pues… verás, lo siento mucho. Ya sé que con eso no basta, sé que no te ayuda, pero siento mucho lo de Nina. Entiendo el dolor que estás pasando.

No dije nada. No tenía palabras.

—He venido porque… —Dejó la frase inacabada. Parecía perdida, como si la energía que la había impulsado a llamar a nuestra puerta la hubiera abandonado.

—Deberías irte a casa, Jamie —le dije—. No creo que debamos vernos. —Empecé a cerrar la puerta.

—Espera —me pidió. Dio un paso hacia delante y alzó la mano, como si fuera a intentar obligarme a dejar la puerta abierta, pero entonces dejó caer la mano hacia el costado—. Simon ha desaparecido. Todo el mundo cree que se ha fugado. Yo también lo creía, al principio. Pero ha pasado un mes y no ha tocado su cuenta bancaria. No lleva dinero en efectivo. No ha intentado llamarnos ni a su padre ni a mí. Y la policía ha rastreado el Long Trail. Incluso han empleado un helicóptero con una cámara con sensor de calor corporal. Han visionado las grabaciones de seguridad de las estaciones de autobús. Han entrevistado a todos sus amigos. No ha habido rastro de él. —Hablaba de manera entrecortada, con un tono de voz que denotaba urgencia, y guardaba silencio cuando le fallaban los nervios.

Me miraba fijamente a los ojos.

—¿Y?

—Pues que no creo que se fugara. Creo que…, creo que le ha ocurrido algo.

Adopté un gesto impávido y me quedé mirándola.

—No paro de pensar en lo que habría hecho yo si creyera que tu hija había matado a mi hijo e iba a salir impune. Creo que no podría vivir con ello. —Seguía mirándome—. Creo que tal vez habría… hecho algo. —Se quedó callada nuevamente.

—¿Qué es lo que intentas decirme, Jamie?

—Pues esto. —Se le llenaron los ojos de lágrimas. Intentó parpadear para contenerlas, pero sin lograrlo. Se las secó con el dorso de la mano—. Si sabes algo, si crees que a Simon le ha ocurrido algo, por favor, dímelo. No me refiero a que tengas que decir nada en voz alta. No quiero buscaros problemas a tu familia ni a ti. —Dio un paso hacia mí. Estiró el brazo y me agarró de la muñeca—. Pero tú mejor que nadie entiendes lo que es perder a un hijo y no saber. Entiendes que es imposible vivir sin saber. Así que, por favor, te lo ruego, de mujer a mujer. De madre a madre. Si crees que Simon está muerto, te pido que digas que sí con la cabeza. Solo asiente. Me marcharé y no volverás a saber de mí. Pero sabrás que me has ayudado. Me habrás dado un poco de paz.

Vi el dolor en su rostro, en la rigidez de su cuerpo, en su mirada. Estaba devorándola por dentro, del mismo modo que me había consumido a mí. Estaba en lo cierto. Nos entendíamos la una a la otra. Quise aliviarle aunque fuera una mínima parte de ese dolor. Fue mi instinto como ser humano. Pensé en Andy. Pensé en Grace. Pensé en Nina.

—No puedo ayudarte —respondí.

Y cerré la puerta.

# AGRADECIMIENTOS

La primera persona a la que deseo dar las gracias es a mi agente, Shane Salerno, quien siempre muestra ambición por mi escritura, me anima a esforzarme más y cree en mí cuando ni yo misma lo hago. Gracias, Shane. Por eso y por las bromas, que son casi tan importantes. Y gracias a Ryan C. Coleman y a todo el equipo de Story Factory, por todo su apoyo a mis libros.

Me gustaría dar las gracias a mis editoras, Anna Valdinger y Emily Krump, por su generosidad al aportar su depurado instinto editorial y apoyar este libro, por ayudarme a llegar hasta donde quería llegar, y por su entusiasmo con el proyecto. Estoy muy agradecida.

Me gustaría dar las gracias a todo el equipo de HarperCollins por todo lo que hacen, en particular a Kimberley Allsopp, Theresa Anns, Danielle Bartlett, Michelle Bansen, Kate Butler, Lily Capewell, Christopher Connolly, Jim Demetriou, Erin Dunk, Lauren Esser, Jacqui Furlong, Karen-Maree Griffiths, Jennifer Hart, Kaitlin Harri, Tessa James, Susie Jarrett, Bethany Johnsrud, Andy LeCount, Anthony Little, Ashley Mihlebach, Carla Parker, Kelly Roberts, Marie Rossi, Kelly Rudolph, Liate Stehlik, Tina Szanto, Alice Wood, MaryBeth Thomas, Thomas Wilson, y a los equipos de ventas, *marketing* y diseño, que se esfuerzan mucho por lograr que los libros lleguen a manos de los lectores.

Me gustaría dar las gracias a los generosos libreros y bibliotecarios que siguen enamorándose de los libros y de las historias, y que comparten ese amor conservando bien surtidas sus estanterías. Todas las librerías y bibliotecas son ventanas a un mundo nuevo para todos aquellos que amamos las palabras y las historias y deseamos, desesperadamente, poder visitarlas.

Quisiera dar las gracias a Kenny, a Freya y a Oisín. A Freya y a Ois por, entre otras cosas, comprender mi intensa necesidad de charlar después de pasarme el día sola y metida en mi propia cabeza. Y a Kenny por hacer todo lo posible por asentir con seriedad y comprensión cuando, en días alternos, le digo que todo va de maravilla, que me encanta escribir y todo lo relacionado con ello; y también le digo que es un auténtico desastre, que estoy metida en un agujero sin poder salir y que, sin duda, la solución es volver a buscarme un trabajo de verdad. Gracias por darme la mano en los momentos más inestables.

Me gustaría dar las gracias a Peter Mandych, de Country Mile Vermont, que me guio con todo lo relacionado con Vermont. Peter arrastró mis piernas perezosas hasta Hedgehog Brook Trail, me enseñó la zona y respondió a mis incansables preguntas. Gracias, Peter, por tu paciencia y tu ayuda, y mis disculpas por todas las libertades que me he tomado en ocasiones, por el bien de la historia.

Gracias a mi hermana, Fíona, que voló de Dublín a Vermont y me acompañó durante mi semana de documentación. Fí, fue muy divertido. (La próxima vez tengo pensado algo más cerca de casa; tengo planes, ya hablaremos).

Y querría darte las gracias a ti, lector. Mi teoría es que a la gente que lee los agradecimientos hasta el final, o le ha encantado el libro, o no le ha gustado nada. De un modo u otro, les queda demasiada emoción como para cerrar la tapa cuando llegan al final de la historia. Si mi teoría es correcta, confío en que tú seas de los primeros. En cualquier caso, gracias por tomarte el tiempo de leer mi libro. Gracias por darme la oportunidad.

Si quieres seguir en contacto conmigo, envío un *email* trimestral a mis lectores. Por lo general, escribo para quejarme (en términos exagerados) del desafío que me haya planteado la escritura ese día, para compartir fotos de alguna gira o de mi vida de escritora, o para hablarte de algún nuevo libro que esté escribiendo o publicando. Si crees que te gustaría tener noticias mías, puedes inscribirte para recibir mis *emails* aquí:

dervlamctiernan.com/newsletter/